元曲三百首

中华文学的巅峰成就 受益终生的传世经典

元曲三百首

(元)关汉卿等 ◎ 著

胡小桐 ◎ 主编

中国华侨出版社
北京

图书在版编目（CIP）数据

元曲三百首 /（元）关汉卿等著；胡小桐主编 . — 北京：中国华侨出版社，2016.3
（2021.1重印）

ISBN 978-7-5113-6005-2

Ⅰ. ①元… Ⅱ. ①关… ②胡… Ⅲ. ①元曲—选集 Ⅳ. ①I222.9

中国版本图书馆CIP数据核字（2016）第050653号

元曲三百首

著　　者：（元）关汉卿等
主　　编：胡小桐
责任编辑：子　墨
封面设计：阳春白雪
文字编辑：小　雪
美术编辑：宇　枫
经　　销：新华书店
开　　本：720毫米×1020毫米　1/16　印张：24　字数：342千字
印　　刷：北京德富泰印务有限公司
版　　次：2016年5月第1版　2021年1月第2次印刷
书　　号：ISBN 978-7-5113-6005-2
定　　价：45.00 元

中国华侨出版社　北京市朝阳区西坝河东里77号楼底商5号　　邮编：100028
法律顾问：陈鹰律师事务所
发 行 部：（010）88866079　　　　传　真：（010）88877396
网　　址：www.oveaschin.com　　　E-mail：oveaschin@sina.com

如发现印装质量问题，影响阅读，请与印刷厂联系调换。

前言

近代国学大师王国维说:"一代有一代之文学。"这是中国文学发展历史的一个重要特色。元曲是继唐诗、宋词之后,我国文学史上取得的又一突出成就。元曲以其揭露现实的深刻以及题材的广泛、语言的通俗、形式的活泼、风格的清新、描绘的生动、手法的多变,在中国古代文学艺苑中放射着夺目的异彩。

元曲原本来自所谓的"蕃曲""胡乐",起初在民间流传,被称为"街市小令"或"村坊小调"。它是金元时期在北方歌谣俗曲的基础上发展起来的新诗歌形式。它成长繁荣的环境是金元时期的城镇,作者大多是中下层文人和民间艺人,演唱者大多是勾栏里的歌伎。元曲有严密的格律定式,每一曲牌的句式、字数、平仄等都有固定的格式要求。

元曲包括两类文体:一是小令、带过曲和套数的散曲;二是由套数组成的曲文,间杂以宾白和科范,专为舞台上演出的杂剧。"散曲"是和"剧曲"相对存在的。剧曲是用于表演的剧本,写各种角色的唱词、道白、动作等;散曲则只是用作清唱的歌词。从形式上看,散曲和词很相近,不过在语言上要比词更通俗活泼;格律的要求也更自由。散曲从体式分有"小令"和"散套"两类。小令体制短小,通常只是一支独立的曲子(少数包含二三支曲子)。散套则由多支曲子组成,要求始终用一个韵。散曲比词更接近民歌。

继唐诗、宋词之后的元曲有着它独特的艺术魅力:一方面,元曲在表达上体现出直截明快、意到言随的艺术特色,以满足感官、心理的直接需要为旨归,告别了诗词的苦吟与刻意。另一方面,元代社会使读书人位于"七娼八医九儒十丐"的地位,政治专权,社会黑暗,因而使元曲锋芒直指社会弊端,透出反抗的情绪。元曲中描写爱情的作品也比历代诗词来得泼辣、大胆、直露、谐谑、尖巧,这些都使元曲永葆其艺术魅力。

元曲是一个多元文化的产物，汇聚了汉、蒙古、契丹、女真等多民族及外来文化的精粹，兼容并蓄，包罗万象。它通俗活泼的风格与贴近生活的内容，让人耳目一新。从发展上大致分为前后两期。前期的作品，比较鲜明地表现出民间文学的通俗性、口语化，以及北方民歌中的直率爽朗的精神与质朴自然的情致；随着南北文学的合流，后期的作品渐渐地脱离民间文学，在修辞和表现方面，注重含蓄洗练的手法，而步入雅正典丽的阶段。元曲这一独特的文学形式，是当时文学创作的主旋律，通过当时许多文学家的天才演绎，涌现出大量的杰作，取得了辉煌的成就。

　　这本《元曲三百首》，能让您花最少的时间读完最具代表性的元曲经典之作，书中收录了几百首在思想上和艺术上具有较高成就的曲子：有著名曲家的代表作，有各类题材的作品精粹，也有社会影响广泛的名篇佳作等，比较全面地反映了元曲的全貌，能有效地帮助您了解名家名曲的概貌和更深入地领悟元曲的意蕴。

　　本书以曲家活动时间的先后为顺序，集合了元曲的精华。除了元曲原作之外，还设置了以下几个相关辅助性栏目："注释"，将难以理解的字句加以解释，扫除阅读障碍，方便阅读；"译文"力求忠于原作，使读者能直接了解原曲的语言风格；"赏析"，在尊重原文的原则上，将曲目的主题思想、神韵予以解析，使人会意怡情；"作者简介"介绍了作者的生平和作品风格，这些将带给读者更丰富、更精彩的阅读体验。科学的体例、优美的文字、丰富的内容、新颖开放的版式设计有机结合，引领读者跨越时空的距离，进入辉煌的元曲殿堂，领略曲目的艺术魅力，进而启迪心智、陶冶情操、提高个人的文学素养和人生品位。

目　录

◎ 元好问
　　人月圆　卜居外家东园（二） …1
　　喜春来　春宴 ……………………3
　　骤雨打新荷 ………………………4

◎ 杜仁杰
　　耍孩儿　庄家不识勾阑［套数］…6

◎ 王和卿
　　一半儿　题情 …………………10
　　醉中天　咏大蝴蝶 ……………11
　　拨不断　大鱼 …………………13
　　一半儿　题情 …………………14
　　蓦山溪 …………………………14

◎ 盍西村
　　小桃红　江岸水灯 ……………17
　　小桃红　杂咏（一） …………18
　　小桃红　杂咏（二） …………20
　　小桃红　客船晚烟 ……………21

◎ 刘　因
　　人月圆 …………………………22

◎ 徐　琰
　　蟾宫曲　晓起 …………………24

◎ 王　恽
　　双鸳鸯　柳圈辞 ………………25
　　黑漆弩　游金山寺 ……………27
　　平湖乐 …………………………29
　　平湖乐　尧庙秋社 ……………30

◎ 卢　挚
　　沉醉东风　秋景 ………………31
　　寿阳曲　别珠帘秀 ……………33
　　蟾宫曲　邺下怀古 ……………34
　　沉醉东风　闲居 ………………35
　　蟾宫曲 …………………………36
　　蟾宫曲　商女 …………………38
　　蟾宫曲　长沙怀古 ……………39

1

水仙子 西湖 41
蟾宫曲 42

◎陈草庵
山坡羊（一）............ 44
山坡羊（二）............ 45
山坡羊（三）............ 47
山坡羊（四）............ 48

◎关汉卿
四块玉 闲适 50
四块玉 别情 51
碧玉箫 53
梧叶儿 别情 54
一枝花 不伏老［套数］
（节选）............ 56
碧玉箫 笑语喧哗 58
普天乐 虚意谢诚 59
一半儿 题情 61
沉醉东风 63

◎白 朴
醉中天 佳人脸上黑痣 64
沉醉东风 渔父词 66
阳春曲 题情 67
驻马听 吹 69
天净沙 春 70
天净沙 秋 72
庆东原（一）............ 74

庆东原（二）............ 75
阳春曲 知几（一）............ 77
阳春曲 知几（二）............ 78
阳春曲 知几（三）............ 79
阳春曲 知几（四）............ 81

◎姚 燧
凭阑人 寄征衣 82
醉高歌 感怀 84
寿阳曲 85
黑漆弩 87

◎马致远
金字经 樵隐 88
寿阳曲（一）............ 90
寿阳曲（二）............ 91
寿阳曲 远浦帆归 92
天净沙 秋思 94
金字经 95
四块玉 紫芝路 97
四块玉 浔阳江 98
蟾宫曲 叹世 99
夜行船 秋思［套数］......... 101
赏花时 掬水月在手［套数］ 104
拨不断（一）............ 107
拨不断（二）............ 109
清江引 野兴 110
拨不断 111

◎邓玉宾

叨叨令 道情（二） ………… 112
一枝花 ［套数］ ………… 113

◎冯子振

鹦鹉曲 赤壁怀古 ………… 116
鹦鹉曲 农夫渴雨 ………… 118
鹦鹉曲 野渡新晴 ………… 120

◎贯云石

小梁州 秋 ………… 122
蟾宫曲 送春 ………… 123
清江引 惜别（一） ………… 124
清江引 惜别（二） ………… 125
清江引 立春 ………… 126
殿前欢 ………… 127
塞鸿秋 代人作 ………… 129
红绣鞋 ………… 131
寿阳曲 ………… 132
清江引 咏梅 ………… 133
殿前欢 ………… 134
清江引 ………… 135
金字经 ………… 136
红绣鞋 痛饮 ………… 137

◎鲜于必仁

普天乐 平沙落雁 ………… 139
折桂令 卢沟晓月 ………… 140
普天乐 潇湘夜雨 ………… 142

◎张养浩

折桂令 中秋 ………… 144
折桂令 ………… 145
山坡羊 潼关怀古 ………… 147
醉高歌兼喜春来 ………… 148
水仙子 咏江南 ………… 150
朱履曲 警世 ………… 151
雁儿落兼得胜令 退隐 ………… 153
一枝花 咏喜雨［套数］ ………… 154
沉醉东风 ………… 156
朱履曲（一） ………… 157
朱履曲（二） ………… 159
朱履曲（三） ………… 160
普天乐 ………… 161
朝天子 ………… 163

◎郑光祖

塞鸿秋 ………… 164
蟾宫曲 梦中作 ………… 166
鸳鸯煞尾 ………… 167

◎乔 吉

满庭芳 渔父词 ………… 169
惜芳春 秋望 ………… 170
水仙子 怨风情 ………… 172
满庭芳 渔父词 ………… 173
绿幺遍 自述 ………… 175
水仙子 赋李仁仲懒慢斋 ………… 176
水仙子 寻梅 ………… 178

水仙子 咏雪 …………180
折桂令 寄远 …………181
卖花声 悟世 …………182
满庭芳 渔父词（一）…184
满庭芳 渔父词（二）…185
满庭芳 渔父词（三）…186
满庭芳 渔父词（四）…187
山坡羊 冬日写怀 ……188
水仙子 游越福王府 …190
天净沙 即事 …………192
凭阑人 金陵道中 ……193
水仙子 重观瀑布 ……194
山坡羊 自警 …………196
山坡羊 冬日写怀 ……197

◎刘 致

四块玉 嘲乌衣巷 ……198
醉中天 ………………199
折桂令 再过村肆酒家 …201
山坡羊 侍牧庵先生西湖夜饮…202
朝天子 邸万户席上 …203
山坡羊 与邸明谷孤山游饮…205
端正好 上高监司［套数］
　（节选）……………206

◎吴弘道

金字经 咏樵 …………210
金字经（一）…………211
金字经（二）…………213

拨不断 闲乐 …………214
水仙子 渡瓜洲 ………216

◎赵善庆

凭阑人 春日怀古 ……217
普天乐 秋江忆别 ……219
寨儿令 泊潭州 ………220
山坡羊 燕子 …………222

◎张可久

阅金经 青霞洞赵肃斋索赋…223
人月圆 客垂虹 ………225
汉东山 …………………226
塞鸿秋 道情 …………227
清江引 秋怀 …………229
喜春来 金华客舍 ……230
一半儿 落花 …………231
一半儿 酒醒 …………232
卖花声 怀古 …………233
卖花声 客况 …………234
满庭芳 春晚 …………236
骂玉郎过感皇恩采茶歌 杨驹儿
　墓园 …………………237
落梅风 春情 …………239
水仙子 归兴 …………240
水仙子 乐闲 …………242
凭阑人 江夜 …………243
天净沙 江上 …………244
秦楼月 …………………245

一枝花 湖上晚归［套数］ …247
塞鸿秋 湖上即事 …249
醉太平 湖上 …251
醉太平 春情 …253
醉太平 无题 …255
人月圆 中秋书事 …256
一半儿 秋日宫词 …258
太常引 姑苏台赏雪 …259
红绣鞋 天台瀑布寺 …261
卖花声 怀古 …263
普天乐 湖上废圃 …264
落梅风 天宝补遗 …266
朝天子 闺中 …268
人月圆 山中书事 …269
落梅风 江上寄越中诸友 …271
普天乐 秋怀 …272

◎任 昱
普天乐 花园改道院 …274
金字经 秋宵宴坐 …275
清江引 积雨 …276
清江引 钱塘怀古 …277
水仙子 幽居 …278

◎徐再思
阅金经 春 …280
蟾宫曲 春情 …281
沉醉东风 息斋画竹 …283
沉醉东风 春情 …284

蟾宫曲 送沙宰 …286
水仙子 惠山泉 …287
水仙子 夜雨 …289

◎顾德润
骂玉郎过感皇恩采茶歌 述怀 …291
醉高歌带摊破喜春来 旅中 …294
黄蔷薇过庆元贞 御水流红叶 …296

◎王仲元
普天乐 …297
普天乐 春日多雪 …299
粉蝶儿 集曲名题秋怨［套数］
　（节选） …301
江儿水 笑靥儿 …303

◎吕止庵
后庭花 怀古 …305
后庭花（一） …306
后庭花（二） …308
后庭花 秋思 …310
天净沙 为董针姑作 …311

◎查德卿
一半儿 春妆 …312
一半儿 春醉 …314
寄生草 感叹 …315
普天乐 别情 …316
柳营曲 江上 …317
柳营曲 金陵故址 …319

殿前欢 观音山眠松 …………320
清江引 秋居 ………………322

◎ 李致远
天净沙 离愁 ………………323
红绣鞋 晚秋 ………………324
折桂令 山居 ………………325
迎仙客 暮春 ………………327

◎ 张鸣善
普天乐 咏世 ………………328
普天乐 愁怀 ………………330
水仙子 讥时 ………………331
脱布衫带过小梁州 …………332

◎ 周德清
塞鸿秋 浔阳即景 …………334
朝天子 秋夜客怀 …………336
满庭芳 看岳王传 …………337
蟾宫曲 别友 ………………339

◎ 汪元亨
醉太平 警世 ………………340
朝天子 归隐 ………………342
沉醉东风 归田 ……………343

雁儿落过得胜令 ……………345
醉太平 警世 ………………346

◎ 倪瓒
水仙子 ………………………348
人月圆 ………………………349

◎ 刘庭信
水仙子 相思 ………………350
折桂令 忆别 ………………352
黄钟尾（摘调） ……………353
水仙子 ………………………355
水仙子 相思 ………………356
朝天子 赴约 ………………358

◎ 汤 式
山坡羊 书怀示友人 ………359
天净沙 闲居杂兴 …………360
小梁州 九日渡江（一）……362
小梁州 九日渡江（二）……363
谒金门 长亭道中 …………365
湘妃引 京口道中 …………367
湘妃引 赠别 ………………368
蟾宫曲 ………………………369

人月圆 卜居外家东园（二）

◎元好问

玄都观里桃千树①，花落水空流。凭君莫问②，清泾浊渭③，去马来牛。谢公扶病④，羊昙挥涕⑤，一醉都休。古今几度，生存华屋，零落山丘⑥。

【注释】

①"玄都"句：唐刘禹锡《戏赠看花诸君子》："玄都观里桃千树，尽是刘郎去后栽。"玄都观，唐代长安城郊的一所道观。②凭：请。③"清泾"二句：语本杜甫《秋雨叹》："去马来牛不复辨，浊泾清渭何当分。"清泾浊渭，泾、渭皆水名，在陕西高陵县境汇合，泾流清而渭流浊。④谢公：谢安（320—385），东晋政治家。在桓温谋篡及苻坚南侵的历史关头制乱御侮，成为保全东晋王朝的柱石。孝武帝太元年间，琅琊王司马道子擅政，谢安因抑郁成疾，不久病故。⑤羊昙：谢安之甥，东晋名士。⑥"生存"二句：三国魏曹植《箜篌引》："生存华屋处，零落归山丘。"言人寿有限，虽富贵者也不免归于死亡。

【译文】

玄都观里曾有无数株桃花烂漫盛开，而今早已花谢随流水，不复存在。请您不必去探求明白：奔流着的是清泾还是浊渭，苍茫之中是马去还是牛来。谢安重回故地已经满是病态，羊昙曾为他的去世流泪痛哀。这样的存殁之感，在我酩酊一醉之后便淡然忘怀。要知道古往今来有多少同样的感慨：活着时身居高厦大宅，到头来免不了要在荒凉的山丘中把尸骨掩埋。

【赏析】

此曲第一句得自唐代诗人刘禹锡《戏赠看花诸君子》中的"玄都观里桃千树，尽是刘郎去后栽"。刘禹锡对故地重游、今昔巨变的唏嘘显然引起了元好问的共鸣。此曲为元好问1239年所作。当时元好问历尽坎坷，回到了阔别二十余年的故乡秀容（今山西省沂县），眼前的景象已与记忆中的大不相同。一句"花落水空流"便说明了作者怅惘的心境。

"清泾浊渭，去马来牛"化自杜甫的《秋雨叹三首》，原是形容雨大到让人看不清景物，此曲中则被拿来形容世事易变。时间奔流不息，马走牛来，朝代更替，故乡大变。面对此景，作者没有直接表达内心的惆怅，而是借用"谢公扶病"和"羊昙挥涕"的典故诉说伤感心绪。用典的一大好处就是用寥寥数语承载复杂的信息，通过唤起读者对某件事的记忆，促使读者体会、理解作者的感情。

曲末的"生存华屋，零落山丘"出自三国时曹植的《箜篌引》，同时也是作者对人生无常的慨叹。据说，羊昙在哭谢安时所诵诗句即为此句。而作者将羊昙所诵之句放置曲子的末尾，而非"羊昙挥涕"之后，旨在用死人所居的山丘和自己所卜的新居构成死、生对比，进一步强调曲子的主旨，增强曲子结尾处的力度。

⊙作者简介⊙

元好问（1190—1257），字裕之，号遗山，忻州秀容（今山西省忻县）人，世称遗山先生。金、元之际著名文学家。著有《中州集》《南冠录》《壬辰杂编》，等等。其为金宣宗兴定五年（1221）进士，历任尚书省掾、左司都事员外郎。金亡不仕，以著述为事。

元好问是金元间最有成就的诗人，其文章质朴沉郁。今存小令九首，大都清润疏俊，被奉为楷模。

喜春来 春宴

◎元好问

春盘宜剪三生菜①,春燕斜簪七宝钗②。春风春酝透人怀。春宴排,齐唱喜春来。

【注释】

①"春盘"句:立春那天,人们常用生菜、春饼等装盘,邀集亲友春游,庆贺春的到来。②七宝钗:用多种宝物装饰的妇女用的首饰。

【译文】

立春到来,应该采摘生菜和各种果蔬装满春盘;佩戴的春燕上斜斜地装饰着七宝钗。春风吹送着酒酿的香气透人心脾。排好春宴,大家一齐歌唱着《喜春来》。

【赏析】

元好问一共写了四首《喜春来·春宴》,此曲为第一首,其他三首为:

梅残玉靥香犹在,柳破金梢眼未开,东风和气满楼台。桃杏折,宜唱喜春来。

梅擎残雪芳心奈,柳倚东风望眼开,温柔樽俎小楼台。红袖绕,低唱喜春来。

携将玉友寻花寨,看褪梅妆等杏腮,休随刘阮到天台。仙洞窄,且唱喜春来。

四首散曲，第一首写人们欢庆春天的到来，为之相邀相聚喜排春宴。第二首着重于刻画人们赏花折枝庆春来的雅兴。第三首主要写人们在春宴上的歌舞欢庆。第四首突出描写人们宴会之余寻访、赏玩春花的逸兴。

四首散曲中，以第一首的体式最为特别，散曲采用了巧体中的嵌字体形式。嵌字体可每句都嵌同一个字；或分嵌限定的某些字，如贯云石《清江引·立春》每句之首分别冠以"金、木、水、火、土"五字，每句又都用一个"春"字；又有的则是嵌数目。嵌字体以构思奇特取胜，其中也能表达一些特别的思想感情，在加强语气、增加形式美方面都有很好的效果。

此曲描写了民间的立春习俗和迎春的欢悦。短短29个字中有6个都是春字。这么多的春字放在一起，没有一点累赘之感，足见作者功力之深。其中，春盘、春酰、春宴、喜春来，皆为人为事物、活动，春风、春燕则是自然景物。春盘为静，春燕为动；春风裹春酰为动，春宴为静，喜春来则又为动。人文与自然交融，动与静交替，意趣盎然。运用嵌字体连连咏叹春之到来，表现出对春天的喜爱之情到了无以复加的地步。

骤雨打新荷[①]

◎元好问

绿叶阴浓，遍池亭水阁，偏趁凉多。海榴初绽[②]，朵朵簇红罗。乳燕雏莺弄语[③]，有高柳鸣蝉相和[④]。骤雨过，珍珠乱糁[⑤]，打遍新荷。人生有几？念良辰美景，休放虚过[⑥]。穷通前定[⑦]，何用苦张罗。命友邀宾玩赏，对芳樽浅酌低歌[⑧]。且酩酊，任他两轮日月，来往如梭。

【注释】

①骤雨打新荷：《太平乐府》认此作曲牌，而元陶宗仪所著《南村辍耕录》卷九云："小圣乐乃小石调曲，元遗山先生好问所制，而名姬多歌之，俗以为骤雨打新荷者是也。"《蟫（yǐn）庐曲谈》载：元遗山"所作曲虽不多，而甚超妙。其《骤雨打新荷》小令即是"。足见此曲在元初就颇负盛名。②海榴初绽（zhàn）：海榴，即石榴，因其自海外引入，故称。绽，开放，裂开。句言当时石榴花刚刚绽蕾开放。③乳燕携雏弄语：雏（chú），幼小的（多指鸟类），此指幼燕。老燕子携带着小燕子呢喃学语。④高柳鸣蝉相和：和（hè），和谐地随着叫。此句讲高柳上的蝉儿，互相鸣叫唱和。⑤珍珠乱糁：糁（sǎn），米粒儿（方言），此作"撒"讲。这里形容雨点打在新荷之上，恰如撒乱的晶莹珍珠一般。⑥"人生"三句：意谓人生短暂，而那良辰美景，同梦幻一般，俯仰即逝，无法挽留。⑦穷通前定：穷，阑厄，不如意。通，通达顺利，得志如意。这句话是说人的命运如何，都是注定了的，不会因个人的作为而变化。⑧对芳樽浅酌低歌：芳樽，芳，芳香；樽，酒杯，古代盛酒的器具，此讲盛着美酒的酒杯。酌（zhuó），斟酒，饮酒。全句是说，面对着美酒，浅饮低唱。

【译文】

绿叶茂密相遮形成一片浓郁的凉阴，池塘边所有的亭台楼阁，恰成了最凉快之处。石榴花刚刚绽蕾开放形成花海，团花锦簇仿佛红色的罗裙。老燕子携带着小燕子呢喃学语。高柳上的蝉儿，互相鸣叫唱和。雨点打在新荷之上，恰如撒乱的晶莹珍珠一般。人生能有几个百年？想眼前这般良辰美景，不能让它白白地在眼前消逝。人的富贵贫穷，都是前生注定了的，何苦到处奔波忙碌。不如呼朋唤友，对芳樽浅酌低唱。暂且喝个酩酊大醉，任他日月轮转，时光来往如梭。

【赏析】

　　作者以"池亭水阁"为观察点，选取了若干反映夏季特点的景物细细描绘，譬如树木"绿叶荫浓"，初初绽放的石榴花"朵朵簇红罗"。和春天的生机勃发不同，夏天万物鼎盛。同是绿树红花，在春天，如少年男女，清新娇艳；到了夏天，便如盛年之人，尽情展现生命的力量。"浓"写出了树的繁茂。"簇红罗"又写出了鲜花竞相盛放的美艳。接着，作者又用乳燕和蝉的叫声来渲染夏天的喧闹。景与声相结合，勾勒出一幅明艳热烈的盛夏图。

　　然而，突如其来的一场大雨让曲中景一下子由"明艳热烈"变成了"清淡疏冷"，也让作者产生了人生短暂，世事多变，不如及时行乐的感慨。他甘愿抛下对未来的筹谋打算，一心沉醉在美景之中。"命友邀宾玩赏，对芳樽浅酌低歌"，对自然的热爱终究战胜了对功名的向往。而曲末的"任他两轮日月，来往如梭"则可视作"穷通前定，何用苦张罗"的升华，告诉读者，作者不是一时兴起暂时将穷通放下，而是打定主意真的去过无牵无挂、顺任自然的生活。

耍孩儿 庄家不识勾阑① ［套数］

◎杜仁杰

　　风调雨顺民安乐，都不似俺庄家快活。桑蚕五谷十分收，官司无甚差科②。当村许下还心愿，来到城中买些纸火③。正打街头过，见吊个花碌碌纸榜④，不似那答儿闹穰穰人多⑤。见一个人手撑着椽做的门，高声的叫"请请"，道："迟来的满了无处停坐。"说道"前截儿院本调风月⑥，背后么末敷演刘耍和⑦"。高声叫："赶散易得⑧，难得的妆哈⑨！"要了二百钱放过咱，入得门上个木坡⑩。见层层叠叠团圞坐⑪。抬头觑是个钟楼模样⑫，往下觑却是人旋窝。见几个妇女向台儿上坐。又不是迎神赛社⑬，不住的擂鼓筛锣。一个女孩儿转了几遭，不多时引出一伙。中间里一个央人货⑭。裹着枚皂头巾顶门上插一管笔，满脸石灰更着些黑道儿抹⑮。

知他待是如何过？浑身上下，则穿领花布直裰⑯。念了会诗共词，说了会赋与歌，无差错。唇天口地无高下，巧语花言记许多。临绝末⑰，道了低头撮脚，爨罢将么拨⑱。一个妆做张太公，他改做小二哥⑲。行行行说向城中过⑳。见个年少的妇女向帘儿下立，那老子用意铺谋待取做老婆。教小二哥相说合，但要的豆谷米麦，问甚布绢纱罗。教太公往前那不敢往后那㉑，抬左脚不敢抬右脚。翻来覆去由他一个。太公心下实焦燥，把一个皮棒槌则一下打做两半个㉒。我则道脑袋天灵破㉓，则道兴词告状，划地大笑呵呵㉔。则被一胞尿爆的我没奈何㉕。刚挨刚忍更待看些儿个，枉被这驴颓笑杀我㉖。

【注释】

①庄家：农户。勾阑：宋元时演出戏剧杂耍的场所。②官司：官府。差科：差役。③纸火：还愿用的香烛纸钱。④花碌碌：花花绿绿。纸榜：指演出海报。⑤那答儿：那边。闹穰穰（rǎng）：人声嘈杂，乱哄哄的样子。⑥院本：金元时流行的一种戏剧演出形式，以调笑、歌舞为主。⑦么末：即杂剧。刘耍和：金时著名艺人，其故事后被编为杂剧上演。⑧赶散：指没有固定演出场所的民间戏班子。⑨妆哈：正规的全场演出。⑩木坡：观众坐的梯形看台。⑪团圞（luán）：环绕。⑫觑（qū）：把眼睛眯成一条缝看。

钟楼模样：指戏台。⑬迎神赛社：古时逢神诞或社日，按习俗要鼓乐迎神，祭祀祷告。⑭央人货：即殃人货，指害人精。⑮满脸句：形容黑白相间的脸谱。⑯直裰（duō）：长袍。⑰临绝末：临结束的时候。⑱爨（cuàn）：为宋杂剧、金院本的开场戏。拨：开始表演。⑲小二哥：指张太公的仆人。此角色应是前面所说的"央人货"改扮的。⑳行行行说：边走边说。㉑那：通"挪"。㉒皮棒槌：演出时所用的道具，又叫"磕瓜"，用以增加声音效果。㉓则道：只道。此人不知那皮棒槌打作两半是演出需要，只道是演员用力过猛所致。㉔划（chǎn）地：平白无故地。㉕爆：胀。㉖驴颓：骂人话。指张太公。

【译文】

　　风调雨顺，百业安泰，都比不上咱农夫欢快。粮食、蚕桑收成都好，衙门里也没什么税差摊派。在村里向神前许下还愿，所以来到城里将祭物购买。正从街头走过，见垂挂着一张花里胡哨的告示，那里特别热闹，人群挤挤挨挨。门扇由木条钉就，一个人手撑着把守，"请！""请！"一声声喊不绝口。"来迟的话，客满了，可就坐不进喽！"又说："一场两段杂剧，《调风月》先演，《刘耍和》排后。"高声叫："野鸡班子哪里不见？包场子的正班可是绝无仅有！"收了我二百钱放进了门，入门就见木制的看台，成个坡形，环状的座位一层又一层。抬头望戏台像个钟楼模样，朝下看只见黑鸦鸦的人群。戏台上坐着几位娘们，又不是求雨或社日要迎神娱神，为何她们敲锣打鼓忙个不停？一个女孩儿转了几圈；不多久引出一伙演员。中间那副净真是丢人现眼：扎巾，顶头上插枝笔管；满脸涂着白粉，更抹上几道黑炭。不知他怎么混过一天？浑身上下，只穿件花布的直统袍衫。他念了些诗词，说了些韵语，口齿伶俐没错句。耍嘴皮有天没日，说不完的插科打趣。临末时低住了头，双脚并立，念了下场语。小品结束，开始了正剧。一个演员扮演张财主，他改扮小伙计。两人边走边谈行向城里。见一个小妇人帘儿下站立，老财主百计千方想娶她为妻。请伙计去把亲提，豆谷米麦，布绢纱罗，索要了一批批。他让财主往前挪就不敢往后挪，叫抬左脚便不敢右脚跨，翻来覆去花样大。张财主着恼将副净打，打折了手中的皮磕瓜。我只以为他脑袋开了花，只以为要打官司告到县衙，禁不住放声笑哈哈。只被一泡尿涨得没办法，原想再看下去却憋得忍不下。这老王八差点儿把我笑死。

【赏析】

元曲的写作强调"本色"和"当行"。本色是指浑然天成，率真自然。当行则指娴熟自如地表现散曲的特点。此曲绝好地体现了二者。作者采用第一人称的写作视角，运用大量民间俗语，让一个憨厚粗朴的庄稼汉跃然纸上。同时，又结合庄稼汉的身份和其第一次进城看戏的特点，紧紧围绕题目中的"不识"，设置冲突、误会，制造笑料。

整首曲子妙趣横生，极富生活气息。不仅如此，作者还借庄稼汉之口，细致地描绘了当时的勾栏之景，从招呼客人的伙计到演员的化妆，从看台的布置到角色的活动，都表现得活灵活现，为后人研究中国戏曲史提供了珍贵的资料。

⊙作者简介⊙

杜仁杰（约1201—1282），原名之元，又名征，字仲梁，号善夫（"夫"也作"甫"），又号止轩。济南长清（今属山东省济南市）人。元代散曲家。他由金入元，金哀宗正大年间，与麻革、张澄一起隐居于内乡山中。元初，屡被征召拒不出仕。他性格诙谐，学识渊博，善以俚语入曲。其与元好问交好，互赠诗文。杜仁杰之子杜元素，曾任福建闽海道廉访使，因子贵的缘故，杜仁杰去世后被赠封翰林承旨、资善大夫，追赠谥号文穆。

一半儿 题情

◎王和卿

鸦翎般水鬓似刀裁①,小颗颗芙蓉花额儿窄②。待不梳妆怕娘左猜③。不免插金钗,一半儿蓬松一半儿歪。

【注释】

①鸦翎:乌鸦尾上的羽毛。水鬓:油亮的鬓发。②花额儿:美丽如花的额头。③待:打算。左猜:猜疑。

【译文】

一头秀发乌黑亮丽,鬓角处像刀裁一般整齐,缀饰着小颗芙蓉的头饰下,额头留得窄窄的。真不想在妆台前打扮自己,可就怕我娘生疑。不得已把金钗插起,结果不仅蓬乱了头发,连钗儿也向一边歪斜了。

【赏析】

通常写少女情思,人们都会将大量笔墨放在少女的心理活动上。但此曲却不然,它颇为新颖地从少女的动作入手,以动作表现情思。

"鸦翎般水鬓似刀裁,小颗颗芙蓉花额儿窄",少女的妆容十分精致,一下子就引起了读者的兴趣。作者虽未明言少女容貌美丽,读者的眼中就已经出现一位俏丽可爱的女子。然而,接下来的"待不梳妆怕娘左猜"却告诉读者少女无心打扮,这着实令人意外。少女对镜自窥,心思却全然不在容貌上。俗话说,"女为悦己者容",人们马上便猜到,少女多半为不能和心上人相见而烦恼。花容月貌为谁妍,若不能和心上人相见，悉心打扮又有何意义？尽管因为"怕娘左猜"，少女不得不打起精神梳妆，但心有所挂，免不了破绽百出。"不免插金钗，一半儿蓬松一半儿歪"，这一细节描写将少女心神不定、如痴似病的情貌刻画得惟妙惟肖。同时，也给读者留下了悬念——少女的家人尚不知少女情窦已开心有所属，少女是一直隐瞒下去呢，还是向家人坦白？她的这份感情又能否得偿所愿？

⊙作者简介⊙

王和卿，大名（今属河北省）人，生卒年、字号不详。与关汉卿同时代，比关汉卿早卒。陶宗仪《南村辍耕录》曾记他与关汉卿互相讥谑，说他"滑稽佻达，传播四方"。明代朱权的《太和正音谱》将其列于"词林英杰"一百五十人之中。现存小令二十一首，套曲一首，见于《太平乐府》《阳春白雪》《词林摘艳》等集中。

醉中天 咏大蝴蝶

◎王和卿

挣破庄周梦①，两翅架东风。三百座名园一采一个空②。谁道风流种③？唬杀寻芳的蜜蜂④。轻轻飞动⑤，把卖花人扇过桥东。

【注释】

①"挣破"句：意为蝴蝶大得竟然把庄周的蝶梦给挣破了。庄周梦：庄周，战国时宋国人，曾为漆园吏，有《庄子》一书。据说他曾梦见自己化为大蝴蝶，醒来后仍是庄周，弄不清到底是蝴蝶变成了庄周，还是庄周变成了蝴蝶。②一采一个空：一作"一采个空"。③谁道：一作"难道"。风流种：一作"风流孽种"。风流才子，名士。④唬杀：犹言"吓死"。唬，一作"諕（huò）"。諕：吓唬；杀：用在动词后，表程度深。⑤轻轻飞动：一作"轻轻搧动"。一本"轻轻"后还有"的"字。

【译文】

从庄周的梦境挣破而出,双翅乘驾着东风。三百座名园的花蜜都被它一采一个空,谁说它是风流种?连闻香而至的蜜蜂也被它吓得惊惶失措。蝴蝶轻轻一展翅飞动,就把卖花的人都扇过桥东去了。

【赏析】

据元陶宗仪《南村辍耕录》卷二十三载:"中统初,燕市有一蝴蝶,其大异常。王赋《醉中天》小令云云,由是其名益著。"由此可见,此曲并非凭空而作。而为了突出蝴蝶"大"的特点,作者运用了夸张的手法,令人耳目一新。

首先他将这蝴蝶和庄周梦蝶的典故联系在一起,说这蝴蝶是从庄子梦中跑出来的那只,赋予了蝴蝶绮丽奇诡的色彩。"挣破"让蝴蝶拥有了狂放不羁的性格,它不愿意被拘束在谁人的梦中,便挣脱出来,"两翅架东风",直冲云霄。明代曲论家王骥德曾如此评价此曲:"只起一句,便知是大蝴蝶,下文势如破竹,却无一句不是俊语。"

作者没有直接说明蝴蝶的大小,而是用蝴蝶的力量之大表现它的体积之大,并借此颠覆了人们对蝴蝶的一般印象——美丽娇弱。其笔下的蝴蝶大气潇洒,任达不拘,"三百座名园,一采一个空"。它是如此迅猛霸道,完全没有将园中的蜜蜂放在眼里。蜜蜂们也都被它"唬杀",任它随心所欲采撷花蜜。只是,在作者看来这还远远不够。因此,作者又把"人"引入曲中,让人也成为大蝴蝶恃强行事的受害者——蝴蝶只轻轻地扇了扇翅膀,就将人扇过了桥东。曲末一句充分体现了元曲活泼诙谐的特点。

全曲子构思巧妙,想象大胆,每个句子都新鲜不俗,在当时就颇受人们喜爱,作者也因此名声大振。

拨不断 大鱼

◎王和卿

胜神鳌①，夯风涛②，脊梁上轻负着蓬莱岛③。万里夕阳锦背高④，翻身犹恨东洋小。太公怎钓⑤？

【注释】

①神鳌：传说中一种有神力的大海龟。②夯（hāng）：用力撞。③蓬莱岛：传说中的海上三仙山之一。④锦背：色彩斑斓的鱼背。⑤太公：即姜太公。

【译文】

胜过了那神奇的大鳌，力气可以对抗海上的大风浪，脊梁上轻松地背负着蓬莱岛。游过了千万里，夕阳下只看到它的锦鳞高高地耸立，就是翻个身还嫌东洋太小。这样的大鱼，太公怎么钓？

【赏析】

"胜神鳌，夯风涛"写出了大鱼的磅礴气势，"脊梁上轻负着蓬莱岛"则说明这鱼不仅身形庞大，还神猛无比。结合作者的经历——声望甚高，入元不仕——可知作者有借鱼自比、借鱼托志之意。这鱼是如此不同寻常，万里夕阳都照不全它的脊背；又是如此心高气傲，偌大的东洋都嫌小。区区姜太公岂有能力将它钓走？这里的"太公"既可以理解为朝廷，也可以理解成世人孜孜以求的官位名禄。

王和卿的曲子以想象丰富、语言新奇见长，此曲就极好地体现了这点。

一半儿 题情

◎王和卿

将来书信手指拈着,灯下姿姿观觑了。两三行字真带草。提起来越心焦,一半儿丝抒一半儿烧。

【译文】

拿过书信在手里拈着,在灯下仔仔细细观瞧。两三行字儿有的端正有的潦草。提起来就越觉得心焦。一边撕扯,一边把它烧掉。

【赏析】

这首小令描述的是女主人公接到情书后的情景和诗信时复杂微妙的心情。女主人公对这封信已经期待很久了。她接过信来,急于知道内容。赶忙坐到灯下拆开信,仔仔细细地读起来。信上的话不多,但大概由于对方写信时急于倾诉情愫,历笔疾书,写到后边字迹竟潦草得难以辨认了。她细细地琢磨着,终于认清了信上的字句,滚烫的话语真挚热烈,她不由得脸上发烧,害羞起来。爱情是文学创作的一大主题,描写离别相思的题材在诗、词中更是屡见不鲜。而这首小令能写得别开生面、不落窠臼。

蓦山溪

◎王和卿

冬天易晚,又早黄昏后。修竹小阑干,空倚遍寒生翠袖。

萧萧宝马①，何处狂游？

［幺］人已静，夜将阑②，不信今宵又。大抵为人图甚么，彼此青春年幼。似恁的厮禁持③，兀的不白了人头④。

［女冠子］过一宵，胜九秋⑤。且将针线，把一扇鞋儿绣。蓦听得马嘶人语，甫能来到⑥，却又早十分殢酒⑦。

［好观音］枉了教人深闺里候，疏狂性奄然依旧⑧。不成器乔公事做的泄漏⑨，衣纽不曾扣。待伊酒醒明白究。

［雁过南楼煞］问着时只办着摆手⑩，骂着时悄不开口。放伊不过耳朵儿扭。你道不曾共外人欢偶，把你爱惜前程遥指定梅梢月儿咒⑪。

【注释】

①萧萧：马嘶鸣声。②阑：深。③恁（nèn）的：这样的。厮：相。禁持：约束，拘束。④兀（wù）的不：怎么不。⑤九秋：九年。⑥甫能：方才。⑦殢酒：病酒。⑧奄然：安然。⑨乔公事：混账事。乔，假。⑩只办着：一味地。⑪前程：将来。

【译文】

冬日里的白天很短暂，早又是暮色昏黄。竹丛边的栏杆啊，我独自倚着它一回回候望，衣袖早已冰凉了。他骑着骏马，究竟在何地轻狂地游荡呢？

人已静下来，夜色渐渐深了，不想今晚又与往常一样。为人一世究竟求些什么呢？不就是为了彼此不辜负青春年少的好时光嘛！像这般受约束，无法欢娱，怎不叫人白了少年头啊！

好容易才挨了一个晚上，却比九年还长，姑且拿出针线，来绣那一扇鞋儿。猛然听到马儿的嘶鸣和郎君的话语声。方才盼到他归来了，却是一副烂醉如泥的模样。

白白让我在闺房里等候了一晚，郎君那疏狂放荡的情性却一点也不改。这不成器的在外头厮混还漏了马脚，内衣的纽扣不曾扣上。唉，等他酒醒了定要细细地问个究竟。

（待他醒了）盘问的时候他只是一味地摇手不认账，骂着的时候他就是一声不吭。饶不了他，我扭住他的耳朵不松手：你说你不曾与外人勾搭，那你就对着这梅树梢间的月儿发下毒誓，把你爱惜将来的盟誓再对我说一遍吧。

【赏析】

"冬天易晚，又早黄昏后"交待了故事发生的时间背景，让人格外怜惜曲中的女子。"修竹小阑干，空倚遍寒生翠袖"化自唐代诗人杜甫的《佳人》"天寒翠袖薄，日暮倚修竹"，暗示了女子的美貌，也凸显了她的楚楚可怜。接下来的"萧萧宝马，何处狂游？"则告诉人们女子幽怨的原因——她有一个放荡不羁，夜不归宿的夫君。

"不信今宵又"与"又早黄昏后"照应，意味深长，两个"又"字说明她已不是第一次等夫君至深夜。但她仍不肯放弃守候，"不信"的背后是对感情的执着，她相信自己总有一天会打动夫君，与夫君长相厮守。"大抵为人图甚么，彼此青春年幼"是她希望永保青春的最深切的愿望，这句也体现了古人对少年夫妻及时行乐的祝福和理解，唐玄宗李隆基在《好时光》中就用"莫倚倾国貌，嫁取个有情郎。彼此当年少，莫负好时光"的诗句来表达希望永远拥有青春美好时光的愿望。此句也是最能引起读者共鸣的。然而从"似恁的厮禁持，兀的不白了人头"可以看出，她的夫君并不理解她的心意。

果然，她好容易等到夫君回来，对方却烂醉如泥。她的不满、怨恨陡然爆发，"枉了教人深闺里候，疏狂性奄然依旧"，气愤中夹杂着失望，也只有爱人至深才会如此。作者十分了解闺阁怨妇的心理特点。

值得一提的是，每每提到被情郎辜负的女子，诗与词总是极尽凄婉之能事。而曲则不然，它可以凄婉，也可以辛辣。能够充分地将写景、叙事和抒情融于一体。譬如此曲，前半段曲中人还是一副淑女的模样，温婉多愁，到了后半段却泼辣起来，先是迫不急待地追"问"，然后是忍不住嗔"骂"，最后还上手去扭对方的耳朵，死活要让对方对着月亮赌咒，将痴女对丈夫的爱与恨描述得淋漓尽致、惟妙惟肖，也使此曲颇具戏剧性、观赏性和可读性。相较于诗词，曲的表现领域更为宽广，更适合用来描绘世俗生活，是其他韵体所无法相提并论的。

小桃红 江岸水灯

◎盍西村

万家灯火闹春桥①，十里光相照。舞凤翔鸾势绝妙②。可怜宵③，波间涌出蓬莱岛。香烟乱飘④，笙歌喧闹，飞上玉楼腰⑤。

【注释】

①闹：使热闹、欢乐。②舞凤翔鸾：指凤形和鸾形的花灯在飞舞盘旋。鸾，传说中凤凰一类的鸟。③可怜：可爱。④香烟：指灯火的光辉及焰火。⑤玉楼：华丽的高楼。

【译文】

万家灯火照耀着闹灯春桥，一派热闹景象，沿江十里灯火辉煌，互相映照。凤灯飞舞，鸾灯腾翔，气势恢宏绝妙。多么可爱的夜晚，波涛奔涌现出蓬莱仙岛。浓香的烟火纷散着乱飘，笙歌声声喧响欢闹，一起飘飞，直飞上华丽的高楼，冲到半腰间。

【赏析】

本曲为《临川八景》之一,描绘了正月十五上元灯节的热闹景象。

元宵佳景向来是文人骚客钟爱的咏唱对象,和元宵节有关的佳作名篇不胜枚举,此曲就是其中之一。曲子一开始就用"万家灯火"传递出人们对元宵佳节的喜爱之情。"万"是虚数,旨在表现灯火之多,后面的"十里"也是虚指,意在强调街道上流光溢彩。作者除了着力表现目之所见,还用一个"闹"字写出了节日的喧嚣,从视觉和听觉这两个角度描绘元宵佳节的欢乐场面。第三句的"舞凤翔鸾势绝妙",一方面突出了元宵节的节日特色,一方面又为这欢乐场面增添了喜庆的气氛,凤与鸾都是祥兽。

接着,作者笔锋一转,将视线转向江中,重点刻画江上的灯船。"波间涌"写出了灯船于水中若隐若现的样子,远远看去,如梦似幻,所以作者才将其比喻成传说中仙人所居的蓬莱岛。而这灯船不止远观如仙境,身处其中也仿佛置身美好梦境。船上灯火闪烁,焰火纷飞,作者想象着它们会一直飞到九霄之外天帝所居的玉楼。曲子在这里戛然而止,给人留下了偌大的想象空间。玉楼上的天帝是否会被这人间佳节感染?

作者由陆地写到江上,又由江上写到天庭,其虚实相间的写作手法,大胆的想象,都给人耳目一新的感觉。

小桃红 杂咏(一)

◎盍西村

绿杨堤畔蓼花洲①,可爱溪山秀。烟水茫茫晚凉后。捕鱼舟,冲开万顷玻璃皱②。乱云不收,残霞妆就,一片洞庭秋③。

【注释】

①蓼花洲：指水中的绿洲。蓼，又称水蓼，花或为淡红，或为白。②玻璃皱：比喻水浪。③秋：指秋天的景色。

【译文】

碧绿的杨树满堤畔，小洲蓼花纷飞，最可爱的是这一派山溪秀色。夜晚来临，凉意渐起，在烟水茫茫的江上荡起鱼舟，让它冲开万顷水面，涌起层层波纹。天上云彩散乱，停驻不收，霞光渐残，妆点着这一片洞庭秋色。

【赏析】

盍西村的《杂咏》共八首，这是其中的第六首。全曲以"可爱溪山秀"总领景物描写，最后以一句"一片洞庭秋"进行总括。全曲结构严谨，而在描写手法上以动静结合为主。其中"绿杨堤""蓼花洲"皆是静景，以静景起头可以迅速将读者拉入曲中世界，但若一直描绘静景，又不免单调。因此，接下来的"溪山"和"烟水"静中含动，为曲子增添了灵动的气息。然而作者打算描绘的并非是清灵的小山小水，便又用一句"捕鱼舟，冲开万顷玻璃皱"领起全曲气势，让读者的心情霎时开阔。而作者特意将"乱云"和"残霞"这两个缥缈之物放在曲子的末尾，让它们载着读者的思绪飘向远方。

⊙作者简介⊙

盍西村，生平不详。盱眙（今江苏省盱眙县）人。元代钟嗣成的《录鬼簿》未见其姓名，但有盍志学，有人以为二者系一人。其文风格清丽，明代朱权在《太和正音谱》中评价他"如清风爽籁"。今存其小令十七首，套数一首。

小桃红 杂咏（二）

◎盍西村

淡黄杨柳月中疏，今古横塘路。为问萧郎在何处①？近来书，一帆又下潇湘去。试问别后，软绡红泪，多似露荷珠。

【注释】

①萧郎：指女子爱恋的男子。一说出自汉代刘向《列仙传》："萧史者，秦穆公时人也，善吹箫，能致白孔雀于庭。穆公有女字弄玉，好之。公遂以女妻焉。"一说原指梁武帝萧衍。

【译文】

淡黄的杨柳树在月光下显得稀稀疏疏，站立在古今闻名的横塘路上。想问问情郎身处何地，近日来信说他挂上帆一下子又到潇湘之地去了。有谁能知，泪水沾在软软的红绢上，就像荷叶上的露珠一样多。

【赏析】

首句"淡黄杨柳月中疏"为全曲奠定了凄清寂寥的基调，从一个侧面反映出曲中人忧郁的心情。"为问萧郎在何处"，作者用一个设问巧妙地向读者传递出曲中人的茫然无措。好容易等到心上人的书信，却被告知那人越行越远，曲中人的失落可想而知。曲末三句，又生一问，自怜之中亦有几分埋怨，怜的是自己如此伤心难过，留下许多泪水；怨的是情人不归，这份伤心无处诉说，无人宽慰。

小桃红　客船晚烟

◎盍西村

　　绿云冉冉锁清湾[①]，香彻东西岸。官课今年九分办[②]。厮追攀[③]，渡头买得新鱼雁。杯盘不干，欢欣无限，忘了大家难。

【注释】

　　①绿云：此指烟霭汇聚成的如云烟团。冉冉：上升的样子。②官课：指上缴官家的租税。九分办：免去一分赋税，按九成办理征收。③厮追攀：相互追赶、招呼。

【译文】

　　如绿云一般的繁枝纷披环锁了清清的江湾，花香四溢弥漫了东西两岸。官家的租税今年只按九成征收。前后呼叫相告，聚集在渡头，买了新捕获的鱼虾野味。在杯子里斟满酒，盘子里盛满食品，感到无比欢欣，暂且把各自的艰难事抛在脑后了。

【赏析】

　　此曲为《临川八景》组曲中的一篇，极富生活气息。

　　曲首的"绿云"有多种理解。有人认为"绿云"实指葱郁的树冠，小湾被绿树环绕，景色怡人，为全曲奠定了欢乐的基调。也有人认为"绿云"指江边烟霭，有祥瑞之意。官府减少了税收，百姓大喜，作者仿佛看到一团祥瑞之气笼罩在清湾上。虽然在今人看来，税收免去一成并不算多，但在当时人眼中，这可是值得庆祝的大好消息。"厮追攀，渡头买得新鱼雁"与前面的"香彻东西岸"相互照应，对平民百姓而言，最好的庆祝方式便是美美的吃上一顿。"杯盘不干，欢欣无限"，就连读者也不免为曲中人的欢乐所感染。

但这欢乐并没有贯穿全曲，"忘了大家难"，看着欣喜若狂的百姓，作者感慨万分。百姓身上的重担并不会因为税收减了一成而消失，欢喜过后，还有千难万难要面对。作者不由为他们的未来担忧起来。这位船客能够从渔民的一日之欢想见其百日之苦，能够理解渔民以一日之醉忘百日之忧，真是十分难得了。

此曲构思奇特，全篇以白描手法铺叙渔家之乐，只是在篇末轻轻一点，揭示了渔家忧难的丰富内涵，其对人的触动更加强烈，发人深思。这正是"以乐景写哀，以哀景写乐，一倍增其哀乐"（王夫之语）。

人月圆

◎刘　因

茫茫大块洪炉里①，何物不寒灰。古今多少，荒烟废垒②，老树遗台。太行如砺③，黄河如带④，等是尘埃⑤。不须更叹，花开花落，春去春来。

【注释】

①大块：大地，大自然。洪炉：造物主的冶炉。②垒：用于战守的工事。③太行：山脉名，在黄河北，绵亘山西、河南、河北三省。砺：磨刀石。④黄河如带：《史记》载封爵之誓，有"使河如带，泰山若厉（砺）"语，意谓即使黄河变成了狭窄的衣带，泰山变成细平的磨刀石，国祚依然长久。后人因有"带砺山河"的成语。此处仅在字面上借用了

《史记》的成句。⑤等是：同样是。

【译文】

茫茫天地就像被装进一个巨大的炼炉，在这里，有什么东西能逃脱其冶炼，不带上寒冷灰暗的色调呢？时光纵横，古今发生多少变迁，废弃的兵垒上弥漫着荒凉的销烟，古旧的遗址残台，只有枯老的树木相伴。看太行山仿佛一块砺石，黄河就像一条绸带，混同尘埃。更用不着去哀叹，什么花开花落，春去春来。

【赏析】

作者登高远望，所见之景破败萧瑟。"荒烟废垒，老树遗台"难免不让人感慨万千，它们曾经雄壮威武，如今却残破不堪，成为一段喧嚣历史的见证。而"古今多少"说明作者已然想到这世间风云变幻，纷争无数，荒弃的战争工事何止是眼前这一处两处。因为距离较远，一眼看去巍峨的太行山就像磨刀石一般，滚滚黄河也成了细细的一条带子。人们常说在伟大的自然面前人类渺小不堪，但在作者这里，无论是人工构建的辉煌还是大自然的鬼斧神工，于造物主面前，都"等是尘埃"。

只是念到此处，常人多会心生伤感，但作者却不然。"不须更叹"乃劝世之语，也反映了作者潇洒乐观的人生态度。结合曲首，天地间的一切莫不在"茫茫大块洪炉里"，盛放的鲜花和凋落的鲜花都是"洪炉"中的事物，并不存在本质差别。同样的人也无需时光流转介怀，一如"春去春

⊙作者简介⊙

刘因（1249—1293），理学家，原名骃，字梦骥，因爱诸葛亮"静以修身"之语，号静修。保定容城（今河北容城）人。其人天生聪慧，3岁识字，6岁能诗，7岁能文。20岁时便才华出众。至元十九年（1282）征为承德郎、右赞善大夫。后因母疾辞官，累征不出，死后追赠翰林学士、资政大夫、上护军，追封"容城郡公"，谥"文靖"。主要的著作有《四书精要》《易系辞说》等，并被收入《四库全书》。其编著的诗文集《静修集》，收入各体诗词八百余首，其散曲今仅存二首。

来"，此时此刻凋零衰败的也许哪天又生机焕发，重现华彩呢？

作者刘因性格豪迈，此曲即如其人，奔放俊逸。

蟾宫曲 晓起

◎徐琰

恨无端报晓何忙，唤却金乌①，飞上扶桑②。正好欢娱，不防分散，渐觉凄凉。好良宵添数刻争甚短长？喜时节闰一更差甚阴阳③！惊却鸳鸯，拆散鸾凰；犹恋香衾，懒下牙床④。

【注释】

①金乌：太阳。旧传日中有三足乌，故以"金乌"代日。②扶桑：神树名。《山海经》说它高三百里，植于咸池之中，树上可居十个太阳。③闰：在正常的时间中再增加出时间。阴阳：大道，此指道理。④牙床：象牙床。

【译文】

恨窗外无缘无故声声报晓的鸟儿为何着忙？唤醒了太阳，飞上天边，挂在云树间。正是欢娱的好时光，没想到分别时刻已到，渐渐地感觉到凄凉。如此良宵多添上几刻钟多好，计较什么短长？销魂时刻多饶一更坏什么阴阳大道！惊起恩爱鸳鸯，就要拆散和美相恋的鸾凰，临别还是贪恋着浓香的被窝，懒得走下牙床。

【赏析】

此曲是作者《青楼十咏》中的一首，以"恨"字领起全曲，表现了热恋中人难舍难分的心情。由于从诞生伊始便以普通大众为主要对象，元曲的题材较诗、词更为广泛，如徐琰这样的朝廷官员也不忌讳以闺帏秘事为题。

此曲的高明之处在于，没有让男欢女爱如漆似胶的深情流于轻浮。这是因为作者将写作的重点放在了曲中人的心理活动上。全曲无一字写缠绵之态，通篇都是曲中人的心里话。但这不妨碍作者表现缱绻之情。作者在遣词造句上很有造诣。譬如首句中的"恨"清楚直接地说明了曲中人的内心感受，为全曲的曲眼，紧接着的"无端"则含蓄地写出曲中人全心投入欢娱的样子——正由于过于沉醉，才忘记了时间。之后的"不防分散，渐觉凄凉"，不仅表现出曲中人的失落，还写出了这失落随分别之时的临近越来越强烈。最后的"犹恋香衾，懒下牙床"，更是将曲中人不情不愿，慵慵懒懒的样子展现无遗。

⊙作者简介⊙

徐琰（？—1301），元代诗人。字子方，号容斋、养斋、汶叟，东平（今属山东省）人。钟嗣成《录鬼簿》将他列于"前辈名公乐章行于世者"。其人魁岸而有襟度，早年曾受教于元好问，成年后与阎复、李谦、孟祺称"东平四杰"，常与苟宗道、程钜夫、胡长孺相唱和，盛极一时。其曾在元朝为官，至元二十五年（1288）拜为南台中丞，累官至江南浙西肃政廉访使、翰林学士承旨。生平事迹见元戴表元《剡源文集》卷二三、《众祭徐子方承旨文》及《元史》卷一一五、一四八、一六〇、一七三、一九〇。

双鸳鸯 柳圈辞

◎王恽

问春工①，二分空②，流水桃花飐晓风。欲送春愁何处去，一环清影到湘东。

【注释】

①春工：春神之工，此处指春光。②"二分"之句：宋苏轼《水龙

吟·次韵章质夫杨花词》中有"春色三分，二分尘土，一分流水"之句。

【译文】

问春光如何，春色三分，二分尘土已空，只有一分流水漂载着晓风中坠落的桃花。要把这春愁送往何处？但愿这一环柳圈的清影随流水直到潇湘之东。

【赏析】

王恽的《柳圈辞》共有六支，这里选的是第二支。古人在清明时，会摘采新柳，制成柳圈戴在头上，到水边祓禊以驱毒辟邪。此曲写的就是戴柳祓禊之事。

既是写柳圈，首先使人想到历代诗人词人对柳树的吟咏。柳在中国古代诗词中有很多种意象，其中离情别绪为最经典和最常见的意象。而放柳圈这种祓禊活动不免也包含了追怀亡人、消除愁绪等等内容。"二分空"一句，引起人们对苏轼"春色三分"的感叹。而苏轼对杨花"梦随风万里，寻郎去处"的描写，使人对流水中飘荡着的杨花赋予了另一种情感。因此一个"二分空"吊起了读者的好奇心，想知道是什么引起了作者对春光流逝的感慨。紧接着的"流水桃花飑晓风"则回答了读者的疑问，原来作者看到了水中的落花。此时，读者也不免和作者一起有了好景不长之感；另一方面，这里的流水桃花也带了追怀之意。而春愁已起，人很自然地就会想到要将愁送走，二三句的承接浑然无迹，末句的"一环清影到湘东"则紧扣了题目中的"柳圈"。"清影"是柳圈浮于江上的样子，还有

⊙作者简介⊙

王恽（1227—1304），字仲谋，号秋涧，卫州汲县（今属河南省）人。元好问弟子。王恽一生官运亨通，死后被赠为翰林学士承旨资善大夫，追封太原郡公，谥号"文定"。其著有《相鉴》五十卷，《汲郡志》十五卷，《秋涧先生大全集》一百卷。其文章不蹈袭前人，独步当时，今存散曲小令四十一首。

什么比轻盈的柳圈更合适寄托淡淡春愁的吗？一幅极具浪漫色彩又清雅旖旎的画面顿时浮现在读者眼前。为什么结句点明是到"湘东"？愁绪随着流水漂到湘东，而情感也寄之湘东，可见其愁结就在湘东了。

黑漆弩 游金山寺①

◎王 恽

邻曲子严伯昌，尝以《黑漆弩》侑酒。省郎仲先谓余曰："词虽佳，曲名似未雅。若就以'江南烟雨'目之，何如？"予曰："昔东坡作《念奴》曲，后人爱之，易其名曰'酹江月'，其谁曰不然？"仲先因请余效颦，遂追赋《游金山寺》一阕，倚其声而歌之。昔汉儒家畜声伎，唐人例有音学，而今之乐府，用力多而难为工。纵使有成，未免笔墨劝淫为侠耳。渠辈年少气锐，渊源正学，不致费日力于此也。其词曰：

苍波万顷孤岑矗②，是一片水面上天竺③。金鳌头满咽三杯④，吸尽江山浓绿。蛟龙虑恐下燃犀⑤，风起浪翻如屋。任夕阳归棹纵横⑥，待偿我平生不足。

【注释】

①金山寺：也叫江天寺，位于江苏省镇江市西北的金山上。②岑（cén）：底小而高的山。③上天竺：指上天竺寺，位于杭州灵隐山。④金鳌头：金山最高处的金鳌峰。⑤"蛟龙"句：意为蛟龙在忧虑，害怕有人燃着犀牛角深入水中，照出它们的丑恶形相。⑥棹（zhào）：船桨，此处指船。

【译文】

苍茫无边的万顷之波上一座孤峰矗立，天竺寺众佛寺仿佛是从一片水面上托出。金山像一只巨鳌，伸头从江面上满咽数杯，将江山的秀色浓绿尽行摄取。蛟龙深恐游人燃起犀角照耀出它的本来面目，兴起风浪，翻滚起巨大如屋的浪头。任它夕阳西下，而扬起船棹掉转船头踏上归途的船只穿梭纵横，我只愿好好地享受这平生未见过的壮丽奇景。

【赏析】

　　金山本来是长江江心的岛屿，后来因为泥沙积淀的缘故，到了清代道光年间才开始与南岸毗连，成为内陆山。这篇曲子可能是作者南下任官时，途经金山而写。曲子的第一句就蕴含了两个对比鲜明的意象"万顷苍波"和"孤岑"，波是平的，金山是突兀的；前者是自然风光，后者上有人工建筑。后者在前者的映衬下雄伟超凡。

　　由于远远看去，这金山犹如一只巨鳌，所以金山峰又被称为"金鳌峰"。而作者干脆将其视作有生之物。"满咽三杯，吸尽江山浓绿"喻意其汲取了天地之灵气，灵秀无比。接着，作者又展开了大胆地想象，将山下的汹涌水波说成是蛟龙兴风作浪的结果。相比直接描绘波涛滚滚，这样写更能表现金山的壮美超凡，同时也暗示读者金山乃藏龙卧虎之地，不容小觑。

　　"风起浪翻如屋"，随便一个浪涛就能将人淹没。然而，对着如此壮阔的景象，作者早已顾不得水面上风大浪急，更顾不上时间已晚不易行舟，只想融入这壮美的景色中，好好体会大自然的奇伟。"待偿我平生不足"实是对金山魅力的称颂。

　　作者在曲前的小序中表达了对当时曲坛"用力多而难为工""笔墨劝淫为侠耳"的不满，其写作此曲也有革曲坛风气之意。

平湖乐

◎王 恽

采菱人语隔秋烟,波静如横练①。入手风光莫流转②。共留连,画船一笑春风面。江山信美,终非吾土。问何日是归年?

【注释】

①横练:横铺着的白绢。用以形容湖水的平静澄清。②入手风光:映入眼帘的风景。入手,到手。

【译文】

采菱姑娘的声音透过烟波茫茫的秋水传来,湖面波涛不兴,平静如白色的素绢横铺。如此美好的风光可别虚掷光阴,不如一起在这儿共赏留观。佳人从画船上娇媚一笑,如春风拂面。江山确实秀丽,美景如画,可惜终究不是我的家乡。不知道哪一天才能回到故土?

【赏析】

曲牌"平湖乐"也作"小桃红"。

开篇第一句点出了写作时间,乃是清秋的早晨。作者荡舟湖上,见采菱女划船采菱、娇语频传,这隔着清雾朦胧的美感,以及船下碧波如绢的湖面,无处不是景,无处不是情,"波静如横练"的"静"和"练"二字也更形象地描绘了波面静而软、平而澈的画面。人美景美兼具。

作者不觉连呼"莫流转""共留连",这两句其实是起到了递进互补、强调的作用,从这美好的风光景色到"画船一笑春风面"采菱女嫣然的一笑，都令作者陶醉不忍离去。尾句是借用王粲的《登楼赋》："虽信美而非吾土兮，曾何足以少留。"笔锋一转，情感色彩陡然一变，点出了此曲的主旨："何日是归年？"可见作者内心的乡愁蕴藉的浓烈，说出了作者强烈的思乡之情。大起大落的写作风格，以乐景反衬哀情，他乡再美但"终非吾土"，不禁让人悲从中来。

平湖乐 尧庙秋社①

◎王恽

社坛烟淡散林鸦，把酒观多稼②。霹雳弦争斗高下，笑喧哗，壤歌亭外山如画③。朝来致有④，西山爽气，不羡日夕佳⑤。

【注释】

①尧庙：在山西临汾境内汾水东八里。秋社：古代于春秋两季祭祀社神（土地神）。秋社在立秋之后的第五个戊日举行。②多稼：丰收。语本《诗经·大田》："大田多稼，既种既戒。"③壤歌亭：来自《击壤歌》，意思为尧庙中建筑名。据皇甫谧《帝王世纪》，尧时有老人击壤而歌，后人因此以"壤歌"为尧时清平的象征。壤，一种履形的木制戏具。④"朝来"二句：《世说新语》载晋名士王子猷在桓冲手下任骑兵参军，啸傲山水而不屑理事。桓冲当面督促，王子猷全然不答，只是望着远方自语："西山朝来致有爽气。"致有，尽有，有的是。⑤日夕佳：晋陶渊明《饮酒》诗："山气日夕佳。"主要表现一种非常自然的、非常率真的意境，禅意盎然，反映了隐居生活的情趣。

【译文】

社日的祭祀活动结束后,只剩下淡淡的烟雾,乌鸦回归林间,手持酒杯,喜看眼前茁壮繁密的庄稼。弦声骤急互争高下,笑声喧哗,壤歌亭外山色秀丽,美如图画。早上还能像晋朝名士一样享受西山爽气,不用去羡慕陶渊明的夕阳美景。

【赏析】

古代在春秋季节都要举行祭祀土地神的活动,此曲就描写的是秋季祭献仪式结束后,百姓欢畅、身为地方官员的作者与民同乐的情景。

本曲开篇以设坛烟散、鸟归巢来正衬祭献仪式告一段落的事实,自此入手揭开欢乐的场景。百姓和乐,庄稼丰收,笑语喧哗。

本曲用典颇多,"壤歌"出自《击壤歌》,尧时建筑名。本是代表着尧时万民富足、清平和乐,作者用在这里便引起了对眼下祭民们和乐丰收的联想,随及便有"山如画""西山爽气,不羡日夕佳"的感慨。都是正面衬托、充实了秋社和乐物丰的精神内涵。

"西山爽气"出自《世说新语》,表达了一种无为而治的为官心得,不岌岌可危也不隐居避世的政治思想。"日夕佳"出自陶渊明的《饮酒》。全曲典故活用无痕,用词雅致,意蕴含蓄,别有一番风味,令人回味无穷。

沉醉东风 秋景

◎卢 挚

挂绝壁枯松倒倚,落残霞孤鹜齐飞①。四围不尽山,一望无穷水。散西风满天秋意。夜静云帆月影低②,载我在潇湘画里③。

【注释】

①"落残霞"句：落霞。鹜，野鸭。王勃《滕王阁序》："落霞与孤鹜齐飞，秋水共长天一色。"此用其语意。②云帆：一片白云似的船帆。③潇湘画里：宋代画家宋迪曾画过八幅潇湘山水图，世称潇湘八景。历代题咏者不少。潇、湘，湖南境内的两大水名。湘水流至零陵县和潇水合流，世称潇湘。这里极言潇湘两岸的风景如画。

【译文】

枯树倒持在悬崖峭壁上，残留的晚霞散落，与孤零的野鸭一起飘飞。四周是绵延不尽的山脉，一望无际的水流。漫天飞舞的西风带来浓浓秋意。夜晚如此静谧，高挂云帆的船儿在月亮的照射下投下低低的影子，载着我行驶在江面上，仿佛置身于潇湘美景图画中。

【赏析】

"挂绝壁"和"落餐霞"两句分别化用了唐代诗人李白的《蜀道难》"枯松倒挂倚绝壁"和王勃的《滕王阁序》"落霞与孤鹜齐飞"。不过，由于采用了上三下四的句子结构，相比原句显摇曳婉转，更符合曲的审美标准。

作者扬帆顺风而行，所见的景色一派秋意。不管是"绝壁枯松""孤鹜残霞"，还是连绵不尽的山脉、一望无穷的江水，在散漫开来的西风里，作者渐行的船仿佛成了感受这"漫天秋意"的最佳场所。无可抗拒地让作者产生了一种苍凉萧瑟的"悲秋"情绪。

尾句说的"潇湘画"是指北宋画家宋迪所画的八幅山水画，人称《潇湘八景》。隐退的晚霞，一轮初上的明月，夜幕降临，万籁俱寂，大自然就这样轻而易举地涤荡掉了作者内心的愁绪，仿佛宋迪笔下的山水，人景合一，情景交融。作者情绪在此时变得空明澄澈，一种了悟生命的人文气息扑面而来。这也在正面衬托了作品中山水景色的完美。

此曲意境开阔,情为景荣,情景交融,是一篇以景写意的成功之作。

⊙作者简介⊙

卢挚(1242—1314),字处道,一字莘老,号疏斋,又号嵩翁。元代涿郡(今河北省涿县)人。至元五年(1268)进士,曾任廉访使、集贤学士、翰林学士。其与白朴、马致远、朱帘秀均有交往,诗文与刘因、姚燧齐名,世称"刘卢""姚卢"。著有《疏斋集》(已佚)《文心选诀》《文章宗旨》,散曲现仅存小令,传世一百二十首,其中多以怀古、山林逸趣和诗酒生活为主题,风格自然活泼、清新爽朗。

寿阳曲 别珠帘秀

◎卢 挚

才欢悦,早间别①,痛煞煞好难割舍②。画船儿载将春去也③,空留下半江明月。

【注释】

①早:在词句中往往有"已经"的意思。间别:离别,分手。②痛煞煞:非常痛苦的样子。③将:语气助词。春:春光,美好的时光。一语双关,亦暗指朱帘秀。

【译文】

才感受到相处的欢悦,早就又到了要分别的时刻,内心里感到非常悲痛,感到难以割舍这份爱。画船将春天同你一起载走了,空留下这映照着半江春水的明月。

【赏析】

珠帘秀即朱帘秀,与很多散曲名家都有很深的情谊,作者卢挚就是其中之一。此曲描绘的就是二者在短暂相聚后又匆匆离别的情景。作者特地以口语写就此曲，以便更真切地表现对朱帘秀的依依不舍。"才"体现了欢悦的短暂，"早"写出了分离的失落，"好"则描绘出二人的难舍难分。曲末二句化自南宋词人俞国宝《风入松》的"画船载取春归去，余青付、湖水湖烟"，将与朱帘秀之别比作"春去"。"半江明月"则暗示作者的心绪已随情人远去。全曲以口语组篇，清丽可人，而又不失雅致。"痛煞煞"句叠字的运用，将分别之时的痛苦之情刻画得入木三分。作者想象丰富，画船载春、载不走的徒有明月等处想象，将别后时光流逝，终将"物是人非"的感慨忧伤表达得哀婉动人。

蟾宫曲 邺下怀古

◎卢 挚

笑征西伏枥悲吟①，才鼎足功成，铜爵春深②。敕勒歌残，无愁梦断，明月西沉。算只有韩家昼锦③，对家山辉映来今。乔木空林，几度西风，感慨登临。

【注释】

①早：在词句中往往有"已经"的意思。间别：离别，分手。②痛煞煞：非常痛苦的样子。③将：语气助词。春：春光，美好的时光。一语双关，亦暗指朱帘秀。

【译文】

才感受到相处的欢悦，早就又到了要分别的时刻，内心里感到非常悲痛，感到难以割舍这份爱。画船将春天同你一起载走了，空留下这映照着半江春水的明月。

【赏析】

　　珠帘秀即朱帘秀,与很多散曲名家都有很深的情谊,作者卢挚就是其中之一。此曲描绘的就是二者在短暂相聚后又匆匆离别的情景。作者特地以口语写就此曲,以便更真切地表现对朱帘秀的依依不舍。"才"体现了欢悦的短暂,"早"写出了分离的失落,"好"则描绘出二人的难舍难分。曲末二句化自南宋词人俞国宝《风入松》的"画船载取春归去,余青付、湖水湖烟",将与朱帘秀之别比作"春去"。"半江明月"则暗示作者的心绪已随情人远去。全曲以口语组篇,清丽可人,而又不失雅致。"痛煞煞"句叠字的运用,将分别之时的痛苦之情刻画得入木三分。作者想象丰富,画船载春、载不走的徒有明月等处想象,将别后时光流逝,终将"物是人非"的感慨忧伤表达得哀婉动人。

沉醉东风 闲居

◎卢　挚

　　恰离了绿水青山那答①,早来到竹篱茅舍人家②。野花路畔开,村酒槽头榨。直吃的欠欠答答③,醉了山童不劝咱,白发上黄花乱插。

【注释】

　　①那答:那块,那边。②早来:已经。③欠欠答答:疯疯癫癫,痴痴呆呆。

【译文】

　　刚刚离开了那边的青山绿水,早就到了竹篱茅舍这儿的人家。路边开放着野花,槽头那边正在酿制美酒。喝得口唇颤动手舞足蹈,酩酊大醉了孩童也不劝我,直往我斑白的头发里插满了黄花。

【赏析】

这是首写饮酒之乐的曲子。

曲中"闲居"的不是乡野老农而是归隐之人,所以整首曲子都流露出放情山水、恣意壶觞、不拘礼法的潇洒之情。"绿水青山"写出了隐居环境的清幽之美,"竹篱茅舍"又寓示着简单的生活。沿路绽放的野花和村头的卖酒小店都凸显了山居生活的悠闲,人们不难猜到作者非常享受这样的生活。"直吃的欠欠答答",写出了作者的心无挂碍,洒脱自在。"醉了山童不劝咱"又为曲子增添了几分生活的情趣。而"白发上黄花乱插"则呼应了前面的"吃的欠欠答答",将作者的酩酊醉态刻画得惟妙惟肖。

不过也有人认为,作者此曲乐中含悲。现代戏曲理论家任讷在《曲谐》中这样评价该曲"夫衰老自伤,必待沉醉,而后能于暂忘,乃得乱插黄花。片时称意,看曲是乐,实则至苦之境也。愈强作欢笑,愈见其心境之不容欢笑矣"。

蟾宫曲

◎卢挚

沙三、伴哥来嗦①,两脚青泥,只为捞虾。太公庄上②,杨柳阴中,磕破西瓜。小二哥昔涎刺塔③,碌轴上渰着个琵琶④。看荞麦开花,绿豆生芽。无是无非,快活煞庄家⑤。

【注释】

①沙三、伴哥:及下文的"小二哥",都是元曲中常用的农村青壮年

人名。喒：语尾助词，略同于"呀"或"着呀"。②太公：元曲中对农村大户人家老主人的习称。③昔涎剌塔：元人方言，垂涎三尺的样子。④碌轴：即碌碡，石碾子，碾谷及平整场地用的农具。渰（yǎn）：此同"弇"，合覆，这里是背朝上合扑之意。⑤庄家：农民。

【译文】

　　沙三、伴哥过来了，两脚上满是青泥，原来刚才去捞虾去了。就在太公的田庄上，他们坐在杨柳树荫底下，将西瓜砸开品尝。小二哥在一旁馋得口水滴答流淌，一翻身趴在碌碡上，活像扣着一面琵琶。放眼去看荞麦花开，绿豆生苗儿。没有是非争执，真是快活的农家。

【赏析】

　　曲子讲了几个乡野少年妙趣横生的生活，通篇使用村言村语，形式与内容绝妙地达到了统一。值得一提的是，使用俗语是元曲的一大特征。

　　沙三、伴哥以及后面提到的小二哥，都是元曲中常见的人名，多指乡村孩童。"来喒"写出了他们呼朋引伴，欢乐热闹的场面。"两腿青泥，只为捞虾"不仅让人一下子便想象出沙三和伴哥忘情捞虾的神态，还勾勒出他们大大咧咧的性格。也许因为等不及品尝西瓜的美味，他们直接将西瓜"磕破"。馋得一旁的小二哥"昔涎剌塔"。"碌碡上淹着个琵琶"用得十分巧妙。"淹"字一方面表现出天气的炎热，小二哥趴在碌上流了不少的汗；一方面又写出其口水横流的滑稽相。再看"琵琶"，极少有人用乐器形容人的姿态，琵琶"颈长"，小二哥伸长脖子看人吃西瓜的样子登时跃然纸上。

　　接着"看荞麦开花，绿豆生芽"，曲子的视角发生了变化，作者从旁观者变成了曲中人。生机勃勃的田野风光和前面乡野少年的憨态可掬相互映衬，自然而然引出来"无事无非，快活煞庄家"的结论。作者对乡村生活的喜爱之情早已从字里行间散发出来。

曲子比喻新巧，语言通俗，洋溢着生活的气息，情味十足。早期的元曲作家非常注重学习民间俚语，在一定程度上推动了元曲的发展。

蟾宫曲 商女[①]

◎卢 挚

水笼烟明月笼沙[②]，淅沥秋风，哽咽鸣笳[③]。闷倚篷窗[④]，动江天两岸芦花。飞鹜鸟青山落霞[⑤]，宿鸳鸯锦浪淘沙。一曲琵琶，泪湿青衫[⑥]，恨满天涯。

【注释】

①商女：歌女。②"水笼"句：杜牧《泊秦淮》中有"烟笼寒水月笼沙"。此调换语序化用。③笳：一种吹管乐器，其声凄厉，常为军中所用。④篷窗：船舱的舷窗。⑤"飞鹜"句：化用了唐王勃《滕王阁序》中"落霞与孤鹜齐飞"的语意。⑥"泪湿"句：此句化用白居易《琵琶行》中"座中泣下谁最多？江州司马青衫湿"的语意。青衫，唐官员品级最低之服色，后多作为卑官服色的代表。

【译文】

如烟一般的轻雾笼罩在江面上，月光洒在江岸。秋风淅淅沥沥，笳声好似人的呜咽。商女忧郁地倚靠着蓬窗，看窗外的风景。两岸芦花舞动，江天仿佛随之摇晃。晚霞沉落于西山之外，野鸭子飞于其间。夕阳映照下的粼粼浪涛淘洗岸沙，鸳鸯相依眠于沙上。琵琶声响起，眼泪沾湿青衫，每个沦落天涯的人都无限感伤。

【赏析】

　　此曲在写商女时用了两种手法。一是直接通过商女的动作表现商女的心绪。比如"闷倚篷窗""一曲琵琶,泪湿青衫,恨满天涯"。这种方法的好处是直白形象。二是用景物烘托商女的心理。在本曲中,除"闷倚"和"一曲"两句外,其余的句子皆采用了这种方法。水和月是朦胧的,秋风和鸣笛仿佛都沾染上人的情绪,二者本无所谓"淅沥""哽咽",但在伤心之人听来,就是如泣如诉之声。江水和芦花构成了一幅空旷苍凉的画面,晚霞之中,归家的飞鸟让漂泊之人伤感;波光粼粼的浪涛下,双宿双栖的鸳鸯又让人联想起自己的孤单。至此,读者也仿佛深入到曲中的世界,体会着曲中人的悲伤。

　　而无论是直接表现,还是间接烘托,作者都化用了不少他人的诗句。这样做既方便传达言外之意,又能给读者更多的想象空间。譬如"水笼烟明月笼沙"让人联想起杜牧的《泊秦淮》,读者不禁会想卢挚笔下的商女和杜牧的有何关联?而卢挚在曲的第一句就化用了杜牧的诗,是否也有心抒发和杜牧类似的忧国之情?"泪湿青衫"化自白居易《琵琶行》中的"江州司马青衫湿"。诗中,商女寄情琵琶落下眼泪,让白居易感慨万千。卢挚遇商女,是否也产生了白居易那般"同是天涯沦落人"的感觉?读者要靠联想体会文字之美、文字之意,作者便要想方设法引发读者的联想。卢挚显然深谙此道。

蟾宫曲　长沙怀古

◎卢　挚

　　朝瀛洲暮舣湖滨①,向衡麓寻诗,湘水寻春。泽国纫兰②,汀洲搴若③,谁与招魂?空目断苍梧暮云④,黯黄陵宝瑟凝尘⑤。世态纷纷，千古长沙，几度谪臣⑥？

【注释】

①瀛洲：传说中仙人所居之神山。舣：船拢岸。左思《蜀都赋》："试水客，舣轻舟。"②纫兰：见宋张孝祥《水调歌头泛湘江》词注。③搴：拨取。若：香草名，即杜若。屈原诗中多见。④苍梧：即九疑山，在湖南宁远县境。传舜帝葬于苍梧。⑤黄陵：山名，在湖南湘阴县北，滨洞庭湖，一名湘山。传舜帝二妃墓在其上。有黄陵亭、黄陵庙。⑥谪臣：指被迁调的官吏。

【译文】

早上还享受着登瀛洲般的幸运，傍晚已在湖滨泊船，去岳麓山寻求写诗的灵感，到湘水边寻找春天。在水乡中把兰花穿以为佩，在小洲中拔取香草杜若，又有谁为之招魂呢？只是徒然地极目远望那环绕在苍梧山上的暮云，湘山昏暗，那湘水之神的宝瑟也聚满了灰尘。世态纷争，悠久而古老的长沙又接纳过多少的迁客骚人呢？

【赏析】

这是一首怀古之作。

曲子首句就极言变迁之迅速，一看便知作者怀古伤情的原因。作者早上还在集贤院上任，晚上就已经乘船到了长沙，而从他对集贤院的称呼"瀛洲"来看，他对那里生活十分满意。

突然间要从喜欢的地方迁往陌生之地，人生境遇的急转直下让作者的情绪十分低落。对着长沙的山河湖水，他感慨万千，想到了很多和湘江有关的历史典故。然而，从屈原作《招魂》凭吊楚怀王到娥皇、女英投湘水殉舜帝，再从湘妃宝瑟蒙尘到贾谊作《鸟赋》悼屈原……其想到的故事都是那么凄恻伤感。至此，他的心情已不言而喻。

"千古长沙，几度词臣"，曲末作者由己及人，联想到其他在长沙写诗作赋的人。那些人也许和自己一样有着坎坷的经历，满腹忧怨。此曲蕴凄凉于苍劲之中，情真意切，令人感动。

水仙子 西湖

◎卢 挚

湖山佳处那些儿①，恰到轻寒微雨时。东风懒倦催春事。嗔垂杨袅绿丝，海棠花偷抹胭脂。任吴岫眉尖恨②，厌钱塘江上词③。是个妒色的西施。

【注释】

①佳处那些儿：即"那些儿佳处"。②吴岫（xiù）：指吴山，在西湖东南。岫，峰峦。③钱塘江上词：《春渚纪闻》《夷坚志》等宋人笔记中记载说，进士司马槱曾梦遇一美人献唱《蝶恋花》，上片为："妾本钱塘江上住，花落花开，不管流年度。燕子衔将春色去，纱窗一阵黄昏雨。"司马槱任职杭州后，美人梦中必来，方知她是南齐名妓苏小小的鬼魂。钱塘江，浙江在钱塘（今浙江杭州）区段的别称。

【译文】

西湖的湖山那几分好处，恰好在微雨酿出轻寒时方能显露出来。东风慵懒地吹拂着，似在催促着百花绽放。嗔怪垂杨频频摇舞着翠绿的长条，海棠花也只得偷偷地涂抹着胭脂。任吴山群峰似美人的眉尖那般紧蹙，却不愿让钱塘江上的歌女倾吐情愫。若把西湖比成西施，那么她真是个喜欢嫉妒的姑娘啊。

【赏析】

根据元代另一散曲名家刘时中的说法。元初，歌楼酒肆间本有《水仙子》西湖四时词流传，该词以"西施"二字为断章，但写的却不尽如人意。因此，卢挚便重作了四首，还定下了体例："首句韵以'儿'字，'时'字为之次。'西施'二字为句绝，然后一洗而空之。"

卢挚此曲写的是西湖的春天，他将西湖说成"妒色"的西施，显然是从苏东坡的"欲把西湖比西子"中得到的灵感。全曲即围绕"妒色"二字展开，将初春时节西湖的清雅浅淡描摹得恰到好处。"懒倦"写出了风的温和，"嗔"字描绘出柳枝轻摇的样貌，"偷摸胭脂"既突出了海棠的娇柔可爱，又表现出其花朵之小、花色之淡。而"任吴岫眉尖恨"则说明山乃远处风光，此句一出，人们便仿佛看到作者迎着细雨极目远眺、欣赏美景的样子。

作者用拟人化、拟情化的手法来表现出西湖的春日风光，构思十分巧妙。"妒"虽是贬义词，但经过作者之笔，却变成了西湖的可爱之处。

蟾宫曲

◎卢　挚

想人生七十犹稀，百岁光阴，先过了三十。七十年间，十岁顽童，十载尪羸①。五十岁除分昼黑②，刚分得一半儿白日。风雨相催，兔走乌飞③。仔细沉吟，都不如快活了便宜。

【注释】

①尪羸：身体衰弱。此指老朽。②除分：平分。昼黑：白天与黑夜。③兔走乌飞：古人传说月中有玉兔，日中有三足乌，故常以乌兔指代太阳和月

亮。兔走乌飞即日月流逝之意。

【译文】

　　想人的寿命到七十的已是稀少，这样百年光阴，三十年先匆匆过去。七十年间，前十年是无知的孩童，后十年是白发垂髫的老者。剩下的五十个年头，昼夜对分，才刚刚分到一半的时间享受着白日的普照。风雨交催，日月如梭，时光如水般流逝。沉下心来仔细想想，倒不如及时行乐的好。

【赏析】

　　卢挚此曲实际是受宋代词人王观的启发。王观曾写《红芍药》，词中有这样几句："人生百岁，七十稀少。更除十年孩童小，又十年昏老。都来五十载，一半被睡魔分了。那二十五载之中，宁无些个烦恼？仔细思量，好追欢及早。"然而论流传度，卢挚的这首模仿之作却远胜于王观。这主要是因为王观写的是词，卢挚写的是曲。词以雅为主，别体为俗，曲可庄可谐，以俗为趣。王观以俗语入词便不及卢挚以俗语入曲那般讨好。

　　不过，即便有前人的词作基础，由于将词变曲，无论是行文格式还是用韵，亦或是语言风格，都必要发生变化，还是需要作者费好一番心力。这同样是对作者的一种考验。卢挚将"人生百岁，七十稀少"变作"想人生七十犹稀，百岁光阴，先过了三十"语言直白了许多不说，还将陈述性的语句变成了引导性的语句，引导读者和自己一起为人生做减法，使减法的逻辑从曲首开始一直贯穿到"刚分得一半儿白日"。而在王观的词中这一逻辑却是从"更除十年孩童小"才开始的。此外，王冠词中的"好追欢及早"是"好及早追欢"的倒装，较为书面，颇有些伤感的意味。而卢挚在将之通俗化成"都不如快活了便宜"后，伤感之气不见了，潇洒之气跳脱出来，为曲子增添了轻快的色彩。

虽然同是宣扬"及时行乐"，王冠与卢挚却是一个疏淡，一个平实，给人的感受全然不同。

山坡羊（一）

◎陈草庵

晨鸡初叫，昏鸦争噪，那个不去红尘闹①？路遥遥，水迢迢，功名尽在长安道。今日少年明日老。山，依旧好；人，憔悴了。

【注释】

①红尘：飞扬的尘土，形容都市的繁华热闹。

【译文】

早晨鸡叫了，黄昏时乌鸦也争着叫，它们哪个不想在人世俗间争相表现？追求功名利禄需去长安大道。哪知这其间路途遥远，要历尽千辛万苦。哪知啊，今天的少年明天也会衰老。山依旧美好如昔，而人却已经衰老了。

【赏析】

元代的统治者对科举取士并不那么重视，整个元代便只举行过两届科举考试。一次是在元太宗窝阔台在位时，一次是在元仁宗延祐二年。期间相差了七八十年。不仅如此，两次考试还都给了蒙古人不少优待，对汉人、南人进行了各种限制。元代读书人入仕之难可见一斑。

此曲写的就是延祐二年的那次考试。对读书人来说，这可是一次难得的改变命运的机会，他们争相报考，十分踊跃。当时，作者陈草庵正赶往河南担任左丞，路上见到了不少赶考的学子。"晨鸡初叫，昏鸦争噪，那个不去红尘闹"便是对当时情况的写照。"晨鸡"与"昏鸦"有影射考生之意。但从"那个不去红尘闹"来看，与其说作者在讽刺考生，不如说他看不惯世人为名利所趋，且这看不惯中还不乏同情。"路遥遥，水迢迢"，正是因为知道功名路的辛苦和无常，看人们为功名奔波，作者才会感慨万千。

"今日少年明日老"实是作者对世人的劝告。人生如白驹过隙，踌躇满志的少年转眼就变成满头白发的老翁，到时，那些凌云壮志又有多少能够实现？在曲的最后，作者用自然的亘古不变和短暂难测的人生做对比，强化了劝世的力度。

⊙作者简介⊙

陈草庵（1245—1320），即陈英，元代散曲作家。字彦卿，号草庵，析津大都（今北京市）人。一生仕履显赫，官历监察御史、诸道宣抚、中丞等，其生平事迹不详。元代钟嗣成在《录鬼簿》中称其"陈草庵中丞"，名列前辈名公之中。其散曲今存小令二十六首，多为愤世嫉俗之作。

山坡羊（二）

◎陈草庵

伏低伏弱①，装呆装落②，是非犹自来着莫③。任从他，待如何？天公尚有妨农过④，蚕怕雨寒苗怕火。阴，也是错；晴，也是错。

【注释】

①伏：屈服。②落：衰朽。③着莫：招惹。④妨农过：妨碍农时之罪过。

【译文】

就算我伏低做弱者，哪怕我装傻装笨，不去招惹人家，是非还是会自己找上我。一切随它自己去吧，看又能怎么样？就是老天爷也有妨害农事的罪过，蚕虫不喜欢阴雨，初生的禾苗怕炙烤。老天爷让下雨，是犯了过；老天爷让天放晴，也是犯了错。

【赏析】

陈草庵，《录鬼簿》于"前辈名公乐章传于世者"列有"陈草庵中丞"。孙楷《元曲家考略》云："陈草庵宣抚名英，一名士英，延祐初，以左丞往河南经理钱粮，寻拜河南左丞。"由此看来，陈草庵久居官场，仕途顺利。而其作品多是愤世、劝世之作，初想起来让人不解。然而联系元代实际情况，时政黑暗，吏治混乱，统治极为专制；行政、法律、经济加之天灾人祸的败乱集于一身，最终导致了元末红巾军起义。如此庞大的帝国历时不过百年，其民族、阶层、经济、吏民的矛盾之严重可以想见。那么置身于官场中而又能仕途顺利的人，其处境之艰险，其行事之艰难，其身心之疲累也是可以想见的。

在此曲中，作者对为人处世之难大发感慨。"伏低伏弱，装呆装落"写出了人谨小慎微的样子，"是非犹自来着莫"则说明世事险恶，无论人怎样做，都不能保证麻烦祸患不会缠上自己。起首三句很能引起世人共鸣。

"任从他，待如何"，从一个侧面体现出作者豪放的性格，既然进也不是，退也不是，倒还不如率性而为，看看最后会有怎样的结果。接着，作者又举了天公的例子，以调侃的语气说明就连神力无边的老天爷面对人情关系也有束手无策的时候，更何况是凡夫俗子。很多时候照顾了甲，得罪了乙，照顾了乙又顾不上甲。"阴，也是错；晴，也是错"，人很难顾及事情的方方面面，委屈未必就能求全。

曲子虽流露出愤懑不平之意，但由于语言诙谐又给人以开阔自适之感。

山坡羊（三）

◎陈草庵

愁眉紧皱，仙方可救：刘伶对向亲传授①。满怀忧，一时愁，锦封未拆香先透②，物换不如人世有③。朝，也媚酒。昏，也媚酒。

【注释】

①刘伶：西晋名士，"竹林七贤"之一。平生好酒放达，曾作《酒德颂》。又常携一壶酒，让人带着锸（铁锹）跟随，声称："死便埋我。"②锦封：用绸子做成的酒瓮封口。③物换：事物亡佚变换。世有：元人方言，已有。

【译文】

如果你的愁眉紧皱，那么有个仙方可以为你解忧：那是刘伶面对面传授给我的。即便有满怀的忧结，或者是一时的忧愁，酒坛的封口尚未拆开，那股醉香就已先沁人心脾了。事物的亡佚变换，哪能比得上手中实实在在持有的杯盏呢？所以，我朝也贪杯，晚也饮酒，日夜酣醉在梦乡之中。

【赏析】

中国古代，以"酒"为吟咏对象的文学作品很多，要在其中脱颖而出，为人铭记，单是做到妙语连珠还远远不够，作者还必须出奇出新，在构思上下工夫，一如此曲。

曲子一开始作者便说自己得到了为人消忧解愁的"仙方"，这很难不引起读者的好奇。烦恼人人有，谁不想抛下烦恼逍遥自在呢？而作者好像有意调人胃口，故作神秘状地说："这是刘伶亲自传授给我的。"刘伶是魏晋时人，不可能和生活于元代的作者"对向"，但提到刘伶人们就会想起酒。至此，不用作者说，读者也已然明了，作者的仙方就是"酒"。

想来，作者也和刘伶一样嗜酒如命。在作者看来，这酒除了能为人解一时之愁外，还能让人忘记岁月的流逝。又有什么比时光如梭更令人忧郁的呢？年华如水，转眼间少年就变作老年，任何人都无法回避这残酷的现实。对岁月流逝的恐惧牢牢地扎根于人意识的深处，作者"朝，也媚酒。昏，也媚酒"，无非是借饮酒来获得内心的宁静。若没了酒，作者恐怕就要"朝，也愁眉紧皱。昏，也满怀忧愁"了。

如此看来，作者不是劝人多多饮酒，而是借酒写愁，也只有忧愁多到无法排解的人才会把酒当成仙方。

意象突然跳转是这首曲子的一大特点。譬如从"满怀忧，一时愁"一下子转到"锦封未拆香先透"，利用酒香的沁人心脾暗示忧愁的一扫而尽，真有天马脱羁之妙。也正是这种大开大合的气势方显示出作者复杂的内心世界。

山坡羊（四）

◎陈草庵

江山如画，茅檐低厦，妇蚕缫婢织红奴耕稼[1]。务桑麻[2]，捕鱼虾。渔樵见了无别话，三国鼎分牛继马[3]。兴，休羡他。亡，休羡他。

【注释】

①蚕缲：养蚕与抽收茧丝。织红：纺织与缝纫刺绣。耕稼：耕田与播种谷物。②务：经营。桑麻：农作物的泛称。③牛继马：晋朝司马氏开国初，西柳谷出土一石，上有图画及"牛继马后"的谶语。后来恭王司马觐的妃子与军吏牛氏私通，生下的儿子便是日后东晋的第一代皇帝元帝司马睿，果然暗中继替了原先皇家的血统。这里借指历史上王朝的更迭与嬗变。

【译文】

山山水水如图画一般秀美，趁着美景盖上几间低矮的茅屋住下。妻子养蚕缲丝，婢女织布纺纱，长工耕田播种。一心从事农活，有时也捕鱼捉虾。见了渔夫樵子只说些闲话，无非是晋代了三国，牛氏又顶了司马。兴，不羡慕它；亡，也不羡慕它。

【赏析】

大隐隐于市，小隐隐于林。隐于林者大约不是做渔夫、樵夫就是做农夫了。此散曲描写的是隐于田园的生活。

作者细致地描写了田园生活中的农活。耕种织绩，甚至于男女具体的分工，细细道来。而这一切是在风景如画的背景中进行的，自然另有一番情趣。

"江山如画，茅檐低厦，妇蚕缲婢织红奴耕稼。务桑麻，捕鱼虾。"美丽的山河湖水，几间茅屋，养蚕抽丝的妇女，纺织缝纫的婢女，远处田野中辛勤劳作的家奴。这是作者脑海里时常出现的美好生活画面，并不是很富足，却呈现了一种闲适安定的田园生活面貌。

接着作者对这幅画面开始加入另一种感情色彩，虽然仍旧是"务桑麻，捕鱼虾"，却"渔樵见了无别话，三国鼎分牛继马。兴，休羡他。

亡，休羡他"。画面依旧，不过画面里的人谈论的话题却是"三国鼎分牛继马"，"牛继马"是一个谶语，这里指代历史王朝更替的现象，王朝的兴衰和这山野百姓没什么关系，管他兴衰如何！这是一种心酸、一种牢骚，作者借着此曲让这种情感跃然纸上，似有入仕不成，出世无道的感慨！

全曲仿佛一幅田园耕织图，远山近景历历在目，众人各司其职，每个角色在画上的情态动作细致逼真，而作者的感情寄予于风景描写当中。从这幅怡然自得的耕织图和对如画的风景的描绘中似乎可以感受到作者当时淡泊闲适的态度和愉悦的情怀。而关于渔樵言史的描写，一方面反映当时元朝统治的现实，另一方面也从作者与隐士们对政治的冷漠态度反衬出当时人们悲愤无以诉告的痛苦。一方面是从外表上呈现的安宁康乐的生活画面，另一方面是内心的真实，两相对照，作者的真实心情读者不难读懂。

四块玉 闲适

◎关汉卿

旧酒投①，新醅泼②，老瓦盆边笑呵呵③。共山僧野叟闲吟和。他出一对鸡，我出一个鹅，闲快活。

【注释】

①投：再酿之酒。②醅（pēi）泼：未滤过的再酿酒。③老瓦盆：粗陋的盛酒器。

【译文】

把老酒滤进新酒再酿，新酒也粗酿出来了，围坐在老瓦盆边笑呵呵。与山寺的和尚和田叟一起饮酒唱和。大家他带一对鸡，我带一只鹅地凑份子，在这儿趁悠闲好好快活快活。

【赏析】

关汉卿的《四块玉·闲适》一共有四首，这里选的是第二首。作者用白描的手法描绘出一幅充满生活意趣的田园风光图。曲的语言朴实恬淡，一如作者的山居生活。将旧酒投入新酒，本没有什么欢乐之处，作者和友人却呵呵而笑。与其说将旧酒投入新酒有趣，不如说曲中人心中快慰，见什么都感到愉悦。他们咏歌吟诗，无牵无挂。"他出一对鸡，我出一个鹅"是整首曲子的点睛之处，将田园生活的简单惬意表露无遗。作者虽未多言，读者已然心领神会，有些快乐源自内心的宁和知足。

⊙作者简介⊙

关汉卿，大约生于金代末年（约1229—1241），卒于元成宗大德初年（约1300前后），元代杂剧作家。号已斋叟（一作一斋）。关于关汉卿的籍贯，有大都（今北京市）（《录鬼簿》）、解州（在今山西运城）（《元史类编》卷三十六）、祁州（在今河北）（《祁州志》卷八）等不同说法。《录鬼簿》中，称他为"驱梨园领袖，总编修师首，捻杂剧班头"，可见他在元代剧坛的地位。其与马致远、郑光祖、白朴并称为"元曲四大家"，并位于"元曲四大家"之首。关汉卿编有杂剧67部，现存18部。其中《窦娥冤》《救风尘》《望江亭》《拜月亭》《鲁斋郎》《单刀会》《调风月》等，是他的代表作。

四块玉 别情

◎关汉卿

自送别，心难舍。一点相思几时绝，凭阑袖拂杨花雪①。溪又斜②，山又遮，人去也。

【注释】

①凭阑袖拂杨花雪：写主人公靠着阑干，用袖拂去如雪的飞絮，以免

妨碍视线。杨花雪，如雪花般飞舞的杨花。语出苏轼《少年游》："去年相送，余杭门外，飞雪似杨花。今年春尽，杨花似雪，犹不见还家。"②斜：此处指溪流拐弯。作者用"杨花飞絮"来设障与下文的"斜""山"构成多重障碍，加深缠绵的愁思。

【译文】

自从那天将你送别，心里一直对你难分难舍。对你的相思之情充盈心间，什么时候才可以与你重逢以慰心怀；斜倚着栏杆，用衣袖拂去如雪花一样飞舞的杨花。看溪水沿斜坡流下，重重山峦遮住视线；才想起心上的人，早已远去了。

【赏析】

这是一首描写离情的曲子。曲中女子和情人依依惜别，落寞不已。

第一句直抒胸怀，表明主人公自从长亭送别后对情人难舍难分的真情。自从离别，心中常怀相思，无奈下只好独登高楼，凭栏远眺，以期望见情人的一点影子，可等来的只是满身如雪般的杨花。"杨花"漫漫搅天飞，这自古就满含离情别意的杨花，既点出了主人公所处的时间，也写出了她所处的环境。那搅天而飞的杨花不禁让人思情摇摇，心生思念，而主人公却只能独自拂去满身雪白的杨花。落寞之情悠然而来。

"溪又斜，山又遮，人去也。"似是女主人公登高目送情人离别，她虽登得很高，可无奈那无情的条条溪流和那万里横隔的群山，硬生生地将相爱的情侣隔开，情人已去，只留下点点的愁思，萦绕在女主人公的心怀，使她夜夜不宁，日日思念……

作者借女主人公寻男主人公的思念，衬托了元朝时期罢黜科举，文人怀才不遇的处境，才能要得到赏识不知要到何年。

此曲音调和美，情真意长，朴实自然，读罢让人悠然兴叹。

碧玉箫

◎关汉卿

秋景堪题①，红叶满山溪。松径偏宜②，黄菊绕东篱。正清樽斟泼醅③，有白衣劝酒杯④。官品极⑤，到底成何济⑥！归，学取他渊明醉⑦。

【注释】

①堪题：值得写，值得描画。②松径：指隐居的园圃。陶渊明《归去来辞》："三径就荒，松菊犹存。"又《饮酒》诗"采菊东篱下，悠然见南山"，见下句。③泼醅（pēi）：没有漉过的酒。李白《襄阳歌》："遥看汉水鸭头绿，恰似葡萄初泼醅。"④白衣劝酒：陶渊明九月九日出宅边菊丛中，坐了很久，正苦无酒，忽值江州刺史王弘派白衣送酒至，陶渊明于是就酌，烂醉而归。白衣，给官府当差的人。⑤官品极：最高的官阶。⑥成何济：有什么益处。济，益处。⑦渊明：晋代陶潜的字，他是四至五世纪时的著名诗人。他过不惯官场的生活，只做了八十多天的彭泽县令，写了一篇《归去来辞》，就挂冠而归了。

【译文】

秋天的美景值得吟咏，只见山间溪头一树树火红的枫叶。松林间的小径此时最宜人，金黄的菊花盘绕着东边的篱笆。这时节，正对着酒樽，斟泻粗酒，恰有老百姓前来劝酒。即使做官升到最高品极，最终能有什么用？不如回归故里，学陶渊明归隐醉酒。

【赏析】

作者写秋之景却不着一笔悲秋之调，秋景的承接转合间可谓行云流水。

首句起总领作用，也赋予了曲子和谐的音韵美。接下来便是对所见之景的具体描述：作者行走于山涧小溪上，看漫山红叶绚丽缤纷。着重点在一个"红"字，突出了此景的光彩夺目之感，实则也是象征着尘世浮华的生活；"松径偏宜，黄菊绕东篱"一句，景物转换成了蔚然成林的青松和高洁脱俗的黄菊，俨然一片幽静的天地，这便是象征着田园生活的清雅脱俗。色彩的倏然变化，环境由喧闹到幽静，可谓水到渠成。作者再以"白衣"和"官品级"相对照，以轻蔑的口吻否定了争名夺利之徒，并把效法陶潜作为自己的归宿，表明了作者对于大自然的热爱之情和对黑暗污浊社会的嫌恶和不满。

此曲声文并茂，由景生情，对偶工整精美，音韵自然流畅，作者于大自然中体味真意，可见作者的超凡脱俗。

梧叶儿 别情

◎关汉卿

别离易，相见难，何处锁雕鞍①？春将去，人未还。这期间，殃及煞愁眉泪眼②。

【注释】

①雕鞍：这里指代所骑的马。②煞：同"杀"，极言程度之重。

【译文】

人生别时容易见时难，叫我怎得将他留在身畔？一年又到了春残，他还是不回来。这时候最让眉眼遭难：眉头愁不展，眼中泪不干。

【赏析】

这是一首闺思之作，语言平易，感情真挚，在当时就得到了很高的评价。元代文学家周德清在《中原音韵》中称此曲："如此方是乐府，音如破竹，语尽意尽，冠绝诸词。"此曲字短情深，语言直白明爽，简单又韵味深长。起首两句化自五代词人李煜《浪淘沙》中的"别时容易见时难"，开篇即点出曲子的主旨——别情，紧扣曲名，将主人公的忧郁哀伤表露无遗。

"雕鞍"本指雕花的马鞍，这里指代马。"锁雕鞍"无非是要留住远行之人。古时，人常用此词表达恋恋不舍之情。"何处锁雕鞍"传递出曲中人的无奈，她希望将情人留在身旁，却无计可施，只能任他远行。"春将去，人未还"，一去一还形成鲜明对比，告诉读者，曲中人的恋人已经离开了相当一段时间。之后的"这期间"则起着承上启下的作用，将曲中人的处境映现得愈发可怜，她已被相思之苦折磨了很长时间，而眼下这折磨还在继续，不知要持续到什么时候。"殃及煞"乃作者独创，被周德清誉为"俊哉语"，简单的三个字强化了"愁眉泪眼"的表现力。使人们眼前浮现出的不是一个愁容满面、泪眼蒙眬的女子，而是一个泣声不断，哭肿了双眼的女子。

曲子层层推进，别情哀意步步加深，先直观形容主人公"愁眉不展、以泪洗面"，接着又用婉曲之语反衬其哀情，极尽"别情"之意。

一枝花 不伏老 [套数]（节选）

◎关汉卿

我是个蒸不烂、煮不熟、捶不扁、炒不爆、响当当一粒铜豌豆①，恁子弟每谁教你钻入他锄不断、斫不下、解不开、顿不脱慢腾腾千层锦套头②。我玩的是梁园月③，饮的是东京酒④，赏的是洛阳花⑤，攀的是章台柳⑥。我也会围棋、会蹴鞠⑦、会打围、会插科、会歌舞，会吹弹、会咽作、会吟诗、会双陆⑧。你便是落了我牙、歪了我口、瘸了我腿、折了我手，天赐与我这几般儿歹症候⑨，尚兀自不肯休。则除是阎王亲自唤，神鬼自来勾，三魂归地府，七魄丧冥幽。天哪，那其间才不向烟花路儿上走⑩。

【注释】

①铜豌豆：这里用来比喻作者的性格无比坚强。②恁（nèn）：那些。斫（zhuó）：砍。锦套头：锦缎制的套头，喻圈套、陷阱。③梁园：汉梁孝王所造的花园，也称兔园，又称梁苑，故址在今河南商丘东。梁孝王好宾客，司马相如、枚乘等辞赋家皆曾延居园中，因而有名。这里代指汴京。④东京：五代至北宋都以汴州（今河南开封市）为东京。⑤洛阳花：指牡丹。古时洛阳以产牡丹花著名。⑥章台柳：指妓女。唐代许尧佐传奇《柳氏传》载，韩翃与妓女柳氏有婚姻之约，后因离别阻隔三年，朝翃作《寄柳氏》词说："章台柳，章台柳，昔日青青今在否？纵使长条似旧垂，也应攀折他人手。"按，章台原为汉时长安中街名。⑦蹴鞠（cù jū）：古代一

种踢球游戏。⑧双陆：一种棋盘游戏，以骰子点数决定棋子移动。⑨歹症候：恶习、坏毛病。⑩烟花路：指妓女聚居地。

【译文】

我是个蒸不烂、煮不熟、捶不扁、炒不爆、响当当的一粒铜豌豆，那些纨绔子弟们，谁让你们钻进他那锄不断、砍不下、解不开、挣不脱的慢腾腾地费人精神的千层锦囊圈套中呢？我赏玩的是梁园之月，饮的是东京美酒，观赏的是洛阳名花，攀折的是章台柳。我也会围棋、蹴鞠、狩猎、插科打诨，还会唱歌跳舞、吹拉弹奏、滑稽表演、双陆博戏。你即便是打落了我的牙、扇歪了我的口、打跛了我的腿、折了我的手，老天赐给我的这些坏习惯，还是不肯悔改。除非是阎王爷亲自传唤，神鬼自己来勾，三魂归入地府，七魄丧入黄泉。老天啊，到那个时候，才不往那通往烟花场所的路上走。

【赏析】

关汉卿《不伏老》套曲是元代散曲中的压卷之作，它以一种独特的自述抒怀的方式，酣畅淋漓地表现出作者那桀骜不驯的性格、不屈不挠的意志，抒发了作者对时局的愤愤之情。

在关汉卿生活的时代，因元统治者不以科举取士，使得广大读书人不但丧失了参与国事的机会，还穷困潦倒、了无出路。为求生计，他们中的许多人开始以作曲编剧为业，混迹于倡优之中，关汉卿便是其中的佼佼者。这些人生活在社会的底层，备受歧视，志向难抒，常流露出颓靡沉沦的思想。而关汉卿却与众不同，他吟诗、弹奏、歌舞、打猎、踢球、下棋、赌博、编剧、演出无不精通，一扫历代文人酸腐、清高的习性。他矢志不移地从事杂剧创作，以笔为剑，对社会的黑暗与不公进行无情的抨击。《不伏老》一曲中的自我描绘即体现着他对社会现实秩序的背离和反抗。本篇是《不伏老》套曲中的［尾］曲，是作者对于社会不公现实的愤慨之情和所怀心志的集中表现。

作者在此曲中自比为"蒸不烂、煮不熟、捶不扁、炒不爆、响当当一粒铜豌豆",不但坚韧顽强,而且历经磨难,谙于世故,具有丰富的战斗经验。他无意功名,甘于安身立命于风月场中,以种种世俗认为的不登大雅之堂的技艺消遣生活,嬉笑怒骂,我行我素。而"则除是阎王亲自唤,神鬼自来勾,三魂归地府,七魄丧冥幽。天哪,那其间才不向烟花路儿上走"的宣言,无疑是被极力逼迫发出的愤世嫉俗的反抗之音。

全曲如竹筒倒豆子般,其势紧密,其声铿锵。谐谑调侃的语风加之层层堆叠的感情,让人读之热血沸腾;而至高潮处一语激言,又似壅川决口,震撼人心。

碧玉箫 笑语喧哗

◎关汉卿

笑语喧哗,墙内甚人家①?度柳穿花,院后那娇娃②。媚孜孜整绛纱,颤巍巍插翠花。可喜煞③,巧笔难描画。他,困倚在秋千架。

【注释】

①甚:谁,那。②娇娃:美丽的少女。唐刘禹锡《馆娃宫》诗:"官馆贮娇娃,当时意太夸。"③可喜:可爱。

【译文】

一阵阵欢声笑语传出来,不知围墙里面是什么人家?越过柳树透过花丛,只见院后一个娇艳的女孩。她妩媚地整理着红色的纱裙,头上插戴一朵颤巍巍的珠花。那可爱的样子,用丹青巧笔也难以描画。她,倦怠地倚靠着秋千架。

【赏析】

这是一首即景写实之曲。

起首二句一下子就让人联想到宋代词人苏轼的《蝶恋花》:"墙里秋千墙外道。墙外行人,墙里佳人笑。"但相比苏轼的词,此曲的基调更为欢快。"笑语喧哗,墙内甚人家",不见其人但闻其声,一个问句巧妙地逗引起读者的好奇。让读者和作者一起"度柳穿花",一探究竟。"柳"和"花"暗示读者曲中的景色明媚惬意。

在柳和花的映衬下,娇娃登场了。作者截取了"整绛纱"和"插翠花"两个动作,来表现娇娃的青春妩媚。"绛"与"翠"可是最能凸现少女娇俏的颜色,而联系前面的"笑语喧哗",人们又不难猜到,娇娃们刚刚一定在嬉笑打闹。她们在玩闹时不小心弄乱了妆容,正好被作者撞到整理仪容的样子,"媚孜孜""颤巍巍"写活了少女的情态。她们明艳活泼,爱笑爱美,惹得作者发出了"可喜煞"的感叹。至于她们到底有多美,言语有限,"巧笔难描画",人们只能想象她们的美态。

"他,困倚在秋千架"实为全曲的点睛之笔,虽然少女懒洋洋地靠着,人们还是可以感受到她的青春活力。因为,"秋千"一词让读者联想到她嬉笑玩耍的样子。

普天乐 崔意谢诚

◎关汉卿

东阁玳筵开①,不强如西厢和月等。红娘来请:"万福先生②。""请"字儿未出声,"去"字儿连忙应。下功夫将额颅十分挣③,酸溜溜螯得牙疼。茶饭未成,陈仓老米,满瓮蔓菁④。

【注释】

①东阁玳筵：东阁，指代客场所。玳筵，指华贵的筵席。②万福：旧时女子所行之礼的一种。③挣：元人方言，漂亮。④蔓菁：萝卜。

【译文】

老夫人打开华堂，摆出华贵的筵席。可比在西厢外月夜下等待强得多，红娘奉命来邀请，向张生道："先生万福。""邀请"两字还没有说出声，张生就忙回应说："去。"他精心打扮，将脸收拾得格外漂亮，酸溜溜地让人牙齿发酸。上了筵席才发现，茶饭尚未备好，只有一碗陈仓老米，一瓮萝卜。

【赏析】

这支小令是关汉卿《崔张十六事》重头小令的第六首，以戏谑的口吻讲述了《西厢记》中"虚意谢诚"的故事，十分有趣。作者非常擅长刻画人物的心理。在张生心中，自己要赴的不是一场普通的宴席，而是关系着自己和崔莺莺爱情命运的宴席。他急于得到崔莺莺家人的认可。"'请'字儿未出声，'去'字儿连忙应"既表现了张生的迫不及待，又写出了他的天真乐观。为了博得一个好印象，张生精心打扮了一番。"额颅""挣"都是元人俗语，放在这里很有些调侃之意。然而，即使张生打扮后的样子让人"酸溜溜螯得牙疼"，人们还是很难对他产生反感。因为他的焦躁、笨拙无不出于对崔莺莺的爱恋。

曲的前八句写了张生的"诚"，曲末这三句则写了崔老夫人的"虚"。而作者最高明的地方在于在赴宴这节无一字提赴宴者与主宴人，只是用宴会上的食物暗示崔老夫人的立场。"陈仓老米，满瓮蔓菁"与"东阁玳筵"首尾相应，妙趣横生。人们完全可以想象张生是怎样的失望、狼狈。

一半儿 题情

◎关汉卿

碧纱窗外静无人,跪在床前忙要亲。骂了个"负心"回转身。虽是我话儿嗔①,一半儿推辞一半儿肯。

【注释】

①嗔(chēn):生气,含怒。

【译文】

绿纱窗外静谧无人,他跪倒在床前,急着要和我亲吻。我骂了他一声"没良心的",就背过了身子。虽然我话里带着怨怒,到底只是表面上推辞,其实心里早就答应他了。

【赏析】

〔一半儿〕曲以最后一个九字句中含有两个"一半儿"为定式,这两个"一半儿",不管是状人还是状物,分断是否精当,对于这支曲子的成败起着关键作用。

关汉卿此曲共有四支,均是写男女欢会之情,同时又能准确地捕捉到男女主人公的复杂而缠绵的心理,因此历来为曲家所称道。

这首是关汉卿〔一半儿〕里的第二支曲子。它展现了一幕生活气息浓郁的风情小剧:在一个寂静无人的夜晚,男子与妙龄女郎偷偷地幽会,男子为了求欢,不惜跪下来花言巧语。男子动手动脚,惹来了女子的一声嗔骂。女子还扭转过身子,不搭理浪子。其实,女子只是表面上拒绝,她毕竟情窦初开，又听得许多甜言蜜语、海誓山盟，因此半推半就，"一半儿推辞一半儿肯"。

这首曲中，女子对情郎的娇嗔，不是打情骂俏，而是说他"负心"，这或许是情郎之前曾有过对不起她的举动。"回转身"既是对情郎的不满，又是默许了情郎的道歉。男子是否乘虚而入，终于如愿以偿？曲中并没有交代，颇能激起读者的品味和联想。

此曲把少女对情郎的既爱又恨，患得患失的痴情，刻画得淋漓尽致。从中也可以看到散曲的创作特色：它没有诗的含蓄，也没有词的婉约，而以尖新、直露、泼辣见长，又夹杂着幽默与俏美，更加显得鲜灵与活脱，表现出与前代各种体裁不同的情致。就像这首［一半儿］曲在表现男女情爱上的泼辣大胆、如描似画者便是。

《花间词》里有一首《醉公子》，全词云："门外猧儿吠，知是萧郎至。划袜下香阶，冤家今夜醉。扶得入罗帏，不肯脱罗衣。醉则从他醉，还胜独睡时。"元谢应芳《怀古录》载："前辈谓读此可悟诗法。或以问韩子苍（驹），子苍曰：'只是转折多。'"参照《怀古录》的说法，我们可以从本首中找到很多曲折处：首两句的"静无人"与"忙要亲"，是静动徐疾的气氛上的转折；男子情意绵绵，女子却骂他"负心"，暗示两人此前有过不快，这是显晦正衬的用笔上的转折。次两句女子"话儿嗔"且已"回转身"，又心生悔意、怜意，以致最终"一半儿推辞一半儿肯"，此为意象上的转折。再者，此曲前半叙事，后半摹情，这是艺术效果上的转折。散曲求尖新、求奇巧、求化俗为雅或化雅为俗，往往都会出现这种"多转折"现象。

沉醉东风

◎关汉卿

咫尺的天南地北①,霎时间月缺花飞。手执着饯行杯,眼阁着别离泪②。刚道得声"保重将息③",痛煞煞教人舍不得。"好去者望前程万里④。"

【注释】

①咫尺:形容距离极近。②阁:通"搁",这里指含着。③将息:休息,调养。④好去者:好好地去着。者,着。

【译文】

尽管我俩近在咫尺,却面临着劳燕分飞,各散东西。只一霎那间,就如月缺花落,幸福的希望亦随之破灭。手里握着饯行的酒杯,眼珠里含着离别的眼泪。刚道了一声"保重身体",已让我心如刀割,怎么也舍不下这儿女情长。过了片刻,才说出:"好好地去吧,望你前程无量!"

【赏析】

这支小令为表现离愁别绪而作,描写饯行话别之际的两情依依,是一首声情并茂的用散曲写就的"长亭送别"。

起首两句用了对仗,交织着空间和时间两方面的对比变化,不但开宗明义,还具有惊心动魄的嗟叹效果。情人此刻虽近在咫尺,却眼看着要地北天南,天各一方;长期以来的一切美好的生活和景象,都在即将离别的一瞬间破灭了;这种猝不及防而又不可挽回的悲剧命运给女子心灵造成重大打击。这两句极写离别瞬间的悲哀,空灵洒脱,以虚带实,奠定全曲的情感基调。

三、四句以对句的形式具体写女主人公的送别,是对起首两句的充实。尽管此时肝肠寸断,但女子的心情并没有出现大的波动,相反,她选择了强自隐忍的方式,为情人饯行,尽量不使内心的痛苦流露出来,以减轻情人的负心理负担:泪水"阁在眼里",还强行说出饯送时的祝愿语。可惜是力不从心,才说了"保重将息"四字,就心如刀割,难以割舍与情人的欢聚时光。作者的这种描写,使得这一离别场景更富于儿女情长,入木三分。

最后三句在引出女子告别之语的同时,作者又突出表现了其复杂的心理变化,极其自然地体现了女子不能自持的痛苦情态。整个曲子恰如其分地把握了送别女子时而含蓄时而坦率的情感,刻画出一个声泪俱下,依依不舍的痴情女子形象。

此曲语言明白如话,自然无痕,不事雕琢,感情真挚动人。这种白描的写法有一种民歌小曲般朴实自然的风味。金代董解元的《西厢记诸宫调》有这样的句子:"满斟离杯长出口儿气。比及道'我儿将息',酒里,白冷冷滴够半盏儿泪。"作者的灵感可能就来自董解元的作品,只是相比前者,此曲在抒发感情上更加直接。

醉中天 佳人脸上黑痣

◎白 朴

疑是杨妃在,怎脱马嵬灾。曾与明皇捧砚来[①],美脸风流杀。叵奈挥毫李白[②],觑着娇态,洒松烟点破桃腮[③]。

【注释】

①捧砚：相传李白为唐明皇挥毫写新词，杨贵妃为之捧砚，高力士为之脱靴。②叵奈：即叵料，不料。③洒松烟：乃作者构想之辞。松烟，用松木烧成的烟灰，古人多用以制墨。

【译文】

真怀疑是杨贵妃还在世，她怎样会逃脱了马嵬坡的灾难。曾经为唐明皇捧着砚台走过来，美丽的面庞风流无比。可恨挥毫的李白，眼看着娇态走了神，竟笔头一歪，用墨点破了桃花般娇艳美丽的脸颊。

【赏析】

这是一首描摹人物的曲子。

佳人脸上有黑痣，本来算白玉微瑕，不应歌咏。然而作者却能巧加想象，将佳人风流的娇态写得生动形象，充满谐趣。

整首曲子都是以杨贵妃作比。曲子开头就以一个"疑是"相引，以在马嵬事变中被逼而死的杨玉环逃脱灾难又复生而来的错觉，一下子将佳人的美貌点了出来，不用多着笔墨，就起到很好的艺术效果。

紧接着又以大胆的想象来描写佳人脸上黑痣。曲子还是以杨玉环作比，戏说佳人脸上的黑痣是杨贵妃在为诗仙李白托砚赋诗时，一不小心被墨点点染而致。这一想象，大胆而有情趣，既使佳人的风流之态跃然纸上，同时也将佳人脸上的黑痣反丑为美，煞有诙谐之意。一个"杀"字，极力赞美了佳人的风流情状。

此曲虽是游戏文字，但作者以大胆的想象和精巧的构思，巧妙地表现了佳人之脱俗的美。

沉醉东风 渔父词

◎白 朴

黄芦岸白渡口,绿杨堤红蓼滩头。虽无刎颈交,却有忘机友。点秋江白鹭沙鸥。傲杀人间万户侯,不识字烟波钓叟。

【译文】

黄色芦苇铺满的江岸,白色芦苇花飘荡的渡口;碧绿杨柳围绕着的江堤,红色蓼花缀满的滩头。就在这些地方,虽然没有生死之交,却有一些毫无心机的朋友。他们就像那些点缀秋江自在飞翔的白鹭沙鸥。傲然地对待达官贵人,正是不识字的江上钓鱼翁。

【赏析】

曲中描述了这样一个渔父形象:他有时垂钓在遍生黄芦白萍的渡口,有时垂钓在杨柳堤畔、红蓼滩头;身边虽然没有信誓旦旦的刎颈之交,却有真诚相待、无欲无求的忘机之友。他与白鹭沙鸥为伴,在大自然的怀抱里安心垂钓,虽然只是个不识字的渔父,却连万户侯也不放在眼里。

黄芦、白萍、绿杨、红蓼,色彩纷呈,相映成趣,展现出一幅江南水乡的明丽秋景。而岸边、渡口、堤上、滩头,正是渔夫足迹常到之处。

处在风景如画的环境中的渔夫,也需要有朋友交流陪伴。"虽无刎颈交,却有忘机友","虽""却"这一关联词语的运用,突出了渔夫交友的取向。"刎颈交",指能以性命相许的朋友,极言交谊之深。渔夫虽没有"刎颈交"的朋友,但他却有真诚相待、毫无心机的朋友。这也反映出渔夫与世无争、澹泊名利的生活特质。那么渔夫的忘机友是谁呢?

"点秋江白鹭沙鸥",这一句看似是作者在写江上之景,实则是以江上自由展翅飞翔的白鹭、沙鸥寄托自己向往自由生活的情怀。而渔夫的忘机友,不是别的,正是那些终日在江上飞翔的白鹭、沙鸥。看来渔夫所需要的忘机友在人间是难以寻觅到的,只得在人世外找忘机的白鹭、沙鸥为友了。

在中国古典诗词中,鸥鹭也是一种具有特定内涵的意象,成为毫无机巧之心的一个象征。那些远离尘世、澹泊名利的隐士都愿意以鸥鹭为友。

"傲杀人间万户侯,不识字烟波钓叟",小令的最后两句表明渔夫的志向和情趣。"傲杀"是蔑视、看不起的意思。渔夫鄙视的是人间的达官贵人,而宁愿做一个大字不识的"烟波钓叟"。

此曲表达了作者傲视权贵,不以尘世为怀的人生态度,以及对自由自在生活的向往。一读到他(白朴)的散曲,则从其中所体现出的豪放、俊爽、秀美诸优点,可得出结论,即其散曲的成就高出其戏曲之上。如《寄生草·劝饮酒》《沉醉东风·渔父》等散曲,是豪放的例子。

⊙作者简介⊙

白朴(1226—?),原名恒,字仁甫,后改名朴,字太素,号兰谷,祖籍隩州(今山西河曲附近)。元代著名的文学家、曲作家、杂剧家,与关汉卿、马致远、郑光祖合称为"元曲四大家",其一生写过15种剧本,加上《盛世新声》著录的《李克用箭射双雕》残折,共16本。仅存于世的却只有《唐明皇秋夜梧桐雨》《董秀英花月东墙记》《裴少俊墙头马上》三种,以及《韩翠颦御水流红叶》《李克用箭射双雕》的残折,均被王文才收入《白朴戏曲集校注》。

白朴出身于官僚士大夫家庭,和元好问交好,早年因战乱与家人失散,幸得元好问相助,才保全性命,和家人重新团聚。他终身未仕,寄情山水,最后不知所踪。

阳春曲 题情

◎白 朴

笑将红袖遮银烛①,不放才郎夜看书。相偎相抱取欢娱。止不过迭应举②,及第待何如③。

【注释】

①红袖:红色的衣袖。银烛:雪亮的蜡烛。温庭筠《七夕》:"银烛有光妨宿燕,画屏无睡待牵牛。"②迭应举:屡次参加科举考试。③及第:科举应试后中选。

【译文】

笑着用红袖遮挡着白色的蜡烛,不让我的才子情郎夜里苦读书。互相依偎互相拥抱欢娱取乐。只不过是为了应举才如此用功,就算是考不上又能怎么样?

【赏析】

白朴写了三首《阳春曲·题情》,此曲为第三首,其他二首为:

轻拈斑管书心事。细析银笺写恨词,可怜不惯害相思。则被个肯字儿,迤逗我许多时。

从来好事天生俭,自古瓜儿苦后甜。奶娘催逼紧拘钳,甚是严,越间阻越情忺。

此三首题情诗,堪称描写文人追求自由恋爱的最大胆的佳作。第一首叙述男女主人公相思之初,鸿燕传书,互表爱意。第二首叙述一对情人冲破封建礼教的束缚和封建家长制的压迫,自由恋爱的经历。第三首描写自由恋爱结婚后的夫妻,为了爱情鄙薄权贵的洒脱情怀。

《诗经》留下了对自由婚恋进行热烈歌颂的优良传统,中国古代诗词一直有所继承。东汉时期的《孔雀东南飞》对封建家长制干涉自由爱情婚姻的罪恶进行了强烈的控诉。东晋时期的"梁祝化蝶"故事继承其手法,使殉情主题在中国文学史上一直为人们所咏叹。一直到唐代陆游的《钗头凤》,人们还只能看到封建专制下人们的自由婚恋遭受摧残和迫害。文人的形象以软弱、接受现实为主要特征,而强烈的抗争最终只能导致以死殉情的悲惨结局。由此可以想见白朴的三首题情曲在爱情思想主题方面所带来的清新空气。

白朴的第三首散曲描写经过千辛万苦的抗争，终于获得幸福的夫妻，婚后恩爱无比。曲中写男子"夜看书"是为了及第登科，从此踏上富贵之路。但在其妻子看来，富贵荣华远比不得与爱人的缠绵相拥来得重要，所以她不仅没有督促丈夫读书，相反还遮住烛光，要他和自己亲昵。作者通过这一极具生活气息的夫妻相处细节的描写，委婉地告诉人们，人生的幸福并不在于是否拥有名利权位。曲末的"及第待何如"就体现出作者淡泊名利的人生态度。事实上，作者白朴就几次拒绝他人的举荐，终身未仕。

驻马听 吹

◎白 朴

裂石穿云①，玉管且横清更洁②。霜天沙漠，鹧鸪风里欲偏斜。凤凰台上暮云遮③，梅花惊作黄昏雪。人静也，一声吹落江楼月。

【注释】

①裂石穿云：形容笛声高亢。②玉管：笛的美称。横：横吹。清更洁：形容格调清雅纯正。③凤凰台：故址在今南京西南角，六朝宋时所建。相传建前该处有凤凰飞集，故称。

【译文】

笛声就像是崩裂的石块穿云而过，接着玉笛横吹，音调越发清雅纯正。听来就像是穿越于风霜天气里的沙漠，鹧鸪在疾风中极力想要纠正姿态。凤凰台上日暮之时的黑云遮盖，梅花簌簌地抖落了，化作黄昏的雪花。人声都没有了，这时一声笛声，江楼上的月亮就被吹落下来。

【赏析】

这首词主要表现了吹笛人高超的技术。

起句颇为有力。"裂石穿云"，声形俱备，使人眼前一亮，精神亦为之一振，充分表现出了笛声的清澈响亮；同时，"玉管"的"清"与"洁"，又以乐器外观上的美感，通过通感手法暗示出乐声的明净悠扬。语义浑厚，笔力雄健，蔚为大观。在此，作者并不接着直述吹笛人的手法之高超，更不停留于对笛声本身特征及形象的描述，而是宕开一笔，通过鹧鸪、凤凰、梅花在不同的乐曲之下所表现出的不同反应，通过吹笛人吹奏的效果，反衬出笛声的优美和吹笛人精湛的曲艺。"霜天沙漠""鹧鸪""暮云""梅花"等意象看似毫不相关，实则在表现不同情境，从而在映衬不同乐曲之妙的同时，自然而然地融为一体，共同组成了笛声所营造的审美境界的感官化世界。"霜天沙漠""鹧鸪风""凤凰台""梅花""黄昏雪""江楼月"这些词汇，既表示实际的事物，又因其丰富的文化内涵，赋予作品以丰富的弦外之音，引人联想，寓意深刻。

在给读者飨以天花乱坠、激动人心的音乐盛筵之后，作者笔锋再次突转，以夜深人静，一声横笛倏然响起，月落江楼的空旷静谧之境收束全文，使读者激荡的情怀顿时转入沉静之中，回味绵长，品之不尽。

天净沙 春

◎白朴

春山暖日和风①，阑干楼阁帘栊②。杨柳秋千院中。啼莺舞燕，小桥流水飞红③。

【注释】

①和风：多指春季的微风。②帘栊：窗户上的帘子。李煜《捣练子》："无赖夜长人不寐，数声和月到帘栊。"③飞红：花瓣飞舞，指落花。

【译文】

桃红柳绿的春山，煦暖的阳光照耀，和柔的东风吹拂，楼阁上高卷起帘栊，倚栏干远望。杨柳垂条，秋千轻晃，院子里静悄悄。院外黄莺啼鸣，春燕飞舞；小桥之下流水飘满落红。

【赏析】

此曲是白朴《天净沙》四首之一，四首《天净沙》分别以四季为题。

世人多以马致远《天净沙·秋思》为元曲写景抒怀之极品。就取景构章、寓情于景上看，此曲与之有异曲同工之妙。

此曲通篇写景，与马曲相同，采取意象堆垒方式，选用带有春天特征的意象，通过众多意象的连缀，构架出一幅和煦明媚、生机盎然的春日图景。在找到各个景物之后，直接将其铺陈入文，不作描写，不加修饰，朴实自然，错落有致。这些景物虽未经过明显的加工处理，但作者在对其进行选取的过程中，显然进行了个性化的取舍，使之颇具表达力。暖日、和风、啼莺、舞燕、飞红等物，共同展现了春天的和煦明媚、欣欣向荣；阑干、楼阁、帘栊、秋千等物，使人想见其中定有各有所欢的游人……在这样的情景之下，作者内心的愉悦感也暗暗穿行在字里行间。作者所选取的这些景物，不仅在画面上和传情方面有代表性，其中有许多还颇有暗示意义。阑干、帘栊多是叙写孤独愁思之物，杨柳、秋千充满闺情，啼莺、舞燕的春来秋去多用来传达感时伤事之感。最后作者选取飞红这一景物，又暗示时令上已近晚春，对春之将去的惋惜之情也溢于言表了。

白朴非常擅长写季节，他总能找出最能表现季节特点的景物，然后用景物之美来表现季节之美。譬如此曲写春天，他便拣"暖日""和风""杨柳""飞红"，来描绘春天的和煦明媚、欣欣向荣。而轻轻拢上的窗帘，搭着秋千的院子，则又给人一种安宁惬意的感觉，反映了作者对春天的喜爱。

在此曲中，白朴运用了"景中生情"的表现手法。所谓景中生情，就是说作者的所有情感都蕴藏在了景物之中，通过一系列的意象将自己的心绪传递给读者。在此曲里，人们就可以从啼莺、舞燕等美好的意象中感受到作者那愉悦闲适的心情。

此曲语言清新，构思精巧，意趣盎然。

天净沙 秋

◎白 朴

孤村落日残霞①，轻烟老树寒鸦②。一点飞鸿影下。青山绿水，白草红叶黄花。

【注释】

①残霞：晚霞。②寒鸦：天寒归林的乌鸦。

【译文】

一个孤零零的村庄笼罩在夕阳中，天边点缀着几朵残霞；炊烟轻轻地升腾而上，饱经风雨的老树上栖息着怕冻的寒鸦。一点鸿雁的飞影从天飘落。看天地间，山青水碧，白色的芦苇花飞扬，红色的枫叶艳丽，金黄的菊花开放。

【赏析】

此曲意在勾勒清秋日落时分的乡野景色。在以白描手法进行纯粹的景物描写时，作者对景物的铺排，对画面的布局，以致用词的考究和精巧均令人惊叹。

起笔采用白描的写作手法，曲首两句是两组静态景物的描写，村落、夕阳、晚霞、炊烟、树、鸦等事物都是人们描写秋天这一季节的文字中常见的典型意象，在"孤、落、残、老、寒"等色彩清冷的词语的限定下，立刻生动起来了。"孤村"的"孤"给人以孤寂感，"轻烟"的"轻"将炊烟袅袅升起时的舒缓姿态加以定格，"寒鸦"的"寒"使人如见树上乌鸦正在寒秋中瑟瑟发抖，等等等等。在这些形象的铺陈之下，秋天固有的凄清萧瑟之感便跃然纸上了。各个景物之间直接连缀，不添设任何起连接作用的成分，使景物本身更加凸现出来，众多景物所构成的画面的静谧感也尤其深刻。这些景物虽然多而杂，在作者的排列之下，却并不显得凌乱。孤村、落日、残霞皆是远景，轻烟、老树、寒鸦皆是近景。可见作者画面布局的严谨。

简单的景物罗列显然不能将秋日的意境尽述笔端。在首句之后，作者便穿插进了一个动态景观——"飞鸿影下"。"一点"极言距离之远，"影下"说明大雁速度之快。这样一个动态的描写，打破了前文静止的画面，让人为之一振。作者的心情仿佛也因此变得释然起来。需要注意的是，在这里，作者使用的量词，是"点"，这样一来，画面中虽只有飞鸿一物，但整个画面的辽阔，恰恰通过飞鸿这一事物的渺小表现得淋漓尽致了；而"影下"一词与"点"同时使用，可见飞鸿飞行之速，动感立现。

"青山绿水，百草红叶黄花。"此两句也是白描铺陈，可是韵律有所不同，所写之景的色彩也明朗欢快不少。

末两句看似简单地回复到了起笔时的景物铺排，但与起笔相比，另有侧重。连用五个表示色彩的形容词，在为读者展示秋日景物的过程中，以色彩的丰富、绚丽，表现了不同的意境。

庆东原（一）

◎ 白　朴

　　忘忧草①，含笑花②，劝君闻早冠宜挂③。那里也能言陆贾④？那里也良谋子牙⑤？那里也豪气张华⑥？千古是非心，一夕渔樵话⑦。

【注释】

　　①忘忧草：即萱草，又名紫萱，可食，食后如酒醉，故有忘忧之名，又叫萱草花。②含笑花：木本植物，花如兰，"开时常不满，若含笑焉。"③闻早：趁早。冠宜挂：即宜辞官。④陆贾：汉高祖谋臣，以能言善辩知名。⑤子牙：姜太公，名姜尚，又名吕尚，字子牙。为周武王的谋士，帮助周武王伐纣灭殷。⑥张华：字茂先，西晋文学家。曾劝谏晋武帝伐吴，灭吴后持节都督幽州诸军事，虽为文人而有武略，故称豪气张华。⑦渔樵话：渔人樵夫所说的闲话。

【译文】

　　看到忘忧草，看到含笑花，劝你们知道了早点从官场隐退。哪里还能看到能言善辩的陆贾？哪里还能看到足智多谋的姜子牙？哪里还能找到豪气冲天的张华？千秋万代的是非功过，都只不过成了渔人樵夫们一夜闲谈的资料。

【赏析】

　　此曲的作者，白朴，一生坎坷，在他还是幼年的时候，便遭受到了战争的祸害，母子相失，机缘巧合下被元好问收养，后来长大成人，但侵略者的残暴行为一直不能让白朴释怀，后又遭逢妻离子散，这都造成了他一生出世不做官的事实。虽一直以归隐自居，但他仍然无法对现实的残酷熟视无睹。但对于当时的作者而言，归隐田园可以放浪形骸，可以与世无争，这也权当是他内心的一种解脱和安慰吧。

这是一支劝勉友人出世的曲子。"忘忧草"可以忘掉忧愁，"含笑花"可以让心情愉悦，作者以此起兴，营造了一种恬静的氛围。接着用三句排比的修辞手法，表明当今天下，人才无用武之地，不如早日归隐。回想历史，各个时代都有其盖世的人才，可在元代的天下，他们都到哪里去了呢？语重心长又欲言又止，千百年的是是非非，其实说到头，不过就是茶余饭后的谈资罢了。

一系列典故的使用增加了作者劝勉友人辞官的说服力，同时也将作者悠然闲适的人生志趣表现得活灵活现。语淡而味浓，本曲的一种超脱旷达的心境也随之跃然纸上。

语重心长而情深谊厚，可见作者深沉中不乏率性的性格特征，或许这就是当时一个典型的知识分子吧。

庆东原（二）

◎白 朴

暖日宜乘轿，春风宜信马①。恰寒食有二百处秋千架②。对人娇杏花，扑人飞柳花，迎人笑桃花。来往画船边，招飐青旗挂③。

【注释】

①信马：骑马任其驰骋。②寒食：在清明节前一或二日。是日有禁止生

火，食冷食的习俗。③招飐（zhǎn）：招展，飘动。青旗：旧时酒店前悬挂以招客的幌子。

【译文】

温暖的天气适合乘轿，东风吹起的日子适合骑马信步。正好是寒食的时候，处处可看到秋千张挂。粉白的杏花娇美艳丽，惹人留连；柳花飞扑，随人流走；鲜红的桃花绽开笑脸招引着游人。就在画船来来往往的江边，一道酒家的青旗高高地悬挂着迎风招展。

【赏析】

此曲描写了清明郊游之乐，从中可看出白朴清丽秀美又不失洒脱俊逸的曲风。

"暖日宜乘轿，春风宜信马"都是在写春之妙，表现了生活的美好，同时也营造出人们纷纷出游踏青的热闹氛围。在"恰寒食"句中，作者进一步用"二百处秋千架"来形容游人之多，渲染欢乐的节日气氛。

寒食节立秋千是从唐朝沿袭下来的传统。据五代时期王仁裕的《开元天宝遗事》所载，唐玄宗时，宫女们在寒食节搭起秋千，嫔妃们一边参加宴会，一边荡秋千玩乐，欢乐无比。后此项活动被百姓们效仿，成为一种习俗，秋千林立也随之成为寒食节特有的景观。事实上，在寒食节荡秋千的多是年轻的女子，人们完全可以想象一个个正值妙龄的女子在秋千上笑颜如花是多么美妙的场景。

"对人娇杏花，扑人飞柳花，迎人笑桃花"，作者同时运用拟人与排比，不仅写出了春天繁花似锦的美态，还让人浮想联翩。"对人娇"写出了杏花的娇艳妩媚，"扑人飞"写出了柳花的轻盈俏皮，"迎人笑"又写出了桃花的艳丽灿烂，花似美人，美人似花，花与美人交相呼应，人与自然的界限被打破，完全沉醉在美丽的春光中。

"画船"是水上的交通工具，和首句的"轿""马"相对，"画船"

一句引导读者将注意力转移到水上风景。景有水则灵，此句通过暗示读者着眼于水的存在，为曲中之景增添了几分灵气。而与"二百处秋千架"和繁花争艳的热闹不同，"青旗挂"则给人以闲适安逸的感觉。人游览了一天，不免疲惫，而青旗高挂的酒家则为人们提供了歇脚之地，方便人沉静下来，回味春游之乐。

阳春曲 知几①（一）

◎白朴

知荣知辱牢缄口②，谁是谁非暗点头。书丛里淹留③。闲袖手，贫煞也风流④。

【注释】

①知几（jī）：了解事物发生变化的关键和先兆。几：隐微预兆。②知荣：就是要懂得"持盈保泰"的道理。知辱：就是要懂得"知足不辱"的道理。缄（jiān）口：把嘴巴缝起来。《说苑·敬慎》："孔子之周，观于太庙，右陛之前，有金人焉，三缄其口，而铭其背曰：古之慎言人也。"后因以缄口表示闭口不言。③淹留：停留。《离骚》："时缤纷其变易兮，曾何足以淹留。"④"贫煞"句：即使贫穷到了极点也是荣幸的。风流，这里作荣幸、光彩讲。

【译文】

懂得光荣耻辱的分别，只牢牢地闭口不言；知道谁是谁非也只暗地里点头。把时间都花在诗书堆里吧。没事时，悠闲地袖起双手，再穷也风流。

【赏析】

《阳春曲·知几》共四首，此曲为第一首。曲的题目"知几"出自

《易经》"子曰：知其神乎？几者，动之微，吉之先见者也"。起首二句可看成作者的处世心得。"牢缄口"和"暗点头"皆反映了世事险恶、人心叵测，这其中既有愤懑之情，又有无奈之感。"书丛里淹留"是白朴生活的写照，"闲袖手，贫煞也风流"则体现了作者本人的生活态度——安于清贫，远离是非。其中，"闲袖手"化自苏轼的"袖手何妨闲处看"，"贫煞也风流"出自元好问的"诗家贫杀也风流"。这样的生活态度虽有些消极，却也反映了作者不愿与世俗同流合污的志气。

白朴一生经历坎坷，童年时恰逢改朝换代，社会动荡，原本生活优渥的他不仅和家人失散，还险些丢了性命。颠沛流离中，他亲眼见识了统治者的凶残。即使后来过上了安宁的日子，他也迟迟不能忘怀这段往事。由于不想为这样的统治者效力，他还几次拒绝了入仕的机会，任自己沉浸于词赋之中，最后竟放浪形骸，远离家人，寄情山水。从这四首《阳春曲》中人们多少可以了解白朴那复杂的隐者之情。

阳春曲 知几（二）

◎白 朴

今朝有酒今朝醉①，且尽樽前有限杯②。回头沧海又尘飞③。日月疾，白发故人稀。

【注释】

①"今朝"句：出处为唐罗隐《自遣》诗："今朝有酒今朝醉，明日愁来明日愁。"此为劝人及时行乐之意。②有限杯：唐杜甫《漫兴九首》中有"莫思身外无穷事，且尽生前有限杯"之句。这里是劝人忘记生活中的黑暗现实，以酒消愁壮怀。③"沧海又尘飞"句：化自"沧海桑田"与"沧海一粟"之意。比喻世事多变，人生无常，而人生在世犹如一粒尘土

飞于沧海之中。

【译文】

今天有酒姑且今天喝醉,暂且喝尽眼前那有限的几杯。回过头来看沧海已化为灰烬,而人生在世犹如一粒飘飞的尘土。日月急速穿梭,时光流逝,如今白发斑斑,老朋友寥寥无几。

【赏析】

"今朝有酒今朝醉"出自唐代罗隐的《自遣》,后人常用该句比喻只顾眼前,不管未来,过一天算一天。在这里,作者则用它描述自己的生活方式——纵情于酒。"回头沧海又尘飞"暗含了作者沉醉于酒的原因。世事多变,人生苦短,作者只有借助酒,才能暂忘灰暗的现实,求得片刻的安慰。然而"日月疾,白发故人稀",一个"稀"字将时间的残酷表现得淋漓尽致,作者那寂寥苦闷的内心世界也呈现在了读者面前——以酒解忧不足以派遣苦闷,偏偏能够理解自己的人也越来越少。

全曲善用典故,而化腐朽为神奇。酒除了消愁之外,还有激励情怀的作用。曹操之饮酒与罗隐之饮酒,两人的心情和目的完全不同。杜甫也同样是饮酒,他的情怀也大有区别。此曲作者借用前人典故,使人回想起古人的壮怀情思,冲淡了本曲的伤感之情。

阳春曲 知几(三)

◎白 朴

不因酒困因诗困①,常被吟魂恼醉魂②。四时风月一闲身③。无用人,诗酒乐天真④。

【注释】

①酒困：谓饮酒过多，为酒所困。诗困：谓搜索枯肠，终日苦吟。②吟魂：指作诗的兴致和动机。也叫"诗魂"。醉魂：谓饮酒过多，以致神志不清的精神状态。③四时：一指春、夏、秋、冬四季；一指朝、暮、昼、夜。风月：指清风明月等自然景物。欧阳修《玉楼春》："人生自是有情痴，此恨不关风与月。"④天真：指没有做作和虚伪，不受礼俗影响的天性。

【译文】

不为酒所困而为诗所困，常常为了无法吟出诗句而恼恨酒醉的困倦。赏尽四季美景，尽享风月无边，一身清闲。真是个无用之人，只知道沉湎于诗歌美酒，乐享这淳朴自然的生活。

【赏析】

金亡之后，白朴饱尝离乱之苦，对社会现状深切的体察与个人无法使其改变的事实之间的矛盾，使他心中饱含悲愤之情，在四首《阳春曲·知几》曲中均有所表现，而此曲似乎写得较另三曲旷达得多，实际上却也依旧隐隐含有难言之处。

作者写人生之乐的句子构思可谓极巧。起句短短七字便出现了两个"困"字，似为写生活的愁苦，实则传递出自己沉醉诗酒之中，自得其乐的惬意。常人多用"困"来表达陷入艰难之境，但在这里，它却传递出一种"沉醉其中，自得其乐"的情怀，很是新鲜。接下来的"常被吟魂恼醉魂"紧紧承接首句，进一步强调了纵情诗酒的快乐，也是以愁写乐的笔法。

正是因为将诗酒视为了生活中必不可少的乐趣，才会因为每日均与其打交道而多生"事端"。"一闲身""诗酒乐天真"之类词句，正是这一心境的最好证明。

"四时风月一闲身",四时指四季,说明作者一年到头都寄情于山水。结合作者的身世,不难看出他已经将自然当成自己心灵的归宿。也正是在大自然中,他才得以摆脱了烦恼,无忧无虑,自由自在。

此曲的高妙之处,还在于通篇虽然写的是"乐",但在这些"乐"中,处处皆有"悲"的身影。作者所沉醉的对象,一是酒,二是诗,三是风月。所谓"何以解忧,唯有杜康",酒向来是古人借以排遣愁苦的工具;古人又有"诗言志"的说法,终日吟诗,说明作者心中有诸多烦恼,不吐不快;风月之类,也多是进世失败者放浪形骸,消极沉沦的寄托:作者表面上是在写"乐",实际上正是用"乐"来写悲,愤懑之情隐于言辞之后。这样,"无用人"一词,便不仅表示一种去除世俗机巧之心的情怀,也不失为一句激愤之辞了。

阳春曲 知几(四)

◎白 朴

张良辞汉全身计①,范蠡归湖远害机②。乐山乐水总相宜。君细推,今古几人知。

【注释】

①张良辞汉全身计:汉高祖刘邦感念张良功劳令其自择齐国三万户为食邑,张良辞让,请刘邦封自己以留地(该地为张良与刘邦初遇之地)。汉定后,张良专心修道,避免了兔死狗烹的结局。②范蠡归湖远害机:范蠡为春秋时期楚国人,帮助越王勾践兴越国,灭吴国。传说功成名就后,化名鸱夷子皮,一袭白衣泛扁舟于五湖之中。

【译文】

张良辞退汉的封赏是想要全身而退,范蠡泛舟五湖是为了远离祸害。无论是喜爱山还是喜欢水都是因人而异。细细推算一下,自古及今有几个人能领会它的真实含义。

【赏析】

此曲旨在用张良和范蠡的故事说明功成身退的智慧。张良是汉代名臣,在为汉高祖刘邦打下江山后,归隐山林,避免了"兔死狗烹"的下场。范蠡则是春秋时期的政治家,在帮助越王勾践兴国后,辞去官职,泛舟五湖,避免了因功高盖主而为主所害。"乐山乐水总相宜",既与张良归山、范蠡泛舟相互呼应,又契合了《论语》中"智者乐水,仁者乐山"的名言,一个"总相宜"表明了作者对远离权力争斗,回归自然的推崇。

"君细推,今古几人知",则引导读者深思名利之害。事实上,人人都知急流勇退的道理,却往往因为抵挡不住名利的诱惑,不由自主地步入险境,到祸患缠身时已追悔莫及。白朴一生命运多舛,也许因为经历过大起大落,目睹了太多豪门大户一夕间飞灰烟灭,所以其早早便看淡名利,格外珍视平静安宁的生活。白朴的好友王博文曾这样评述白朴:"(白朴)生长见闻,学问博赡。然自幼经丧乱,仓皇失母,便有山川满目之叹,逮亡国,恒(白朴)郁郁不乐,以故放浪形骸,期于适意。中统初,开府史公将以所业荐之于朝,再三逊谢,栖迟卫门,视荣利蔑如也。"

凭阑人 寄征衣

◎姚燧

欲寄君衣君不还,不寄君衣君又寒。寄与不寄间,妾身千万难^①。

【注释】

①千万难：难以抉择。

【译文】

想要给你寄冬衣，又怕你不再把家还；不给你寄冬衣，你就要挨冻受寒。寄还是不寄，我拿不定主意，真是感到千难万难。

【赏析】

此曲中，作者通过描写妻子在为丈夫寄寒衣时的矛盾心情，表达妻子对丈夫的思念。曲子短小精悍，构思巧妙，语言通俗易懂，被广为传唱。"欲寄君衣君不还，不寄君衣君又寒"，妻子对丈夫的爱在反反复复的思量之间表露无遗。而与其说让妻子"千万难"的是"寄与不寄间"，不如说是丈夫的迟迟不归。"寄与不寄"实为娇嗔之语，到这里，妻子最终有没有寄寒衣，作者没有说，读者却已经有了答案。

作者只用了二十四个字就将女子的思念之情表现得如此曲折委婉，而结合曲名《寄征衣》，人们又会发现，这并非一首简单的表达思念之情的曲子。丈夫是征人，即使妻子不寄寒衣，他也不可能因天气寒冷就卸下使命与妻子团聚。这不得不让人为曲中人的命运挂心，并由此对征人寄予深深地同情，正如晚唐诗人陈陶在《陇西行》中写的那样"可怜无定河边骨，犹是深闺梦里人"，每个征人的身后，都有思念他的人。同时，既然丈夫归与不归并不由妻子寄不寄征衣所决定，妻子在"寄与不寄间"的"千万难"就成了强加在这一事实之上的"无理取闹"了。然而，从另一方面看，这种"无理取闹"正是妻子因为对丈夫思念之深而作出的天真之想，这样一来，曲中情形虽显得不合逻辑，却是甚合人物情感的。这就是这个情节的动人之处。作者以这样一个情节入曲，使曲子达到了一种"无理之妙"，在构思上可谓精巧。

> ⊙作者简介⊙
>
> 姚燧（1238—1313）。字端甫，号牧庵，原籍营州柳城（今辽宁朝阳）。元代名儒，官至太子少傅、翰林学士承旨知制诰。著有《牧庵文集》50卷，今存《牧庵集》36卷，内有词曲2卷，门人刘时中为其作《年谱》。姚燧以散文见称，与虞集并称。宋濂撰《元史》说他的文辞，闳肆豪刚，"有西汉风"。其散曲与卢挚齐名，今存小令二十九首，套数一篇，抒个人情怀之作较多，曲词清新、开阔，富有情趣。摹写爱情之曲作文辞流畅浅显，风格雅致缠绵，对散曲发展有一定的影响。

醉高歌 感怀

◎姚 燧

十年燕月歌声①，几点吴霜鬓影②。西风吹起鲈鱼兴③，已在桑榆暮景④。

【注释】

①燕：指大都。②霜：指白发。③西风吹起鲈鱼兴：据《世说新语·识鉴》："张季鹰辟齐王东曹掾，在洛见秋风起，因思吴中菰菜羹、鲈鱼脍，曰：'人生贵得适意尔，何能羁宦数千里以要名爵！'遂命驾便归。俄而齐王败，时人皆谓为见机。"后来被传为佳话，"莼鲈之思"也就成了思念故乡的代名词。此处作宾语，指思念故乡。④桑榆晚景：比喻人的晚年。

【译文】

十年京城观赏燕月、笙歌宴舞的生活，到吴地后两鬓已是白霜点点。西风吹起兴起思归品鲈鱼之念，而此时人已步入晚年了。

【赏析】

　　姚燧是元代著名的儒臣，十八岁时曾拜学者许衡为师学习理学，受理学影响颇深。他入仕虽晚，却颇为顺利，从秦王府文学做起，先后担任大司农丞、翰林学士、江东廉访使、江西行省参政等职。此曲就写在其被派往江东任职之时。当时，姚燧已在大都做了十多年的官，年事已高，突然被派往江东，很不愉快。"十年燕月歌声"是他对大都生活的一个总结，用"燕月歌声"对"吴霜鬓影"，一面是繁华的往事，一面是已然衰老的自己，这里既有对美好过去的感怀，又有对未来的担忧、惆怅。此二句中已经有了"不如归去"的意思。

　　接下来的"西风吹起鲈鱼兴"则将这一心意挑明，但不同于一般表达归隐之意的文章，紧接着的"鲈鱼兴"不是对归隐生活的畅想，而是对年事已高的自叹自怜。"已在桑榆暮景"给了人很多想象空间，作者究竟是在懊悔没有早些归隐，还是觉得自己年龄已大已不适合对生活做大的改变，又或者正好相反，想到年事已高归隐的心情就更为急切？

　　事实上，姚燧最终没有去过隐者的生活。1307年，他被任命为荣禄大夫、集贤大学士、翰林学士承旨，知制诰兼修国史，登上了事业的高峰，每天都有许多人登门拜访，一直到他去世，都是如此。

寿阳曲

◎姚　燧

　　贵妃亲擎砚，力士与脱靴。御调羹就飧不谢[①]。醉模糊将吓蛮书便写。写着甚"杨柳岸晓风残月"。

【注释】

①飧（sūn）：即晚饭。

【译文】

杨贵妃亲自捧砚台，高力士为他脱靴子。御厨为他做好膳食，他享用后也不向皇帝谢恩。醉眼朦胧中提笔就写出吓退番蛮的天书。其实写的不过是风月之类佳句。

【赏析】

元曲可庄可谐，宜悲宜喜，调侃、俚俗、尖刻、豪辣，皆不忌讳。此曲就体现了曲"谐"的特点。曲前三句所道之事最早见于宋代的《青琐高议》，"醉模糊将吓蛮书便写"则是从刘全白的《唐故翰林学士李君碣记》中演绎而来。作者将这四件虚虚实实又极富画面感的事情放在一起，成功地表现出李白狂傲不羁的性格。

"杨柳岸晓风残月"出自宋代词人柳永的《雨霖铃》，而李白则是唐代的人。唐代的人无论如何不可能读到宋代的词。另一方面这又是一句写情人送别之景的词句，并没有任何吓人之处。乍一看，此句似乎放错了地方，但事实上，该句恰恰是整首曲子的点睛之处。它为全曲增添了荒诞诙谐的色彩，将"醉模糊将吓蛮书便写"的喜剧效果推向高潮。

虽然在元朝，确有一些如姚燧这样的理学名儒得到重用，但读书人的地位普遍低下。有人认为"醉模糊"和"杨柳岸"两句有嘲弄元朝政府的意思。幸运的是，不管姚燧是否有嘲弄之意，元代对文化非常开通，没有什么人因为写曲获罪下狱。

黑漆弩

◎姚 燧

吴子寿席上赋。丁亥中秋逭观堂对月①,客有歌《黑漆弩》者②,余嫌其与月不相涉,故改赋呈雪崖使君③。

青冥风露乘鸾女④,似怪我白发如许。问姮娥不嫁空留⑤,好在朱颜千古。笑停云老子人豪⑥,过信少陵诗语⑦。更何消斫桂婆娑,早已有吴刚挥斧⑧。

【注释】

①丁亥:指元世祖至元二十四年(1287)。②《黑漆弩》:曲牌名,由同名词牌入正宫乐调而成,又名《鹦鹉曲》。③使君:对州县长官的尊称。④青冥:天空。乘鸾女:月宫的仙女。《异闻录》载唐玄宗与申天师游月中,见素衣仙娥十余人,"乘白鸾,笑舞于广庭大桂树下"。⑤姮娥:即嫦娥。⑥停云老子:南宋大词人辛弃疾于铅山居所筑停云堂,自称"停云老"。停云之名,用陶渊明《停云诗》意。⑦"过信"句:辛弃疾有《太常引》词咏月,末云:"斫去桂婆娑,人道是清光更多。"语本杜甫《一百五日夜对月》:"斫却月中桂,清光应更多。"所以说他"过信少陵诗语"。少陵,杜甫自号"少陵野老"。⑧吴刚挥斧:《酉阳杂俎》载汉西河人吴刚学仙犯过,遭罚砍斫月中桂树,树随斫随合。

【译文】

乘着白鸾的仙女随风露自浩荡的青天降落,她们见到我似乎感到奇怪，为什么我的头上会有这么多的白发。我问她们，嫦娥独居月殿不嫁，为什么如此空留？她们说，好就好在美丽的容貌千年不变。可笑辛稼轩虽然豪迈，却过于相信杜甫"斫却月中桂，清光应更多"的诗句。其实何须多费力去砍伐婆娑的桂树，那月中不是有吴刚，早就挥着斧子，向桂树砍了无数遍？

【赏析】

此曲极富想象力，语言诙谐幽默，真率中透着洒脱。曲子一开始，作者就虚构了自己与神话中的人物对话的场景，用自己的"白发如许"和仙女的"朱颜千古"做对比，其对仙女的青春常驻虽不无艳羡，却也没有为自身的衰老怅惘。而紧接在"朱颜千古"后的一个"笑"字，更表现了作者的洒脱。停云老是辛弃疾，其词《太常引》中有"斫去桂婆娑，人道是清光更多"之句，大有忧国之患、为国锄奸之意。但经姚燧之手，该句却褪去了忧愤的色彩，反而传递出乐观的信息。"何消斫桂婆娑，早已有吴刚挥斧"，人无须为"桂遮清光"绝望，一直以来都有人在动手斫桂。

金字经 樵隐

◎马致远

担挑山头月，斧磨石上苔。且做樵夫隐去来。柴！买臣安在哉①？空岩外，老了栋梁材。

【注释】

①买臣：朱买臣，西汉会稽人。半生贫困，以樵薪为生，而不废诵书。五十岁时终被荐任会稽太守，官至丞相长史。

【译文】

起早赶黑，月亮升上山头了还在挑着柴担下山；斧子用了很多回了，石上的苔藓全被磨光了。就这样做个樵夫隐居在山间。打柴！那打柴的朱买臣现在到哪里去了？崇山峻岭中，栋梁之材虚度岁月，就这样老去。

【赏析】

这是一首慨叹怀才不遇的曲子。"担挑"和"斧磨"二句写出了樵夫的艰辛。可即便如此辛苦，作者还是决定"且做樵夫隐去来"，这就激起了读者的好奇心，想知道作者为何得出这样的结论。接着，作者便用朱买臣的典故表明心迹。朱买臣是汉代名臣，未发迹前曾靠砍柴卖樵为生，后被辞赋家庄助引荐给汉武帝，才得以施展抱负。作者用一个反问"买臣安在哉？"大抒抑郁之气。

末句的"栋梁材"是个双关语，既和前文的"樵夫"相对，又是作者自比。怀才不遇归隐山林的人，就如长在深山无人识的栋梁。而和"买成安在哉？"的逼人气势不同，"空梁外，老了栋梁材"则流露出深深的无奈。其实，综观全曲，人们很容易发现作者的情绪一直在变化，从"单挑山头月"的静谧，到"且做樵夫隐去来"的潇洒，到"柴！买臣安在哉？"的愤懑不平，再到无可奈何的怅惘，这种情绪起伏变化让全曲抑扬顿挫，极具感染力，作者的真实心境就在这变化中一点点地展露出来。

⊙作者简介⊙

马致远（约1251—1321以后），字千里，号东篱，大都（今北京市）人，曾任江浙行省务官，五十岁左右退隐。与关汉卿、郑光祖、白朴合称为"元曲四大家"，有"曲状元"之誉，是元代著名戏曲家、大散曲家、杂剧家。所作杂剧今知有15种，著有《汉宫秋》等杂剧十五种，现存《汉宫秋》《青衫泪》等七种，散曲今存辑本《东篱乐府》一卷（近人辑），现存小令一百零四首，套曲二十三套。其作豪放清丽、本色流畅。

寿阳曲（一）

◎马致远

云笼月，风弄铁①，两般儿助人凄切②。剔银灯欲将心事写③，长吁气一声吹灭④。

【注释】

①风弄铁：晚风吹动着挂在檐间的响铃。铁：即檐马，悬挂在檐前的铁片，风一吹互相撞击发声。②两般儿：指"云笼月"和"风弄铁"。凄切：十分伤感。③剔银灯：挑灯芯。银灯，即锡灯。因其色白而通称银灯。④吁气：叹气。

【译文】

月亮笼罩在云层里，月色朦胧；风儿吹动檐下悬挂着的铁马铜铃，响个不停；两种情景使得眼下倍感悲凉凄切。挑挑灯芯让灯光变得明亮一点，想把心事写下来寄给心上人；可是长叹一口气，"扑"一声把灯吹灭了。

【赏析】

这组《寿阳曲》一共有二十三首，都是写游子与思妇思念之情的曲子。此曲写的是旅居在外的丈夫思念远方妻子的情景。全篇以叙事为主，却以景物描写作为起笔，对情景的烘托作用显得尤为突出。云层遮住月亮，冷风将檐前的铁马吹得叮当作响，前者为视觉之见，后者为听觉之闻，两相结合，构造出昏暗凄凉的意境；同时，这样的事物最容易引起旅人的思绪。作者对景物的选取，在此颇见功力。在这样的情景之下，主人公孤独寂寞的心情自然更加深切了，所以作者接下来便说"两般儿助人凄切"了。一个"助"字，暗含深意，说明主人公的凄切之情其实早已有之，用于此处，可谓精妙。

后两句直接进行细节描写，看似思维跳转，实际上却并不突兀。"剔银灯"这一动作，意指灯影昏暗，需要将其剔亮，这就与前文"云笼月"所构造出的黯淡之景相互映衬，结构仍然是缜密的。灯影昏暗，需要将其剔亮，又暗示主人公在孤灯之中已经愁苦多时，乃至灯草都快燃尽了。

末句可以说是全曲的神来之笔。剔灯的目的，是要使其变得明亮，这样才好借着灯光将自己的心思写在信笺上，却不料一声长叹，无意间竟把灯给吹灭了。这个片段，既出人意料，又在情理之中，足见主人公长吁的强烈。主人公的愁绪虽未能写出来，却用这样一个细节使之一清二楚地使之展现在读者眼前。

寿阳曲（二）

◎马致远

人初静，月正明，纱窗外玉梅斜映①。梅花笑人偏弄影②，月沉时一般孤零。

【注释】

①玉梅：白梅。②弄影：化用宋代张先《天仙子》"云破月来花弄影"句意。

【译文】

人声刚刚停息，四周渐渐寂静；月色正是明亮的时候；月光照耀着窗外的一树白梅,在纱窗上投下斜影。梅花偏要随风舞弄影子戏笑房中人;月亮沉落后,却与人一样无影相伴地孤零。

【赏析】

《太和正音谱》中这样评价马致远的曲:"如朝阳鸣凤,其词典雅清丽,可与灵光景福两相颉颃,有振鬣长鸣万马皆瘖之意。又若神凤飞于九霄,岂可与凡鸟共语哉!"此曲就体现了马致远"典雅清丽"的风格。

这是一首闺怨之曲,以景写情。作者一上来,就用初静的人、明朗的月,映在纱窗上的梅影,营造出清雅静谧的氛围。接下来的"梅花笑人偏弄影",既和"人初静"呼应,又紧密承接"纱窗外玉梅斜映",十分自然地将人的心绪、活动带入景中。在这里,作者还故意用"笑"赋予梅花人的情态,以此表现人的孤寂——曲中人孤身一人,只能把梅花想象成有情有感的交流对象,而梅花就好像看穿了自己的心思,嘲笑人为排遣寂寞孤单弄影。"月沉时一般孤零",与"月正明"相对,写出了时间的变化,全曲的基调也由一开始的清丽变成凄清,月沉下去,夜色黯淡,人们完全可以想象曲中人那幽怨的心情。

此外,此曲对环境的塑造更足见作者构思的婉曲巧妙。梅花的开放,表明整个画面是以寒冬之夜为背景的,这样就为故事设置了一个凄冷寂静的环境,有力地映衬出主人公的寂寞之情。而刚刚静下来的人声,明亮的月光,更将环境的"冷感"渲染得淋漓尽致。作者下笔隐晦,不留痕迹,使得整篇文章既格调雅致又内蕴深厚。

寿阳曲 远浦帆归[①]

◎马致远

夕阳下,酒旆闲[②],两三航未曾着岸[③]。落花水香茅舍晚，断桥头卖鱼人散。

【注释】

①浦：水边。②酒斾（pèi）：酒店的旗帘，酒家悬于门前以招徕顾客。③两三航：两三只船。航：船。着岸：靠岸。

【译文】

夕阳的余辉中，酒旗悠闲自在地迎风招展，江上几只船儿还未曾靠岸。江水中漂浮着落花，香气氤氲，缭绕着茅舍，天色渐渐晚了；断桥头卖鱼人也散了。

【赏析】

这首曲子是马致远为宋迪的《潇湘八景图》所题的其中一首，宋迪的原画现已失传，但是人们可以根据这首曲的文学画面很好地构现原画画面，感受其中的韵味。

宋迪是北宋南宗画派的成员之一，着色追求秀雅清旷。马致远的散曲深得其昧，让读者感受到了"曲中有画"的意味。

"远浦帆归"也是宋迪《潇湘八景》中第二景的名字。"远浦"是水面辽阔的意思。

曲作者第一笔是从岸边的酒家开始写的，"酒斾闲"是说在斜阳的沐浴下，小酒店的旗帘悬挂着，却少有酒客。那早些时候的客人都回家了吗？让人展开联想。

接着作者却把目光一跃而至于远处江面上徐徐归来的船只上，我们是不是可以想象，那走了的酒客们正是前往码头迎接归人去了？这样的描写使得画面显得开阔，富有动感，使画面传达出淡远清幽的意味。

"落花水香茅舍晚"落下来的花，漂在水上，美丽动人，还把水给染得香喷喷的。这句的描写令人陶醉。夜幕下，就在这样香气扑鼻的水边，三两间茅屋安安静静地卧在那里,恬静和谐。

"断桥卖鱼",这是很常见的农村日常现象,一个"散"字,将读者的内心视像拉回到不久前或许还很热闹的鱼市场,形成对比,突出水乡傍晚的静谧。

淡描轻写间,作者仿佛还原了一幅平和静谧的水乡画,色彩明丽自然,诗情画意兼备。真不愧为一代文场"曲状元"。

天净沙 秋思

◎马致远

枯藤老树昏鸦,小桥流水人家。古道西风瘦马①。夕阳西下,断肠人在天涯②。

【注释】

①古道:古老的驿路。李白《忆秦娥》词:"乐游原上清秋节,咸阳古道音尘绝。"张炎《念奴娇》词:"老柳官河,斜阳古道,风定波犹直。"②断肠人:指漂泊天涯、百无聊赖的旅客。

【译文】

干枯的老藤缠绕着古树,栖息着黄昏归巢的乌鸦;一弯小桥跨着一道潺潺的流水,伴着几户人家。荒凉的古道上,一匹孤独的瘦马迎着萧瑟的秋风走来。夕阳自西边落下,漂泊未归柔肠寸断的游子还在天涯。

【赏析】

此曲意在勾勒清秋日落时分的乡野景色。在以白描手法进行纯粹的景物描写时,作者对景物的铺排,对画面的布局,以致用词的考究和精巧均令人惊叹。

起笔为两组静景，用村落、夕阳、晚霞、炊烟、树、鸦等事物构成人们描写秋天这一季节的文字中常见的典型意象，而在"孤、落、残、老、寒"等色彩清冷的词语的限定下，静景立刻生动起来了。"孤村"的"孤"给人以孤寂感，"轻烟"的"轻"将炊烟袅袅升起时的舒缓姿态加以定格，"寒鸦"的"寒"使人如见树上乌鸦正在寒秋中瑟瑟发抖，等等等等。在这些形象的铺陈之下，秋天固有的凄清萧瑟之感便跃然纸上了。各个景物之间直接连缀，不添设任何起连接作用的成分，使景物本身更加凸现出来，众多景物所构成的画面的静谧感也尤其深刻。这些景物虽然多而杂，在作者的排列之下，却并不显得凌乱。孤村、落日、残霞皆是远景，轻烟、老树、寒鸦皆是近景。可见作者画面布局的严谨。

"夕阳"一句，为所有的景物笼罩上一层淡淡的暖色。此处的微折更使最后一句的凄寒来了一次大的突转。而最后一句"断肠人"是点睛之笔，所有的秋景描写于此处凸显其意旨，如万流归宗，融归主旨。原来上述所绘之景均出自于马背上的游子，而所有的景物在此处均带上了游子的主观感受。也就是说，读者在初读此曲的过程中会产生一种情感回放的效应。依文字顺序读下来，先在脑海中构想出一幅凄冷的秋景图，到"夕阳"一句，初见暖色，而读完最后一句，"夕阳"一句在脑海中的意象马上转化，与"断肠人"的岁月之感产生情感关联，连最后一点暖色都没有了。

金字经

◎马致远

夜来西风里，九天雕鹗飞[①]。困煞中原一布衣[②]。悲，故人知未知？登楼意[③]，恨无上天梯[④]。

【注释】

①九天：极言天之高远。雕鹗：均属鹰类，此以自谓。②中原：泛指黄河中、下游地区。③登楼意：东汉末王粲依附荆州刺史刘表，不被重用，郁郁不乐，曾登湖北当阳县城楼，并作《登楼赋》以明志抒怀。④上天梯：此指为官的阶梯。

【译文】

傍晚时分，大雕和鹗鹰乘着秋风扶摇而上，翱翔在九天云海之上。而我这一个中原的平民百姓却上天无力，困居凡尘。实在是可悲呀。故人知不知道这种境况呢？心里直想攀楼而上，只恨没有通天的楼梯。

【赏析】

马致远早年热衷功名，却一直没有机会实现理想，最终在漂泊了二十多年后看破世事，过起了隐居生活。这首小令是马致远早年所作，当时的他正苦苦寻找施展抱负的舞台，不想恰逢元朝统一南北，社会动荡不堪。动乱之中，虽有一部分人得到高升，但更多的人却流离失所，苦不堪言。马致远就是后者。

此曲以景起兴，接连化用两个典故。"九天雕鹗飞"出自唐代诗人杜甫《奉赠严八阁老》的"蛟龙得云雨，雕鹗在秋天"。"中原一布衣"则出自金朝诗人李汾《下第》中的"东风万里衡门下，依旧中原一布衣"。前者象征了青云得志，意气风发，后者却象征着有志难抒，孤苦潦倒。"九天"与"中原"一高一低，构成鲜明对比，"困煞"又写出了作者的懊恼与焦灼。他想尽办法改变命运，却始终不能如愿以偿，只能大叹一声"悲"。

作者无奈的心情尽在这"悲"字之中。他登楼望远，企盼功名，却无奈"楼"与"九天"相隔甚远。在这里"楼"是实景，喻示着现实；"九天"是虚景，象征着理想，而"天梯"则指代晋升的途径。没有这个"天梯"，作者便无法抵达理想的彼岸，个中忧愤可想而知。

四块玉 紫芝路①

◎马致远

雁北飞，人北望②，抛闪煞明妃也汉君王③。小单于把盏呀剌剌唱④。青草畔有收酪牛⑤，黑河边有扇尾羊⑥。他只是思故乡⑦。

【注释】

①紫芝路：昭君出塞时所经之路。②人北望：指王昭君的企盼。③抛闪煞明妃也汉君王：意思是明妃让汉君王好生思念。④小单于：指呼韩邪单于。呀剌剌（la）：象声词，指小单于的歌声。⑤青草畔有收酪牛：指草原上有大量奶牛。⑥黑河边有扇尾羊：黑河岸边有尾呈扇状的肥羊。黑河：位于呼和浩特市南郊，河畔有昭君墓。⑦他：指王昭君。

【译文】

大雁往北飞翔，王昭君往北方张望，汉元帝啊，你将昭君抛撇得太凄惨。而小单于一手拿着酒杯，一边呜剌剌地高唱。青青的草原上，有的是产奶的牛群；黑河边上有的是大尾的绵羊。而昭君她却只是一味地思念故乡。

【赏析】

此曲写王昭君塞外思归。

据《后汉书》记载，王昭君本是汉元帝的宫女，入宫多年却不得见汉元帝一面，遂"积悲怨，乃请掖庭令求行"，主动请求去与匈奴和亲。在她即将离宫时，汉元帝见到她，被她的美貌震惊，想留她在身边，但又不能失信于匈奴，最终只好眼睁睁地看着她远嫁。

从此曲来看，马致远对王昭君充满同情。"雁北飞，人北望"，昭君却再无南下回乡的可能，只能目送大雁飞向远方。一句"抛闪煞"点出了昭君被遗弃他乡的命运，有人惦记塞外的昭君吗？"小单于把盏呀剌剌唱"，浑然不知昭君的心绪。作者想象着昭君在塞外的生活，"青草畔有收酪牛，黑河边有扇羊尾"，这生活固然美好，可思乡者的心里却只有故乡。"他只是思故乡"，塞外的大好风光和王昭君怅然思乡的样子形成鲜明对比，又从一个侧面表现了昭君的孤苦。

四块玉 浔阳江

◎马致远

送客时，秋江冷①，商女琵琶断肠声②。可知道司马和愁听③。月又明，酒又酲④，客乍醒⑤。

【注释】

①冷：凄冷，萧条。②商女琵琶：此处暗指白居易的《琵琶行》。③和：连，连同。④酲：喝醉了神志不清。喻指酒浓。⑤醒：醒悟，觉醒。

【译文】

送别客人时，秋天的江面上透着寒气，歌女弹着琵琶演奏着哀怨之极的送别曲。可知道听曲人是满怀着愁绪在倾听。月色正是明亮的时候，酒酣中又一次呈醉意，而客居之人刚刚才从酒醉中惊醒。

【赏析】

　　浔阳江地处江西省九江市，因白居易的《琵琶行》而闻名。后但凡路经此地的文人墨客，都会不禁题诗几句，或为白居易身遭贬谪愤慨不已，或英雄惜英雄般产生共鸣。此曲便是作者借他人之事悲自己之情。

　　此曲多处化用《琵琶行》的成句，语句清雅，韵味悠长。

　　秋江月夜，作者与友人在浔阳江头话别，"冷"字一方面极言秋夜的寒冷，一方面也体现了作者内心的凄凉。"断肠"二字则将作者的黯然愁绪很好地展现了出来，此二字也是此曲的基调。此情此景，不是正好和白居易《琵琶行》里的情景相似吗？客串对饮，秋意正浓，琵琶歌声，此时的作者也和白居易有着一样的心情吧？同样的愁苦，同样的抑郁不得志，再加上别恨依依，是巧合吗？此时无声已胜有声。"和愁听"三个字便道出了作者与白居易的共鸣。

　　"月"在古代通常都是遥寄相思或表达愁苦之情的，而两个"又"字的复用则把作者内心被愁思离情所恼的情绪恰到好处地表现出来。一句"客乍醒"暗示着"送君千里终须一别"，世上无不散之宴席，作者终究要面对那令人难过的分别。一处愁引出多处愁，在这秋寒月夜，联想到自己仕途坎坷，面对着即将分别的友人时，作者内心如五味杂陈，这复杂的情愫是一杯杯浊酒难以化解的。

　　浔阳江之作正可谓以古人之酒杯浇自己之块垒。

蟾宫曲　叹世

◎马致远

　　咸阳百二山河①，两字功名，几阵干戈。项废东吴②，刘兴西蜀③，梦说南柯④。韩信功兀的般证果⑤？蒯通言那里是风魔⑥？成也萧何，败也萧何⑦，醉了由他⑧。

【注释】

①百二山河：谓秦地形势险要，利于攻守，二万兵力可抵百万，或说百万可抵二百万。②项废东吴：指项羽在垓下兵败，被追至乌江自刎。乌江在今安徽和县东北，古属东吴地。③刘兴西蜀：指刘邦被封为汉王，利用汉中及蜀中的人力物力，战胜项羽。④梦说南柯：唐人李公佐传奇《南柯太守传》说：淳于棼昼梦入大槐安国，被招为驸马，在南柯郡做二十年的太守，备极荣宠。后因战败和公主死亡，被遣归。醒来才知道是南柯一梦。所谓大槐安国，原来是宅南槐树下的蚁穴。⑤韩信：汉高祖刘邦的开国功臣，辅佐高祖定天下，与张良、萧何并称汉兴三杰。后被吕后所害，诛夷三族。兀的般：如此，这般。证果：佛家语。谓经过修行证得果位。此指下场，结果。⑥蒯通：即蒯彻，因避讳汉武帝名而改。曾劝韩信谋反自立，韩信不听。他害怕事发被牵连，就假装疯。后韩信果被害。⑦"成也萧何"二句：韩信因萧何的推荐被刘邦重用，后来吕后杀韩信，用的又是萧何的计策。故云"成也萧何、败也萧何"。⑧他：读tuō，协歌戈韵。

【译文】

咸阳那一川山河，因为功名二字，曾兴起过多少次战乱。项羽攻破东吴，刘邦在西蜀建国，最终烟消云散，都像南柯一梦。韩信劳苦功高哪里成了正果？蒯通的预言哪里是疯话？当初成功也是因为萧何，失败也是因为萧何；还不如喝醉了一切让它自己去吧！

【赏析】

在此曲中，作者借品评刘邦建立霸业的历史典故，发表对功名的看法。咸阳曾是刘邦和项羽倾力争夺的重要城市，曲子一开始作者就连用了三个和数字有关的短语"百二山河""两字功名""几阵干戈"来表现功名的危害：人们为了名利，无视生命，发起战事，造成无数生灵涂炭。接着，作者又用"南柯一梦"传达了自己对功名的看法，不管是在乌江畔自刎的项羽，还是功成名就的刘邦，其实都没有什么分别，他们都将自己的一生投入追逐名利上，最终也都被无情的时间带走。

接下来，作者又将笔锋转到了为刘邦立下汗马功劳的韩信身上。传说韩信在临死之前大呼："吾悔不用蒯通之计"，其戎马一生却只换得死于非命的下场。"成也萧何，败也萧何"出自民间俚语，作者借此说明人心叵测，世事难料。被名利所摄的人，往往看不见名利背后的危险，后悔时已于事无补。

"醉了由他"反映了一种顺其自然的心态。人生难以预测，不妨看淡得失，反正无论结果如何，都将被历史的波涛淹没。

短短一首小令，包含了大量妇孺皆知的历史典故，给人留下了丰富的遐想空间，让人回味无穷。

夜行船 秋思 [套数]

◎马致远

百岁光阴一梦蝶①，重回首往事堪嗟。昨日春来，今朝花谢，急罚盏夜阑灯灭②。[乔木查]想秦宫汉阙③，都做了衰草牛羊野。不恁么渔樵无话说④。纵荒坟横断碑，不辨龙蛇⑤。[庆宣和]投至狐踪与兔穴⑥，多少豪杰。鼎足三分半腰折，魏耶？晋耶⑦？[落梅风]天教富，莫太奢。无多时好天良夜⑧。看钱奴硬将心似铁⑨，空辜负锦堂风月⑩。[风入松]眼前红日又西斜，疾似下坡车。晓来清镜添白雪⑪，上床与鞋履相别。莫笑鸠巢计拙⑫，葫芦提一向装呆⑬。[拨不断]利名竭,是非绝。红尘不向门前惹,绿树偏宜屋角遮,青山正补墙头缺,竹篱茅舍。[离亭宴煞]蛩吟一觉方宁贴,鸡鸣万事无休歇。争名利何年是彻⑭。密匝匝蚁排兵,乱纷纷蜂酿蜜,闹攘攘蝇争血。裴公绿野堂⑮,陶令白莲社⑯。爱秋来时那些:和露摘黄花,带霜烹紫蟹,煮酒烧红叶,人生有限杯,几个登高节。嘱咐俺顽童记者:便北海探吾来⑰,道东篱醉了也⑱。

【注释】

①梦蝶:《庄子·齐物论》,"昔者庄周梦为蝴蝶,栩栩然蝴蝶也。……俄然觉,则蘧蘧然周也。"这句话是说人生就像一场幻梦。②"急罚盏"句:赶快行令罚酒,直到夜深灯熄。夜阑,夜深,夜残。③秦宫汉阙:秦代的宫殿和汉代的陵阙。④不恁(nèn):不如此,不这般。⑤龙蛇:这里指刻在碑上的文字。古人常以龙蛇喻笔势的飞动。李白《草书歌行》:"时时只见龙蛇走,左盘右蹙如惊电。"⑥投至:及至,等到。⑦"鼎足"句:言魏、蜀、吴三国鼎立的形势,到中途就夭折了。最后的胜利者到底是魏呢?还是晋呢?⑧好天良夜:好日子,好光景。⑨看钱奴:元代杂剧家郑廷玉根据神怪小说《搜神记》,关于一个姓周的贫民在天帝的恩赐下,以极其悭吝、极其刻薄的手段,变为百万富翁的故事,塑造了一个为富不仁,爱财如命的悭吝形象——看钱奴。⑩锦堂风月:富贵人家的美好景色。此句嘲守财奴情趣卑下,无福消受荣华。⑪添白雪:添白发。⑫鸠巢计拙:指不善于经营生计。《经·召南·鹊巢》:"维鹊有巢,维鸠居之。"朱熹注:"鸠性拙不能为巢,或有居鹊之成巢者。"⑬葫芦提:糊糊涂涂。⑭彻:了结,到头。⑮裴公:唐代的裴度。他历事德宗、宪宗、穆宗、敬宗、文宗五朝,以一身系天下安危者二十年,眼见宦官当权,国事日非,便在洛阳修了二座别墅叫作"绿野堂",和白居易、刘禹锡在那里饮酒赋诗。⑯陶令:陶潜。因为他曾经做过彭泽令,所以被称为陶令。相传他曾经参加晋

代的慧远法师在庐山虎溪东林寺组织的白莲社。⑰北海：指东汉的孔融。他曾出任过北海相，所以后世称为孔北海。他曾说："座上客常满，樽中酒不空，吾无忧矣。"⑱东篱：指马致远。他慕陶潜的隐逸生活，因陶潜《饮酒》诗有"采多数东篱下，悠然见南山"之句，乃自号为"东篱"。

【译文】

  人的一生不过百岁，就像庄周梦蝶。再回头想想往事实在令人慨叹。昨天春天才来，今天早上春花就谢了。赶紧地行令劝酒，夜还是很快来临，灯就要灭了！想一想那些秦朝的宫殿和汉朝的城阙，现在无影无踪，只是生满了杂草，变成了放牧牛羊的荒野。不是如此的话，渔翁和樵翁倒没有聊天的话题了。那些断碑横七竖八地倒在荒坟堆上，原来上面龙飞凤舞般的文字也面目全非，分辨不清楚了。最终成了狐狸出没的地方和兔子的洞穴，多少英雄豪杰的坟地都是如此。三国鼎立中途便夭折，最后胜利的是魏呢？还是晋呢？即便是上天让你富足，你也不要过于奢侈，并没有多少好日子良夜美时。看钱奴心肠硬得像铁，白白地辜负了华美的堂舍和那无边风月。眼前的红日，又要快速西沉了，快得像是急速滚落的下坡车。早上对着镜子发现头发又添了许多白色的，晚上一上床说不定就是和鞋袜永别，第二天就不用再穿它了。别嘲笑鸠鸟自己笨不会搭窝，哪里知道它其实稀里糊涂从来是装傻。不追求名利，也就没有是非缠身了。红尘中的烦心事也不会到自家门前，只要把绿树栽在屋角让它遮阴挡凉；院墙破损了，就让青山补上缺损之处吧，再加上竹子编插的篱墙，茅草铺顶的屋舍。静静的夜里听到蛐蛐儿的叫声，这时睡觉才觉得踏实宁帖；待到五更鸡鸣时，乱七八糟的事就又纷至沓来，没有时间休息。这人间争名争利的事，何年是个了结呢！密密麻麻的蚂蚁，又在排兵布阵了，乱纷纷的蜜蜂又在酿蜜了，闹闹嚷嚷的苍蝇又要去争抢污血了。裴度饮酒论诗的绿野堂，陶渊明雅聚的白莲社。我喜欢的是这些，到秋天时：带着露水采摘菊花，带着白霜烹煮紫蟹，用红色的枫叶煮酒。人的一生只有那有限的几杯酒，还能过几个重阳登高节！我告诉孩子们哪，听好记住了：就是好客的孔北海来探望我，我也不见，你们就告诉他说，我马东篱喝醉了！

【赏析】

起首句感叹光阴如梭，人生如梦，慨叹往事之恍惚。接下来，作者又细数人事之沧桑："秦宫汉阙"都变做了"衰草牛羊野"，英雄墓地上如今却布满了"狐踪与兔穴"，三国鼎立的局面并未维持太久，魏晋之际的风云往事早已被人们忘记。功名事业都如同过眼烟云，随历史的潮流而纷纷湮没，再多的钱财也抵消不了良辰好景的蹉跎。光阴似箭，人生无常，不如淡泊功名，远离是非。

看世间那"蚁排兵""蜂酿蜜""蝇争血"般的经营与纷争，到底最后都得到了什么呢？还是去过"摘黄花""烹紫蟹""烧红叶"般的归隐田园的悠然自得的生活吧！作者对王侯将相、功名富贵进行了嘲弄和否定，对"富家儿"守财奴进行了痛骂和讥讽，对名利场中的无耻争夺表达了厌恶和谴责。

最后作者喟叹人生有限、良辰无多，进而表明了心志——决意切断尘缘，杜门谢客，从此徜徉于酒乡梦境之中。

曲子豪辣奔放，明爽流畅，运用三组鼎足对和对偶句式，使曲子显得直言快语，似是一气呵成。此曲放逸宏丽，而又不离本色。

擅长押韵也是本曲的一大特色。

赏花时 掬水月在手[套数]

◎马致远

古镜当天秋正磨，玉露瀼瀼寒渐多[2]。星斗灿银河。泉澄潦净[3]，仙桂影婆娑。

［幺］不觉楼头二鼓过，慢撒金莲鸣玉珂④。离香阁，近花科⑤。丫鬟唤我："渴睡也，去来呵。"

［赚煞］紧相催，闲笃磨⑥，快道与茶茶嬷嬷⑦："宝鉴妆奁准备着，就这月华明乘兴梳裹⑧。"喜无那⑨。非是咱风魔⑩，伸玉指盆池内蘸绿波。刚绰起半撮⑪，小梅香也歇和⑫，分明掌上见嫦娥。

【注释】

①掬水月在手：唐于良史《春山夜月》诗句。后人常作为赋得体咏作的题目。②瀼（róng）瀼：露水浓重的样子。③潦：沟洼的积水。④撒金莲：女子迈开脚步。金莲，指女子的纤足。玉珂：此指佩戴的饰物。⑤花科：成堆的花丛。科借作"窠"。⑥笃磨：宋元方言，徘徊，回旋。⑦茶茶：金元时对年青女的习称。嬷嬷：老年使女。⑧梳裹：梳妆。⑨无那：无奈。这里是"非常"的意思。⑩风魔：轻狂。⑪绰：抄。⑫梅香：使女，丫鬟。歇和：同"邪许"，大声叫唤。

【译文】

月亮如古镜般悬挂着，在秋空中显得分外明妍。满地露水浓重，让人渐感清冷。银河中星光灿灿，地面上的清泉和积水异常澄净，桂树婆娑摇曳的影子映现其中。

不知不觉楼上传来了二更的鼓点，我款移莲步，身上的珠玉相碰，发出"珊珊"的鸣声。离开香闺，走近花丛。身旁的丫鬟叫着我说："瞌睡得睁不开眼，快些回去吧。"

她那里紧催紧唤，我这里慢吞吞地徘徊。快向使女们传话说："准备好镜子妆奁，乘着美好的月色，让我漂漂亮亮地梳妆打扮一番。"我欣喜无限。不是我轻狂，伸出玉指往小池里蘸些绿水。刚捧起一掬清波，小丫鬟也跟着惊喜地叫唤。手掌中分明映着我那美如嫦娥的容颜。

【赏析】

马致远的这套曲子,是取唐于良史《春山月夜》诗中"掬水月在手"句所作的赋得体咏作。所谓赋得体,即摘取古人成句为题所作诗歌,类似我们现在的命题作文。

曲题"掬水月在手"中,月是全句的中心。全曲开篇便围绕月亮,将景色渲染了一番。"古镜当天秋正磨"句,将月亮比作古镜,时值秋天,正是月明之季,而一个"磨"字,又将作为喻体的"古镜"加以限定,表示其为全新磨制出来的,极言月亮的明净。在如此月亮的光照之下,玉露增添了寒意,泉水变得澄澈了,积水显得清净了,树影也婆娑优美多了。一副清秋月夜的美景,立即呈现在我们眼前。

从[幺]篇开始,这套曲子的独特之处便开始显现了。短短一百多字的曲子,作者不仅生发、描绘了题中诗句所包含的意蕴,更别出机杼地设计了情节,为我们塑造了一个情窦初开的少女天真烂漫、率真洒脱的形象。

全曲以自白口吻进行抒写,少女满怀喜悦与激动的情感表现得极其生动。二鼓已过,时间已经不早了,少女游兴顿起,不顾丫鬟疲困之下的叫唤,兀自出门游玩去了。"不觉"二字,既写时间流逝之快,也表现出少女兴致之高,全然忘了时间了。这正是青春期女孩活泼好动特征的鲜明写照。"慢撒金莲鸣玉珂"则让我们对少女曼妙的身影有了一个朦胧而美好的印象。慢慢挪动的"金莲"美足颇有诗意;"玉珂"的鸣响,则以物之声写人之美,我们可以想象出一位精心打扮,插钗戴佩的款款美少女在花间月下行走时,身上的配饰发出叮叮当当响声的可爱情景。少女离开了久居的闺阁,来到了花树丛中,在这一"离"一"近"中,其放任不羁的形象也明朗起来了。篇末所写丫鬟的叫唤,纯用白话,生活气息浓厚,妙趣横生。

[幺]篇中少女与丫鬟的主意不和,在[赚煞]篇中,通过一个细节得到了

调和；同时，全曲的主题也得到了升华。少女从盆中掬起半撮洗脚水，水映月色，也映照出少女姣美的面容，月色与美人交相辉映，连丫鬟也禁不住叫出声来了。从闲庭信步到这个细节的出现，前文的铺垫做得充分而曲折。在丫鬟催促不动，主人依旧悠闲漫步的情形下，丫鬟吩咐起了仆人为其准备梳妆。

到此，曲子离题面似乎越来越远了，作者又出人意料地插入少女掬水自照这一动作，既引出了下文，转回了题面，这一动作本身，又将少女调皮洒脱的形象表露无遗了。

拨不断（一）

◎马致远

叹寒儒①，谩读书②，读书须索题桥柱③。题柱虽乘驷马车，乘车谁买《长门赋》④？且看了长安回去。

【注释】

①寒儒：贫穷的读书人。②谩：徒然，枉自。③须索：应该，必须。题桥柱：司马相如未发迹时，从成都去长安，出城北十里，在升仙桥桥柱上题云："不乘驷马高车，不过此桥。"④《长门赋》：陈皇后失宠于汉武帝，退居长门宫，闻司马相如善作赋，以黄金百斤请其作《长门赋》，以悟主上。武帝看后心动，陈皇后复得宠。

【译文】

可叹那寒酸的读书人，枉读了那么久的书，读书必须要题字在桥柱发誓。即便题柱后如愿乘坐上了驷马车，可乘了车又有谁能像陈皇后那样重金求买《长门赋》？暂且到长安看看就回去吧。

【赏析】

　　作者生活的时代缺乏赏识人才的君王，而作者的追求和理想主要在于能施展自己的才华，而这个理想是不可能实现的。因此作者作此曲慨叹读书无用、求取功名的艰难，认定归隐是最好的归宿。

　　这首小令用了"顶针"的手法。作者是这种巧体的始作俑者。

　　这首曲虽未点出汉文学家司马相如的名字，却是以他的遭际生发来发表感叹的。司马相如是此散曲中凭借真才实学而得青云直上的典型。本曲将他题桥柱、乘驷马车、作《长门赋》的发达经历分为三种人生际遇的不同比照。言下之意，现在即使有司马相如一样的高才，最终也得不到应有的赏识。作者欲擒故纵，一步步假设退让，最后还是回到了"寒儒"的原点。末句亦无异一声叹息，以叹始，以叹终，感情色彩是十分鲜明的。

　　本曲在逻辑上似乎不很周密，比如"读书须索题桥柱"并非是"谩读书"的必要条件，乘了驷马车，碰不上"谁买《长门赋》"，与"看了长安回去"的结局也成不了因果联系。但我们前面说过，本曲在形式上具有"顶针"的特点。这一特点造成了邻句之间的严密性，从全篇来看，则产生了句意的抑扬进退。文势起伏，本身吸引了读者的注意力，在论点的支持上未能十分缜密，也就不很重要了。

　　"且看了长安回去"，似乎也有典故的涵义。桓谭《新论》："人闻长安乐，出门西向而笑。"唐代孟郊中了进士，得意非凡，作诗云："春风得意马蹄疾，一日看遍长安花。"曾被人讥为外城士子眼孔小的话柄。"寒儒"们还没有孟郊中进士的那份幸运，"看了长安"后不得不灰溜溜打道"回去"，"长安乐"对他们来说真成了一面画饼。这种形似寻常而实则冷峭的语句，是散曲作家最为擅长的。

拨不断（二）

◎马致远

立峰峦，脱簪冠①，夕阳倒影松阴乱。太液澄虚月影宽②，海风汗漫云霞断③。醉眠时小童休唤。

【注释】

①簪冠：簪是古人用来固定发髻或冠帽的一种长针。此处簪冠指官帽。②太液：太液池，皇家宫院池名，汉武帝建于建章宫北，中有三山，象征蓬莱、瀛洲、方丈三神山。这里泛指一般的湖泊。澄虚：澄澈空明。③汗漫：浩瀚、漫无边际。

【译文】

站在山顶上，摘下簪帽远望，夕阳照耀下松树投下凌乱的阴影。太液池水影映着虚空，月亮发出澄澈光明；海风漫无边际地吹来，片片云霞离散。喝醉了酣眠时，那小书童你不要叫醒我。

【赏析】

这是一首描写隐者生活的曲子，从中可见作者的人生态度。"脱簪冠"有摆脱尘世束缚之意，说明曲中人已远离俗世喧嚣，全身心地投入自然。而"醉眠时小童休唤"又暗示人们，曲中人对这样的生活十分满意，早已沉醉其中。

清江引 野兴

◎马致远

西村日长人事少①,一个新蝉噪。恰待葵花开,又早蜂儿闹。高枕上梦随蝶去了②。

【注释】

①日长:指长长的夏日。②梦随蝶:《庄子·齐物论》说庄周梦见自己化成蝴蝶,翩翩而飞,竟然忘记了自己是庄周。此处作者引来形容自己进入梦乡。

【译文】

住在西边村庄,白天时间长,日常事务却很少;只听见一只新蝉在树上聒噪。恰好葵花正要开放,又早碰上蜜蜂出来喧闹。枕着高高的枕头入眠,在梦中随着蝴蝶飞去了。

【赏析】

此曲写隐居之乐,生动而富有情趣。作者以闹写静,用蝉的鸣叫,蜜蜂的活动,来表现隐居生活的静谧,而这种静不只是环境的安静,人的内心也一派恬静。"日长人事少"和曲末的"高枕上梦随蝶去了"对应,作者恬淡悠然的生活情景尽在其中。

拨不断

◎马致远

布衣中①，问英雄，王图霸业成何用？禾黍高低六代宫，楸梧远近千官冢②。一场噩梦。

【注释】

①布衣：平民百姓，未得功名的人。②"禾黍"二句：本唐许浑《金陵怀古》诗："楸梧远近千官冢，禾黍高低六代宫。"六代，即六朝，指三国吴、东晋、南朝宋、齐、梁、陈，均在今南京建都。楸梧，两种树木名，常植于墓地。

【译文】

在平民百姓之中，试问那几个英雄人物，称王图霸建立功业究竟有什么用处？你看那六朝宫殿，如今长满了高高低低的禾黍；千万名达官的坟墓上，如今远远近近长满了楸树和梧树。只不过像是一场噩梦。

【赏析】

在此曲中，作者对世人推崇的功名霸业进行了否定。

"布衣"中的"英雄"是指那些出身平凡却渴望建立一番功业的人。但作者显然不认同把开功建业当作毕生追求的人生观。"王图霸业成何用"，反映了作者淡泊功利的人生态度。在世俗之人眼中，没有比王霸之业更伟大的功名了，但在作者看来，这也不过是一场虚空。六朝宫殿曾是权力的象征，豪华无比，而现在却长满了杂草，一片萧瑟。还有那些不可一世的达官贵人们，最终也不过和平民百姓一样，都化作了白骨。"禾黍"句和"楸梧"句，皆化自唐朝许浑的诗句。但在许浑的诗中，"禾黍"和"楸梧"都只是讲金陵一地的景象，而在马致远这里，它们却被用来说明一切王图霸业的无用。

马致远早年专注于求取功名，但在长期得不到重用的情况下，他也开始看破红尘，追求超然物外的生活。道家的思想对他影响颇大，以至于后来，他还拥有了"万花丛中马神仙"之誉。道家将功名看作人生的枷锁、负累，所以在曲的末尾，马致远不只用"梦"来说明"王图霸业成何用"，还用"噩梦"表达对功名的厌恶。

叨叨令 道情（二）

◎邓玉宾

白云深处青山下，茅庵草舍无冬夏。闲来几句渔樵话，困来一枕葫芦架。您省的也么哥，您省的也么哥？煞强如风波千丈担惊怕①。

【注释】

①煞强如：全然胜过。

【译文】

在幽深偏僻的青山下，白云缭绕的地方，盖几间茅草庵，真是冬暖夏凉的好住处。闲暇时同渔人樵夫聊几句话，困了，头枕着葫芦架安然入睡。您醒悟了吗，您醒悟了吗？同那些到名利场的风波中去担惊受怕的人相比，不知强多少。

【赏析】

这首《道情》是前一曲的续篇。前篇呼吁"寻个主人翁早把茅庵盖",这一首便是叙说茅庵里隐居乐道的生活了。

白云深处有茅庵一座,青山脚下有草屋数间,作者生活在这世外桃源,快乐悠闲,忘记了纷扰世情,忘记了春秋冬夏。感觉无聊的时候与渔父樵夫清谈数语,困意袭来时就在葫芦架下睡上一觉,一切都是那样的随心所欲,一切都是那样的恬淡和谐。作者说:"你该醒悟了吧,你该醒悟了吧?比起那日夜担惊受怕的宦海沉浮来说,这样的生活难道不是更加地让人向往吗?"

作者将社会的黑暗,仕途的艰险比作"风波千丈",警醒世人应退避到自在闲适的山林中,远离祸患,以便独善其身。

全曲旨在劝世,却能婉曲见意,绝不勉强说理,这正是其成功之处。

⊙作者简介⊙

邓玉宾,是元代前期的散曲作家。生卒、字号、籍贯皆不详,主要活动在1294—1330年。《录鬼簿》中将其列为"前辈名公乐章传于世者"。曾官至同知,后远离尘俗,归隐山林,修心养性、学道求仙,自称"不如将万古烟霞赴一簪,俯仰无惭"。其散曲传世的作品非常少,大都是道家警世之语,但词曲格调却很高。明代朱权《太和正音谱》评其词为"如幽谷芳兰"。他的曲子格调清丽雅致,令人回味悠长。《太平乐府》《北词广正谱》都可见他的散曲。

一枝花 [套数]

◎邓玉宾

连云栈上马去了衔①,乱石滩里舟绝了缆。取骊龙颔下珠②,饮鸩鸟酒中酖③。阔论高谈,是一个无斤两的风月担④,蜿蜒虫般舍命的贪⑤。此事都谙,从今日为头罢参⑥。

[梁州第七]俺只待学圣人问礼于老聃⑦,遇钟离度脱淮南⑧,就虚无养个真恬淡。一任教春花秋月,暮四朝三,蜂衙蚁阵⑨,虎窟龙潭⑩。阑纷纷的尽入包涵⑪,只是这个舞东风的宽袖蓝衫。两轮日月是俺这长明朗不灭的灯龛,万里山川是俺这无尽藏长生药篮,一合乾坤是俺这养全真的无漏仙庵⑫。可堪,这些儿钝憨,比英雄回首心无憾。没是待雷破柱落奸胆⑬,不如将万古烟霞付一簪⑭,俯仰无惭。

[随煞]七颠八倒人谁敢,把这坎位离宫对勘的嵓⑮。火候抽添有时暂⑯,修行的好味甘。更把这谈玄口缄,什么细雨斜风哨得着俺⑰!

【注释】

①连云栈:古栈道名,在陕西褒城与凤县之间,为历史上川陕之间的交通要道,依崖壁凿成,极其险峻。②骊龙:传说中的黑龙。据《庄子·列御寇》载,骊龙生活于九重之渊,颔下有珠,必须等它睡着时才能探取,否则就会遭到生命危险。③鸩鸟:一种有剧毒的鸟。以鸩羽浸酒,饮者会立刻死亡。④风月担:元曲中通常代指烟花生涯,这里指不正经、不务正业。⑤蝜蝂虫:据唐柳宗元《蝜蝂传》述,蝜蝂是一种性贪而拙的小甲虫,遇物则取之负于背上,虽困剧犹不止。⑥罢参:不去谒见,也即不理睬。⑦"俺只待"句:孔子曾前往周国,问礼于老子,见《史记·孔子世家》。圣人,指孔子。老聃,即老子,春秋战国间大哲学家,为后世的道教尊为祖师。⑧钟离:钟离权,道教传说中的"八仙"之一。淮南:西汉淮南王刘安,因谋反罪入狱自杀,《神仙传》等则传说他得道升天成仙。但钟离权实为唐人;据《神仙传》载,度化刘安的是汉代的八公。⑨蜂衙蚁阵:蜂房中群蜂簇拥蜂王如上衙参拜,称蜂衙;蚂蚁群聚如列战阵,称蚁阵。喻世俗的扰杂。⑩虎窟龙潭:喻境地的险危。⑪阑纷纷:乱纷纷。

⑫全真：保全先天的本性。无漏：无孔隙，修行者则常指无烦恼欲望的杂念。⑬没是：与其。⑭簪：指道簪，道家束发所用。⑮坎位离宫：坎离的位置。在道家外丹术中，坎为铅为水、离为汞为火；内丹术中坎为肾为气，离为心为神。岜：严实。⑯火候：道家借指修行时精、气、神在体内运行中意念的操纵程度。抽添：减少或增加。时暂：长久或暂时。⑰哨：同"潲"，斜飘。

【译文】

悬在半空中的连云栈上，马儿脱去了缰绳正在狂奔；乱石滩里，断缆的孤舟飞速漂流着。为了得到利益不惜取下骊龙下巴上的珠子，为了满足欲求不惜喝掉鸩酒止渴。夸夸其谈，自吹自擂，在风月场中厮混，追求钱财就像蜾蝙虫那样贪婪。这一切我早已习以为常，从今天起彻底一刀两断。

我只想着学习孔子虔诚地向老子问礼，效法淮南王刘安寻访高人而成仙，参悟虚无大道，享受恬淡人生。任凭那时光流逝，人情翻覆，世俗扰杂，处境危险，这一切都与我没有任何干系。把那乱纷纷的世界尽数包涵，只用我身上的这个舞东风的宽袖蓝衫便足够了。两轮日月是我修道的长明灯盏；万里山川是我取之不尽的装药的筐篮，整个乾坤是我养全真去杂念的道观。怎能受得了呵，我本就愚钝傻憨，回过头来与世上的英雄相比，却也没留下过一点儿遗憾。与其作奸犯科遭受天谴，倒不如出家入道，寻访那千古存在的自然风光呢！俯仰之间就没有可愧疚的了。

我怎敢七颠八倒呵，对这坎、离的位置细细品对，一心炼丹。操纵意念，掌握着抽添的时间，修炼习得精髓要旨，真是很得意呵。还要处事谨慎，绝不多说话，什么人世的斜风细雨，这些怎能吹打着我呢！

【赏析】

元散曲中有一专门的品种，称为"道情"，也就是道家的歌唱。元代有很多文人有过辞官入道的经历,这也成为当时的时尚,邓玉宾便是这类文人中著名的一个。邓玉宾出仕元朝,曾出任同知一职,后来厌倦官场生活,弃官修道,远离尘世,畅游于林泉丘壑之间,修心养性,学道求仙。

邓玉宾的散曲流传下来的很少,大都是道家警世之语,但词格却很高。所以,明初人朱权在《太和正音谱》中评其曲如"幽谷芳兰",也是赞叹他的散曲意境的超脱与辞句的飘逸。

辞去将官场的险恶与修道的愉悦作对照,警悟世人荡涤俗情。又描写修道人生活环境的宁静幽美与心境的怡然自得,启迪人一心向道。

这首套曲有三支曲子,[一枝花]写世途的艰险,主张看破红尘,皈依道家。[梁州第七]说世俗世界如"蜂衙蚁阵、虎窟龙潭",因此呼吁人们"志在冲漠之上,寄傲宇宙之间",脱离现实世界的困扰。[随煞]写的是道家的养真修炼。尽管这首曲子写修道乐道,但乐道是伤时的产物,避世为叹世的补充,这与元曲愤世嫉俗的精神实质是一脉相通的。

这套曲子中运用了大量形象的比喻,如连云栈马、乱石滩舟、骊龙珠、鸩鸟酒、风月担、蝘蜓虫等,产生了蕴藉奇警的艺术效果。尤其是"两轮日月"等三句鼎足对,以日月、山川、乾坤的庞然大物与灯龛、药篮、仙庵的道家器具喻连在一起,令人回味无穷。

这套曲子格调清丽雅致,耐人咀嚼。此曲主旨虽是教人"乐道",但通篇无说教口吻,明代朱权《太和正音谱》评这套曲"如幽谷芳兰"。

鹦鹉曲 赤壁怀古[①]

◎冯子振

茅庐诸葛亲曾住,早赚出抱膝梁父[②]。笑谈间汉鼎三分[③],不记得南阳耕雨[④]。叹西风卷尽豪华,往事大江东去。彻如今话说渔樵⑤,算也是英雄了处。

【注释】

①赤壁:在今湖北蒲圻县长江南岸,汉末时孙权、刘备合兵在此大破曹操的军队。②赚出:骗了出来。抱膝梁父:指隐居的诸葛亮。抱膝,手抱住膝盖,安闲的样子。史书记诸葛亮隐居时,"每晨夜从容,常抱膝长啸"。梁父,本指《梁父吟》,相传为诸葛亮所作,这里代指诸葛亮。③汉鼎三分:将汉帝国一分为三。鼎,旧时视作国家的重器,比喻政权。④南阳:汉代郡名,包括今湖北襄樊及河南南阳一带。诸葛亮早年曾在南阳隐居耕作。⑤彻:直到。

【译文】

南阳那茅庐,诸葛亮曾亲自居住,他抱膝长吟,从容潇洒,可惜早早被刘备骗出山来经营天下。他谈笑之间便奠定了鼎足三分的格局,早已不记得当初在南阳雨中耕作的旧日生活。那西风卷走了历史的风流繁华,往事像大江一样滚滚东去,怎不叫人感叹嗟呀。一直到现在,诸葛亮在赤壁大战中的传说和佳话,已成了渔人樵夫的谈资,也算是英雄的一种结局吧。

【赏析】

正是在赤壁之战之后,魏、蜀、吴的鼎立之势才形成。但凡到赤壁的

⊙作者简介⊙

冯子振(1251—1348),字海粟,自号瀛洲洲客、怪怪道人,元代散曲家、诗人、书法家。湘乡(今属湖南省)人。至元中以荐入仕,官至承事郎集贤待制。他天资聪颖,才思敏捷,博闻强记,流传至今的书文有《居庸赋》《十八公赋》《华清古乐府》《海粟诗集》等,以散曲最著。

其散曲今存四十四首,内容多为对个人生活的描写,除一首《中吕·红绣鞋》和一首《双调·沉醉东风》外,其余皆是《正宫·鹦鹉曲》。贯云石曾在《阳春白雪序》中称赞他的散曲"豪辣灏烂,不断古今"。

人，都少不了要对这著名的战役追忆一番。作为主导这场战争的主要人物，诸葛亮不止一次地出现在和赤壁之战有关的文学作品中，被文人骚客评论。此曲也是如此。只是在此曲里，作者没有描写诸葛亮如何运筹帷幄夺取赤壁之战的胜利，而是从战争的结果入手，谈论战争对诸葛亮本身的影响。

人都道刘备三顾茅庐请出诸葛亮。此曲却特地将"请"说成"赚出"，仿佛诸葛亮中了刘备的圈套一般。作者站在道家的视角看待这一典故，认为放弃隐居生活，投身群雄逐鹿的战场，颇不值得，令人惋惜。道家推崇无羁无绊、淡泊逍遥的生活，而一旦人卷入世俗纷争，这样的生活就离人远去了。"笑谈间汉鼎三分，不记得南阳耕雨"传达的就是这种意蕴。

想到建功立业，人们就激情澎湃，却往往忽视了成就伟业不一定会给人带来美好的结局。诸葛亮鞠躬尽瘁为人称道，但他积劳成疾、英年早逝不说，至死还在忧心国家大事。作者冯子振自号怪怪道人，其思想受道家影响颇深。在他看来，人们苦苦建立的功业，到头来都免不了被时间吞没。英雄们的丰功伟绩即使被传为佳话，对英雄而言，也无非是一种安慰。或者说，被世俗价值观推崇的英雄，最终不过是在后人的谈论中找到理想的归宿。因此，他才会在曲的末尾不无同情地说"算也是英雄了处"。

此曲立足于英雄的个人命运，在立意上颇为新颖，引导读者从一个新的角度思考耳熟能详的历史典故。

鹦鹉曲 农夫渴雨

◎冯子振

年年牛背扶犁住①，近日最懊恼杀农夫②。稻苗肥恰待抽花③，渴煞青天雷雨④。恨残霞不近人情⑤，截断玉虹南去⑥。望人间三尺甘霖⑦，看一片闲云起处⑧。

【注释】

①扶犁住：把犁为生。住，过活，过日子。此句是说年年都是在牛背后扶着梨杖，泛指干农活。②最：正。懊（ào）恼杀：心里十分烦恼。③恰待：正要，刚要。抽花：抽穗。④渴煞：十分渴望。⑤残霞：即晚霞。预示后几天为晴天。⑥玉虹：彩虹。虹为雨后天象。俗谚："晚霞日头朝霞雨。"截断玉虹，即谓残霞无情断雨。此句意思是说，由于彩霞满天，彩虹不可能出现，下雨没有指望。⑦三尺甘霖：指大雨。甘霖：好雨。⑧此句的意思是：由于盼雨心切，甚至对一片无用的闲云也抱着微茫的希望。

【译文】

每年在牛背后扶犁耕作为生，近日里这却成了农夫最懊恼的事。稻苗肥壮正等着抽穗呢，望眼欲穿那晴朗朗的天空快来一阵雷雨。可恨残霞不关心人们渴雨的急切心情，截断了玉虹裹挟着它向南飘去。农夫们注视着天边升起的一片白云，盼望人间能降下三尺好雨。

【赏析】

整首曲子都采用了农夫的口吻，语言质朴，把农夫的渴望之情表现得淋漓尽致。起首句的"年年"二字体现了农夫务农的终身性和普遍性；"背扶犁住"四字则生动传神地表现出农夫耕种的姿态。第二句是在首句的铺垫下发出的，农夫长时间在田间耕种务农，对"天气"很是敏感，"懊恼杀"把他们在单一的务农生活里形成的朴实性格展露无遗。第三、四句则是对前文"懊恼杀"作出回答，原来是稻子到了抽穗的时节，偏又恰逢大旱天气，所以才有"农夫渴雨"，此处亦点题。

下面四句作者采用农夫仰望天空的视角，寄情于景中，展开了景物和人物的双重描写。以"恨"字总领，表现了农夫失望和愤怒的心情。残霞的逐渐消散，被作者用"不近人情，截断玉虹南去"描述而出，此处用了拟人的手法，把农夫的责怪意赋予其中，显得灵活生动。同时也暗示了农夫一直在残霞中寻找着彩虹的身影，"截断"二字映衬了上句的"不近人情"。"望人间三尺甘霖"一句中的"望"字，是渴望之意；"三尺甘霖"是虚指，但是又描写得如此具体，可见那三尺甘霖虽迟迟不来，却是农夫脑海中常有的画面，这时远处一片闲云初生，"闲"字极言云出现得毫无规律，暗指天气的变化多端、人不可测，强调务农者对于天气的依赖性，时而悲愤，时而怀抱希望。

全曲多用白描手法，截取农家生活的一个侧面进行了描写，虚实结合，真实生动地表现了农夫的心理。作者能够设身处地地为农夫着想，理解他们的愿望，说明其十分关注百姓的处境。

鹦鹉曲　野渡新晴

◎冯子振

孤村三两人家住，终日对野叟田父。说今朝绿水平桥，昨日溪南新雨。碧天边云归岩穴，白鹭一行飞去。便芒鞋竹杖行春①，问底是青帘舞处②。

【注释】

①芒鞋竹杖：草鞋和竹手杖，为古人出行野外的装备。行春：古时地方官员春季时巡行乡间劝督耕作，称为行春。此处则为春日行游之意。②底是：哪里是。青帘舞处：酒旗招展的地方。

【译文】

在这偏僻的村落里,只住着两三户人家,人烟稀少。我整天价面对的,是淳朴的农村父老。他们说起今早上溪水猛涨,水面漫过了小桥,又说溪南昨天刚下了一场新雨。青湛湛的天边,云朵飘回了石缝里的的旧巢。白鹭排成行,向天边飞去。我当即穿上草鞋,操起手杖,乘兴踏游春郊。就不知挂着青帘的歌舞酒乡,上哪儿可以找到?

【赏析】

曲名是一个倒装句,意为雨后天气放晴,作者乘兴踏春。"野"字有两层含义,第一体现了山水田园的自然之美,第二说明作者是乘兴而往。

起首句"孤村"的"孤"和"三两人家"呼应,写出了村落的荒凉和偏僻。村里都是田野老农。曲的前两句,作者除描述自己与世隔绝的生活外,还营造出一种乡村山野的田园氛围,就像是欲作一幅田园水粉画,需要事先打底,烘托、渲染好气氛。

接着作者将话题转到了听老农们唠家常:今天溪水涨到了桥头,昨天溪南的新雨下得真不小。迂回地点出了曲名的"新晴"。作者的踏春之心也油然而生,接下来的第五、六句便充实了"新晴"的内容,具体描写了新晴过后的景物:碧蓝的天空,云卷云舒,仿佛飘回了它悬崖边的洞穴里,一行白鹭扑翅而飞,消逝在天尽头。

最后两句终于道出了"野渡"这一主题,作者乘兴穿鞋挂杖,信步春游。"便芒鞋竹杖行春,问底是青帘舞处"中的"便"是当即的意思,体现了作者的随性潇洒。"青帘舞处"指酒家,表现出作者的隐者气质。

此曲用语清新,情感自然,颇有可玩味之处。

小梁州 秋

◎贯云石

芙蓉映水菊花黄,满目秋光。枯荷叶底鹭鸶藏①。金凤荡②,飘动桂枝香。雷峰塔畔登高望③,见钱塘一派长江。湖水清,江潮漾,天边斜月,新雁两三行。

【注释】

①鹭鸶:即白鹭,一种水鸟。②金凤:即秋风。③雷峰塔:五代时吴越王钱俶妃黄氏建,遗址在西湖南夕照山上,于1924年9月倾塌。

【译文】

荷花的身影映照在水中,菊花也已经变得金黄。满眼都是秋天的风光。干枯的荷叶底下,有白鹭躲在那里。秋风荡漾,桂枝上桂花的幽香随风飘动起来。在雷峰塔边登上高处向远方望去,只看见那长长的钱塘江。湖水清澈,江潮涌起,一弯新月斜挂在天边,两三行大雁刚刚飞去。

【赏析】

此曲为贯云石所作的《小梁州》曲四首中的一首。

曲子一开始就以"菊花""秋光"两词将人的视角锁定在了秋景上。接下来,作者开始对秋光进行细致的描绘。"枯荷叶""金凤""桂枝香",这一个个标志着秋天的事物让人满目是秋景、秋情。"雷峰塔"一词点出了地点。作者登高远眺,浩浩荡荡的钱塘江尽收眼底。此等美丽的景致,又有谁不留恋呢?此曲构图精致,用精湛的文字,描绘了秋日的特有景物，末四句以动衬静，反衬山居环境的幽静，表现了作者闲适的心情。

> ⊙作者简介⊙
>
> 贯云石（1286—1324），原名小云石海涯，号酸斋，又号芦花道人，维吾尔族人。师从著名古文学家姚燧。袭父亲官职，仁宗时，官至翰林侍读学士、中奉大夫、知制诰。后因向往恬淡生活，弃官南下归隐。曲风豪放清逸，明代朱权《太和正音谱》评他的散曲如"天马脱羁"。今存散曲小令七十九首，[套数]八首，风格豪放清逸。后人把他和徐再思的散曲合编为《酸甜乐府》。

蟾宫曲 送春

◎贯云石

问东君何处天涯①？落日啼鹃②，流水落花。淡淡遥山，萋萋芳草③，隐隐残霞。随柳絮吹归那答④？趁游丝惹在谁家？倦理琵琶⑤，人倚秋千⑥，月照窗纱。

【注释】

①"问东君"句：问春之神到何处去了。东君，春之神。②啼鹃：出自"望帝啼鹃"，相传战国时蜀王杜宇号望帝，为蜀治水有功，死后化为杜鹃鸟，啼声凄切，后常指悲哀凄惨的啼哭。③萋萋芳草：唐崔颢《黄鹤楼》中有"晴川历历汉阳树，芳草萋萋鹦鹉洲"之句。《楚辞·招隐士》曰："王孙游兮不归，春草生兮萋萋。"此处比喻游子久行于外，归思难禁。④"随柳絮"二句：这是化用秦观《望海潮》"正絮翻蝶舞，芳思交加，柳下桃蹊，乱分春色到人家"的意境。⑤琵琶：我国民族乐器。⑥秋千：我国古代贵族妇女的体育游戏。相传春秋时齐桓公由北方的山戎所传入。

【译文】

春之神到何处去了？夕阳落下，杜鹃叫了起来，看落花于流水之中。远处的山峰颜色暗淡，芳草萋萋，晚霞若隐若现。是随着柳絮一道，被吹走了吗？还是跟游丝一样，不知飘到了谁家里去了？我心不在焉地调试着琵琶，倚靠着秋千架，月亮升起，月光照在窗上的纱纸上。

【赏析】

此曲写暮春之景，傍晚斜阳残照，杜鹃鸟凄鸣不已，落花流水共添悲，远处重峦叠嶂，芳草萋萋，晚霞渐渐退却。此情此景，作者不禁一连问道：春神欲往何处去，那春意融融的柳絮游丝又去了哪里？末尾，用夜晚月色下一女子懒倚秋千、无意弹琴定格画面。极尽悲凉萧瑟。

清江引 惜别（一）

◎贯云石

若还与他相见时，道个真传示①：不是不修书，不是无才思，绕清江买不得天样纸②！

【注释】

①传示：消息，音信。②清江：水名，一在湖北，即古夷水；一在江西，即流经新干、清江等地的那段赣江。也可泛指清澈的河流。

【译文】

如果还能和她见上一面的话，我一定就要跟他一五一十地说说我的情况：我不是不肯写信，也不是没有才气和情思，而是绕遍了清江也买不到天那样大的信纸!

【赏析】

　　这是支描写男子叹惜与情人离别之苦的小曲。

　　小曲妙在不是直抒别怀的苦味，而是采用"节制"的笔法来表达这种郁结的情感：先是虚拟与情人相见时告白自己的心迹，继则采用"否定"的口吻，委曲道来，极写自己的情致深长；接连四个"不"字，以盘马弯弓之笔法，故作吞吐顿挫之语气，不独将"我"的心迹抖落得酣畅淋漓，而且将曲中"情势"推到高潮，又为后一句设下悬念，使读者忍不住要弄个明白到底是什么原因。于是，"绕清江买不得天样纸"句一出，如果非得用天一样的纸才能将一种情思写尽，那么这种情思必然是深广无边的。作者托人带话给自己的远方的爱人说："不是我不写信，我也并不是没有话说，只是我绕遍了清江，也找不出像天一样的纸。"那么他对她的情感与思念，自然也是深厚得无法衡量的。如此笔法使人体味出那种表白中所隐含的深挚情感是何等的绵长而宽广，他对她的思念之情自然也是深厚得无法衡量了。

　　整支小曲虽然主题是离愁别怨，读来却毫无哀怨缠绵之气。曲末运用了元曲中常用的夸张手法，极言自己心中相思眷恋的深刻。曲子语言淳朴本色，纯用口语，通俗自然，句短情长，曲折深妙，似抑还扬，韵味无穷。

清江引 惜别（二）

◎贯云石

　　玉人泣别声渐杳[①]，无语伤怀抱。寂寞武陵源[②]，细雨连芳草，都被他带将春去了。

【注释】

①玉人：美人。②武陵源：晋陶渊明《桃花源记》述武陵郡渔人入桃花源，俨然世外，故后人又称桃花源为武陵源。指生活的理想世界，元曲中常代指男女风情之所。

【译文】

美人因离别而痛哭，声音越来越远。我说不出一句话来，心中怀着无限的伤感。在这寂寞的武陵源，绵绵细雨落在绿草上，这春天啊，都被他带走了！

【赏析】

此曲是作者离湘之作，描述了其和情人的惜别之景。曲中，作者与情人一个"泣"，一个"无语"，都肝肠寸断。末句的"他"即指前面的武陵源，该地曾是作者与情人两相依偎的幸福之地，如今却因二者的天各一方，变成伤心之所。

清江引 立春

◎贯云石

金钗影摇春燕斜①，木杪生春叶②。水塘春始波，火候春初热③。土牛儿载将春到也④。

【注释】

①金钗：古代妇女的一种头饰。春燕：旧俗，立春日妇女皆剪彩纸为燕，并金钗戴于头上，盛装出游。②木杪（miǎo）：树梢。③火候：本指烹煮食物的

火功。这里指气候温度。④土牛儿：即春牛。古代每逢立春前一日有迎春仪式，由人扮神，鞭土牛，地方官行香主礼，以劝农耕，谓"打春"，象征春耕开始。

【译文】

妇女们头上的金钗摇动着媚影，她们剪裁出纸燕斜戴在头上。树梢生出了嫩叶。在这春天里，水塘开始泛起了波浪，天气也开始变得暖和。满身泥土的牛儿把春天带来了。

【赏析】

曲子起首以立春旧俗来写春的到来，中间三句从树梢、水池、地气诸方面渲染春之到来的气象。全曲每句之首分别着一"金""木""水""火""土"五字，各句又均包含一"春"字，全方位地展现立春时节的春景春情，紧扣主题，写得清新自然，情趣横生。

殿前欢

◎贯云石

隔帘听，几番风送卖花声。夜来微雨天阶净①。小院闲庭，轻寒翠袖生。穿芳径，十二阑干凭②。杏花疏影，杨柳新晴。

【注释】

①天阶：原指官殿的台阶，此处是泛指。②十二阑干：十二是虚指，意谓所有的阑干。古人好用十二地支的数目来组词，如"十二钗""十二楼"等。

【译文】

我隔着帘听，风儿一次又一次地吹来卖花人的叫卖声。时值夜晚，一场小雨之后，台阶被冲洗得干干净净。在安静清幽的庭院里，翠绿色的袖子中生出微微的寒意。我穿行在花间的小路中，或是倚靠着阑干来欣赏春日的美景。只见盛开着的杏花舞动着稀疏的倩影，杨柳沐浴着雨后的晴岚。

【赏析】

此曲描绘了清新秀丽的雨后春景。

明明要写雨后景色，但作者偏偏要从和景色完全无关的"卖花声"下笔，交代曲中人出外观景的因由，让读者跟着曲中人的视角欣赏雨后风光。从"隔帘听"到"天阶净"无一字写曲中人的动作变化，但"帘"到"阶"的场景转化却让人仿佛看到曲中人从屋中款款而出，站立在屋外的阶梯上，循着卖花人的声音远望。

此曲最大的特点就是委婉，作者似乎有意避免直接将其所要表现的事物传达给读者。譬如写雨后清新，不提雨后的空气，偏偏要着眼于被雨水冲刷得干干净净的台阶，用"净"字唤起读者对雨后那明净景象的回忆。"小院闲庭"映现出曲中人安闲自在的心情，而接下来的一个"轻寒"则将雨后的凉爽表现得恰到好处，但在这里，作者除用它写雨后的舒爽外，还用它来勾画曲中人的样貌。这寒从"翠袖生"，说明曲中人的衣衫美丽单薄。不知不觉间，这穿着翠衣的曲中人也成了曲中一景。

接下来，曲中的场景又由"闲庭"转入"芳径"，"十二阑干凭"，说明曲中人已经完全沉浸在雨后的美景中，她将阑干倚遍，从不同角度欣赏大好风光。"杏花疏影，杨柳新晴"，正是她看到的美丽景象。值得一提的是，作者写杏花不写花之娇，而写花的影，写杨柳不写柳之色，而写"新晴"，并非是在单纯地追求新巧效果，而是为了更好地扣住"雨后"

这一中心。相比艳丽的花朵,疏疏淡淡的花影更能表现雨后风景的清雅。"新晴"也是一样,人人都知春天的杨柳青绿可人,但要突出雨后杨柳的样貌,与其将重点放在刻画杨柳的颜色上,不如直接强调"新晴",让读者自行想象那湿润润、青绿绿、散发着清鲜气息的杨柳。

有人评价贯云石此曲"羚羊挂角,无迹可求"(严羽《沧浪诗话》)。全曲若自然天成,看不出任何刻意雕琢的痕迹,"净""轻寒""凭""新晴"等字的运用又极其精妙。作者造语的功力可见一斑。

塞鸿秋 代人作

◎贯云石

战西风几点宾鸿至①,感起我南朝千古伤心事②。展花笺欲写几句知心事③,空教我停霜毫半晌无才思④。往常得兴时,一扫无瑕疵⑤。今日个病恹恹刚写下两个相思字⑥。

【注释】

①战西风:迎着西风。宾鸿:即鸿雁,大雁。大雁秋则南来,春则北往,过往如宾,故曰"宾鸿"。《礼记·月令》:"(季秋之月),鸿雁来宾。"②南朝:指我国历史上宋、齐、梁、陈四朝,它们都建都在南方的建康(今南京市)。吴激《人月圆》:"南朝千古伤心事,还唱后庭花。"③花笺:精致华美的纸,多供题咏书札之用。徐陵《玉台新咏序》:"五色花笺,河北胶东之纸。"④霜毫:白兔毛做的、色白如霜的毛笔。⑤一扫无瑕疵(xiá cī):一挥而就,没有毛病。瑕疵:玉上的斑点。引申为缺点或毛病。⑥病恹恹:病得精神萎靡不振的样子。《世说新语·品藻》:"曹蜍、李志虽现在,恹恹如九泉下人。"

【译文】

　　迎着西风，几只大雁飞来，这让我回想起有关南朝兴亡的悠久往事。展开华美的信纸，想写几句心里话，却只是停住笔尖半天也没有什么奇思妙想。平常有兴致的时候，写文章都是一挥而就，找不到一点毛病，今天却病恹恹的，才刚写下"相思"两字。

【赏析】

　　"代人作"在元散曲中比较常见，多为文人代替女子写信，此曲亦然。开篇两句说明了写作缘由：秋季西风吹，大雁南飞，这悲凉萧索的气氛引起了女主人公对于南朝伤心事的回忆。但作者并没有具体写是怎样的伤心事，此处运用了欲擒故纵的表达方式，只是说那女主人公展开花笺，因触景生情想写几句知心事，从而可以想见这"知心事"必定也在"伤心事"中。"停霜毫"这个动作造成了此曲的第一个波折；下文的"半晌无才思"与"往常得兴时"这一组对照形成第二个波折；"一扫无瑕疵"与末句的"病恹恹刚写下两个相思字"则形成第三个波折。女主人公的这种反常就正是由于"大雁南飞引心伤"，可见其伤心的是深深的离别愁恨，知心的是绵绵的相思之苦。曲文跌宕起伏，衬字运用巧妙，处处曲笔，尽显女主人公相思成愁的心境。

　　全曲以起兴手法开篇，先点明时令，西风可谓肃杀凛冽，而秋之气象以反衬的方式渲染。首字描写"宾鸿"之态的"战"字，一是反衬秋风的狂暴，二是直接描写刻画出迎风搏击的"宾鸿"形象。此处的"鸿"，可能是象征游子离人的鸿雁，也可能是"燕雀安知鸿鹄之志"中的天鹅。作者一从其搏击之雄伟，二从"几点"二字的远观，给读者留出想象空间。因之才有了对王侯将相兴起沉沦、朝代更替的感叹。而眼前之景到底在心里泛起了什么样的情思，作者却也无从细究。但只知脑海中古往今来兴亡事，以及各种感想齐集，感慨颇深。如离人是抱着"鸿鹄之志"的宦游者，那么此处的女主人公该是"悔教夫婿觅封侯"的觉醒思妇了。但此处的女主人公似乎对于富贵功名还无法看透，因此一落笔却只留下相思二字，而其"闺怨"之情也已表达得非常清楚了。

红绣鞋

◎贯云石

挨着靠着云窗同坐①，偎着抱着月枕双歌②。听着数着愁着怕着早四更过③。四更过情未足，情未足夜如梭④。天哪，更闰一更儿妨甚么⑤！

【注释】

①云窗：镂刻有云形花纹的窗户。②月枕：形如月牙的枕头。③四更过：意为即将天明。④夜如梭：喻时光犹如梭织，瞬息即逝。⑤闰一更儿：延长一更。公历有闰年，农历有闰月，岁之余为"闰"，更次当然没有"闰"的说法，此处是恋人欢会尤恐夜短才有此想法。

【译文】

互相挨着互相靠着在窗下一同坐着，互相依偎着互相拥抱着枕着月一起哼歌。细心听着，一下一下地数着，怀着烦恼与害怕，四更已经敲过了。四更过了，欢情还没有享够，觉得夜过得飞快像梭子一样。天啊，再加上一更有什么不可以啊！

【赏析】

此曲以一位年轻女子的口吻，描写了一对情人共度良宵的情景。曲子开头"挨着、靠着、偎着、抱着"等行为动作的描写极尽欢爱场面；"听着、数着、愁着、怕着"则尽显情侣间"春宵一刻值千金"，担心时间飞逝的心理状态。叠词的运用则让曲子俏皮可爱；"情未足"两句使用的顶针手法不仅在进一步强调了恋人的急切心情，而且也使得曲文情味十足。眼看着四更天已过，恋人们内心无比焦急，急得那女子直说："天哪，你再多加一个时辰好不好啊！"曲子于末句达到了高潮，看似是无理的要求，却将曲中女子的天真表现出来，也体现了曲中恋人爱情的真挚、浓烈。

此曲用语通俗，语言流畅，构思精巧，结尾意味出奇出新。

寿阳曲

◎贯云石

新秋至，人乍别①，顺长江水流残月。悠悠画船东去也②，这思量起头儿一夜。

【注释】

①乍：刚刚，起初。②悠悠：悠闲自在的样子。

【译文】

新秋来了，心上人刚刚离去。顺着绵长的江面，水儿流淌着，月儿也是残缺的。那华美的船儿悠悠然向东远去了。这离别的愁苦啊，在这第一个夜晚就暗暗生起。

【赏析】

新秋刚刚来到，友人忽然告别。在江边目送他乘船悠悠东去，东流的江水中荡漾着残缺的月影。作者借"水流残月""悠悠画船"的画面将新秋乍别的离情愁绪表现得幽广深远、含蓄悠长。这头一夜便开始相思，以后将会怎么样呢？"思量"一句，如画龙点睛，把刚刚分别的复杂心理和情绪表达得丝丝入扣。这种想象，使整首曲子虚实相生，并且合情合理且落笔不俗。

清江引 咏梅

◎贯云石

芳心对人娇欲说，不忍轻轻折。溪桥淡淡烟，茅舍澄澄月。包藏几多春意也。

【译文】

它像是有什么心事，娇滴滴地要对人似诉说，让人不忍心去攀折。溪上的桥边笼罩着淡淡轻烟，茅舍上升起了明亮的月儿，这景致里包含着多少春意啊。

【赏析】

作者曾写《咏梅》小令四首，此为第三首。

此为借景抒情之作。在这首曲子中，作者不仅通过拟人的手法赋予梅花少女的情态，还用"包藏几多春意也"暗示人们，梅花就像春的使者，梅花开了，春天就不远了。

殿前欢

◎贯云石

怕秋来，怕秋来秋绪感秋怀。扫空阶落叶西风外。独立苍苔，看黄花谩自开。人安在？还不彻相思债①。朝云暮雨，都变了梦里阳台②。

【注释】

①彻：全，完全。②梦里阳台：这一典故出自宋玉的《高唐赋序》。楚顷襄王游高唐，在高台之下，夜梦一女，自称巫山之女，与之欢会。后来，人们便将男女欢会之所称为"阳台"。

【译文】

我害怕秋天的到来，我害怕秋天来了之后，悲秋之情又触动我的心怀。西风扫净了空荡荡的台阶上的落叶。我独自站在苍苔上，看菊花兀自盛开。思念的人在哪儿呢？我已经还不完那相思债了。往日的一切都变成了梦里阳台。

【赏析】

曲中人和情人分离，为思念所苦，重复两次的"怕秋来"充分表现了她忧伤的心境，她生怕萧瑟的秋天让自己愁上加愁。而"扫空阶落叶西风外"，既是曲中人的眼前之景，也是她心境的写照。接下来的"人安在"则点明了曲中人伤心难过的原因，原来她的情人已经离开了好一段时日，而她对情人的境况却所知甚少。在"还不彻相思债"的嗔意背后，是浓浓的爱意，"朝云暮雨，都变了梦里阳台"即是曲中人记忆中的场景，这场景和西风吹落叶、黄花谩自开的场景结合到一起，又为曲子增添了几分悲凉之气。

清江引

◎贯云石

狂风一春十占九，摇撼花枝瘦。沙摧杏脸愁，土蚀桃腮皱。阑珊了一株金线柳①。

【注释】

①阑珊：空残稀疏的样子。金线柳：柳的美称。

【译文】

这整整一个春天，十天里有九天刮着狂风。这狂风不住地撼动着花枝，都把它吹瘦了。在尘沙的摧残下，杏花瓣愁容满面；在泥土的侵蚀下，桃花也苍老了。河边那一株柳树，枝条也变得稀疏了。

【赏析】

"狂风一春十占九"是说在春季十天中有九天都狂风大作。作者故意用"十占九"这样夸张的说法表现狂风的肆虐猖狂。这狂风毫无怜香惜玉之意，让春花黯然凋零。古人经常用春花象征美好事物，用狂风象征无情的世事。一个"瘦"字表现出花在历经"摧残"后那憔悴可怜的样子，不由让人想起南宋词人李清照《如梦令》中的"知否，知否，应是绿肥红瘦"。

很多花朵被风吹落，侥幸留在枝头的也都遍体鳞伤。杏花一脸愁容，桃花容颜残破，拟人手法的使用赋予了花以人的情态，同时也反映出作者的惜花之情。曲末，原本掩映花间的柳树因花的凋零突兀出来，柳树的寂寥更衬出花的凄零。

刘勰曾在《文心雕龙》中说："君子拟人必於其伦"，劫后余生的杏花、桃花、金线柳很容易让人想到刚刚经历不幸、伤痕累累又满心凄楚的人。此曲虽围绕花展开，用意却在花之外。花无力招架狂风，而在变幻莫测的世间，人又不知何时就会遭遇变故，每每社会发生大的动荡，都会有很多人像被狂风打落的花一样，"香消玉殒"。此曲构思巧妙，感情真挚，生动蕴藉，虽无一字言作者所感，却处处可见作者的情思。

金字经

◎贯云石

泪溅描金袖①，不知心为谁。芳草萋萋人未归。期，一春鱼雁稀②。人憔悴，愁堆八字眉③。

【注释】

①描金：以他色勾托金色的装饰手法。②鱼雁：古人谓鱼、雁俱能传书，故以鱼雁代指书信。③八字眉：又称鸳鸯眉，一种源于唐代宫中女子的眉式。韦应物《送宫人入道》："宝镜休匀八字眉。"

【译文】

泪水落在描金的袖子上，不知她伤心是为了谁？满目皆是茂盛的青草，她的情郎却还没有归来。等着等着，整整一个春天，也很少收到他寄来的书信。她满脸憔悴瘦损，愁闷堆满了皱成了"八"字的眉头。

【赏析】

贯云石的散曲以善写男女恋情著称,而这类作品风格也以清俊见长。这首曲子就是其中典型的一首。

此曲开头两句纯用白描,为读者勾勒出一位离愁满怀的贵族女子的形象。这两句化用唐代诗人李白的《怨情》:"美人卷珠帘,深坐颦蛾眉。但见泪痕湿,不知心恨谁。"今人金性尧《唐诗三百首新注》:"末句'不知心恨谁',虽未明说,但实际已对读者作了暗示。"李白诗的"暗示",是通过"卷珠帘""深坐"的动作来实现的,而这首小令里的女子,只是"泪溅描金袖",此外别无其他动作,"不知心为谁"就纯粹成了悬念。这样的开头,很能吸引读者的注意力,从而为下文做好铺垫。

"芳草"以下三句告诉了我们答案。"芳草萋萋人未归"句出自《楚辞·招隐士》,其中写道:"王孙游兮不归,春草生兮萋萋。"此曲里女主人公正在等待的"王孙",不但"人未归",而且"一春鱼雁稀",很有可能以后再也不回来。一个"期"字,不但表现出女子对情人的思念,也流露出一种绝望的感觉。

最后两句再度展现了楚楚动人而又形单影只的闺阁佳人形象,与首句前后照应,然而,前面的"泪溅描金袖"只是瞬时的场景,而末句的"人憔悴"则具有持久性,让人读了更觉悲凄。全曲只寥寥数笔,却生动刻画出年轻思妇的可怜形象,表现出她对远出不归的心上人的脉脉深情。

红绣鞋 痛饮

◎贯云石

东村醉西村依旧,今日醒来日扶头。直吃得海枯石烂恁时休[①]。将屠龙剑、钓鳌钩[②],遇知音都去做酒。

【注释】

①恁（nèn）时：那时。②屠龙剑：该典故出自《庄子》。传说，有个叫朱评漫的人花了三年时间学习屠龙之术，学成后却找不到可屠之龙。钓鳌钩：《列子》中有龙伯国巨人将渤海负山巨鳌钓走的故事。后人常用此典比喻抱负远大。

【译文】

在东村喝醉了，跑到西村还喝。今天醒了，明天又醉得要扶住头。直到吃得海也枯了石也烂了才罢休。若是遇到了知音，就是屠龙的宝剑，钓鳌的鱼钩，也都拿去换酒。

【赏析】

"喝酒"是一种排遣愁思的方法，这种整日买醉的行为，表明了作者心中有苦无处申，而只能寄托在诗酒之上的痛苦。"东村""西村"是言地，"今日""来日"是说时，无处不可以醉、无时不能够醉，并且还要喝到海枯石烂才罢休！作者的豪情万丈一览无余。"海枯石烂"暗含了作者对当时社会的不满，愤恨到了极致便戏谑其能毁灭，只要世界存在的一天，狂饮的行为就不停止。曲子前三句便揭露出了作者"痛饮"背后的愁苦悲愤的心情。

"屠龙剑""钓鳌钩"不是实物，原比喻有高超的本领和远大的抱负，这里象征着功名利禄。作者说倘若遇见知音，建功立业统统可以不要，全部拿去换酒喝。作者把"酒"和酒外的功名对立了，这也是"出世"和"入仕"的对立，至此作者的价值观已显而易见。再者，"屠龙剑""钓鳌钩"只能换酒钱，也表明了作者怀才不遇、社会贤庸不分的事实。曲子末句的"知音"若与首句联系起来读的话，可知作者口中的知音都在"东村""西村"内，这又可看出作者鄙视官场、痛饮遁世的生活状态。

全曲显现着疏狂恣意的特点，于豪放潇洒间暗含着对社会的不满和愤懑。

普天乐 平沙落雁①

◎鲜于必仁

稻粱收，菰蒲秀②，山光凝暮，江影涵秋。潮平远水宽，天阔孤帆瘦。雁阵惊寒埋云岫③，下长空飞满沧州④。西风渡头，斜阳岸口，不尽诗愁。

【注释】

①平沙落雁：此为《潇湘八景》之第五首。②菰（gū）蒲：菰是多年水生草本植物。蒲亦是水生植物，即苇子，可以编席。③岫（xiù）：峰峦。④沧州：水边比较开阔的地方，常用指隐士住地。

【译文】

稻谷高粱收完之后，水边的菰和蒲正值秀美之时。群山静静地沐浴在暮色里，朦胧的江面满含秋韵。潮水平静下来了，水面渐宽；天空辽阔，反衬得帆船更加瘦小。雁阵为秋寒所惊，飞进了云层里，又从空中落下，在江边沙滩上漫天飞舞。渡口吹拂着西风，红日西沉，我心中生出了无尽的忧愁。

【赏析】

"平沙落雁"之名取自北宋画家宋迪的八幅组画"潇湘八景"之一，借用其题作曲者不在少数，然而多悲秋伤怀，此曲一反常态，一扫深秋肃杀沉闷之气，写尽其生机勃勃，卓有新意。

前六句两两对仗，十分工整。首写暮秋江上景，稻谷收割完，水边的植物挺拔秀美，山里暮色蔼蔼，江水倒映着这深秋之景，相映成趣，充满诗情画意。天之广阔与孤帆之瘦小，水之静与船之动，两组对照，交相辉映。

秋寒惊起雁阵，它们从掩埋的云层里滑翔而出，飞舞着，鸣叫着，瞬间落满菰蒲丛生的平沙岸边，将这宁静的世界打破，动静结合。"飞满"二字，极写生机盎然之态。

渡口之上，西风徐徐，作者临风而立，看那斜落夕阳，不禁诗兴大发，思如潮涌。

此曲意境隽永悠长，境界开阔，宛如一幅色彩淡雅明丽的暮秋江景图。

⊙作者简介⊙

鲜于必仁，字去矜，号苦斋，渔阳郡（治所在今天津市蓟县）人。生卒年不详，生活在元英宗至治前后，其父为太常典簿、著名词人鲜于枢。他性格旷达，醉心山水，受家庭影响，精通音律。其曲以写景见长，风格豪放飘逸，意境高远。今存小令二十九首，明代朱权在《太和正音谱》中评价其词"如金墙腾辉"。

折桂令 卢沟晓月①

◎鲜于必仁

出都门鞭影摇红②。山色空蒙，林影玲珑。桥俯危波，车通远塞，栏倚长空。起宿霭千寻卧龙，掣流云万丈垂虹。路杳疏钟，似蚁行人，如步蟾宫。

【注释】

①卢沟晓月：北京著名景色。卢沟，指卢沟桥。②鞭影摇红：马鞭在拂

晓的霞光中摇动。

【译文】

　　出了城门，马鞭在拂晓的霞光中摇动。山色空蒙，远处的山林看上去灵通剔透。卢沟桥俯身就着急流，车马向远方的边塞驶去，栏杆高耸，依偎在天边。在暮霭中，卢沟桥犹如一条千寻长的横躺着的巨龙腾空而起，又像万丈彩虹从行云里直扑水面。远处传来稀稀落落燕山的晨钟，路上行人多得像蚂蚁一样，（这情形）犹如在仙境月宫之中行走一般。

【赏析】

　　"卢沟晓月"为"燕京八景"之一，此曲好似为我们铺开了这幅恢弘的美景，让我们一睹其美丽的风貌。

　　当时，卢沟桥是出入京都的大门，每当夜幕还未完全退去，桥上便已经车水马龙，人流如织，远处山色依稀，树影玲珑。此曲的首句便展现了这一情景。

　　"桥俯危波，车通远塞，栏倚长空"，这三句运用排比句式："俯危波"言其险，"通远塞"喻其阔，"倚长空"显其高，寥寥数语，勾勒出卢沟桥的高大、雄伟、壮观，层次分明，且极为准确、生动。"起宿霭千寻卧龙，掣流云万丈垂虹"，这两句运用比喻、对偶和夸张的写法写卢沟桥，形象地描绘了卢沟桥恢弘的气势和寥廓的境界，极为形象、传神。

　　结尾三句，照应开头的晓行，诗人运用比喻的写法，展开丰富的想象，把卢沟桥与晓月、天上与人间融为一体，创造出一个恬淡愉悦深邃高远的境界。诗中的"疏钟""行人"把画面点染得鲜活生动。最后一句"如步蟾宫"切合题中之"晓月"，将读者带进了一个神话般的世界。

普天乐 潇湘夜雨①

◎鲜于必仁

白萍洲，黄芦岸。密云堆冷，乱雨飞寒。渔人罢钓归，客子推篷看。浊浪排空孤灯灿，想鼋鼍出没其间②。魂消闷颜，愁舒倦眼，何处家山？

【注释】

①潇湘夜雨：北宋画家宋迪所作组画《潇湘八景》之一。潇湘，二水名，主要流经湖南境，潇水为湘水的支流。但"潇湘"亦可作清湘解，《水经注》："潇者，水清深也。"②鼋鼍（yuán tuó）：两种大型水生动物。鼋，大鳖。鼍，扬子鳄。

【译文】

水中的小洲泛着白色，岸上的芦苇有些儿发黄。乌云堆积，大雨乱飞，让人感到一阵阵寒意。渔夫停止了垂钓匆匆往家里赶，舟中的旅客也推开篷窗朝外面看。混浊的浪潮翻向空中，远方只有一盏孤灯闪闪发光。我想，这情形一定是鼋鼍一类的庞然大物在水中出没造成的。本来就已经忧闷难释，容颜黯淡，又碰到如此消魂的图景，我在愁烦中睁开疲倦的双眼，在夜雨里寻辨：我的家乡在哪儿呀？

【赏析】

潇湘风景以其文人笔下的独特风貌和神秘传说深受中国各时代文人的青睐。屈原的华丽词藻描绘出的带有浪漫色彩的南方秀丽奇景，湘妃的凄美传说，苏轼等文人对潇湘的歌咏使得人们对潇湘风景产生了浓厚的兴趣。北宋沈括的《梦溪笔谈》记载了宋迪的"潇湘八景图"。南宋米友仁曾作《潇湘图长卷》，南宋人取宋、米两家法作"潇湘八景图"，后失传。而到元代，见过"潇湘八景图"的人寥寥无几，人们只能在诗词中去想象那些美丽的图景了。

此曲就是作者通过自己的见闻，再结合自己的想象，勾画出一幅潇湘夜雨图来。前四句是对潇湘之景的具体描绘，其描写层层紧扣"潇湘夜雨"四字。潇湘之景的特色，以白洲、黄芦岸进行概括，色彩鲜明；而以化自范仲淹《岳阳楼记》的"浊浪排空"四字进一步紧扣潇湘之景。"夜"的特色，以人物的动态来刻画，一句"渔人罢钓归"既点明已经天晚，又点明夜雨降落催人归家。描写夜雨，先从正面进行描写，然后用人物的行动作侧面渲染。为了凸显夜雨的特点，作者从江州写到江岸，又从江岸写到江天，却迟迟不提辽阔的江面。这是因为在夜晚，天色阴暗，雨又如帘一般遮住了人的视线，江景与雨景融在了一起。"密云堆冷，乱雨飞寒"营造出寒冷、凄清的意境，让人如身临其境。

在整首散曲中，作者一直将人物引入景中，无论是渔夫还是船客，其行动都和夜雨有关。渔人因夜雨停止钓鱼，客人推窗看景是担心雨大影响行船。描写江面上大雨滂沱的情形，还加上人物的想象，为曲子增添了壮阔的气势。而在波浪间若隐若现的小船也从一个侧面反映了潇湘夜雨的急暴。全曲最后一句描写人物的愁态，直接抒情。在这种景观前，人突然变得伤感。人离家在外，就如波涛上的小船，无依无靠。"魂消闷损，愁舒倦眼，何处家山"，联想到自己的境遇，作者愁绪万千。

折桂令 中秋

◎张养浩

一轮飞镜谁磨①？照彻乾坤，印透山河。玉露泠泠②，洗秋空银汉无波③。比常夜清光更多，尽无碍桂影婆娑。老子高歌，为问嫦娥。良夜恹恹，不醉如何？

【注释】

①飞镜：比喻中秋之月。②玉露泠泠：月光清凉、凄清的样子。③银汉：天河。

【译文】

那一轮高飞在天空的明镜，是谁磨制出来的呀？它照遍了整个山河。秋天的露珠清凉凄清，洗过一般明净的秋夜天空里，银河平静地流淌，看不到波澜。这月亮比平时放射出更多的清辉，桂树的影子在舞动，人可以清晰无碍地看到。我不由得高声歌唱，问嫦娥仙子，在这美好的夜晚，怎能不图一醉呢？

【赏析】

这是一首描写中秋圆月的曲子，作者为美景折服，对酒高歌，写下此曲。

作者以一个极富想象力的比喻句领起全曲，将月亮比作"一轮飞镜"，成功地表现出月亮的圆润、明亮，而"谁磨"二字则里里外外透着对自然的敬仰、赞美。明亮的月色将整个山河都照亮了，"彻""透"极言月光之澄明,"乾坤"与"山河"则让曲子的格调开阔起来。只是单是一个"亮"还不足以显出月色之美,所以作者又用"玉露冷冷"来强调月色的空灵。"比常夜清光更多"说明这样美好的月色并非夜夜都有,凸显了美景的珍贵、难得。也让后面的"老子高歌"顺理成章——正因为此等美景不常出现,所以身处其中,作者的感慨才格外地多。

作者由月亮联想到月宫中的嫦娥,又由嫦娥的孤寂想到自己的孤寂,"为问嫦娥"实乃孤单之人的寂寞之语。曲末的"不醉如何"正说明了作者心绪的复杂、怅惘。

折桂令

◎张养浩

功名百尺竿头①,自古及今,有几个干休②:一个悬首城门③;一个和衣东市④;一个抱恨湘流⑤。一个十大功亲戚不留⑥;一个万言策贬窜忠州⑦。一个无罪监收,一个自抹咽喉。仔细寻思,都不如一叶扁舟。

【注释】

①百尺竿头:喻已到极点。②干休:白白地结束。③悬首城门:指春秋时的伍子胥。他曾辅佐吴国打败楚、越二国,后受谗言而被吴王夫差迫令自杀。死前他痛心地要求把自己的头颅悬挂在京城东门之上,以亲睹日后越军入侵的惨象。④和衣东市:指西汉的晁错。他在汉景帝时官任御史大夫,上书请削诸侯封地以维护中央集权,后诸侯胁持景帝将他处死,"衣朝衣斩于东市"。东市,汉代长安的杀人刑场。⑤抱恨湘流:指战国时代楚国的屈原。他曾任左徒、三闾大夫,因力主抗秦,于怀王、顷襄王时两度遭到放逐。屈原苦于无力挽回楚国衰亡的命运,愤然投入湘水

自杀。⑥一个十大功亲戚不留：指汉代开国功臣韩信，助汉高祖刘邦平定天下，却终为刘邦、吕后设计谋害，诛夷三族。十大功，韩信平生曾伐魏、徇赵、胁燕、定齐、破楚将龙且、围项羽于垓下，功高盖世，故后人有"韩信十大功劳"之说。⑦一个万言策贬窜忠州：指唐代的陆贽。他在德宗时任中书侍郎同门下平章事，上奏议数十篇，指陈时病，因而遭谗贬为忠州别驾。忠州，重庆忠县。

【译文】

尽管功业地位已高至极点，从古到今，还是有那么几个人结局悲惨：一个是伍子胥，头颅被高悬城门之上；一个是晁错，穿着朝服走上了刑场；一个是屈原，怀着深深的愤怨自投湘江；一个是韩信，立下十大功勋，却连亲戚都保不住命；一个是陆贽，上万言书直言，却被贬黜到忠州；还有人无罪入狱，或不得已自寻短见。仔细想想，他们都比不上隐士，驾着小船儿游荡。

【赏析】

在警世、叹世题材的曲子中，元代散曲家常常并排列出几个典故来充作论据，表现作者对现实生活的感受。作者张养浩在他的《沉醉东风》里的"班定远飘零玉关，楚灵均憔悴江干。李斯有黄犬悲，陆机有华亭叹。张柬之老来遭难。把个苏子瞻长流了四五番，因此上功名意懒"即与此曲相同。它们都是以一连串的史实作为引子，又于曲末很自然地得出结论。只是本首曲子中作者仅仅是将一个个史实列出，但没有完全点明，而应靠读者自己去对号入座，令人产生悬念。虽然未点明主人公，但是却都是些妇孺皆知的故事，也很容易找到典故的主角。

全曲用了七个"一个"形成排比，增强驰曲子的气势，使曲子显得井然有条。曲末"一叶扁舟"既是写实，又是用典，不但把作者自己的志趣写了出来，还将春秋时范蠡辅助勾践兴越灭吴后驾舟遨游五湖的悠然情态与自己对比，更刻画出作者超然的处世态度。

> ⊙作者简介⊙
>
> 张养浩（1270—1329），字希孟，号云庄，山东济南人，元代著名散曲家。曾任监察御史，因批评时政而免官，复官至礼部尚书，后又辞官，居于济南云庄，度过了八年隐居岁月。在这段时间，他游山玩水，纵情诗酒，创作了大量文学作品。天历二年（1329），关中大旱，张养浩被任命为陕西行台中丞，由于积劳成疾，其到任四月便因病去世。
>
> 张养浩聪颖好学，饱读诗书，诗赋文章无所不通，尤其擅长散曲，著有《归田类稿》。其散曲小令今存一百六十多首。朱权《太和正音谱》评其曲"如玉树临风"。

山坡羊 潼关怀古①

◎张养浩

峰峦如聚，波涛如怒，山河表里潼关路②。望西都③，意踌躇④。伤心秦汉经行处⑤，宫阙万间都做了土⑥。兴⑦，百姓苦！亡，百姓苦！

【注释】

①潼关：古关口名，现属陕西省潼关县，关城建在华山山腰，下临黄河，非常险要。②山河表里：外面是山，里面是河，形容潼关一带地势险要。具体指潼关外有黄河，内有华山。③西都：指长安（今陕西西安）这是泛指秦汉以来在长安附近所建的都城。古称长安为西都，洛阳为东都。④踌躇：犹豫、徘徊不定，心事重重，此处形容思潮起伏，陷入沉思；表示心里不平静。⑤伤心：令人伤心的是，形容词作动词。秦汉经行处：秦朝（前221—前206）的都城咸阳和西汉（前202—8）的都城长安都在陕西省境内潼关的西面。经行处，经过的地方。指秦汉故都遗址。⑥宫阙：宫殿。阙，皇门前面两边的楼观。⑦兴：指政权的统治稳固。

【译文】

　　山峰从西面聚集到潼关来，黄河的波涛如同发怒一般吼叫着。内接着华山，外连着黄河的，就是这潼关古道。远望着西边的长安，我徘徊不定，思潮起伏。令人伤心的是秦宫汉阙里那些走过的地方，昔日的千万间宫阙，都只剩下一片黄土。国家兴起，黎民百姓也要受苦受难；国家灭亡，黎民百姓更是要受苦受难。

【赏析】

　　潼关自古就是著名的关塞，扼山西、陕西、河南三省要冲，是秦、汉故都咸阳、长安的门户，历来为兵家必争之地。作者来到这里，感到的并非是雄关如铁、山河稳固。

　　作者来到此处，遥望古都长安，心潮起伏，感慨万千。看到的是秦汉宫阙早已灰飞烟灭，代替它的却是赤地千里、饥民遍野，这种凄惨的令人触目惊心的景象令作者悲叹万分。他总结出了不变的历史规律：无论怎样改朝换代，无论处在谁的统治之下，罹难受苦的总是可怜的百姓。

　　此首小令遣词精辟，情感强烈，"兴，百姓苦！亡，百姓苦！"的呼号，无疑是元代散曲中人民呼声的最强音，强烈体现了作者关心民生的真挚情结。

醉高歌兼喜春来

◎张养浩

　　诗磨的剔透玲珑①，酒灌的痴呆懵懂。高车大纛成何用②，一部笙歌断送。金波潋滟浮银瓮③，翠袖殷勤捧玉钟④。对一缕绿杨烟，看一弯梨花月，卧一枕海棠风。似这般闲受用，再谁想丞相府帝王宫？

【注释】

①"诗磨"句：诗歌琢磨得明净灵巧。磨，琢磨，推敲。玲珑，这里作"灵巧""生动"讲。②高车大纛（dào）：高大的车子和旗子，古时显贵者的车舆仪仗。③金波：指酒言其色如金，在杯中浮动如波。潋（liàn）滟：形容水波流动。④"翠袖"句：晏几道《鹧鸪天》："彩袖殷勤捧玉钟。"此用其句。翠袖：指穿着翠绿衣服的美人。玉钟：指珍贵的酒器。

【译文】

诗句雕琢得明净灵巧，喝酒喝得呆头呆脑。那些高大的车子或是宽大的幡旗有什么用处呢？一首送殡的笙歌就把它们打发走了。金色的美酒在银制的杯中晃动着波纹，身着绿衣的美人殷勤地捧着玉制的酒杯，我看着翠绿的柳梢头那一缕青烟，和梨花般雪白的明月，枕着那裹挟着海棠清香的微风躺下身子。有了这样闲适的生活，谁还会去想什么丞相府帝王宫？

【赏析】

作者历经宦海浮沉，见惯官场上的尔虞我诈、谄媚浮夸，也享受过那所谓的荣华富贵，但最终看透浮华，以田园生活为乐。此曲一开始是对诗酒快意生活的描写，玲珑剔透诗，似醉如痴酒，有这二者相伴，谁还去坐那张着大旗耀武扬威的车子呢？人生数十载，最后不过都是被一曲殡葬之歌送往西方极乐去罢了。这是作者的人生感悟，通过对宦途生活和归隐生活的对比，表达了作者淡泊名利的人生观。

有美酒、美女和美景相伴，这般散淡闲适的生活，那些惹人烦恼的仕途功名早已消失得无影无踪。谁还会去想念那王宫府宅？作者最后以一句反问结尾，再次强调了其立场，颇为荡气回肠。

作者在归隐生活里有感而发，否定了宦途生活的意义，肯定了寄情山水、诗酒为伴的生活价值，于铺陈感慨间，表现恬适心境。全曲文辞清丽流畅，情感旷达而洒脱，给人以清风拂面之感。

水仙子 咏江南

◎张养浩

一江烟水照晴岚①，两岸人家接画檐②。芰荷丛一段秋光淡③。看沙鸥舞再三，卷香风十里珠帘④。画般儿天边至，酒旗儿风外飐⑤，爱杀江南⑥！

【注释】

①"一江烟水"句：意思是说阳光照耀江水，腾起了薄薄的烟雾。烟水：江南水气蒸腾有如烟雾。晴岚：岚是山林中的雾气，晴天天空中仿佛有烟雾笼罩，故称晴岚。②画檐：绘有花纹、图案的屋檐。③芰（jì）荷：芰是菱的古称。芰荷指菱叶和荷花。芰，菱角。④"卷香风"句："即十里香风卷珠帘。"化用杜牧《赠别》诗句"春风十里扬州路，卷上珠帘总不如"。⑤飐（zhǎn）：风吹物使之颤动。⑥杀：用在动词后表示程度深。

【译文】

满江的烟波映照着晴天里山中的雾气，两岸的人家屋檐描着图案，一家连着一家。荷花丛里秋光恬淡，看沙鸥一遍遍地飞舞盘旋，家家的珠帘里都飘出了香风。美丽的船儿从天边驶来，酒店的幡旗在风里飘荡。真喜欢这江南！

【赏析】

  张养浩出身名门，少时便被荐为官，可宦海沉浮、人心险恶，多年眼见官场黑暗腐朽的作者对此深恶痛绝，奸佞在朝，君王昏聩，根本没有任何理由继续从政，故而辞官归隐，此后，他视名利如粪土，视高官为糟粕，寄情于山水田园，远离官场是非，抛弃人间的一切浮华虚妄的追求。且其时多作散曲，而他的这种精神境界也从他的作品中散发了出来。可谓真正意义上的物我合一。他没有怀才不遇的激愤难当，有的只是透彻的恬淡和宁静之心。所谓"淡泊名利"者是也。

  开篇两句采用对偶的写作手法，烟波弥漫透朝阳，两岸农家画梁相接。视线出发点极其高远，可见作者内心的广博。农家的鳞次栉比也反映了江南自古就是人口稠密、繁华富庶之地。江面荷花淡雅开放，一旁沙鸥飞舞盘旋，珠帘里，香风飘然而来。"淡"字极言秋光之温和秀丽。"看"字表明作者悠然闲适的心境状态。"卷香风十里珠帘"暗指作者所在的温柔乡之华美。

  远处烟波浩渺地，隐隐约约可见一只小船，仿佛是从那天边划来；酒家的旗帜迎风飘扬，似在召唤者作者前去一品其味。末句"爱杀江南！"是作者最直接的感情流露，也是此曲的文眼。

  本曲意境深远，天然无雕饰，神韵灵动，似一气呵成。

朱履曲 警世

◎张养浩

  才上马齐声儿喝道①，只这的便是送了人的根苗。直引到深坑里恰心焦②。祸来也何处躲？天怒也怎生饶？把旧来时威风不见了。

【注释】

①喝道：旧时官吏出行，有仪仗或衙卒在队伍前吆喝清道，使行人回避，叫作喝道。②恰：才真正。

【译文】

刚刚才骑上宝马，就有衙役在前方一齐吆喝开道，这就已经埋下了别人害他的把柄。可他们还一意孤行，直到陷入深坑，心里才开始焦虑。灾祸来了，上哪躲？老天怒了，哪还会把你饶？这时候，往日的威风，早就没有了！

【赏析】

"才上马齐声儿喝道"，作者只用了一句话就将官员不可一世、耀武扬威的样子表现得惟妙惟肖。"才上马"有"刚刚做了高官"之意，人们常将当官赴职说成"走马上任"。作者张养浩很年轻就进入仕途，对官场上的人情世故非常了解，所以他一口断定"只这的便是送了人的根苗"，旨在告诫人们，骄昂跋扈一定会为人招致祸患。"直引到深坑里恰心焦"的悲惨和前面呼来喝去的风光形成鲜明对比，世事莫测，祸福只在旦夕之间。这祸极有可能来自"龙颜大怒"，也有可能来自于做官者的为非作歹本身。通常越是喜欢摆官威的人，越有可能仗势欺人，为非作歹，如此下去，总有一天众叛亲离，自食其果。此句中，"恰"字的使用既承接前文的叙述，又暗示下文结果的出现，寓意颇丰。刚刚做官便耀武扬威，是因为不懂得官途的险恶，不能做到心系百姓，等招致祸患了，就只能"心焦"起来了。这也是其耀威扬威的必然结果。在招致祸患之后才"心焦"，到大难临头之时，再去找求生门路，追悔往昔，往往为时已晚，因此，在曲的后半部分，作者便写下了"祸来也何处躲？天怒也怎生饶？"作者连用了两个反问予人警醒，两个反问在句式上又整齐一致，读来颇有力度感。"把旧来时威风不见了"，在冷峻的描述与分析之后，将语气变至轻松平易，以玩笑似的语句评价这些官员此时的状态，讽刺之意尽显。同时，这句话写的既是官员遭祸之后的窘态，也就与开头衙役喝道的描写形成了鲜明的对比，既加强了讽刺效果，也使曲子的结构更加紧密了。

雁儿落兼得胜令 退隐

◎张养浩

云来山更佳，云去山如画。山因云晦明，云共山高下。倚杖立云沙①，回首见山家②。野鹿眠山草，山猿戏野花。云霞，我爱山无价。看时行踏③，云山也爱咱④。

【注释】

①云沙：犹言如海。②山家：山那边。家，同"价"。③行踏：走动、来往。④咱：自称之词。

【译文】

白云飘来，山上的景致更好；白云飘去，山上的景致也依然美如图画。山因为云的来去忽明忽暗，云随着山势的高低上下穿行。我倚着手杖站在云海之中，回头就看见了山中的美景。野鹿睡在草丛里，猿猴在玩弄着野花。因着这变幻迷人的云霞，我爱上了这山峰，它的美是无价的。我走走看看，那云雾缭绕的山峰，其实也是爱我的呀。

【赏析】

这是一幅生动逼真的山水图画，也是一首赞美自然风光的优美歌曲。作者以优美的文句形象地表现了人与自然紧密联系、契合无间的美好画面。

曾几何时，云山便成为隐者的象征，隐者的最爱，成为他们理想的归宿。时光悠悠，这大自然的惠赠不知抚慰了多少颗失望悲伤的心灵，为多少困于仕途的人展开了生活的另一面风景，让多少志趣高洁而又不谐于世的人找到了可以忘情的栖息之地。

饱览了宦海风云、人生艰难的张养浩回到了云山的怀抱。他喜欢观赏云与山互相映衬而又各具风致的美丽，喜欢伫立在云彩环绕的沙丘，回看山间的人家，看野鹿在山草丛中酣睡，看山猿嬉戏在山花之间。张养浩对云霞说："我喜爱这山色无价，会选择好时光来这里漫游行踏。"他也感到云山温柔的回应，感到云与山也深深地喜爱着自己。

这一篇作品，让我们感受到了作者与云山共徘徊的悠然情致，了解到他满含童趣的细致观察。他把对大自然感情移为自然对自己感情，充分表现了他与大自然的契合无间和对大自然的无限热爱。

一枝花 咏喜雨［套数］

◎张养浩

用尽我为民为国心，祈下些值玉值金雨①。数年空盼望，一旦遂沾濡②，唤省焦枯③。喜万象春如故，恨流民尚在途④。留不住都弃业抛家，当不的也离乡背土⑤。恨不得把野草翻腾做菽粟⑥，澄河沙都变化做金珠。直使千门万户家豪富，我也不枉了受天禄⑦。眼觑着灾伤教我没是处⑧，只落的雪满头颅⑨。青天多谢相扶助，赤子从今罢叹吁⑩。只愿的三日霖霪不停住⑪。便下当街上似五湖，都渰了九衢⑫，犹自洗不尽从前受过的苦⑬。

【注释】

①祈雨：古代人们祈求天神或龙王降雨的迷信仪式。值玉值金：形容雨水的珍贵。②沾濡（zhān rú）：浸润，浸湿。③省：通"醒"。焦枯：指被干旱焦枯的庄稼。④恨流民尚在途：指雨后旱象初解，但灾民还在外乡流浪逃荒，作者心中引为憾事。⑤当不的：挡不住。⑥翻腾：这里是变成的意思。菽（shū）粟：豆类和谷类。⑦天禄：朝廷给的俸禄（薪水）。⑧没是处：束手无策，不知如何是好。⑨雪满头颅：愁白了头发。⑩赤子：指平民百姓。罢叹吁：再不必为久旱不雨叹息了。⑪霪（yín）：长时间的透雨。⑫滭（yān）：同"淹"。九衢：街道。⑬犹自：依然。

【译文】

为百姓，为国家，我用尽了心，才求来了这一场金玉般宝贵的雨。老百姓空盼了空等了好几年，今天雨水一下子大地润湿了，也唤醒了干枯的庄稼。春天像以往一样万物欣欣向荣，令人高兴；只是逃荒的百姓仍颠沛流离，使我忧伤。灾民们受不了了便背井离乡。我恨不得把野草都变成粮食，把闪亮的河沙都变成金珠。只要家家户户都生活富足，我也算没有白白拿国家的俸禄。眼看着天灾让我不知如何是好，到最后白发长满了头颅。多谢苍天扶持帮助我们，大伙儿从此不用再唉声叹气了。但希望这大雨连下几天也别停下来，就算下得街道成了湖泊，大水淹没了所有大路，也还是洗不完老百姓这几年遭受过的苦楚啊！

【赏析】

元明宗天历二年（1329），陕西大旱已逾五载。作者此时已辞官隐退多年，其间朝廷多次征召，皆坚辞不仕。然而当他接到前往陕西赈济灾民的命令，随即登车就道，一路散尽家资，周济乡里。他到任后四个月不曾家居，白天出赈灾民，夜晚祈雨于天，守在官衙，也许是作者的精诚打动了上天，上天终降甘霖。

此曲大约作于作者在关中救灾的过程中，题为《咏喜雨》，字里行间都洋溢着欢乐的情绪。在作者眼中，每滴雨水都"值玉值金"，其求雨之心切，跃然纸上。然而，"犹自洗不尽从前受过的苦"，在久旱逢甘霖的喜悦之后，有的是对百姓遭遇的同情以及对百姓未来生活的深深忧虑。

沉醉东风

◎张养浩

班定远飘零玉关①，楚灵均憔悴江干②。李斯有黄犬悲③，陆机有华亭叹④，张柬之老来遭难⑤。把个苏子瞻长流了四五番⑥。因此上功名意懒。

【注释】

①班定远：即班超。超以战功封定远侯。年老思乡，因上疏请求调回关内说："蔬不敢望到酒泉郡，但愿生入玉门关。"②楚灵均：屈原，楚国人，字灵均，故称"楚灵均"。《楚辞·渔父》中写道："屈原既放，淤于江潭，行吟泽畔，颜色憔悴，形容枯槁。"③李斯：秦朝丞相，显赫一时。后为赵高所害，腰斩于市。临死前对儿子说："我想和你出上蔡东门牵黄犬逐狡兔，还能做到吗？"④陆机：西晋时人，被谗言所害，正值壮年，身首异处。临死之前，发出"华亭鹤唳，岂可复闻呼"的悲叹。⑤张柬之：唐朝权臣，帮助唐中宗李显复位，后遭武三思所害，被流放致死。⑥苏子瞻：即宋代文学家苏轼。苏轼曾遭到五次贬谪。

【译文】

班超独自飘零在玉门关,屈原在汨罗江边容颜憔悴。李斯忍受过与儿子牵黄犬打猎都没机会的悲哀,陆机也有过再也听不到故乡华亭之上鹤唳之声的感叹。那张柬之年老之时还要遭受磨难,苏轼四五次被放逐。就因为这些,我对求取功名之事已变得心灰意懒。

【赏析】

《沉醉东风》原作本有八首,每首都以"因此上功名意懒"为结尾,此曲是其中第二首。作者一连列举了六个典故,来说明"功名意懒"的原因。身处官场,混迹于名利场中,安享天年无疑是一种奢望。在作者看来,与其做一个手握大权却生活坎坷,甚至不得善终的人,不如当一个普普通通,过着平淡生活的小人物。仕途险恶,即使是那些精通人情世故、聪敏过人的人,都不免落得悲惨结局。

朱履曲(一)

◎张养浩

弄世界机关识破①,叩天门意气消磨。人潦倒青山漫嵯峨②。前面有千古远,后头有万年多。量半炊时成得什么③?

【注释】

①弄世界:周旋人生,在社会上施展心计。②漫:徒然,此处有"莫要"之意。③半炊时:饭熟的一半工夫,形容时间极短。

【译文】

　　我在社会上处心积虑追求理想，却回回都被人看穿。想叩开天门，可我的意图和气概早被这世道消磨掉了。人已潦倒不堪了，青山啊，你就不要再这么高峻难攀了。前面有千古遥远的历史，身后更有万年长久的光阴。细细思量，这做顿饭工夫的一半时间，还能有什么成就呢？

【赏析】

　　要在社会上闯荡，光有才华、有抱负还不够，还必须熟谙人情世故。怎奈人心叵测，人与人之间充满了尔虞我诈，以至于作者一上来就用"弄世界"强调处事之难。"弄"有"掌控、操纵"之意，现实中不少人为了将他人玩弄于鼓掌，算尽机关。而从"机关识破"四字来看，作者对"弄世界"之徒，不无同情。"叩天门"和"弄世界"相对，二者之间亦存在逻辑联系。在复杂险恶的环境里，为了生存，人不得不将大量精力放在应对七七八八的人事上，豪情壮志自然会逐渐消磨。"叩天门意气消磨"实为作者的亲身感受。曲子的前两句即是作者的自嘲。

　　"人潦倒青山漫嵯峨"，作者用潦倒的自己和巍峨的青山对比，旨在表现人的渺小。险峻的青山一如崎岖的仕途，"漫"字与前面的"意气消磨"对照，作者那灰暗、颓唐的心情尽在其中——人是多么可怜，个人的力量本已微小不堪，偏偏人生之路还是这样艰险难行。老天爷为何不体恤下人的处境，"青山"何必如此嵯峨。然而，人的不幸还不只如此。"前面有千古远，后头有万年多"，则是从时间的角度说明个体的卑微。向上的道路坎坷难行，人的生命又极其有限，"量半炊时成得什么"，有多少人能实现自己的理想？绝大部分人一生都做不出什么了不起的事业。

　　整首曲子都散发着一种郁郁不平之气。值得一提的是，此曲虽然基调灰暗，却也从一个侧面反映出作者胸怀壮志：正是因为不甘虚度一生，才会有曲首的自嘲以及对社会险恶、人生短暂的悲叹。

朱履曲（二）

◎张养浩

那的是为官荣贵？止不过多吃些筵席。更不呵安插些旧相知。庭中添些盖作①，囊箧里攒些东西。教好人每看做甚的②？

【注释】

①盖作：元人方言，房屋之类的产业。②每：同"们"。

【译文】

什么是做官的荣耀显贵？只不过能多吃点宴席。再就是把旧日里相好的人安插到官场中去。家里多建几栋房子，腰包箱子里攒积些值钱的东西。这得让那些好人看成啥呀！

【赏析】

这是一首讥讽之作。

写这首曲子时，张养浩正担任中书省参议，官居三品，虽然自己也是一名官员，他却毫不讳言官场的黑暗。由于为官时间较长，他接触了不少披着官衣的奸佞小人，十分了解他们的为官心理，并对他们充满鄙夷。

张养浩知道很多人入仕为官都是为了"荣华富贵"，所以在写此曲时，他便从"荣贵"下手，极力表现这荣贵的虚渺。曲子一开始就以一个设问"那的是为官荣贵"领起全篇。然后直指着"荣贵"的实质内容——多吃些筵席，安插些旧相知，改善霞居住的条件，让钱袋鼓囊一些。"止不过"和"更不呵"表现了作者对"荣贵"以及追逐荣贵者的蔑视。曲末的"教好人每看做甚的"则映现着作者对官场风气的忧虑。

为"荣贵"为官的人，一旦有了权力，便会见缝插针地利用权力为自己谋取私利。他们的存在无疑会对社会产生危害。无奈人的境界有高有低，作者看不起那些把追名逐利当作人生终极目标的人，但对有些人而言，仅仅一个"多吃些筵席"就足以让自己抛弃人格、良心，为恶为害，更何况"荣贵"的好处还不止于此。这些人决不会如作者一般产生"教好人每看作甚的"的忧虑，即使产生了，也只是因为担心会对自己的"荣贵"不利。

朱履曲（三）

◎张养浩

鹦鹉杯从来有味①，凤凰池再也休题②。荣与辱展转不相离。挂冠斗也喜③，抬手舞月相随。却原来好光景都在这里。

【注释】

①鹦鹉杯：鹦鹉螺（一种海螺）壳制成的酒杯。李白《襄阳歌》："鸬鹚杓，鹦鹉杯，百年三万六千日，一日须倾三百杯。"此用其意。②凤凰池：中书省的别称。《通典·职官》："魏晋以来，中书监令掌赞诏命，记会时事，典作之书。以其地在枢近，多承宠任，是以人固其位，谓之凤凰池焉。"题：通"提"，提起。③挂冠：东汉逢萌在长安，因不满时政，解冠挂于东都门而归。后因以"挂冠"作为弃官的代称。

【译文】

鹦鹉杯里的美酒从来都是有滋有味的，再别提什么去中书省求取官名了。荣耀与耻辱翻转交错，分也分不开。弃官还乡也一样欢喜。举起手来跳起舞,月光也跟着一起跳。啊,原来那美好的光景,全都在这儿呀。

【赏析】

　　作者张养浩为人清正,为官期间做了很多利民之事,其门人黄溍曾这样评价他"力排权奸,几蹈祸而不悔",从张养浩流传下来的作品,人们亦可看出他嫉恶如仇的性格。然而,正因如此,他得罪了不少人,以至于"时有性命之虞",最后不得不辞官回家。直到天历二年陕西大旱,才重新应召入朝。此曲即为张养浩辞官归隐后所作。

　　首句中的"鹦鹉杯"和第二句的"凤凰池"相对,象征着两种截然不同的生活。前者指归隐田园自在洒脱,后者则指在名利场上摸爬滚打。从"从来有味"和"再也休题"中,人们不难看出作者的人生态度。和一般的归隐之作不同,作者在曲中对自己的生活进行了颇富哲理的分析——"荣与辱展转不相离"。世人多把在"凤凰池"中存身视为荣耀,而看不到其中的屈辱。相反,隐者的社会地位虽不似朝廷大员那般高,但却自由自在,不用违背心意迎合他人,对隐者而言,位低为"辱",清高自适为"荣"。此句乃承上启下之句,自然而然地引出"挂冠斗也喜"。

　　"抬手舞月相随"描写的是寄情自然的乐趣。离开官场后,作者的心情轻松了不少,而人只有在心无挂碍的情况下,才会注意到大自然的美好。曲末"却原来好光景都在这里"很有些恍然大悟的意味,放下了对名利的营营之心,生活中美好的那面就会浮现出来。该句就是整首曲子的曲眼,曲子格调境界之高低往往就体现在看似平常的点睛之语上。

普天乐

◎张养浩

折腰惭①,迎尘拜②。槐根梦觉③,苦尽甘来。花也喜欢,山也相爱④,万古东篱天留在⑤,做高人轮到吾侪。山妻稚子,团栾笑语⑥,其乐无涯。

【注释】

①腰惭:陶渊明为彭泽令,郡遣督邮至省,吏请曰:"应束带见之。"渊明叹曰:"我岂能为五斗米折腰向乡里小儿?"即日解绶去职,赋《归去来》。见萧统《陶渊明传》。这里是作者以陶渊明自比。②迎尘拜:晋潘岳谄附贾谧,每候其出,辄望尘而拜。见《晋羽·潘岳传》。又高适在开元二十三年,因宋州刺史张九皋的推荐,担任封丘县尉。他在《封丘作》一诗中描写自己任职期间内心的痛苦与矛盾:"迎拜长官心欲碎,鞭挞黎庶令人哀。""乃知梅福徒为尔,转忆陶潜归去来?"此兼用其事。③槐根梦:即南柯梦。认为官场得意,不过是"槐根梦觉"而已。④山也相爱:辛弃疾《贺新郎》:"我见青山多妩媚,料青山见我应如是。情与貌,略相似。"这里是化用他的语意。⑤东篱:这里代借隐逸处所。⑥团栾:团圆,团聚。

【译文】

低眉折腰的行为已让人惭愧,又要像潘岳那样对着尘土叩拜,真让人难堪。这一切就像一场南柯梦一样,如今醒来了,愁苦没有了,生活迎来了甘甜。花儿也为我欢喜,山也和我互相喜爱,隐者高尚的情操流芳千古,这做世外高人的事情也轮到我了。和妻子、孩子一起团聚,欢笑,这里头乐趣无边。

【赏析】

这是一首写归隐之好的曲子。

"折腰惭,迎尘拜"是在说归隐的缘由。在官场生活,免不了要违背自己的心意讨好他人。"惭"字说明作者也做过为五斗米折腰的事。只是最终在人格的完善和名利之间,作者选择了前者。而从"槐根梦觉,苦尽甘来"来看，作者对这个选择颇为满意。在抛弃了曲意逢迎的生活后，作者的心情明朗了许多。心情愉快了，自然看什么都觉美好。所以便有"花也喜欢，山也相爱"。

曲的后半部分解释了"苦尽甘来"的原因。"万古东篱天留在，做高人轮到吾侪"，离开官场后，作者得以做一个率真自我的人，他喜欢这样的自己，并以此为荣。与此同时，"山妻稚子，团栾笑语"，他还发现了简单生活的乐趣。这两种乐趣加在一起，让他发出"其乐无涯"的感慨。

曲子用语清新，转接自然，感情真挚，好像将读者视作知心好友，袒露心意。

朝天子

◎张养浩

柳堤，竹溪，日影筛金翠。杖藜徐步近钓矶，看鸥鹭闲游戏。农父渔翁，贪营活计，不知他在图画里。对这般景致，坐的，便无酒也令人醉。

【译文】

种着柳树的堤坝上，小溪流淌的竹林中，太阳穿过翠绿的树叶撒下金光。拄着拐杖缓缓地漫步走近垂钓的石头，看鸥鹭悠闲自在地游戏。农民和渔人为生计奔忙，却不知道自己处在这美丽的画图里。面对这样的景色，随处坐下，即使没有酒也会让人醉啊。

【赏析】

此曲充分体现了张养浩婉丽的曲风。"柳"和"竹"都是绿色的，绿色常给人以生机勃勃之感，作者将竹、柳这两个意象放在曲首，只用四个字就营造出一派清新又生意盎然的好风光。而之后的"日影筛金翠"更是用字少而意蕴丰富。"筛"字写出了日影晃动的样子,"金"字表现出阳光的明媚,"翠"字则告诉读者树木繁茂葱郁。不仅如此,由于"金""翠"很容易让人联想到黄金美玉,这两个字的使用还为曲中景增添了富丽、明艳之感。

接着,作者使用了移步换景的手法,引导读者将视线转向他处。"杖藜"说明林中草木茂盛,路不好走。然而,结合前文,人们便可知道作者"徐步"不是因为行路困难,而是因为贪恋沿途的美好风光。他愉悦惬意,专心享受美丽的景色,这边看看,那边瞧瞧,脚步自然慢了下来。"看鸥鹭闲游戏","闲"的不是鸥鹭,而是作者,人们可以借此感受到作者对隐居生活的喜爱。

人有怎样的心情,就会看到怎样的景致。在汲汲于生存的人眼中,农夫渔父忙忙碌碌是在为生活操劳,看着就觉辛苦。而在沉醉于自然美景的隐者看来,这些纯朴勤劳的人也是美好自然的一部分,看着就觉恬适。更难能可贵的是,他们并不知道自己已"在图画里"。正因为"不知",才不会有刻意表现之嫌,人身上的天然之美才得以充分展现,并与自然之美融为一体。

能让人沉醉的景色,往往并不在于一眼看去有多么美丽,而在于它刚好撩动了人的内心。

塞鸿秋

◎郑光祖

雨余梨雪开香玉[①],风和柳线摇新绿。日融桃锦堆红树,烟迷苔色铺青褥。王维旧画图[②],杜甫新诗句[③]。怎相逢不饮空归去④?

【注释】

①梨雪:像雪一样白的梨花。②王维:唐朝著名诗人、画家,字摩诘,祖籍山西祁县,外号"诗佛"。③杜甫:盛唐时期伟大的现实主义诗人,字子美,自号少陵野老,巩县(今河南巩义)人。④怎相逢不饮空归去:宋蔡沉《复斋漫录》:"世所传'相逢不饮空归去,洞口桃花也笑人'之句,盖出于敬方。"敬方即李敬方,唐长庆年间诗人,但二句在《全唐诗》李敬方名下失载。

【译文】

雨刚刚停下来,雪白的梨花绽放,像白玉一般,香气四散。惠风和畅,柳条摇曳着新长出的绿叶。阳光和煦,桃花将树身堆成了红色;在迷蒙的烟雾里,苔藓的色泽像给地面铺上了一层青毡。这美景就像王维旧时的画,杜甫刚作的新诗。故人啊,我们既然遇见了,怎么不喝两杯就白白地回家了?

【赏析】

作者一上来就采用了铺叙的手法,从不同自然条件下的植物景观着手,通过使用一系列表现色彩的词汇如玉白、新绿、桃红、苔青,凸显初春郊外的明媚,并用"王维旧画图,杜甫新诗句"来形容春景的清新。曲末,作者忍不住发出"怎相逢不饮空归去"的感慨,想要与友人一起沉醉在这美好的景色中,愉悦之情跃然纸上。

⊙作者简介⊙

郑光祖,生卒年不详,字德辉,平阳襄陵(今山西省襄汾县)人。他是元代著名的杂剧家和散曲家,"元曲四大家"之一。除杂剧外,郑光祖也写散曲,有小令六首、套数二套流传,此曲为其一。其善于言情,散曲以清丽缠绵著称,清新流畅。

蟾宫曲 梦中作

◎郑光祖

半窗幽梦微茫,歌罢钱塘①,赋罢高唐②。风入罗帏③,爽入疏棂④,月照纱窗。缥缈见梨花淡妆⑤,依稀闻兰麝余香⑥。唤起思量,待不思量,怎不思量?

【注释】

①歌罢钱塘:用南齐钱塘名妓苏小小的故事。《春渚纪闻》记载她的《蝶恋花》词一首,词中有"妾本钱塘江上住,花落花开,不管流年度"之句。钱塘,即杭州,曾为南宋都城,古代歌舞繁华之地。②赋罢高唐:高唐,战国时楚国台馆名,在古云梦泽中。相传楚怀王游高唐,梦见巫山神女与其欢会,见宋玉《高唐赋》。③罗帏:用细纱做的帐子。④疏棂:稀疏的窗格。⑤缥缈:隐约、仿佛。梨花淡妆:形容女子装束素雅,像梨花一样清淡。此句化用白居易《长恨歌》"玉容寂寞泪阑干,梨花一枝春带雨"诗意。⑥依稀:仿佛。兰麝:兰香与麝香,均为名贵的香料。

【译文】

半掩的窗下朦胧的美梦,好像钱塘江边刚刚停息的歌声,又好像在高唐才和神女欢会完毕。风儿吹进罗帐里,轻爽地透过窗棂,月光照进了纱窗。我眼前隐约出现了她梨花一般淡雅的妆容,鼻息里仿佛还残留着她那兰花麝香般的香味儿。这一切勾起了我的怀想,就是不愿怀想,又怎能做到?

【赏析】

此曲为以梦抒情之曲。

情至而生幻,幻生而梦成,梦境又似真似幻。这似真似幻的梦境就是作者描绘出来的朦胧意境。"风入罗帏,爽入疏棂,月照纱窗",在这清灵的氛围中,是梦境之中月下窗前的海誓山盟,还是梦醒之后独坐窗前时的无限回味呢?可那素洁衣裙的缥缈,那飘溢芳香的油脂依稀可见可闻。这一切难道是真的吗?可如今只剩下自己一人伫立于淡淡的月光下,踌躇于微微清风中。"唤起思量,待不思量,怎不思量?"曲末,作者以极其朴实的语言,将自己幽梦惊起之后思绪难平的心理,描摹得十分生动。

小令清丽芊绵,自成馨逸,将一场幽梦之后的绵绵思绪表现得细腻婉曲,动人心弦。

鸳鸯煞尾

◎郑光祖

一点来不够身躯小①,响喉咙针眼里应难到。煎聒的离人闻②,来合噪,草虫之中无你般薄劣把人焦③!急睡着,急惊觉,紧截定阳台路儿叫④。

【注释】

①一点来不够:还不到一丁点儿大。②煎聒:扰闹。③薄劣:恶劣。焦,指心烦。④紧截定阳台路儿叫:意谓专门盯着,总在人梦里欢会时将人吵醒。阳台,传说中巫山神女行云行雨之处,后常指男女欢会之所。

【译文】

  这蟋蟀儿，身躯还不到一丁点儿大，喉咙再响，那声音估计也穿不过针眼。可它们就是吵个不停，叫成一片，让我这离别的人儿听见了。昆虫之中哪有像你这样恶劣的，弄得人家心里焦灼难忍！匆匆忙忙睡下了，又突然被惊醒：它们肯定是紧紧盯住了阳台的通路，就在那儿声声鸣叫，不许人近前。

【赏析】

  此曲是《驻马听·秋闺》套数的尾曲，从题目上就不难猜到，此乃闺怨之作。曲中女子将一腔怨懑都发泄在了蟋蟀的身上。

  从曲的前两句来看，这蟋蟀个头极小，叫声也相当微弱。想来，并不会给人造成多大困扰。但到第三句，作者的笔调却猛然一转，刚说罢"响喉咙针眼里应难到"，就又用"煎聒""噪"形容蟋蟀的叫声。这不能不引起读者的好奇。曲中人究竟为何事骂蟋蟀"薄劣"？作者用"离人""急睡着""急惊觉"，将个中缘由委婉地告诉给读者。

  "离人"说明曲中人和情人两相分离。她之所以"急睡着"无非是为了能快些在梦中和情人相会。不料，好容易梦到情郎，却被蟋蟀的叫声惊醒，不得不面对寂寞的现实，这之间懊恼可想而知。"紧截定阳台路儿叫"，在她看来，蟋蟀是存心让她好梦难成。值得一提的是，结合前面说的蟋蟀的叫声本不响亮，可以看出曲中人从一开始就睡得很不安稳。她牵挂着远方的情人，怀抱忧思而眠，一丁点响声都能将她惊醒。

  作者以虫鸣写情思，含蓄有趣，构思十分新颖。

满庭芳 渔父词

◎乔 吉

沙堤缆船，樵夫问讯，溪友留连。笑谈便是编修院①，谁贵谁贤？不应举江湖状元，不思凡蓑笠神仙。鱼成串，垂杨岸边，还却酒家钱。

【注释】

①编修院：翰林院。翰林院职任之一为编修国史。

【译文】

我在沙堤上系住游船，打柴人同我问候致意，溪边那一群朋友，都不舍得离去。我们言笑中谈论的是古往今来的历史，争辩着谁是真的富贵者，谁又是真的贤人。虽然不参加应试，却也称得上江湖上的状元；不去想凡俗事物，就可以算是是戴笠帽、披蓑衣的神仙了。把捞回来的鱼儿串成一串，提到那长满绿杨柳的岸边，去偿还日前欠着酒店的饭钱。

【赏析】

这是作者二十首《渔父词》中的一首。

元代，由于处在蒙古贵族统治之下的汉族文人大都处在仕途被压抑的状态之中，许多文人隐居借以逃避现实。这首曲子就表达了作者憧憬闲适自由的愿望，起到了吐抒抑塞的作用。

全首曲子写了渔父"缆船"上岸的情景。上岸后欢迎作者的都是些"樵夫""溪友"等不求闻达的平民百姓。他们畅所欲言，褒抑古今人物，评点今古世事，对"谁贵谁贤"却毫不在意。"笑谈便是编修院"句，及表现了渔人樵夫自由自在的意趣，同时也显示出他们那种蔑视官场的傲岸疏狂。"不应举江湖状元，不思凡蓑笠神仙"中，"不应举"是表现渔父朝廷官场名利的不合作，"不思凡"是渔父对尘世习俗不感兴趣。这两句是对元代渔父形象的最典型的描写。最后的结尾句，作者又以卖鱼还酒钱这一渔父行为又一次展示了渔父的闲适和豪放。

全曲自然流畅，于清丽中隐现几分豪辣之气，足见作者性情之豪爽。

⊙作者简介⊙

乔吉（1280—1345），一作乔吉甫，字梦符，号笙鹤翁、惺惺道人，太原（今山西省太原市）人。寓居杭州。落魄江湖四十年，至正五年（1345）病卒于家。著杂剧十一种，现存《杜牧之诗酒扬州梦》《玉箫女两世姻缘》《李太白匹配金钱记》三种。散曲有《梦符小令》一卷，收小令十百零九首，套数十一篇。散曲多啸傲山水，风格清丽，朴质通俗，兼有典雅。其杂剧、散曲在元曲作家中皆居前列，与张可久齐名。人们对他散曲的评价很高。刘熙载在《艺概》称他为"曲中翘楚"。

惜芳春 秋望

◎乔 吉

千山落叶岩岩瘦①，百尺危阑寸寸愁②。有人独倚晚妆楼。楼外柳，眉叶不禁秋。

【注释】

①岩岩：劲瘦的样子。②危阑：高高的栏杆。

【译文】

数不尽的山峰里，木叶飘落，那山峰也变得劲瘦了；在高楼的栏杆上倚着，我被一丝丝愁绪烦扰。有人在傍晚独自倚着梳妆的小楼。楼外的秋柳，叶子像那女子的眉毛一样，禁不住这秋光的消磨。

【赏析】

"千山落叶"和"百尺危阑"分别交代了曲中人所处的时间和地点。秋天，曲中人在高楼上看山，发现山中树木落叶纷纷，萧瑟之感油然而生。但单靠"千山""落叶""危阑"还不足以表现曲中人的心绪。所以作者又通过拟人的手法，用"岩岩瘦"和"寸寸愁"赋予这秋之景以浓重的凄清色彩。岩石本无所谓瘦，栏杆也不存在哀愁，然而由于曲中人心事重重，所以见嶙峋的岩石，便怜其"瘦"，见高高的栏杆，便想到"愁"，这"瘦""愁"实是曲中人自身心境的写照。

"有人独倚晚妆楼"，将人物引入景中，惹人联想。这人为何只身一个来到这里？她在想什么？有什么心事吗？"晚"修饰的虽然是"妆楼"，但在这里也有暗示读者天色已晚之意。天色渐晚，楼上的人仍没有打算离开的迹象，说明其完全沉浸在思绪中，忘记了时间。该句乃全曲的点睛，透着浓浓的哀愁。很容易让人联想起李白《菩萨蛮》中的"暝色入高楼，有人愁上愁"。

"楼外柳，眉叶不禁秋"，柳有"留"之意。至此，读者可知，曲中人望柳伤怀，并非在为阴郁凄清的秋之景悲哀，而是在为心上人的迟迟不归难过。她虽立在高高的楼上，视线却被"千山"阻断，看不到心上人的身影。"眉叶"指形如柳叶的双眉，用在这里，既和前面"柳"的意象紧密相连，又写出了曲中人的愁苦。

中国古代诗词写思妇登楼，远望心上人的作品中有不少佳作。此曲中的情境，与王昌龄的《闺怨》所描绘的情境略为一致。而《闺怨》中的少妇正处于美好的春天季节，本是不知愁，所以是"闺中少妇不知愁，春日凝妆上翠楼"。当她看到花红柳绿的美丽景色，才想起夫婿远地求富贵，白白地浪费了美好的时光，这才引起思愁。本曲中的思妇，走过了春天的美好时光，已是几度望春风。这时入眼就是肃杀的秋天气象。她的愁绪是由来已久，而到了挥之不去的地步，所以是"寸寸愁"，一步一愁绪。而这时的装扮，用了一个"晚妆"二字，暗示思妇的青春年华已消逝。所以她的愁已到了不堪承受的地步，末句用"不禁"二字表明思妇愁绪之浓之深。此曲用字凝练，清逸疏俊，让人回味悠远。

水仙子 怨风情

◎乔 吉

眼前花怎得接连枝①？眉上锁新教配钥匙②，描笔儿勾销了伤春事③。闷葫芦铰断线儿，锦鸳鸯别对了个雄雌。野蜂儿难寻觅，蝎虎儿干害死④，蚕蛹儿毕罢了相思。

【注释】

①连枝：连理枝。②眉上锁：喻双眉紧皱如锁难开。③描笔：画笔。④蝎虎：即壁虎，又名守宫。传说用珠砂喂养壁虎，使其全身赤红，然后捣烂，涂在女子身上，如不与男人交接，则终身不灭。古代用以表示守贞。见张华《博物志》。

【译文】

眼前这些花儿怎么才能接上连理枝？这眉头的锁，要想将它打开要重新配把钥匙才行。画几笔画就勾销了伤春的心事。我像个闷葫芦被铰断了线，多漂亮的鸳鸯啊，却另配了雄雌。他就像野外的蜜蜂一般难以寻找，我则像蝎虎一般被活活害死，我们俩就像蚕蛹一般停止了相思。

【赏析】

这首曲子描写的是一个失恋的女子，怨的是风情，也饱含了对爱情的绝望心情。

全曲多处使用博喻和双关的修辞手法，侧面烘托和渲染了女主人公的思想感情。作者用一个反问开篇，"眼中花"明显是主人公幻想出来的，不能"接连枝"就成了必然，此处比喻主人公那不可实现的爱情以及她对于爱情的绝望。进而整日眉头紧锁，作者用解开眉锁的钥匙比喻主人公开怀的方法，"新教"即表明了主人公尚未找到开怀之法，也表明其失恋不久。深深的绝望让女子想方设法试图完结这种愁绪，于是便付之于笔，用哀怨的文字勾销那相思的感情债。

"闷葫芦铰断线儿"一句，用"闷葫芦儿"比喻主人公内心对这爱情的千万疑问和不解，"铰断"是暗喻对方已经和她失去了联络，这时不免胡乱猜想，"他"是否已移情别恋，和别人卿卿我我呢？那一边是音信全无。

女主人公将原先的意中男子比作"野蜂儿"，既然"野"，就会心思向外，踪影难寻；又将自己比作"蝎虎儿"，暗喻自己就像壁虎一样守在楼中，终日苦苦相待。这里把薄情人的放浪和女主人公为其坚守节操的行为进行对比。"干害死"点明女主人公意识到了自己这样的相思只会白白地害死自己。最后一句，作者运用了谐音假借"思"为"丝"，用歇后语将词义进行转换，一语双关，表明主人公痛定思痛，进而决定"毕罢了相思"。

整首曲子所借用的事物都是民间最常见的，使整首曲子带上了浓郁的民歌色彩，语言运用上又推陈出新，可以称作元散曲的代表。

满庭芳 渔父词

◎乔 吉

携鱼换酒，鱼鲜可口，酒热扶头①。盘中不是鲸鲵肉②，鲟鲊初熟③。太湖水光摇酒瓯④，洞庭山影落鱼舟。归来后，一竿钓钩，不挂古今愁。

【注释】

①扶头：有两解，一为酒名，一种烈性酒；一为振奋头脑之意。此处应为后者。②鲸鲵：即鲸鱼，雄为鲸，雌为鲵。典出《左传·宣公十二年》。后世即以鲸鲵比喻叛逆之人。③鲟鲊：鲟，一种产于近海或江河的大鱼，味极鲜美。鲊，经过加工的鱼类食品。④瓯：盆、盂一类的瓦器。

【译文】

我带着鱼去换酒，鱼肉鲜美可口，几杯热酒喝下去，我精神振奋，热血盈头。盘子里装着的不是鲸鱼肉，是刚刚煮熟的鲟鱼佳肴。太湖的水光，摇晃着酒瓯，洞庭湖边的山影，落在渔船上。回来这后，我就带着这一根钓竿，不再牵挂那古往今来的烦恼忧愁。

【赏析】

这是一首由景生情，抒写渔父自得其乐、不为世事所累的高古生活的曲子。

用钓来的鱼去酒家换酒喝，再以酒配上鲜美可口的鱼肉，这鱼肉并不是象征着叛逆的鲸鱼肉，而是刚刚煮熟的鲟鱼肉，酒喝得上了头，精神振奋无比，眼前的湖光山色熠熠生辉……

开头三句，作者写渔夫自在无比的田园生活：以鱼换酒，以鱼当菜，虽酒薄菜淡，但仍然喝得兴致勃发、热血盈头，反映了作者乐于斯、安于此的生活态度。

第四、五句，作者刻意强调盘中餐并非"鲸鱼肉"而是"鲟鱼肉"的目的，一方面是想说自己在俭朴的条件下，也能把生活过得十分温馨，一方面是说自己并非一个愤世文人，而是懂得超然于尘世之外的隐者，那凡尘俗世，并不入自己法眼。

六、七句是在写景：太湖水摇曳如发光的酒瓯，洞庭湖把山峦倒映在渔船之上，一切都异常的和谐美丽。

因前文的种种铺垫，曲子末尾自然而然地道出了"一竿钓钩，不挂古今愁"的感慨。清苦的生活在作者看来是惬意的，作者这种超凡脱俗实则是对当时社会的一种消极抵抗。

绿幺遍 自述

◎乔 吉

不占龙头选①，不入名贤传②。时时酒圣③，处处诗禅④。烟霞状元⑤，江湖醉仙。笑谈便是编修院⑥。留连，批风抹月四十年⑦。

【注释】

①龙头：头名状元。②名贤传：名人贤者的册簿。③酒圣：善饮酒的人。酒之清者为圣，浊者为贤。④诗禅：以诗谈禅，以禅喻诗。即以禅语、禅趣入诗。⑤烟霞：指山水、自然。⑥编修院：即翰林院，编修国史的机构。⑦批风抹月：犹言吟风弄月。

【译文】

我不去争什么头名状元，也不求名字写进名贤传。时不时喝点酒，做个酒圣，随处吟首诗，参悟下禅机。我是个玩烟拟霞的状元，泛舟江湖的醉酒神仙。笑谈今古事就算是进了翰林院。在捕风捉月的日子里留连了四十年。

【赏析】

作者乔吉，一生未仕，浪迹江湖，生活清贫潦倒。这是篇述志的作品，体现了作者的豁达豪放。但是这种豁达豪放，略显被动，让人不免心酸。

乔吉出生在北方，后南下，生活多舛，多往来于秦楼楚馆，但是这也在另一方面造就了其洒脱豪迈的性格。以"不占龙头选，不入名贤传"一句打头，表明了作者的立场；接着说"酒圣""醉仙"之名也是随时随处都可自称；大半生漂泊江湖、寄情山水，也算是"江湖醉仙""烟霞状元"；编修院在笑谈间。"批风抹月"一词有吟风弄月之意，在元代又有比喻男女情爱的意思，此处一语双关，既指吟诗作赋，也指作者在秦楼楚馆里讨生活的事实。

综观全曲，作者口中不以为然的"龙头选""名贤传""酒圣""诗禅""状元""醉仙""编修院"，都被作者拿来戏说，到底是因为"不愿为"而浪迹天涯呢，还是"不能为"？不得而知，但是据元曲作家普遍遭遇看来，后者可能性较大。文人多清高，当有志不能施时，在时代环境的压迫下，大多会选择以隐者自居，这在古代尤甚，故而此曲表面上是抒写了作者旷达的情怀和不屑于跻身官场的情操，实则或许是对自身"不能为"的自嘲和慰藉。

水仙子 赋李仁仲懒慢斋

◎乔 吉

闹排场经过乐回闲①，勤政堂辞别撒会懒②，急喉咙倒换学些慢。掇梯儿休上竿③，梦魂中识破邯郸④。昨日强如今日，这番险似那番。君不见倦鸟知还！

【注释】

①闹排场：热闹的戏场。乐回闲：享受一回安闲。②勤政堂：官员的办公场所。③掇梯儿休上竿：元人有"掇了梯儿上竿"的俚语，意谓只知贪进而不考虑退路和危险。④梦魂中识破邯郸：唐沈既济《枕中记》述卢生在邯郸（今属河北）旅舍中入梦，享尽荣华，醒后发现店中黄粱尚未炊熟。

【译文】

走过了热闹的戏场，如今又终于可以享受一回安闲的日子了。离开了忙碌的公堂，过一过懒散的生活。我这习惯了说快话的急喉咙，如今也倒换过来开始学着慢慢儿说话了。别再搬梯子往高危处爬了，黄粱美梦也早就该识破了。昨天比今天还强；这回比前一回还险恶。你没有看到那鸟儿飞倦了，还懂得反过头来往家里飞吗？

【赏析】

从曲名"懒慢斋"可以看出一些刻意和雕琢的成分，进而可知斋主李仁仲必为愤世嫉俗之人。此名不仅强调了斋主的性情，而且让人不禁思索起李仁仲其人的过往。此曲便是针对主人公这一性格特征进行描写的。

起首三句用鼎足对，铺叙了主人公于世俗纷扰中的心得体会，以"闹排场经过"比喻其此前的阅历，"乐回闲"说明主人公现在已经远离世俗，能够冷眼旁观世事，其实这就是"懒慢斋"的具体含义。能够"撒会懒"是因为主人公告别以往在官场中的所谓"勤政"；可以"学些慢"是在说主人公已经不再在世俗中扮演激进者，心直口快还不如稳居下位。过去与现在鲜明的对比，心境上的截然不同，作者于冷峻的言语间，既对主人公过去有了一个回顾，也极力展现了他的知急流勇退的明智之举。

"掇了梯儿上竿"是元代的一句俗语，用来表明主人公并非没有晋升的机会，而是"梦魂中识破邯郸"（此处用典），可见李仁仲一早识破了名利富贵都是"黄粱一梦"，体现了他头脑清醒，行事果断的性格特点。直言当时的社会危机四伏、险恶黑暗，懂得未雨绸缪者却不多，由此可见作者对其人的欣赏。

末句借用陶潜的《归去来兮辞》里的"鸟倦飞而知还"作结，可谓水到渠成，也进一步强调了对"懒慢斋"的赞赏和喜爱。

全曲一气呵成，用语老辣，感情也由缓及迫，表现了主人公对世俗官场的失望和不屑以及对归隐山林的生活的向往之情。

水仙子 寻梅

◎乔 吉

冬前冬后几村庄，溪北溪南两屦霜①，树头树底孤山上②。冷风来何处香？忽相逢缟袂绡裳③。酒醒寒惊梦④，笛凄春断肠，淡月昏黄⑤。

【注释】

①两屦霜：一双鞋沾满了白霜。②孤山：位于杭州西湖之中，北宋著名诗人林逋曾隐居于此。③缟袂绡裳：缟（gǎo）袂（mèi）：素绢的衣袖。绡（xiāo）裳：薄绸的下衣。这里将梅花拟人化，将其比作缟衣素裙的美女，圣洁而飘逸。④酒醒寒惊梦：寒气融着梅香袭来，酒也醒了，梦也醒了。⑤淡月昏黄：月色朦胧（空气中浮动着梅花的幽香）。这是对宋代诗人林逋《山园小梅》诗句"疏影横斜水清浅，暗香浮动月黄昏"的化用。

【译文】

从冬天到来之前，直到冬天过去之后，我转了好几个村庄；从溪南边直走到到溪北边,两只鞋子沾满了霜;我又爬上孤山,在一棵棵树中上下寻觅(都没有找到梅花的踪迹)。忽然一阵冷风风袭来,那是从什么地方吹来的一缕清香?蓦地看见它,像一位美妙的少女,穿着素绢的衣服,薄绸的下衣(站在那儿)。寒气袭来,酒也醒了,梦也被惊醒了。凄怨的笛声传来,便想到到了春天梅花会片片凋落,于是我愁肠寸断,淡淡的月色也变得昏黄了。

【赏析】

作者的寻梅进行得并不顺利。"冬前冬后"说明他寻梅时间之长,"溪北溪南"则表明他行路之远,"树头树底"则表现出他的认真仔细。而"几村庄""两履霜""孤山上"又点出其寻梅的艰辛。梅花是岁寒三友之一,古人常用它来象征高洁、顽强。因此,"寻梅"不只意味着"寻找梅花"。作者无疑想用此曲表达拒与世俗污浊为伍的心志。

"冷风来何处香?忽相逢缟袂绡裳"告诉读者,作者历经艰难,终于寻到梅花,如愿以偿。在这里,作者引用唐代文人柳宗元《龙城录》中"赵师雄醉憩梅花下"的故事,着重表现梅花的芳与洁。赵师雄在松林间的酒舍中,遇到一"淡妆素服,芳香袭人"的女子,并和其一起饮酒谈笑,直至大醉。第二天,赵师雄被冷风吹醒,才发现哪里有什么酒舍,自己原来醉倒在一棵梅花树下。

"酒醒寒惊梦"讲的依旧是赵师雄的故事,放在这里似乎喻示着如梅花般美好的人现实中并不存在。该句的出现让全曲的气氛发生了变化,将作者寻到梅花的喜悦一扫而空。紧接着的"笛凄春断肠,淡月昏黄"虚中见实,既写出了梅花的美态,又写出了作者那失落的心情。从中可以看出作者对现实的不满。

水仙子 咏雪

◎乔 吉

冷无香柳絮扑将来①，冻成片梨花拂不开，大灰泥漫了三千界②。银了东大海，探梅的心噤难挨③。面瓮儿里袁安舍④，盐堆儿里党尉宅⑤，粉缸儿里舞榭歌台⑥。

【注释】

①冷无香：指雪花寒冷而无香气。②漫：洒遍。三千界：佛家语，这里泛指整个世界。③噤：牙齿打战。挨：忍受。④面瓮：面缸。袁安：东汉人，家贫身微，寄居洛阳，冬日大雪，别人外出讨饭，他仍旧自恃清高，躲在屋里睡觉。⑤党尉：即党进，北宋时人，官居太尉，他一到下雪，就在家里饮酒作乐。⑥榭：建在高土台上的敞屋。

【译文】

雪花像冷冰冰而又没有香味儿的柳絮一样扑来，落地之后又冻结成片，如同梨花一般，擦也擦不开。它们如同白灰一般洒遍了整个世界，把东边的大海都变白了。我想去寻找梅花，却被冻得打战，挨受不住。袁安的房舍，如同埋在了面缸里。党尉的深宅大院里也好像被盐堆给埋了。舞榭歌台也好像在粉缸里一样。

【赏析】

此曲前两句是一组对仗，化自唐代诗人岑参的"千树万树梨花开"。"扑"字写出了雪势之猛，"冻成片"又说明了天气的严寒。"探梅的心嚛难挨"一句可看作过渡句,从这里开始作者不再写雪花纷飞之貌,而是写起了雪后的世界。"面瓮儿""盐堆儿""粉缸儿"三句不单单是形容雪后银装素裹的世界。虽然一眼望去,所有房子都被白茫茫的大雪笼盖,看上去并无差别。但穷人有"面瓮儿"仍不能饱肚,淳朴直率之人若专心做某项事情,就算盐堆儿封门都毫不在意。而那些每日都抹粉调脂的人,如今顶起了粉缸,也不知这粉是否够用。曲末三句结合典故,以景喻世,十分巧妙。

折桂令 寄远

◎乔 吉

怎生来宽掩了裙儿①?为玉削肌肤②,香褪腰肢③。饭不沾匙,睡如翻饼,气若游丝④。得受用遮莫害死⑤,果实诚有甚推辞。干闹了多时,本是结发的欢娱,倒做了彻骨儿相思。

【注释】

①怎生:为什么。②为玉削肌肤:因为玉体减少了肌肤,即人消瘦了。③香褪腰肢:腰肢瘦了。④游丝:空中飘飞的细珠丝,比喻气息微弱。⑤遮莫:即使。

【译文】

这裙子怎么变宽了?是因为玉体消瘦,肌肤憔悴,腰肢也变瘦小了。饭也不想吃,睡觉像烙饼一样翻腾,气息细得像游丝。就算被这忧愁害死也要挨着,若真是真心诚意,那还有什么好推辞的?只是白闹了这么久,本该是喜结连理的欢乐,却成了深入骨髓的相思。

【赏析】

乔吉的散曲与张可久齐名，二者被奉为曲中李、杜。明代著名曲作家李开先评价其作品："蕴藉包含，风流调笑，种种出奇而不失之怪，多多益善而不失之烦，句句用俗而不失其为文。"乔吉的曲子多描写男女之情，此曲就是如此。

这是一首表现相思之情的曲子，以一个设问开头，引出"宽掩了裙儿"的缘由——身体的消瘦。"为玉削肌肤，香褪腰肢"是在强调女主人公的憔悴，"玉"和"香"旨在表现女主人公的美丽动人。作者只用寥寥数笔，就勾勒出一个娇弱而又惹人爱怜的女子形象。

接下来，作者用吃不下饭、睡不着觉、整日无精打采来渲染女主人公的魂不守舍，从一个侧面表现出其对丈夫的一往情深。而"饭不沾匙，睡如翻饼"皆是俗语，这体现了元曲"俗"的特点。再之后曲子由描摹女主人公的外貌、形态转入刻画女主人公的内心世界，"得受用遮莫害死，果实诚有甚推辞"为女主人公自陈心迹，直白传神，"受用"与"实诚"暗含了爱情的精粹——真诚、坚贞。

曲的最后三句依然是女主人公内心独白，体现了女主人公浪漫多情的个性特征，同时又反映了女主人公和爱人两情相悦缱绻缠绵的生活，字里行间洋溢着娇嗔之情。"本是结发的欢娱，倒做了彻骨儿的相思"，与夫君两相分离的现实让主人公不满，但她却无一点懊悔之意，情愿这样相思下去。作者精准地把握了闺中怨妇的心理活动，将外表含怨，实则忠贞的小女儿态表现得惟妙惟肖，情味十足，不能不让人赞叹。

卖花声 悟世[①]

◎乔 吉

肝肠百炼炉间铁[②]，富贵三更枕上蝶[③]，功名两字酒中蛇④。尖风薄雪⑤，残杯冷炙⑥，掩青灯竹篱茅舍⑦。

【注释】

①卖花声：曲牌名。又名"秋云冷""秋云冷孩儿"。亦入中吕宫。悟世：从人世间悟出道理，即对世态人情有所醒悟。②"肝肠"句：谓备受煎熬，意志变得如烘炉百练的纯铁那样坚强。③"富贵"句：谓富贵如梦幻。枕上蝶：化用庄生梦蝶的典故。④"功名"句：谓功名亦属虚幻。杯中蛇，即杯弓蛇影。《晋书·乐广传》载：乐广有客久不来，广问其故，言上次赴宴见杯中有蛇，回家就病了。乐广告诉他，那是墙上的弓影，客顿愈。⑤尖风：指刺骨的寒风。⑥残杯冷炙：剩酒和冷菜。冷炙：指已冷的菜肴。杜甫《奉赠韦左丞丈二十二韵》："残杯与冷炙，到处潜悲辛。"⑦竹篱茅舍：常指乡村中因陋就简的屋舍。

【译文】

肝肠像炉中千锤百炼过的钢铁，富贵对我来说就像三更天梦中的蝴蝶，功名这两个字也不过是酒杯中的蛇影罢了。窗外吹着刺骨的寒风，下着小雪，我对着半杯剩酒和冷了的菜肴，关上了灯守着这竹篱茅屋。

【赏析】

此曲前三句是一个鼎足对，头一句概括写作者的精神状态——如同在炼炉里千锤百炼般刚强，此句为全曲的基调；第二、三句是具体说作者视富贵如枕上蝶、视功名如酒中蛇，此处连用了两个典故，展现了作者历尽沧桑后大彻大悟、通达世事的心境，冷峻中透着悲凉。

刺骨的寒风飕飕地吹，雪花飞旋，一间破旧的竹篱茅舍里，作者一边吃着残羹冷炙，一边挑拨着青灯，度过他的苦读生涯。这与前面被作者否定的富贵功名形成对比，似是一种自嘲，也是一种看开。

但是不难窥得,在当时的社会背景下,像作者这样处境的知识分子一定不在少数,由此可以想见广大底层百姓心灰意冷、忍痛挨饿的悲惨命运,如果说作者的高洁品质能使他安于贫贱、安于蜗居,那么谁来让众多百姓安心呢?从曲名"悟世"来看,恐怕作者心中亦有不平,只是体现得含蓄些罢了。

满庭芳 渔父词(一)

◎乔 吉

扁舟最小。纶巾蒲扇,酒瓮诗瓢。樵青拍手渔童笑①,回首金焦②。箬笠底风云缥缈,钓竿头活计萧条。船轻棹,一江夜潮,明月卧吹箫。

【注释】

①樵青:指夫妻。唐代书法家颜真卿的《浪迹先生玄真子张志和碑》中有"肃宗尝赐奴婢各一,玄真配为夫妻,名夫曰渔僮,妻曰樵青"。②金焦:金山与焦山的合称。两山都在今江苏省镇江市。

【译文】

这扁舟真小!我戴着纶巾,手拿蒲扇,喝着酒吟着诗。夫妻俩一个拍手一个笑,回头又看到了金山和焦山。斗笠下风吹着缥缈的云,我钓到的鱼很少。轻轻划着船,整晚上江潮滚滚。我对着明月卧着吹起了箫。

【赏析】

此曲为作者二十首《渔父词》中的一首。

乔吉一生漂泊,人们可以从"扁舟""蒲扇"以及"钓竿头活计萧条"句看出,他的生活并不阔绰,而"酒瓮诗瓢"一句又暗示了他的孤单。传说唐代诗人唐俅将诗稿攒成球装在水瓢中,让水瓢随水飘走,并在临终之前发出"斯文苟不沉没,得者方知吾苦心尔"的感慨。而乔吉一生也很少遇到知音。但从此曲传达的闲适之情看,乔吉并没有为这些苦恼。他和家人一起说笑,欣赏自然风光,一点不计较钓上来的鱼少得可怜。"船轻棹"表现出作者的轻松自在的样子,"一江夜潮,明月卧吹箫"又写出了作者平和的内心。这些都向读者传递出一个讯息:作者对清贫恬淡的生活十分满意。此曲颇有宣扬归隐之乐的意味。

满庭芳 渔父词(二)

◎乔 吉

扁舟棹短。名休挂齿,身不属官。船头酒醒妻儿唤,笑语团圞。锦画图芹香水暖,玉围屏雪急风酸[1]。清江畔,闲愁不管,天地一壶宽。

【注释】

[1]风酸:寒风刺人。

【译文】

小舟上划着短短的船桨。别再谈什么功名了,我就不是当官的料。在船头酒醒后,妻子儿子在叫我,一家人笑成一团。这锦缎织成的图画里,芹菜飘香,水烧得暖暖的。大雪覆盖住了小舟,像玉做的围屏,雪下得很急,寒风刺骨。清清的江边,不去管什么忧愁,一壶酒喝下去,天地也变得开阔了。

【赏析】

作者在曲子一开始便表明了自己纵情江海,不计名利的心志。"身不属官"便没有为官者的烦恼,可以尽情享受生活的乐趣。"船头"和"笑语"二句体现了作者的人生追求——简单安适。船外大雪纷飞,船内却是一派温馨景象。拥有这样的生活,人还有什么不满意的呢?于是,在曲的末尾,作者将烦恼抛到一边,一边喝酒,一边看舟外之景。与其说是酒让作者眼中的天地变宽,不如说是他知足洒脱的心态让天地宽敞起来。

满庭芳 渔父词(三)

◎乔 吉

江声撼枕,一川残月,满目遥岑①。白云流水无人禁,胜似山林。钓晚霞寒波濯锦②,看秋潮夜海镕金③。村醪窨④,何人共饮,鸥鹭是知心⑤。

【注释】

①遥岑:远山。岑:小而高的山。②濯锦:形容江水映着晚霞有如被濯洗的锦缎一样闪闪发光。③镕金:形容日落入海时海面上一片金色。④醪(láo):浊酒。窨(yīn):窨藏。⑤鸥鹭:《列子·黄帝》中载:"海上之人有好沤鸟者,每旦之海上,从沤鸟游,沤鸟之至者百住而不止。其父曰:'吾闻沤鸟皆从汝游,汝取来,吾玩之。'明日之海上,沤鸟舞而不下也。"

【译文】

江上的涛声撼动着枕头,月光洒遍水面,满眼是远处的群山。白云流水没有人管束，比树林还要美丽。我在晚霞里垂钓，冷冷的江水如濯洗过的锦缎一般闪闪发亮。我看见秋日的潮水兴起，太阳落入大海，傍晚的海面上一片金色。去乡村里打些酒吧，谁跟我一起喝呢？鸥鹭应该就是我的知己了。

【赏析】

江水滔滔，一轮初月忽闪忽现，作者临岸远望，青山绵延不绝。此曲起调铿锵有力，潇洒豪迈，且分别从听觉和视觉对景物进行了刻画描写。"白云流水""晚霞寒波""秋潮夜海"三组景物争相进入作者视线，此情此景，怎能少了美酒为伴呢？想必对于此时的作者来说，浊酒也美味无比吧。渔父生活，其实就是象征着作者的理想生活，作者以"鸥鹭"为知音，一方面是作者孤独生活的真实写照，另一方面也体现了作者沉醉于田园生活的潇洒不羁。

满庭芳 渔父词（四）

◎乔 吉

秋江暮景，胭脂林障，翡翠山屏。几年罢却青云兴①，直泛沧溟②。卧御榻弯的腿疼，坐羊皮惯得身轻。风初定，丝纶慢整③，牵动一潭星。

【注释】

①青云兴：指对于平步青云的兴趣。②沧溟（míng）：指江海。③丝纶：指垂钓的丝线。

【译文】

这是秋日里江边傍晚的景致。树林在夕阳里像是抹上了胭脂,群山则犹如翡翠制成的屏障一样。这几年我已没有了平步青云的兴趣,只想泛舟在江海之上。躺在御榻旁的日子,腿脚弯得直疼;现在坐着羊皮垫子倒是觉得一身轻松。风刚刚停下来,慢慢整理我的钓线,没想到牵动了满潭星星的倒影。

【赏析】

历来写渔父的诗词,很少是单纯状写渔父生活的,大都是把渔父当作自己的化身,渔父也由贫苦的劳动者被描绘成了烹鱼饮酒、乐享清闲的神仙式的人物,寄托着曲家们的理想。乔吉的《渔父词》也走的是这一路数。

此曲先写秋江暮景,用简单凝练的笔墨描绘了秋日夕阳下绿树红林的绚丽色彩,而后直接切入主题,讲出甘心于江湖漂泊的生活是因为"几年罢却青云兴",通过比对"卧御榻"和"坐羊皮"的不同感受突出了渔父生活那份即使做帝王也难得到的安闲自在。曲以一幅渔父夜钓图结束:风刚刚停息,渔父轻整钓线,牵动了一潭星影。静中寓动,意境清幽,极富意趣,回味悠长。

此首小令曲首和曲末各用三句写景,中间四句抒怀,将渔父悠然自得的情致表现了出来。

山坡羊 冬日写怀

◎乔 吉

朝三暮四①,昨非今是,痴儿不解荣枯事②。攒家私③,宠花枝④,黄金壮起荒淫志⑤。千百锭买张招状纸⑥。身,已至此；心，犹未死。

【注释】

①朝三暮四：本指名改实不改，后引申为反复无常。②痴儿：指傻子、呆子。指贪财恋色的富而痴之人。荣枯：此处指世事的兴盛和衰败。事：道理。③攒（zǎn）家私：积存家私。④宠花枝：宠爱女子。⑤黄金壮起荒淫志：有了金钱便生出荒淫的心思。⑥锭：金银的量词。招状纸：指犯人招供认罪的供状文书。此句意为：贪官污吏搜刮钱财，到头来不过等于买到一张招供认罪的状纸。

【译文】

早上还是三个，晚上就成了四个，昨天还说是这样，今天就说不是了。这帮愚蠢的人根本不懂得荣枯变化的道理。整天积攒家财，宠幸美媛，是金钱壮大了他们荒淫的情志。千百锭金银买来张供状文书。人都这样了，也还不死心。

【赏析】

"朝三暮四，昨非今是，痴儿不解荣枯事"说的是官吏们醉心于荣华富贵，早已忘记了世情无常、宦海险恶。这三句写了官吏们的心理状态，也是生活状态。"攒家私，宠花枝"，开始具体写官吏们的生活内容。他们每天所做的，只有两件事——吸食民脂民膏和宠幸烟花女子。接下来这句"黄金壮起荒淫志"是对他们这种荒淫生活的鞭笞，也直白地点破了其之所以荒淫，是因为金钱的腐蚀。在这里，作者从对官吏生活的感性描写，开始转向对其内里的理性分析。既然其腐化是因金钱而起，其自身自然也会被金钱所捆绑，于是，接下来这句"千百锭买张招状纸"就顺理成章了：骄横无忌，肆意挥霍，最后终将落得个天怒人怨，镣铐加身，那些通过横征暴敛聚集起来的巨额财富，也成了让自己无法脱身的凿凿罪证。

这句话在理性分析之中，加入了作者个人的情感，对官吏骄奢淫逸的结局指为"以钱买罪"，带有一种诅咒意味。然而处于如此境地，他们仍然贪心不死，那颗充满贪欲的心，已经容不下丝毫悔过自省成分的存在了。"身，已至此；心，犹未死"，对比鲜明，再加上整齐的句式，句子在表达上更有力度了。这句话也是对前面"痴儿不解荣枯事"一句的照应。正是因为"痴"，才"见了黄河也不死心"，反过来对"不解荣枯事"这一论断的内涵，也是一种深化。

小曲语言犀利，是对贪官污吏无耻行径的揭露和抨击，对其骄奢淫逸生活的深深诅咒，具有很强的警世意义。

水仙子 游越福王府①

◎乔 吉

笙歌梦断蒺藜沙②，罗绮香余野菜花，乱云老树夕阳下。燕休寻王谢家③，恨兴亡怒煞些鸣蛙。铺锦池埋荒甃④，流杯亭堆破瓦，何处也繁华！

【注释】

①福王府：南宋福王赵与芮的府第，在绍兴府山阴县。《万历会稽县志》："宋福王府在东府坊，宋嘉定十七年（1224）理宗即位，以同母弟与芮奉荣王祀，开府山阴戢山之南。"②蒺藜（jí lí）：一种平铺着生在地上的蔓生植物。③"燕休寻"句：语本唐刘禹锡《乌衣巷》："旧时王谢堂前燕，飞入寻常百姓家。"王谢，东晋以王导、谢安为代表的两家豪族。④铺锦池：与下句的"流杯亭"，均为福王府内的游赏处所。甃（zhòu）：井、池之壁。

【译文】

那动人的笙歌,在布满蒺藜的沙砾上已成断了的梦;那罗绮还有余香,眼前却只有野菜花了。天上飘飞着杂乱的云彩,古树边,夕阳西下。燕子啊,你别再找王、谢的家了。我感叹着千古兴亡,却只听得青蛙们鼓着肚子哇哇叫。铺锦池已被荒草埋没,流杯亭只剩一堆破瓦。昔日的繁华,如今到哪里去了呢!

【赏析】

南宋末年,福王赵与芮地位显贵,府邸建造得十分奢华。德祐二年(1276),元宰相伯颜占领临安,降赵与芮为平原郡公,福王府亦逐渐没落。至乔吉游览,时又隔数十年,王府已成为一片荆棘瓦砾,使人不胜唏嘘,遂生出了盛衰无常的感慨,这正是此曲的主旨。

这首小令在描写会稽福王府遗址衰败的时候,运用了三组镜头的特写:第一组是起首两句:遍地沙砾,蒺藜丛生,间杂着开花的野菜。这种场景与昔日的繁华景象形成鲜明对比,令人产生触目惊心的感觉。第二组特写是中间三句,铺叙了王府园内乱云、老树、夕阳、燕、蛙等现存的景物。第三组特写为六、七两句,着笔于福王府建筑物的遗迹。作者借这三组特写,将"游越福王府"的所见淋漓尽致地表现出来,并由此产生了惆怅、伤感、愤懑等情感变化。印象的叠加与感情的郁积,结出了最后的问句:"何处也繁华?"这一句虽是发问,实则寄托了作者的无奈与绝望之情。

这首曲曲调沉郁顿挫,与乔吉其他作品清丽婉美的特点有很大差异,这也体现了他对历史兴替的无限慨叹。

天净沙 即事

◎乔 吉

莺莺燕燕春春,花花柳柳真真①,事事风风韵韵②。娇娇嫩嫩,停停当当人人③。

【注释】

①真真:暗用杜荀鹤《松窗杂记》故事:唐进士赵颜得到一位美人图,画家说画上美人名真真,为神女,只要呼其名,一百天就会应声,并可复活。后以"真真"代指美女。②风风韵韵:指美女富于风韵。③停停当当:指完美妥帖,恰到好处。

【译文】

莺儿啊莺儿,燕子啊燕子,看这一派春光!一朵朵花儿,一棵棵柳树,实在迷人。每一件事都显得别有风韵。娇嫩多情,真是美得恰到好处的佳人。

【赏析】

此曲描写春暖花开时燕飞莺啼、柳绿花红的明丽春景,以及那极具风韵、袅娜娉婷的佳人。此曲最突出的特点是全篇使用叠字,颇具重叠复沓的音韵之美,将人之美与景之美交融在一起,互相映衬。柳绿花红、燕飞莺啼、美人如云,使人产生目不暇接的感觉,作者以语言音韵来表情达意,颇有情致。

凭阑人　金陵道中

◎乔 吉

　　瘦马驮诗天一涯①，倦鸟呼愁村数家②。扑头飞柳花，与人添鬓华③。

【注释】

　　①"瘦马"句：诗人骑着瘦马浪迹天涯。②"倦鸟"句：倦鸟知返，带着离愁鸣叫，盘旋于数家村舍之上。③鬓华：两鬓头发斑白。

【译文】

　　瘦弱的马驮着我满腹的诗情奔走天涯。飞倦了的鸟儿哀鸣着，小山村里只有几户人家。柳絮扑打着我的头，给我增添了白发。

【赏析】

　　"瘦马驮诗"出自唐代诗人李贺的故事。李贺经常骑着一只大驴，背着一个旧锦囊，不时便将想到的精彩句子写下来放到锦囊中。作者以此典自喻，表明自己对诗歌的喜爱。另一方面，作者又故意用"瘦马"代替了李贺故事中的大驴，意在用瘦马的羸弱反映旅途的困苦。曲的前两句是工整的对仗，与"瘦马"对应的"倦鸟"出自陶渊明的《归去来兮辞》，取"倦鸟知归"之意。与"驮诗"相对的"呼愁"体现了作者的在外心酸和对家乡的思念。"天一涯"则与"村数家"形成对比，反映了作者漂泊无依的生活状态。此二句奠定了曲子的情感基调——羁旅孤苦，思念家乡。

不知作者为何漂泊异地，飞鸟累了尚可还家，而从曲子来看，作者的归乡之日似乎遥遥无期。远远地看着村庄，想象着安宁稳定的生活，作者的心情分外酸楚。

"扑头飞柳花"点出了曲中的季节——暮春。暮春时节，柳絮乱飞，扑到了作者的脸上，让作者有了"添鬓华"的感觉。"柳絮"有飘零之貌，喻示着作者的现状。作者虽身处于春，心却是愁闷难当，随便什么景物都能加重他的忧伤。末句的一个"添"字，说明作者的白发本已不少，现在愁上添愁，白发似乎也变多了起来。曲末两句的构思极为新巧，以轻扬的柳花反称浓重的愁怀，给人留下深刻的印象。

曲子只有短短四句，却层层递进，仿佛是作者浪迹天涯的截影。

水仙子 重观瀑布

◎乔 吉

天机织罢月梭闲①，石壁高垂雪练寒，冰丝带雨悬霄汉。几千年晒未干，露华凉人怯衣单②。似白虹饮涧，玉龙下山，晴雪飞滩。

【注释】

①天机：天上的织布机。月梭：以月牙儿作为天机的梭子。②露华：晶莹的露珠。

【译文】

天上的织机已经停止了编织，月梭儿闲在一旁。石壁上高高地垂下一条如雪的白练，闪着寒光。冰丝带着雨水，挂在天空中，晒了几千年了，都还没有晒干。晶莹的露珠冰凉冰凉的，人忽然觉得身上的衣服有些单薄。这瀑布啊,如白虹一头扎进涧中饮吸一般,像玉龙扑下山冈一样,又像晴天里的雪片在沙滩上飞舞。

【赏析】

此曲题为"重观瀑布",是游览浙江乐清白鹤寺之后,继《水仙子·乐清白鹤寺瀑布》,意犹未尽,又再写出的一首赞美白鹤寺瀑布的曲子。前曲重在游人的主观感受,此曲则重在对瀑布本身的描写。

前四句写的是远观瀑布给人的印象。作者想象奇绝,在首句中构想出以天为织机,以月为梭子的奇境,并将这一组比喻藏于"织罢""梭闲"的情景中,仿佛瀑布这条"雪练"不是本来就有的,而是在作者前来游览时,正值织造完毕,从石壁上忽地垂落下来的。形象既恢弘壮阔,又有动感,先声夺人,使我们对瀑布的气势有了直观的感受。

至于"冰丝"这一比喻,元人伊世珍《嫏嬛记》中载有一位奇异女子,能以雨丝缫丝织布,称为"冰丝"。"冰丝带雨"这一想象,既形象地表现了瀑布的白净之美,又合乎传说中冰—雨的关系,与"雪练"相照应,共同表现了远观瀑布给人的特殊印象。"悬霄汉"一语,使人想起李白"飞流直下三千尺,疑是银河落九天"的诗句,瀑布高大雄伟的姿态,与雪练般的白净,给人的震撼效果在此更加生动了。

"几千年晒未干",不仅以"晒"承接前面"冰丝"这一想象,又通过晾晒几千年这样的奇妙想象,使得对瀑布空间上的壮观的描写,转入时间的壮观,思接千载,气势磅礴。

后四句,作者已行至瀑布脚下。"人怯衣单"映衬出瀑布的"凉",与前文"雪练寒"遥相呼应。一写远观瀑布的视觉感受,一写走近瀑布,沐浴露水的触觉感受。由远至近,瀑布的全貌逐渐明晰。"白虹饮涧,玉龙下山,晴雪飞滩",连用三个比喻,且均极具动感,抑扬顿挫,色彩鲜明,画面感极强。"白虹饮涧"语出宋沈括《梦溪笔谈》:"世传虹能入溪涧饮水。""玉龙下山"句,苏轼有诗云:"擘开青玉峡,飞出两白龙。"

此曲想象奇崛,形象夸张,颇具雄奇怪诞之美,在最大限度地渲染瀑布的雄伟壮丽的同时,亦使景物的壮观与人的博大情怀相得益彰,读之酣畅痛快,如入其境。

作者对典故的使用也比较巧妙,没有堆砌感,并且隐于词句之中,不着痕迹,在奇伟雄健的行文之中,暗含神奇色彩,耐人寻味。

山坡羊 自警

◎乔 吉

清风闲坐,白云高卧,面皮不受时人唾①。乐陀陀②,笑呵呵,看别人搭套项推沉磨③。盖下一枚安乐窝。东,也在我;西,也在我。

【注释】

①唾:唾弃。②陀陀:犹陶陶,乐而忘忧的样子。③套项:套在牲口脖子上的曲木。

【译文】

清风里我悠闲地坐着,白云高高地躺在天边。我的脸不会遭受世人的唾弃。我乐陶陶、笑呵呵地看别人像牲口那样搭着套绳推那沉重的石磨。盖一座安乐的小窝,去东去西都随我。

【赏析】

"清风闲坐,白云高卧"写出了隐居的安闲。由于远离喧嚣尘世,人不用为复杂的人际关系挂心，也不会有因为得罪什么人、做坏什么事而被"时人唾"的烦恼，自然"乐陀陀""笑呵呵"。"看别人搭套项推沉磨"，有笑人汲汲生存、作茧自缚之意。"一枚安乐窝"则表现了作者所居之处的小，同时也反映了作者甘于清贫，崇尚自由的人生观。但这种对表面乐观态度和乍看生活愉悦的描绘，隐含着对黑暗现实的抨击。受人唾弃的世事多艰，"推沉磨"的沉重负担，无一不反射出当时官途的险恶和世态的炎凉。

山坡羊 冬日写怀

◎乔 吉

离家一月，闲居客舍，孟尝君不费黄齑社①。世情别，故交绝。床头金尽谁行借，今日又逢冬至节。酒，何处赊？梅，何处折？

【注释】

①孟尝君：战国四君子之一，以好客著称。此指代作者所投靠的人。黄齑(jī)：切碎了的咸菜。社：集聚，此指供养食客。

【译文】

离开家里已经一个月了，在旅舍中，我想起当年孟尝君用切碎了的咸菜来供养食客。世情冷漠，旧时的朋友都没了，床头的钱已经用完，谁又会借些给我呢？今天又碰上冬至。酒，上哪里去赊；梅花，上哪里去折？

【赏析】

从此曲可以看出，作者的生活非常困窘。孟尝君用切碎的咸菜对待门客多少有些吝啬，但作者却连这样吝啬的依靠对象都找不到。"故交绝"反映出人情淡漠，作者的孤苦。"床头"和"今日"二句写尽了作者的窘迫，真切自然，惹人同情。但作者穷困潦倒，心中记挂的却是"酒"和"梅"，说明他追求的是一种审美的生活。只是这种生活虽和金钱关系不大——赊酒不需现钱，折梅更不需用钱——他仍不能如愿。

四块玉 嘲乌衣巷

◎刘 致

禄万钟①，家千口。父子为官弟封侯，画堂不管铜壶漏②。休费心，休过求，撷破头③。

【注释】

①禄万钟：优厚的俸禄。禄，俸钱，薪金。钟，古代以六斛四斗为一钟。②画堂：华丽的房子。铜壶滴漏：古代的计时器。此句言时光过得快，岁月不饶人。③撷（diān）破头：碰破头。撷，跌倒、碰着。

【译文】

俸禄多至万钟，家中养着上千口人。父子都当着官，兄弟也都封侯拜相。房子华美，也不管时光飞逝。不要浪费心思，也不要过分追求，免得到头来抢破了头。

【赏析】

这是一首借古讽今之作。

题目中的"嘲"已经表明了作者对豪门大户的态度。东晋时期，重臣王导、谢安曾将府邸安在乌衣巷中。他们享受着高官厚禄，家中人丁兴旺。曲的前三句正是他们荣华富贵不可一世的写照。其中"父子为官弟封侯"则暗示他们权力极大，家族中人互相提携把持朝政。"画堂不管铜壶漏"，是说他们待在华美的屋子中，纵情享乐忘记了时间。至此作者没有对他们的生活做什么评价，但读者仍不难发现作者对穷奢极欲的反感。权贵们沉浸享乐，连时间都"不管"了，哪还会管百姓的生活。在无休无止追求享乐的背后，是对百姓的极度冷漠。而权贵们用来享乐的金钱，又有多少不是从百姓身上搜刮的呢？如此，必然引起百姓的不满，当这不满淤积到一定程度。权贵们"撕破头"的日子也就到了。

没有家族能永远显赫下去，世事变迁，乌衣巷一度荒凉一片。"休费心，休过求，撕破头"是全曲的主旨，既是对王、谢"费心""过求"的嘲讽，又是对后人的告诫。提醒人们不要将太多心思放在名利、享乐上。

就连那些豪门大户，都会因沉溺享乐而衰败，更何况平民百姓小门小户。元人的散曲有不少感慨官场黑暗之作，其语言大多直白浅显，辛辣精辟，要么为抒满腹怨气，要么为警醒他人、警醒自己。作者刘致在朝为官，对官场的奢侈风气十分不满，写就了不少指斥官场丑恶现象的作品。

⊙作者简介⊙

刘致，卒于1335—1338年。字时中，号逋斋。石州宁乡（今山西中阳）人。为姚燧赏识，并被引荐为湖南宪府史，后任永新州判、河南行省掾、翰林待制、浙江行省都事等职。其晚年家贫，无钱置办葬礼，最后由王眉叟将其遗体收葬于德清。其散曲清逸宏丽，推崇隐逸思想，散见于《阳春白雪》《太平乐府》《乐府群玉》，今存散曲小令七十四首，套曲四套。也有说元代有两个刘时中，一为古洪刘时中，一为石州刘时中。

醉中天

◎刘 致

花木相思树，禽鸟折枝图①。水底双双比目鱼，岸上鸳鸯户。一步步金厢翠铺②。世间好处，休没寻思，典卖了西湖③。

【注释】

①折枝:国画花卉画法的一种,指弃根干而单绘上部的花叶,形同折枝,故名。②厢:通"镶"。③"典卖"句:"宋谚有'典卖西湖'之语。台谏谓之'卖了西湖',既卖则不可复;省院谓之'典了西湖',典犹可赎也。无官守言责,则无往不可,此古人所以轻视轩冕者欤?"

【译文】

你看那花花树树交枝接叶,像是互诉着情愫;鸟儿点缀其间,构成了一幅幅折枝画图。湖里的游鱼成双结对,在水下快乐地追逐;岸上的人家门当户对,男男女女都是亲密相处。一步步镶金铺翠,到处见琳琅满目。真是人间的天堂乐土。你可别糊里糊涂,把西湖当了卖了,白白地辜负这美景。

【赏析】

此曲的前半部分着重描绘西湖之美。作者特意将"相思树""比目鱼""鸳鸯户"这样常被用来表现情侣浓情蜜意的意象放在曲中,就是为了更好地表现自己对西湖的眷恋。人们喜爱西湖不仅仅因为它有着柔魅明丽的风光,游动的鱼,折枝的鸟,反映了它的安闲自在。而参差错落的人家、金厢翠铺的景象,又说明了它的繁华富庶。

"世间好处"是一个承上启下的句子,其后的"休没寻思,典卖了西湖"化用了南宋"典卖西湖"的谚语。晋人葛洪在《抱朴子》里有言:"不睹琼昆之熠烁,则不觉瓦砾之可贱。"前面的西湖美景如"琼昆之熠烁",曲末的"典卖了西湖"就如"瓦砾之可贱"。作者以此警醒世人,不要因耽溺享乐将大好河山拱手相让。

折桂令 再过村肆酒家

◎刘 致

䯼双丫十八鬟儿,春日当垆,袅袅腰肢。徙倚心招①,依稀眉语,记得前时。探锦囊都无酒资,恨邮亭不售新诗。可惜胭脂,转首空枝。千里关山,一段相思。

【注释】

①徙倚心招:徙倚,徘徊。心招,以情态动人。

【译文】

十八岁少女梳着双丫发髻,在春天里蹲在垆边,我看到了她袅袅的腰肢。她走走靠靠,情态动人,眉宇之间似有许多话语。我手伸进口袋里,却掏不出酒钱,可恨邮亭不卖新诗。可惜她如此美貌,转眼成了空枝上的花儿早就没了。关山千里,只留下一段相思。

【赏析】

茫茫人海中的一次萍水相逢,就能给自己留下难以磨灭的记忆,这样的经历在人们的生活中并不多见;而此曲所讲的,正是作者一次这样的经历。他曾经路过某个酒肆,当垆卖酒的是一位袅娜多姿、腰肢纤细的少女。她的秀发随意地打成两个松垂的鬟,眉目间似有无限情意。当时作者身上无钱,难借买酒和她搭讪,又没想出什么好诗相赠,这次短暂的偶遇于是就这样匆匆结束了。时过境迁,如今又路过那家酒肆,那里已是人去店空,面对关山千里,他心头不禁泛起丝丝惆怅,对女子的追忆与思念,也随之分明了起来。曲子前六句追忆当日所见，后六句写人去店空，顿生悔恨之意。作者通过对前尘旧影的追述，奏出一曲深藏心中的曲子，显得幽怨而委婉。

山坡羊 侍牧庵先生西湖夜饮①

◎刘 致

微风不定，幽香成径，红云十里波千顷②。绮罗馨③，管弦清，兰舟直入空明镜。碧天夜凉秋月冷。天，湖外影④；湖，天上景。

【注释】

①牧庵先生：指姚燧。②红云：形容盛开的荷花。③绮罗馨：仕女们身着绫罗，幽香扑鼻。④湖外：犹言湖中。

【译文】

微风不停地吹着，幽幽的香气萦绕在小路上，十里芙蓉宛若红云，千顷湖面，微波荡漾。绮罗衣馨香扑鼻，管弦乐声是那么清新。小船儿直驶入那明镜般的湖中。碧蓝的天空中，在这清凉的夜色里，秋天的月色凉凉的。天是湖的影子；湖是天上的景致。

【赏析】

"牧庵"是元代著名文人姚燧的号。姚燧是刘致的老师，对刘致有知遇之恩，所以题目中会有一个"侍"字。此曲写的就是姚、刘二人秋夜泛舟对饮的情形。曲子的前三句分别从触觉、嗅觉、视觉，描绘美好的秋夜，通过"微""幽"营造出静谧的氛围。但"红云十里波千顷"，西湖之美并未被深沉的夜色隐藏，相反还在夜色的映衬下显现出一种朦胧娇柔的美。"云"轻且飘渺，用"红云"喻夜色下的荷花，十分巧妙。

"绮罗馨，管弦清"写出了曲中人闲逸悠然的心情，他们泛舟观景，不知不觉中也成了景的一部分。"兰舟直入空明镜"，曲中人恍若进入如梦似幻之境，深深地沉醉在西湖之景中。而从"空明镜"开始，曲子发生了变化，其中的景物由密转疏，意境也由实转虚。后三句总共只写了天、月、湖，碧天冷月的疏淡清远和"红云十里波千顷"的温柔妩媚截然不同。

在清冷的月光下，水与天互为镜子，彼此映照，人分不清哪是天之景，哪是湖之景，这不能不让读者浮想联翩。整首曲子清幽空灵，意趣盎然，作者成功地表现出夜中西湖安静柔媚、宛若幻境的特点。

朝天子 邸万户席上①

◎刘 致

柳营②，月明，听传过将军令。高楼鼓角戒严更③，卧护得边声静④。横槊吟情⑤，投壶歌兴⑥，有前人旧典型⑦。战争，惯经，草木也知名姓⑧。

【注释】

①邸（dǐ）万户：邸万户是作者的好朋友邸元谦，万户是元代三品世袭军职。②柳营：细柳营之省。《史记·绛侯世家》："文帝后六年，匈奴大入边。乃以宗正刘礼为将军，军霸上；祝兹侯徐厉为将军，军棘门；以河内守（周）亚夫为将军，军细柳，以备胡。上自劳军，至霸上及棘门军，直驰入，将以下骑送迎。已而至细柳军，军士吏被甲，锐兵刃，

彀弓弩,持满,天子先驱至,不得入。……文帝曰:'嗟乎!此真将军矣!曩者霸上、棘门军,若儿戏耳。'"后因以"细柳营"为军纪严明、战斗力强的代称。③严更:警戒夜行的更鼓。④边声静:边塞上的各种声音,如风声、马鸣声、笳鼓声之类都静悄悄的,表示边境很宁静,没有战事。⑤横槊吟情:形容文武双全的大将风度。苏轼《前赤壁赋》:"方其(指曹操)破荆州,下江陵,顺流而东也,舳舻千里,旌旗蔽空,酾酒临江,横槊赋诗,固一世之雄也。"⑥投壶歌兴:投壶是我国古代宴会时的一种娱乐。《礼记·投壶》篇说,以壶口为目标,用矢投入,以投中多少决胜负,负者要罚酒。⑦典型:模范,样板。⑧"草木"句:极言将军的声誉。黄庭坚《送范德孺知庆州》:"乃翁知国如知兵,塞垣草木识威名。"此用其意。

【译文】

军营纪律严明,月光明亮,军帐中依次传过了将军的命令。高楼上响起更鼓和号角,半夜还在戒严。在将军的守护下,边塞上一片宁静。将军文武双全,扔开酒壶就唱歌,真有古人的风采。战争,经历惯了,就连花草树木都知道了将军的名字。

【赏析】

此曲反映了刘致豪放的一面。大约在1131年,刘致的好友邸元谦驻军杭州。刘致遂写此曲赠予友人。在此曲中,刘致着重表现友人治军有方。"卧护得边声静"既表现友人治军之严——无人敢违背戒严号令制造声响,又表现出友人治军之功——边境万无一失,一片安宁。"横槊吟情"是赞友人文武双全,"投壶歌兴"则尽显友人豪放之姿。曲末的"草木也知名姓"则出自成语"草木知威",作者借此强调友人功勋赫赫,威名远扬。

全曲虽洋溢着对友人的称赞,但由于节奏明快,曲风俊朗,未有丝毫谄媚造作之嫌。

山坡羊 与邸明谷孤山游饮

◎刘 致

诗狂悲壮，杯深豪放，恍然醉眼千峰上。意悠扬，气轩昂，天风鹤背三千丈，浮生大都空自忙①。功，也是谎；名，也是谎。

【注释】

①浮生：人生。古代老庄学派认为人生在世空虚无定，故称人生为浮生。

【译文】

诗歌狂放悲壮，酒装满深深的酒杯，我们满腹豪情，恍忽之间醉眼蒙眬，仿佛站立在千峰之上。意气悠扬，气宇轩昂，野鹤乘着天上的大风高飞千丈。人这一生都在白忙。什么功勋名望，都是在说谎。

【赏析】

作者和友人一边吟诗，一边饮酒。而不同于一般的文人墨客，他们不时浅酌低唱，而是放歌痛饮。男儿的慷慨之气尽在这"狂""壮"与"豪放"之中。难怪有人称刘致之曲一扫当时曲坛的脂粉之气。有人饮酒，越饮越觉胸中抑郁；有人饮酒，则越饮越觉痛快开阔。作者显然属于后者。醉眼蒙眬之际，他产生了立于千峰之上的幻觉，顿时意气风发，"意悠扬，气轩昂"。

道家的代表人物庄子曾在《逍遥游》中描写过"水击三千里"的大鱼

"鲲"以及背"不知其几千里也"的大鸟"鹏",并用这两种幻想出来的庞然大物来表现博大。而在作者这里,这种动物却变成了"鹤"。这是因为,在中国古代,鹤经常被用来形容有高尚品德的人,一如成语"鹤鸣之士"。此外,鹤还总是和隐居山林的仙人联系在一起,常予人"超越世俗"的联想,在此曲中,作者颇有借鹤自喻之意,旨在说明自己志向远大,为人高洁。曲末三句乃警世之语,在作者看来,功名皆是假象,"浮生大都空自忙",追逐假象的人到头来只会得到一场虚空。对功名的轻蔑映射出作者的超凡脱俗,人们从中也可以看作者弃红尘、尚隐士的思想特征。

端正好 上高监司［套数］（节选）

◎刘 致

众生灵遭磨障①,正值着时岁饥荒。谢恩光拯济皆无恙②,编做本词儿唱。去年时正插秧,天反常,那里取若时雨降③?旱魃生四野灾伤④。谷不登,麦不长,因此万民失望,一日日物价高涨。十分料钞加三倒⑤,一斗粗粮折四量⑥。煞是凄凉。殷实户欺心不良⑦,停塌户瞒天不当⑧。吞象心肠歹伎俩⑨。谷中添秕屑,米内插粗糠,怎指望他儿孙久长!甑生尘老弱饥⑩,米如珠少壮荒⑪。有金银那里每典当⑫?尽枵腹高卧斜阳⑬。剥榆树餐,挑野菜尝。吃黄不老胜如熊掌⑭,蕨根粉以代糇粮⑮。

鹅肠苦菜连根煮,荻笋芦萮带叶咙⑯,则留下杞柳株樟。或是搥麻柘稠调豆浆,或是煮麦麸稀和细糠,他每早合掌擎拳谢上苍⑰。一个个黄如经纸,一个个瘦似豺狼,填街卧巷。偷宰了些阔角牛，盗斫了些大叶桑。遭时疫无棺活葬，贱卖了些家业田庄。嫡亲儿共女，等闲参与商⑱，痛分离是何情况！乳哺儿没人要撇入长江。那里取厨中剩饭杯中酒？看了些河里孩儿岸上娘，不由我不哽咽悲伤。见饿殍成行街上⑲，乞丐拦门斗抢。便财主每也怀金鹄立待其亡⑳。感谢这监司主张，似汲黯开仓㉑。

披星带月热中肠，济与桒亲临发放。见孤孀疾病无皈向，差医煮粥分厢巷。更把赃输钱分例米，多般儿区处的最优长㉒。众饥民共仰，似枯木逢春，萌芽再长。

【注释】

①磨障：折磨，障碍。②恩光：犹"恩德"，此指高监司放赈救民。③取：语助词，相当于现代汉语中的"得""着"。时雨：下得正是时候的好雨。④旱魃（bá）：旱神。《神异经》："魃所见之国大旱，赤地千里。"⑤料钞：元初发行的新币，它是以丝料作本位的，故名"料钞"。加三倒：旧钞兑换新钞，要加三成，这是说钞票贬值。倒：兑换。⑥折四量：打四折计算。这是因为钞票贬值，买粮时只能打个四折。⑦殷实户：富裕户。殷实，富裕，厚实。⑧停塌户：囤粮户。元代有"塌仓"，即堆栈。停塌，就是停积起来的意思。⑨吞象心肠：比喻贪得无厌的心。《山海经·海内南经》："巴蛇食象，三岁而吐其骨。"⑩甑生尘：形容贫苦人家断炊已久。典出《后汉书·范冉传》："（冉）所止单陋。有时绝粒……闾里歌之曰：'甑中生尘范史云。'"⑪米如珠：形容物价昂贵。⑫那里每：犹言"怎么""何处"。⑬枵（xiāo）腹：饿着肚皮。枵：空虚。⑭黄不老：一种野菜。熊掌：一种珍贵的食品。⑮糇粮：干粮。⑯荻笋、芦莴：皆野生植物。唖：同"噇"，吞、咽的意思。⑰上苍：天，上帝。⑱等闲参与商：随便分离。等闲，轻易，随便。参、商，二星名，一

西一东,此出彼入,永远不能相见。这是借以喻骨肉分离。⑲饿莩(piǎo):饿死的人。⑳鹄(hú)立:谓如鹄之延颈而立,形容焦切的期待。《后汉书·袁绍传》:"今整勒士马,瞻望鹄立。"鹄:天鹅。㉑似汲黯开仓:汲黯,字长儒,西汉有名的直臣,多次犯颜敢谏,面折廷过。《史记·汲黯列传》:"何南贫人伤水旱万余家,或父子相食,臣(汲黯)谨以便宜,持节发河南仓粟以赈贫民。"这里指的是这件事。㉒区处:分别处置。

【译文】

世间生灵遭受磨难,正碰着这饥荒之时。多谢您的救济,让我们都安然无恙,我把这事儿编成词唱一唱。

就在去年插秧的时候,气候反常,哪里下过及时雨?旱灾四起,到处受灾,谷子麦子都不长,所以百姓们都大失所望。物价一天天上涨,十分料钞加三成才可换新钞,交粮租时一斗里要减去四升核算,很是凄凉。富庶的人家居心不良,囤积粮食,伤天害理。他们有蛇吞象般的贪心,手段歹毒,在谷子里中掺瘪谷,在米里放粗糠,他们真该绝子绝孙啊!

穷人的甑里都铺满了灰尘,米如珍珠一般金贵,壮年、孩子都熬着饥荒,哪还有东西拿去典当?人们一个个都空着肚子躺倒在夕阳里,剥下榆树皮来吃,找一些野菜来尝。吃黄不老都觉得比熊掌还甘美,用蕨根磨成粉来代替干粮。鹅肠菜虽苦,也要连根一起煮,荻笋、芦蒿全带着叶子一起吃。地里只剩下杞柳和樟树没被人吃了。

有时捶出些麻柘汁和豆浆一起喝,有时用麸皮和糠粒一起煮着吃,能这样老百姓就会合起手掌感谢上苍了。人们一个个脸色黄得像书纸,身体瘦得像豺狼,填满了街道,睡满了小巷。有人偷偷地杀掉了耕牛,有人盗砍桑树。有人被流行病夺去性命却没棺材下葬,只好低价卖掉自己的家产。亲生子女无端便远隔天涯了,骨肉分离是多么让人难忍的事情!那些还在喝奶的孩子没人要,都被扔进了河里。到哪里去找人家厨房里的剩饭剩菜啊?看到河中的婴儿和岸上的母亲。我不由得伤心痛哭起来。

我看见饿死者的尸体一行行排列在街上，乞丐拦在人家门前争抢人家的施舍。就算是有钱人也买不到吃的抱着钱伸颈张望，等待死亡。感谢官老爷为民做主，像汲黯那样开仓赈灾。您披星戴月，古道热肠，亲自发放救灾粮。看到孤儿寡妇患病无依，就叫医生煮好粥上街巷里分发。您公平合理地处置收上来的罚款并按规定分发，很多事情都各个处理得很好。灾民们都仰仗着您，就像枯树又遇到了春天，又长出新芽来了。

【赏析】

　　刘时中的这首曲子和其他元曲多吟风弄月、感伤离别不同，作者采用铺陈对比的手法，把当时江西农村的旱灾饥荒一事描述了下来，作者的爱憎分明、忧心百姓都是值得称赞的。此曲在中国散曲历史上，或者说整个中国文学史上，都是很有价值的作品。

　　这套曲子分上、下两套，这里选的是上套的前十支小令，真实地记录了旱灾的形成过程，及在这场灾祸中饿殍遍地、民不聊生的悲惨境况，也揭露了当时的地主豪绅为富不仁、巧取豪夺的卑劣行径，同时还歌颂了高监司开仓放粮、扶危济困、下散官员赃款于民的一系列功绩。

　　据可靠记载，当时身为江西监司的高纳麟，在离任之际，刘时中作此曲以赞美其德政。曲首段"众生灵遭磨障，正值着时岁饥荒。谢恩光拯济皆无恙，编做本词儿唱"是根据江西"时岁饥荒"的史实得来。"遭时疫无棺活葬，贱卖了些家业田庄。嫡亲儿共女，等闲参与商，痛分离是何情况！乳哺儿没人要撇入长江"更是把当时人民群众在死亡线上苦苦挣扎的现象，真实深刻地写了出来，与此同时也揭露了贪官污吏、土豪劣绅的贪婪卑劣、丧失人性的丑恶嘴脸。这在一定程度上，也反映了元代社会的黑暗面。

　　在灾难面前，其他官吏富贾都借机鱼肉百姓，中饱私囊，肆意哄抬物价，而高纳麟监司则是"披星带月热中肠，济与粜亲临发放"，眼见"孤孀疾病"，也是"差医煮粥分厢巷"，还把贪官污吏所得的不义之财分散于百姓,故而群众拥戴,呼其英明。

只是虽然有清廉的高监司到来救民于水火,但像他一样的官员又是何其之少。此曲语言通俗易懂,情感质朴,不加藻饰。虽然作者的阶级局限性仍有体现,但是也并不影响此曲称为散曲中反映民情的重要作品。

金字经 咏樵

◎吴弘道

这家村醪尽①,那家醅瓮开②。卖了肩头一担柴。咳,酒钱怀内揣。葫芦在,大家提去来。

【注释】

①村醪(láo):农村中自酿的酒。醪,浊酒。②醅(pēi)瓮:酒瓮。醅,未滤去酒糟的酒。

【译文】

这家人的农家酒啊,刚刚喝完,那家人又打开了酒坛盖。樵夫刚卖掉了肩上一担柴。哈,把酒钱揣在怀里。他招呼左邻右舍:"酒打来了,大家快带葫芦来提些回去啊!"

【赏析】

这是一首描写百姓生活之乐的曲子。曲中人的生活简单纯朴,"这家村醪尽,那家醅瓮开"将他们爱酒的样子描绘得活灵活现,同时也暗示读者,村中之人相处和乐,关系融洽。樵夫卖了柴禾就去买酒,无忧无虑,说明村子里的生活虽不富裕,却也不用为生存担心。"葫芦在,大家提去来"绝好地刻画出樵夫的喜悦心情，他大方地招呼大家一起喝酒，与己同乐。曲子到这里戛然而止，读者却已经开始想象村民们开怀畅饮的样子。

作者用樵夫的口吻，以"酒"为线索，写出了一个宛若桃花源的美好世界。作者的观察力非常敏锐，他笔下的樵夫个性鲜明，栩栩如生，而他之所以能够刻画人物惟妙惟肖，和他深厚的文字功底有关。譬如那个"咳"字，只一字便写出樵夫的不拘小节，轻松随意。曲末出现的盛酒器具"葫芦"，不仅十分符合樵夫的身份，还表现出村民们的自然简朴。他们并不介意酒器的粗陋，只单纯享受饮酒的乐趣。

此曲语言直白自然，风格活泼，极富生活气息。作者曾做过一段时间官，也许正因为深谙官场人际关系的复杂，见惯险恶的人心，才会如此喜爱恬淡宁和的乡间生活和乐观憨厚的乡民。

此曲描绘的山居景象很有些理想色彩，作者截取山村生活的一二片断进行润色，将自己的理想投射其中，使之成为自己理想世界的投影。真实的山村生活未必如作者描绘的那般美好，不过这也并不妨碍人们从中窥得元代乡村的情味。

⊙作者简介⊙

吴弘道，生卒年不详。字仁卿（也有人认为其名仁卿，字弘道），号克斋先生，蒲阴（今河北安国）人。曾任江西省检校掾史，汇编中州古书《中州启札》，著《金缕新声》，已佚。其杂剧《楚大夫屈原投江》亦未能保留至今。《金元散曲》中有其小令三十四首，套数四套，风格疏俊清新。贾仲明补《录鬼簿》吊词赞其"锦乐府天下盛行"。

金字经（一）

◎吴弘道

今人不饮酒，古人安在哉！有酒无花眼倦开。鼓吹台①，玉人扶下阶。何妨碍，青春不再来②。

【注释】

①鼓吹台：奏乐的歌台。②"青春"句：语出唐人林宽《少年行》："白日莫闲过，青春不再来。"

【译文】

现在的人都不那么能喝酒了，古人们都上哪去了啊！就是有了美酒，也没有名花，我两眼疲倦地缓缓睁开。奏乐的歌台上，美丽的女子我扶下台阶。多享受享受这样的乐趣吧。有什么碍事的？青春年华一旦消逝，便不会再回来了。

【赏析】

这是一首劝世之作。乍一看有些奇怪，"今人不饮酒，古人安在哉！"，不管今人是否饮酒，古人不是都已不在了吗？既然如此，作者为何要将"饮酒"和古人联系起来呢？二者之间并不存在因果关系。但仔细一想，便会明白作者的用意——人生短暂，早晚有一天今人也会变作古人。如此，为何不好好享受人生，开怀大饮？其首两句足见作者及时行乐，潇洒天地的人生观，同时也为整首曲子奠定了旷达豪放的基调。

纵情饮酒可以看作恣意人生的一种表现。而人生之中不如意者十之八九，即使是令人愉悦快慰的事情，其中也多藏着几分遗憾。"有酒无花眼倦开"实化自宋人陈尧佐《答张顺之》中的："有花无酒头慵举，有酒无花眼倦开。"不过，在作者这里，该句却起着相反的作用，结合上下文，人们不难发现作者写此句是在炫耀自己兼得了美酒与娇花，享了陈尧佐没享到的福气。

为作者的畅饮助兴的，不只有花。"鼓吹台"说明作者饮酒的地方有音乐可听，"玉人扶下阶"又说明作者并非独自一人享受这大好时光。有玉人相伴本就是美事一桩，更何况这个玉人还侍奉作者饮酒，悉心照料喝醉的作者。至此，作者完全沉浸在欢乐之中，心满意足。

"何妨碍，青春不再来"将作者豪放洒脱的个性表露无遗。然而，尽管作者嘴里说着"何妨碍"，读者还是从中体察到几分怅惘。酒能予人快乐，却不能让人回复大好青春。美好的往昔一去不复返，眼前的好光景也很快便会逝去。作者试图通过饮酒忘记时光的流逝，但他最终未能如愿以偿，反倒平添了几分好景不长的忧愁。

曲子以豪语开篇，又以豪语结束。但开篇与结尾处的感情基调却不一样。这种情感的变化，给人以美妙的感受。

金字经（二）

◎吴弘道

太宗凌烟阁[1]，老子邀月楼。便是男儿得志秋，休，几人能到头。杯中酒，胜如关内侯[2]。

【注释】

[1]太宗凌烟阁：凌烟阁本是唐太宗宫中的一座小楼。贞观十七年，唐太宗想起了和自己一起打天下的功臣，感慨万千，便要画家阎立本在凌烟阁内绘制了二十四位功臣之像，这些像皆真人大小。唐太宗常对此像怀念往昔。[2]关内侯：爵位名。秦汉时设置，有封号，无国邑，可世袭。

【译文】

唐太宗建造了凌烟阁为有功之臣画像，也曾在邀月楼上徜徉。那便是大丈夫得志的景象。罢了，有几个人能风光一世呢。杯子里的酒，比封官封侯好多了。

【赏析】

　　此曲以咏酒为主题，实际是蕴含着作者对于仕途功名的否定。

　　曲子起首两句借用凌烟阁与邀月楼两个典故，极言男儿应当能够一展抱负，有一天能位极人臣。第三句"便是男儿得志秋"将这一观点明确直白地提出，充分表达出作者对功成名就、志得意满境遇的向往。曲子到这里，似乎已经将褒扬人生须立功名的格调确定下来了，可是，第四句一个"休"字，使整首曲子突然反跌，完全否定了前文的意思。"几人能到头"的严酷现实，使作者不由得心生再大的功名利禄也不如举杯畅饮之意。一曲之中再次作论，郑重其事地指出痛快自在地生活才是人生真谛。这种思想在元代文人中具有相当的普遍性，放达疏狂背后，其实是难以言明的失意。全曲前后互相龃龉的两种观点之间的转折，靠的是"几人能到头"这一问句进行承接。这句话既是对严酷现实的直接表述，也是一句表达无奈的激愤之辞。若非人生失意，前半曲的基调既已确定，全曲也就不会再转而发出"杯中酒，胜如关内侯"的感叹了。所以，就作者的实际情感来看，这首曲子所否定的，其实并非仕途功名，而是功名难保，人心险恶的世态。

拨不断 闲乐

◎吴弘道

　　泛浮槎①，寄生涯，长江万里秋风驾。稚子和烟煮嫩茶，老妻带月包新鲊。醉时闲话。

【注释】

　　①浮槎（chá）：指小木船。

【译文】

　　划着小木船，将我这一生都寄托在这小舟之上。万里长河里，秋风吹动着它。年幼的孩子正在炊烟里烹煮嫩茶。相伴多年的妻子在月色里煮起了新捕来的鱼儿。我喝醉了，和他们谈起了闲话。

【赏析】

　　《太和正音谱》评吴弘道的曲"如山间明月"。此曲就反映了他的这一特点。"浮槎"指小舟，将"生涯"寄托在这一叶扁舟上，表现了作者无牵无挂，顺任自然的人生态度。"长江万里秋风驾"，则极力写眼前之景的壮阔，而一如《文心雕龙》所言"寂然凝虑，思接千载；悄然动容，视通万里"，景是作者情感的载体，同时也牵动着作者的思绪。小舟在苍茫的江水上漂浮，一眼看去让人很是担心，但长江虽长，却有秋风助舟而行。此句不仅写出了作者凭舟眺江时的开阔心境，又写出了作者对未来的乐观。

　　"稚子和烟煮嫩茶，老妻带月包新鲊"则引导读者将目光从舟外转向舟内，和舟外的波澜壮阔相反，舟内是一派安闲宁和的生活景象。作者的家人也和作者一样，寄生涯于浮槎，恬淡自适，一个"醉时闲话"表明，作者一家对这样的生活心满意足。

　　从意象特征来看，长江万里、秋风吹拂的壮阔图景与稚子煮茶、老妻做鱼的生活琐屑之间反差甚大，中间也并没有起承接作用的内容，文章前后部分看起来显得突兀；然而细细一想，这正是此曲构思上的出色之处。前半曲虽有意构造出宏大的气势，但就其目的来说，作者并非在抒发壮怀，而是意在表达一种简单恬淡的生活态度。这样，它与后半曲便由内涵的统一而达至协调了。而将前半曲的图景视为后半曲安宁生活景象的背景，更有悠远静谧之绵味。作者有意用气势宏大的自然之景衬托简单平淡的生活之美，让曲子散发出一种超然旷达的气息。

水仙子 渡瓜洲①

◎吴弘道

渚莲花脱锦衣收，风蓼青凋红穗秋②，堤柳绿减长条瘦。系行人来去愁，别离情今古悠悠。南徐城下③，西津渡口④，北固山头⑤。

【注释】

①瓜洲：在江苏邗江县南之运河入长江处，与镇江隔岸相对，为著名的古渡口。②蓼：植物名，生水边，开鞭穗状小花。③南徐：今江苏镇江市丹徒县。④西津渡：一名金陵渡，在镇江城西蒜山下的长江边。⑤北固：山名，在镇江市内长江岸上，为著名的古要塞与名胜地。

【译文】

小洲边的荷花，花瓣已经脱落，就像一件锦衣从人身上脱下。风中的蓼花，它的青色也已暗淡，暗红色的穗花点染着秋色，堤上的杨柳翠色已减，只留下长长的柳条，显得那么消瘦。这一切勾起了渡江行人的旅愁。古往今来，离情别恨从来都是无比绵长的。我站在南徐城外，面对着西津渡口，远处是那沉默的北固山。

【赏析】

渡口，是古代充满离情别绪的伤心之所，历来为文人墨客抛洒热泪的地方。作者选择了瓜洲古渡这一特定的场所，将时间设定为秋天，全曲充满离别的伤感。以景叙情，是这首曲子的突出特征。野莲、蓼花、柳树，从江心到岸边，再到堤坝之上。在写作者的视野从远到近，渐次落到自己身边的同时，也暗示着作者的愁绪因对景物的观察，而逐渐生起，萦绕于心间。同时，通过对这些景物的不同描述，这样的愁绪，也一步步变得细致起来：莲花的"锦衣收"，写的是总体的外观，这时作者的情感刚刚生起而未浓；蓼花的"红穗秋"写的虽是花穗这一细节，但"秋"这一形容词所表示的形象并不十分明晰，这时作者的情感开始变得浓郁，只是尚显朦胧；最后写到柳树，"长条瘦"对柳树的描写贴切真实，此时作者的情感已经历历在目了。紧接着，作者便写下了直接抒发情感的句子："系行人来去愁，别离情今古悠悠。"末三句，只点出人物所处位置，却饱含人物情感。试想，处在草木摇落萧杀的秋天，看着静默的城池，流水潺潺的渡口，不动的北固山，那是一种怎样的孤独凄凉之感啊！

凭阑人 春日怀古

◎赵善庆

铜雀台空锁暮云①，金谷园荒成路尘②。转头千载春，断肠几辈人。

【注释】

①"铜雀台"句：言铜雀台已经荒废。铜雀台：在今河北省的漳县，曹操所建。《三国志·魏武帝纪》："建安十五年冬，作铜雀台。"②金谷园：故址在今洛阳市西，晋石崇所建。石崇以豪富著称，经常在金谷园中招待宾客。

【译文】

铜雀台徒然地被暮云萦绕，金谷园也早已荒芜，只剩下一路红尘。一转身已经过去千年，让多少代人肝肠寸断啊！

【赏析】

"铜雀台"是三国时期曹操战败袁氏兄弟后,在河北邺城漳水之上建的,时有铜雀、金虎、冰井三台,均以彰显其平定四海之功绩。东汉末年,北方的大批文学家时常聚集在铜雀台前抒写其壮志情怀,这也就带起了一批文人创作的高峰,那个年代正是汉献帝建安年间,后世便称其为建安文学。作者此处借用来除表现历史沧桑、云谲波诡之外,也是象征着建功立业。

"金谷园"是西晋富豪石崇的别墅,在今洛阳老城内。石崇在自己的别墅里过着纸醉金迷、荒淫糜烂、挥霍无度的生活,后因政治靠山垮台,被人陷害致死,其华丽堂皇的别墅也日渐衰败下来。这里作者将之作为富贵的象征。

春日里,作者凭栏而生发感慨,沧海桑田,时光易逝,建功如曹操,富有如石崇,终究是历史长河中的一瞬。"锁暮云"三字在意境上把"铜雀台"的衰败荒废形容得惟妙惟肖,"成路尘"更是把"金谷园"的破败凌乱表现得淋漓尽致。高台名园也逃不脱荒破的命运,留给后人的不过是凭吊时候的叹惋。时光匆匆易逝,似水流年留给人的又有什么呢?功名富贵不过是过眼云烟,然而又有多少为之付出的代代"断肠人"。

前两句写景,后两句生情,作者借用两处历史遗迹,来表现对历史沧桑之变的感慨。吊古伤今的诗曲不在少数,但此曲却有别于一般的作品。它用字凝练,意象丰富,且作者巧妙地使用了极具对比性的意象来突出主旨,自成一格,给人留下了深刻的印象。

⊙作者简介⊙

赵善庆,生卒年不详,生活于1345年左右。其名、字有争议。一作赵孟庆,字文贤,一作文宝,饶州乐平(今江西省乐平县)人。《录鬼簿》说他"善卜术,任阴阳学正"。著杂剧《教女兵》《村学堂》八种,均佚。今存散曲小令二十九首。《太和正音谱》评价其曲"如蓝田美玉"。

普天乐 秋江忆别

◎赵善庆

晚天长，秋水苍。山腰落日，雁背斜阳。璧月词①，朱唇唱。犹记当年兰舟上，洒西风泪湿罗裳。钗分凤凰，杯斟鹦鹉②，人拆鸳鸯。

【注释】

①璧月词：艳歌。南朝陈后主曾为张贵妃、孔贵嫔作歌，有"璧月夜夜满，琼树朝朝新"之句。②鹦鹉：指用鹦鹉螺（一种海螺）螺壳制作的酒杯。

【译文】

黄昏的天空宽广悠长，秋天的江水多么苍茫。山腰上夕阳落下，大雁的孤影映照着夕阳。粉红的唇齿间淌出香艳的歌曲，我还记得在当年游船上的往事。那时的我在秋风中落下泪水，那泪水沾湿了衣裳。我们把金钗分开作纪念，鹦鹉螺杯里斟满了酒浆。我们却像一对鸳鸯被活活拆散。

【赏析】

元人散曲写景，常使人想起白描山水的版画。古人的这种版画不外两种风格，一种是大肆铺排，罗列群物，以"象"争雄；一种是用笔寥寥，明洁洗练，以"神"取胜。本篇的写景显然属于后者。首四句两两对仗，仅点列天、水、山、日诸物，却将秋江黄昏的风神鲜明地呈示在读者面前。尤其是"山腰落日，雁背斜阳"对于晚日的加写，情景如绘，大有

"烟中列岫青无数,雁背夕阳红欲暮"(周邦彦《玉楼春》)的韵味。江天寥廓,落日衔山,为人物开展思想活动,预设了富于抒情性的外部环境。

"璧月词,朱唇唱",是由"秋江"向"忆别"的过渡。这里既添出了江上的佳人,她唱的又是有关男女之情的艳歌,自然激起了作者对分别的女友的怀念和忆想。"犹记当年兰舟上,洒西风泪湿罗裳"就是首先跃上脑海、磨灭不去的镜头。这两句虽是昔日实情的记录,却同时也是在巧妙地化用李清照《一剪梅》的名句:"红藕香残玉簟秋,轻解罗裳,独上兰舟。"同样是在萧飒的秋天分手"独上兰舟",而曲中的女友却抑制不住感情而"泪湿罗裳",哀怨的情状就更为感人了。作者随即用了一组鼎足对细绘了分别的情形:"钗分凤凰,杯斟鹦鹉,人拆鸳鸯。"两人先是将凤钗一分为二各执一半为纪念,又斟满鹦鹉螺杯互相饯行话别,最后是无奈地接受了恩爱情侣天各一方的冷酷现实。"凤凰""鹦鹉""鸳鸯"俱是鸟名,在曲中却各自被赋予不同的含义,这是元散曲在对仗中常用的修辞手法。语词锻炼而不露形迹,相反,通过这些华美错综的辞采,更使人感受到作者怅惘的失落感。可以说,"秋江忆别"的伤意,不在于"泪湿罗裳"的直叙,而恰恰是从结尾的这种空灵骚雅中体现出来。

寨儿令 泊潭州[①]

◎赵善庆

忆旧游,叹迟留,情似汉江不断头[②]。暮霭西收,楚水东流,烟草替人愁。鹭分沙接岸沧洲[③],鱼惊饵晒网轻舟。风闲沽酒斾,月淡挂帘钩。秋,尽在雁边楼。

【注释】

①潭州：今湖南长沙市。②汉江：汉水与长江。③沧洲：水中的小块陆地。

【译文】

我想起了旧时交游的情景，忽然为自己在客乡滞留了这么长的时间而叹息。我的心绪，就像汉水长江一般长流不断。西天的暮云慢慢消散，楚地的河水向东流去，那烟雾缭绕的芳草，替我分担着忧愁。水中的小洲连接着江岸，白鹭一群群站在那沙滩之上。鱼儿被饵线惊散，小船上渔人把渔网晾晒。风儿悠闲，吹动着酒旗；月儿是那么淡雅，挂在窗帘边上。这秋天的景致，都汇聚到了大雁飞过之处，那一座小楼上头。

【赏析】

"忆旧游，叹迟留"一忆一叹写出了客愁的内容，这正是此曲的中心。作者以"汉江"比愁，但"汉江"尚能浩浩荡荡，一泻无余，而诗人却不能快吐郁塞。这种欲言又止、无语怆神的风调增重了曲中蕴含的愁苦。

"烟草替人愁"脱胎于黄庭坚的"我自只如常日醉，满川风月替人愁"。但黄诗中未见人有愁意。此曲则不然，"暮霭西收，楚水东流"，"烟草"便增添了苍茫悲凉的情味。且烟草本身就茫茫无际，以之作为愁的载体说明了诗人愁绪的纷繁。"鹭分沙"两句为潭州的江景，暗映题中的"泊"字。从"分沙"两字来看，鹭鸟均已憩息，各据一方；渔舟晒网，渔民停止劳作，垂下香饵钓鱼不过是业余再添点副业收入。这两句看似平静的闲笔，实是以外界的各得顺适来反衬客舟的飘零与寂寞。

耐不住客况的凄凉，作者离舟登岸。"风闲"是对"沽酒旆"而言，但也暗示了酒楼的冷清。"月淡挂帘钩"，又说明他在楼中独坐了许久。

借酒消愁是否如愿以偿，末两句从侧面作了回答。"秋，尽在雁边楼"，是叙景，是感受。"雁边楼"从来就容易惹起文人的愁思；而大雁又有传书的功能。此时雁字飞过潭州，却不会给诗人带来乡中的只言片字，徒然引起他家园之念。这种种愁绪汇作曲中"秋"字，愁意在此处达到高潮。

山坡羊 燕子

◎赵善庆

来时春社①，去时秋社②，年年来去搬寒热。语喃喃，忙劫劫，春风堂上寻王谢，巷陌乌衣夕照斜。兴，多见些；亡，都尽说。

【注释】

①春社：古代立春后第五个戊日。②秋社：古代立秋后第五个戊日。

【译文】

你飞来时正值春社，你飞去时已是秋社，年年一来一去地把秋寒夏暑衔来搬去。你喃喃低语，忙个不停，在春风吹过的过堂中寻找王导、谢安那样的贵族，却只看到乌衣巷口夕阳西下那样的情景。兴，你见多了；亡，都被你说了。

【赏析】

在此曲中，作者托情于燕，抒历史兴亡之叹。

燕子有飞迁的习性，秋天飞往南方，春暖花开时再返回北方。作者用燕子的来去喻示时间的流逝，又赋予燕子以人的视角。"语喃喃，忙劫劫"的燕子自不会有"春风堂上寻王谢"之意，会去"寻王谢"只能是人。"王谢"指的是王导、谢安，二者都是东晋时期烜赫一时的名士，都曾将府邸安于乌衣巷中。南宋时，人们在王谢故居的废墟上建起"来燕堂"，而燕子年年归来，王谢却早已不在，人们只能对着乌衣巷的斜阳感慨岁月的变迁。

"兴，多见些；亡，都尽说"是一个对偶句，依旧借助燕子的视角慨叹历史，文学上将这种手法称作"移情"，即将人的主观感受转移到某样事物上，使物人合一，强化情感的表达。不管历史如何变迁，兴亡往事最终都付与评说，人世喧嚣也都归于"喃喃"之语。曲的结尾很有一种看淡世事的超然之感。

阅金经 青霞洞赵肃斋索赋①

◎张可久

酒后诗情放，水边归路差。何处青霞仙子家？沙，翠苔横古槎②。竹阴下，小鱼争柳花。

【注释】

①青霞洞：在今浙江衢州市东南石室山边，为道家第八洞天。赵肃斋：张可久在浙江任小吏时的长官兼友人。《小山乐府》另有一首《折桂令·肃斋赵使君致仕归》，可知赵肃斋做过县官，弃官归隐。②槎：木筏。

【译文】

喝过酒后，我的诗情更加奔放了。我沿着水岸走着，竟然走错了回家的路。哪里才是青霞仙子的住处呢？沙滩上，翠绿的苔藓中，横放着一艘古旧的木筏。在一处竹林的阴影下，水里的小鱼儿正在那儿为一片柳絮儿争抢着。

【赏析】

  作者的好友赵肃斋隐居于青霞洞边，作者到访，友人便向作者索要题咏。这首小令就是作者的题赠之曲。

  起首两句，作者先描写人物。写了好友赵肃斋酒后心胸的豪放和诗意顿起的情形，又写了因醉酒而感觉路面变得凸凹不平的情趣。一个"放"字不仅写诗情勃生，而且也写酒量放开；一个"差"字，将主人公醉酒后的旷达和狂放刻画而出。

  第三句是承上启下。主人公因酒醉而找不到自家家门，却向别人打听自己的家在哪儿，且又自呼其名，更进一步点画了主人公的豪放旷达、无忧无虑的性格。

  接下来，作者对主人公赵肃斋在青霞洞边的居所进行了描写，从而转入了正题。"沙"字点明了居所的位置处在溪边沙岸上；"翠苔横古槎"点出了船的老旧，并且从"翠苔"二字中可以看出，主人公曾好久没出远门了。这表现了主人公过着悠闲的隐居生活。一片浓郁的竹阴倒影之下，一群小鱼儿正在误以为飘零的柳叶是食物相互争夺。"竹阴"一词将主人公居所的幽静之态形之于纸上；"争柳花"一词又将主人公生活的闲适描摹了出来。"沙"后的前三句极写静态，最后一句又凸现动态，动静结合，依然是一派恬淡闲适的景象。"青霞仙子"的家坐落在这样幽雅的环境中，其本人隐逸生活的情调、风味、志趣就在人们的意料之中了。

  此曲语言清新，充满生活意趣。

⊙作者简介⊙

张可久（约1270—1348以后），字小山，一说名伯远，字可久，号小山；一说名可久，字伯远，号小山；又一说字仲远，号小山。庆元（治所在今浙江省宁波市鄞县）人，散曲家，剧作家，与乔吉并称"双璧"，与张养浩合为"二张"。今存小令855首，套曲9首，数量为元之冠，散曲集有《小山乐府》《张小山小令》《张小山北曲联乐府》等，《太和正音谱》中称其为"词林之宗匠"，并认为"其词清而且丽，华而不艳"。

人月圆 客垂虹①

◎张可久

三高祠下天如镜②，山色浸空濛。莼羹张翰③，渔舟范蠡④，茶灶龟蒙⑤。故人何在？前程那里？心事谁同？黄花庭院，青灯夜雨，白发秋风。

【注释】

①垂虹：桥名，在吴江（今属江苏）东，一名长桥。桥上有垂虹亭。②三高祠：吴江人于宋代所建，以纪念范蠡、张翰、陆龟蒙三位乡贤。祠在垂虹桥东。③张翰：晋人，字季鹰。曾为齐王司马冏召为大司马东曹掾，因为思念吴中的莼羹、鲈鱼，毅然辞官回乡。莼，一种圆叶的水生植物。④范蠡：春秋越国大夫，曾辅佐越王勾践兴越灭吴。相传他功成后即以一舟载上西施，同泛于太湖之中。⑤龟蒙：陆龟蒙，字鲁望，晚唐人。隐居不仕，以茶酒自娱。

【译文】

三高祠边，天空像明镜一般。山中的景色也那么空明，像是浸在水中一样。我想起了当年张翰因为思念家乡的莼菜汤，辞官回到吴中；范蠡功成身退，在太湖驾着渔舟漂荡；陆龟蒙也不去做官，整天蹲坐在煮茶的灶边。故时的旧交在哪里啊?我的前途又在哪里?有谁跟我怀着一样的心事呢?在那开满菊花的院落里,我独守孤灯,夜晚下着雨,白发被秋天的风儿轻轻吹着。

【赏析】

此曲在缅怀前贤的同时抒发自己悠悠的思乡之情。

作者于三、四、五句以一组三句鼎足对,借用有关张翰、范蠡、陆龟蒙的典故,表达了自己对先贤的无限敬仰。作者面对后人为他们修建的祠堂而作文,感怀之思、追慕之情溢于言表,但也触动了他的伤心事。作者接下来又以三个鼎足对"古人何在?前程那里?心事谁同?",寄出了自己对于前途的迷惘,对于境遇的无奈,更是对于知音难求的悲伤。曲后又以三组三个鼎足对"黄花庭院,青灯夜雨,白发秋风"收尾,让读者感到秋天的凄清,独自为客的凄冷和垂垂老矣的凄凉。

曲子除首二句外,其余九句分三组皆为鼎足对,对仗工整但又不雷同,紧凑凝练,语句沉稳而不呆板。

汉东山

◎张可久

霓裳舞月娥①,野鹿起干戈②。百年长恨歌③,闹了也末哥④。万马千军早屯合。走不脱,那一埚⑤,马嵬坡⑥。

【注释】

①霓裳:《霓裳羽衣曲》的简称。《太平广记》的神仙记载中,谓唐玄宗随术士游月宫,闻月中仙乐,默而记之,名之曰"霓裳羽衣"。②野鹿:指安禄山。《唐书》载安禄山过巨鹿,惊曰:"鹿,吾字也。"又张

俞《过华清宫》："不妨野鹿逾垣入，衔出宫中第一花。"③长恨歌：唐白居易作《长恨歌》，友人陈鸿作《长恨歌传》，均以唐玄宗、杨贵妃悲欢故事为题材。④也末哥：语尾助词，无义。⑤一堁（guō）：一块地方。⑥马嵬（wéi）坡：在陕西省兴平县，为六军都督陈玄礼发动兵谏的处所，也是杨贵妃赐死及埋葬之地。

【译文】

宫廷里响起了《霓裳羽衣曲》，美人们翩翩起舞，就像月宫里的嫦娥。这时候，安禄山却发起了兵变。那传唱了百年的《长恨歌》，写下的不过是这么一场闹剧罢了。千军万马，早已经屯聚集合，却走不过那悲伤之地，千古不变的马嵬坡。

【赏析】

此小令为咏史之作。

曲写唐朝皇帝李隆基专宠杨玉环，招致"安史之乱"。全曲设定两个场景并行叙写。一为宫闱中歌舞寻欢的荒淫场面；一为乱军迭起的干戈凌乱之象。曲中，"霓裳""月娥""干戈""长恨歌""万马千军"等意象如同剪辑而成的电影画面，依次出现在曲子中。最后，作者又以惊心动魄的"马嵬坡"事变为定格镜头，表现了李隆基的无可奈何。

全曲巧妙地运用了对比的写法，是人物形象更加鲜明，言简意赅。

塞鸿秋 道情①

◎张可久

雪毛马响狻猊鞑②，神光龙吼昆吾剑③。冰坚夜半逾天堑④，月寒晓起离村店。一身行路难，两鬓秋霜染。老来莫起功名念。

【注释】

①道情：道家看破红尘的情味。②狻猊毡（suān ní zhàn）：饰绘着狮子（狻猊）图案的马鞍。③昆吾剑：产于昆吾的宝剑，能切玉如泥。昆吾，《山海经》中神山名。④天堑：难以逾越的天然坑沟，多指大江大河。

【译文】

马儿鬃毛上凝结着雪粒，饰绘着狮子图案的马鞍沙沙作响。宝剑怒吼着发出光冷光。河水冻结，我半夜里走过这天险；月色清冷，大清早便起身离开了野店。我独自一身上路，旅途艰难，两鬓长出了皑皑白发。人已经老了，就别再生出什么求取功名的念想了！

【赏析】

此曲以劝世篇名描写作者自身的仕途生涯。表面上是劝人莫如作者一般至老辛劳，而其对恶劣自然环境所作的雄奇瑰丽的描写摄人心魄，使人对他肃然起敬。

全曲结构工整严谨。全篇七个句子，前六个句子两两对仗，只最后一个句子单句作结。

第一组对仗描写行装。首字"雪"点明时令，而其奇特之处在于不浪费笔墨作更多描绘，只以其作衬字来描写行马之难。其中"马"是实指，而"龙"是比喻义。骏马宝剑，指明主人的尊贵。"响"对应"吼"，特殊的天气中奇特的声音伴随，人马俱至。此处极力渲染天气的恶劣。"雪毛马响""神光龙吼"两句，描写了游骑雪中艰难独行的困苦，表达了作者青年时期豪气干云、极想有所作为的心情。第二组对仗进一步描写戎马倥偬、人马劳顿的艰辛。"冰坚夜半""月寒晓起"旅途中可谓长路漫漫。"夜半"和"晓起"，点明起居无时。"天堑"是旅途中难以逾越的困难,"村店"是指行至人迹罕至、荒芜凄凉之地。旅途中的孤独、悲惨以至于恐慌也时常侵蚀着游子的心怀。最后一组对仗句直抒"一身行路难,两鬓秋霜染"的慨叹,对自己的宦游生涯作结。"行路难"既是总结上文的实写,又是对官场险恶的总括。正如李白《行路难》中所感慨的:"行路难!行路难!多岐路,今安在?长风破浪会有时,直挂云帆济沧海。"而作者没有李白此时的豪情,因为他已经白发苍苍。

最后作者纯为应题略提一句"老来莫起功名念"。联系作者身世——以路吏转首领官,年七十尤为昆山幕僚,一生也未能如意,至老还是忧怀困顿,其积极入世的奋斗精神令人可叹。而为应题提出此句,以其身世为据,却也令人可信。

全曲语言奇丽工整,对仗起势使整首曲子显得很有气势。

清江引 秋怀

◎张可久

西风信来家万里,问我归期未[①]?雁啼红叶天[②],人醉黄花地,芭蕉雨声秋梦里[③]。

【注释】

①"问我归期"句:李商隐《夜雨寄北》有:"君问归期未有期,巴山夜雨涨秋池。"②红叶天:秋天。红叶,枫叶。深秋枫叶红遍,霜林如醉。杜牧《山行》:"停车坐爱枫林晚,霜叶红于二月花。"③"芭蕉"句:刘光祖《昭君怨》:"疏雨听芭蕉,梦魂遥。"

【译文】

西风送来万里之外的家人寄来的信笺,问我什么时候才能回家。大雁在漫天的红叶里鸣叫着,我醉倒在开满菊花的地方。芭蕉被雨水击打着发出的声响,我在这秋天堕入了梦乡。

【赏析】

此曲写秋日怀家思乡之情。

一封家书询问自己何时归家而引起作者的思家、思乡之情。但作者并没有直接作答,而是以"雁啼红叶天,人醉黄花地,芭蕉雨声秋梦里"的描写婉曲表达出乡思之深、乡愁之浓和欲归不能的苦楚。这"雁啼""红叶""黄花""芭蕉雨声"等带有强烈时令特点和人的主观感受强烈的事物,虽未极言思家之切,但此情已尽在字里行间了。更为人所不忍的是,作者思家之如此情深切却在短时间内都回家无望,雨水打在芭蕉上的声音让他辗转难眠,只能期待在梦中实现回家的愿望。此情此景,实在是令人心酸。

此曲语言清新质朴,以景写情,情景妙合无垠,构思别具一格。而作者的感情真挚自然,"啼""醉"两字,只字行间渲染出愁思之浓。

喜春来 金华客舍

◎张可久

落红小雨苍苔径①,飞絮东风细柳营。可怜客里过清明。不待听②,昨夜杜鹃声。

【注释】

①落红:凋谢的花。②不待听:不愿意听,不忍心听。

【译文】

天上下着小雨,落花飘落在铺满苍苔的小路上。柳絮在东风中飞舞,柳条一丝丝那么纤细。可怜我在异乡度过这清明时节。不忍听昨夜杜鹃的叫声。

【赏析】

"落红小雨苍苔径"与"飞絮东风细柳营"都描写的是初春的景象,与第三句中的"清明"相互呼应,为读者展现出一幅柔媚清新的春景图。然而,这美好的风光中却蕴含着淡淡的哀愁。"落红"常被文人墨客拿来抒发好景不长的慨叹,"飞絮"又常被用来象征身不由己,结合第三句"可怜客里过清明",不难看出作者从"落红"和"飞絮"中看到了自己的影子——被命运摆布,无奈地漂泊异乡。

正因为起首二句散发着若有似无地忧伤,第三句的转折才没有显得过于突兀。曲子由第三句开始,意境由明丽转向阴郁,作者的心情已不言自明。面对着美丽的春景,他的心中只有愁苦。杜鹃的叫声加重了他的思归之情,为曲子又增添了几分忧郁之感。

一半儿 落花

◎张可久

酒边红树碎珊瑚,楼下名姬坠绿珠①,枝上翠阴啼鹧鸪。谩嗟吁②,一半儿因风一半儿雨。

【注释】

①绿珠:西晋石崇的歌姬,后为报主知遇之恩而坠楼自杀。②谩:徒然。

【译文】

这落花像酒桌上击碎了了珊瑚树一般,又像名姬绿珠坠落在楼下。树枝上那一片翠绿儿的叶荫里，鹧鸪在哀怨地啼叫。我徒自为它叹息，这花儿啊，一半儿是被狂风吹落的，一半儿是是被暴雨打落的。

【赏析】

曲写落花。此曲前三句是鼎足对（作者"一半儿"的前三句喜用"鼎足对"的写法）。首句暗用石崇典故，写树上花谢欲落，用"碎珊瑚"形容花儿散落凋零貌；次句写花儿从枝上坠落，用"绿珠"之典，寄寓了作者的惜花心情；第三句写枝头绿荫葱翠，鹧鸪凄鸣，呈现春去花尽的景象。作者惜花怜花却无可奈何，所以"谩嗟吁"，将花落春去的责任归咎风和雨。

此曲将自然之落花情景与历史上"名花"命运结合来写，表达出作者对美好事物易受外力摧残的不平，寄意悠远。

一半儿 酒醒

◎张可久

罗衣香渗酒初阑①，锦帐烟消月又残，翠被梦回人正寒。唤蛮蛮②，一半儿依随一半儿懒。

【注释】

①阑：残尽。②蛮蛮：侍女的拟名。

【译文】

绸衣上满是薰香味儿，酒已经差不多喝要完了。锦布帐里，炉香渐渐消散，天边的月亮也已残缺。绿色被子里，我从梦中醒来，感觉出阵阵寒意。我叫来侍女来服侍我，她却一半儿顺从我，一半儿懒绵绵的。

【赏析】

这首小令作者写了宴中畅饮醉酒、宴罢席散、夜半酒醒三个场景。

熏香之味将她的衣服渗满时,酒也几欲喝罢。夜深人静,烟消月残,已经醉眠了多时的作者无法再继续梦境,这时才觉得有些清冷难耐,于是去推唤身边的侍妾。她迷迷糊糊地依偎过来,半睡半醒间娇痴慵懒的神态煞是惹人爱怜。

卖花声 怀古

◎张可久

阿房舞殿翻罗袖①,金谷名园起玉楼②,隋堤古柳缆龙舟③。不堪回首,东风还又④,野花开暮春时候。

【注释】

①阿房(旧读ē páng):公元前212年(秦始皇三十五年),征发刑徒七十余万修阿房宫及郦山陵。阿房宫穷极侈俪,仅前殿即"东西五百步,南北五十丈;上可以坐万人,下可以建五丈旗;周驰为阁道,自殿下直抵南山"。但实际上没有全部完工。全句大意是说,当年秦始皇曾在华丽的房宫里观赏歌舞,尽情享乐。②金谷名园:在河南洛阳市西面,是晋代大官僚大富豪石崇的别墅,其中的建筑和陈设也异常奢侈豪华。③隋堤古柳:隋炀帝开通济渠,沿河筑堤种柳,称为"隋堤",即今江苏以北的运河堤。缆龙舟:指隋炀帝沿运河南巡江都(今扬州市)事。④东风还又:现在又吹起了东风。这里的副词"又"起动词的作用,是由于押韵的需要。

【译文】

阿房宫的大殿里,宫女翩翩起舞罗袖翻腾。金谷园里,建着华美的高楼。堤上古老的柳树,系着隋炀帝南游的龙舟。往事不堪回首,东风却又吹了起来,野花也在这暮春时节开了。

【赏析】

这是一首颇具警示之意的怀古之曲。

曲子以一组鼎足对领起。阿房宫、金谷园以及隋堤,都曾是财富和权力的象征,辉煌无比,风光无限。但到作者张可久生活的时代,阿房宫已是一片废墟,金谷园荒废多时,曾经种满青青杨柳的隋堤也被淤泥堵塞。再看它们的缔造者。秦始皇死后不久,他苦心建立的帝国就在农民起义的呐喊声中轰然倒塌。石崇并没能在金谷园中安享晚年,他因斗富惹祸上身,连带着全家都死于非命。还有隋炀帝,他好大喜功,劳民伤财,最终落得众叛亲离的下场。偌大的隋朝被人推翻,他本人也被逼自缢,死后连像样的棺材都找不到,只得用床板匆匆做了一个。

奢侈可亡身、可亡国。想起这些往事,作者的心情非常沉重。"不堪回首,东风还又"蕴含着深深的不安,类似这样的事情还会上演,一如年年都会吹起的东风。人若沉溺享受,穷奢极欲,便会像那些在暮春时节绽放的花朵,用不了多久就会凋零衰败。

卖花声 客况

◎张可久

登楼北望思王粲,高卧东山忆谢安,闷来长铗为谁弹①?当年射虎②,将军何在?冷凄凄灞陵古岸。

【注释】

①长铗：剑的一种，指长剑。刀身剑锋长者称"长铗"，短者称"短铗"。铗，剑柄。②射虎：此为飞将军李广月夜射虎的典故。

【译文】

我登上高楼，想起了王粲，卧在高高的东山里，又回忆起了谢安。心情郁闷的时候，我的长剑应该为谁而弹？当年月夜射虎的李广将军，现在在哪里？灞陵古岸上，多么凄凉。

【赏析】

作者虽出仕多年，却依旧踯躅于小吏幕僚之间，此时又客居途中，心中的忧郁之情便油然而生了。在此曲中，作者用了一连串的典故诉说不得志的心情。"登楼北望思王粲"，曾经是建安七子之一的王粲投奔刘表不受重用，便登上高楼作《登楼赋》抒发抑郁之情，作者登楼想起王粲，正是因为自己与他一样怀才不遇，羁旅之中感慨万千，借古人之杯，浇心中块垒，开篇一句，便将心中愁绪展现在我们眼前了。"高卧东山忆谢安"，说的是东晋名士谢安在出仕之前曾隐逸深山。而谢安最终得以大展宏图，作者却不知自己能否有建功立业的一天；而且，谢安在隐居时，虽未能致仕，却能享山水之乐，作者自己却正值客愁之苦：两相比照，作者心中的酸楚便又加深了一层。如此，接下来的一句以"闷"为开头便理所当然了。"长铗为谁弹"是说战国时冯谖因怀才不遇弹长剑作歌，而此时此刻，写景述怀的作者不也如冯谖一样吗？在这一句中，作者又将自己与古人一样的怀才不遇之感加深了一层。冯谖虽未遇，但最终受到了孟尝君这样的贤主的礼遇，而作者自己的"遇"则始终遥遥无期。作者以疑问的语气，更进一步地表达了这种落魄感。

"当年射虎，将军何在"讲的是西汉大将李广。李广有射虎之力，功勋赫赫，但却老来失意，在灞陵受辱，被人奚落，并最终因为小事被降为庶人。"冷凄凄灞陵古岸"，显然不是作者所见的实景，而灞陵正是当年李广落魄之地，作者以"冷凄凄"对其进行描述，是为古人的境遇鸣不平，也是为自己的命运哀叹。

全曲虽由典故组成，却无丝毫掉书袋之感。这是因为作者用清晰且自然的情感逻辑将这些典故有机地组织到了一起——因登楼想起王粲，也和王粲一样以文抒志，希望能如谢安一样终得赏识，想到自己怀才不遇不由联想起冯谖的故事，不知有多少英雄如李广那样被白白埋没，真让人感叹命运不平——典故与典故的承接非常自然，而且也与自身遭遇和情感联系紧密。

满庭芳 春晚

◎张可久

　　知音到此，舞雩点也①，修禊羲之②。海棠春已无多事，雨洗胭脂。谁感慨兰亭故纸？自沉吟桃扇新词。急管催银字③，哀弦玉指，忙过赏花时。

【注释】

　　①舞雩点也：求雨仪式上跳的舞蹈。《论语》中有"浴乎沂，风乎舞雩，咏而归"。点，指曾皙，孔子的弟子。②修禊羲之：修禊，古人的一种风俗，古人认为三月上旬于河边洗澡可拔除不祥。这里指东晋书法家王羲之和友人在兰亭宴会，作《兰亭集序》的典故。③银字：一种管状乐器，管上有银色音阶徽记。

【译文】

我的知音曾来过这里。曾晳曾和伙伴在求雨的高台上吹风,王羲之也曾和好友在兰亭边宴会。春天海棠花开过了,已经没什么好看的了,雨水冲掉了树上的花瓣。谁还会为兰亭下古人的文章而感慨?桃花扇上新题的歌词,也只能独自吟哦。歌管和银字急促地吹着,纤纤玉指弹奏着哀伤的曲调,这赏花的时光就这样匆匆过了。

【赏析】

农历三月上旬的第一个巳日是中国古代的一个重要节日——上巳。每到此节,人们便要成群结队地去水边祭祀,沐浴,认为这样做可祓除疾病和不祥,称为"修禊",之后还要举行宴饮、游赏等活动。有关修禊等活动的记述,最出名的莫过于王羲之的《兰亭集序》,其"后之视今亦犹今之视昔"的感慨,则更是脍炙人口,让人临文嗟叹。

春晓之时,小雨轻洗海棠,娇艳欲滴;知音们相聚在管弦之乐的相伴下切磋书艺,交流词作。本曲就写了这样一篇记述修禊盛会的作品,但文章的主旨却与《兰亭集序》吊古感今有别,所要表达的思想是人逢喜事佳时就应忘却一切,只求及时行乐。这样的思想虽然深沉不足,但潇洒旷达,让人能够感受到作者在节日中畅快的心情。

全曲多处对仗工整,用典确切,可见作者善用修辞。

骂玉郎过感皇恩采茶歌 杨驹儿墓园[①]

◎张可久

莓苔生满苍云径,人去小红亭。题情犹是酸斋赠[②],我把那诗句赓[③],书画评,阑干凭。茶灶尘凝,墨水冰生。掩幽扃[④],

悬瘦影，伴孤灯。琴已亡伯牙⑤，酒不到刘伶。策短藤⑥，乘暮景，放吟情。写新声，寄春莺⑦。明年来此赏清明，窗掩梨花庭院静，小楼风雨共谁听？

【注释】

①过：首带过曲包括南吕宫的"骂玉郎""感皇恩""采茶歌"三支曲子。杨驹儿：名不详。《说集》本和孟称舜刊本《录鬼簿》在孔文卿《东窗事犯》下均注有"杨驹儿做者"，大约是当时的著名演员。②酸斋：贯云石，字酸斋。③赓：续，续作。④扃：指门扇。⑤伯牙：春秋时人，善弹琴。见《列子·汤问》。⑥策短藤：以短藤为马鞭。策，马鞭，此作动词。⑦写新声，寄春莺：写下这首曲子，让春莺去唱。

【译文】

苔藓生满了绿云一般的小路，人离开了小红亭。那首诗还是贯云石送我的。我把他的诗续写了一番，品评着书画，倚靠着栏杆。煮茶的灶上堆满了灰尘，墨水也凝结成了冰。我轻轻关上小门，一盏孤灯与我相伴，我的影子在屋顶高挂着，显得那么消瘦。伯牙的琴已经没了，刘伶也喝不到酒了。握着短藤，在暮色里放声吟咏。写下这首新曲子，寄给春天的莺儿。明年再来这里看看清明节，梨花掩住窗子，庭院里静静的，小楼上的风雨声，谁和我一起听呢！

【赏析】

杨驹儿是与作者及元曲家贯云石（号酸斋）过从甚密的民间戏曲艺人，此曲是他故去后作者于其墓园写下的吊亡之作。

面对友人生前所用之物，如今却沾满灰尘，物是人非，悲伤充满了作者的心灵。作者怀着这一心情，所见每物都蒙上了一层悲恸的色彩。"莓苔生满""人去也""尘凝""冰生""幽扃""瘦影""孤灯"，这一事一物里无不饱含着作者对旧友的怀念之情，透露出作者的悲恸之意。

曲子前六句写作者墓园凭吊时的所见所做，中间十句写睹物思人，后五句则以欣喜的语调想象明年的春景。最后写明快的春景，作者用反跌的手法，以乐衬悲，深化作者对已故好友的无限悲痛之情。

曲子情感凄怆，字里行间浸透着友人去后的孤独哀伤的情绪，其痛失知音后的悲苦呻吟近如在耳，让人为之肠回九转。

落梅风 春情

◎张可久

秋千院，拜扫天①，柳荫中躲莺藏燕。掩霜纨递将诗半篇②，怕帘外卖花人见。

【注释】

①拜扫天：即寒食、清明的几天，《东京梦华录·清明节》载："凡新坟皆用此日拜扫……自此三日，皆出城上坟。"②霜纨（wán）：指白色的衣袖。

【译文】

在那竖着秋千架的小院里，祭坟扫墓的日子里，柳树荫里，躲藏着莺儿燕子。她抬起白色的衣袖，半遮半掩地递出写着半首情诗的帕子，害怕被珠帘外卖花的人看见。

【赏析】

此曲是描写古代青年男女幽会之作。

此曲选取清明佳日、秋千院落、柳荫深处为描写的时空环境，刻画了青年男女藏身柳下，绣帕传诗的情节，演绎了一段古代市民的爱情生活。

架设着秋千的庭院，人们都外出拜扫祭奠的寒食天，对于幽会的男女来说，地点是极好的，因为有秋千这样浪漫的道具，时间是难得的，因为只有"拜扫天"才有机会互相见面。柳荫下，两人互诉情话，树上的莺儿和燕子都躲进树叶丛中了，或是被两人的激烈嬉戏惊吓，或是偷偷窥视两人谈笑。无论是哪一种情形，作者均以鸟儿的娇羞可爱，陪衬出了幽会情人的浓情蜜意。

后两句描写两人幽会的情景。她用白丝手帕遮掩着递给他情诗半篇，只怕帘儿外卖花人瞧见。绣帕传诗，表现的是女子对男子的热恋。"诗半篇"之语，是说绣帕上的情诗只写了一半，姑娘却把它匆匆地递给了心上人，她急切地想要向自己心爱的才郎传达自己的爱意，这一细节描写，展现了两人之间的情意绵绵。诗未写完却急于递给对方，还因为害怕家人祭扫归来得早，两人不能尽诉情缘，幽会的仓促和时间的紧迫，又给故事增添了几分浪漫气息。"掩霜纨"这一动作的刻画可谓极其生动传神，少女虽然心情激动，却又满怀羞涩，"怕帘外卖花人见"，爱情特有的美感，由这样一个以动作描写心理的细节，表现得活灵活现。此曲展现人物的情态和心理巧妙而生动，简单几笔，情窦初开的少女的娇怯之态便跃然纸上，而她对爱情的渴望也真切可感，是一篇构思不凡、用墨独到的写情小品。整首曲子虽用字简练，但写得波澜起伏，细微传神。

水仙子 归兴[①]

◎张可久

淡文章不到紫薇郎[②]，小根脚难登白玉堂[③]，远功名却怕黄茅瘴[④]。老来也思故乡，想途中梦感魂伤。云莽莽冯公岭，浪淘淘扬子江，水远山长。

【注释】

①归兴：归乡后的感触。②淡文章：平淡浅薄的文章。紫薇郎：唐代对中书郎的别称，在此泛指文职高官。③小根脚：犹言根底浅，指出身平寒微贱，门第不高。白玉堂：即玉堂，唐宋以后对翰林院的别称。④黄茅：茅草中的一种，多生长在无人居住的荒僻之地。瘴：瘴气，指热带森林中的湿热之气，从前被认为是恶性疟疾等传染病的病源，古人对此畏如狼虎。

【译文】

文章浅薄无味，当不上高官；出身卑微，所以很难登上翰林院；想远离功名又怕黄茅和瘴气。人已经老了，我思念起了故乡。在归途里，怀乡之梦让我心暗伤。冯公岭上云雾莽莽，扬子江中白浪淘淘，水又远山又长。

【赏析】

此为宦游者思乡之曲。

作者一生奔波辗转，多年羁旅他乡，年龄越长，乡思愈切。

"归兴"用现在的话说就是回家的心情。说起回家，人们多充满期待。但作者却正好相反。作者写此曲时正处在失意之中，他展望未来，只见前途一片渺茫。"淡文章不到紫薇郎"实为愤懑之语。元代文人大多要考引荐入仕，即使再有才华，若无人引荐，也难以得到朝廷赏识，更不要说大展宏图。相较其他朝代的统治者，元人较轻视文章学问，作者只能无奈长叹"小根脚难登白玉堂"。残酷的现实摆在作者眼前，没有靠山便不可能在仕途上有大的发展。

在朝为官心中抑郁，辞去官职又生活不下去。作者坦陈没有勇气辞官回乡，"远功名却怕黄茅瘴"。他在官场已生活太久了，没有什么其他的谋生技能，辞了官就意味着丧失生活来源。虽厌倦官场，又不得不在官场中挣扎。看着自己一天天地衰老，作者怎能不黯然神伤。人失意时，思乡之情便格外浓重。作者也不例外，他早已过了野心勃勃，志在四方的年纪，十分向往安宁的生活。

然而事事总是不尽如人意。"云莽莽冯公岭，浪淘淘扬子江"说明他的家乡在遥远的彼方，他不可能在不辞官的情况下返回家乡，所以也只能在梦中一偿归乡之愿，而这又是何等可怜。

全曲感情真挚深沉，对仗用得极有特色，如象征权位的"紫"与"白"两两呼应，"冯公岭"和"扬子江"相互映衬。这些都从一个侧面告诉读者，作者的文章并非"淡文章"。

水仙子 乐闲

◎张可久

铁衣披雪紫金关①，彩笔题花白玉阑②，渔舟棹月黄芦岸。几般儿君试拣③，立功名只不如闲。李翰林身何在④，许将军血未干⑤。播高风千古严滩⑥。

【注释】

①铁衣：铁甲。古代所穿用铁片制成的战衣。紫金关：宋时名金坡关，金元时改为紫荆关。在河北易县紫荆岭上，为古代军事重地。此指边防要塞。②彩笔题花：暗用李白在长安供奉翰林时所写《清平调词》三首以咏牡丹花歌咏杨贵妃的典故。③几般儿：指以上武将立功边塞、文人供奉翰林、渔翁垂钓江三件事。④李翰林：即李白。曾任翰林供奉。⑤许将

军：指唐玄宗朝睢阳太守许远，安史之乱，他与张巡奋力守城数月，城破被俘不屈而死。⑥严滩：又名七里滩、子陵滩等。相传为东汉著名隐士严光（字子陵）拒绝汉光武帝征召隐居垂钓处。

【译文】

穿着铁甲，在大雪中守卫紫荆关，或是在白玉栏边挥彩笔歌咏牡丹歌咏贵妃，或是在长满芦苇的岸边，在月下划动着小船。这几般事儿由你去挑拣，追求功名还不如闲着。李白如今在哪里？许守远的血迹还没干。只有那七里滩上，严光的高风亮节千古流名。

【赏析】

此曲开始作者便以三句"鼎足对"描绘出三种人生境况：一是雄立于边关风雪之中，为国戍守疆土；一是在君王面前一展文采，博得恩宠；一是远离尘世喧嚣，渔舟月钓于黄芦岸边。作者先摆出几种生活让读者选择，而后提及以上不同生活的代表人物的结局：为国戍关如许远者战死沙场，血犹未干；以诗文求仕如李白者终遭远谪，溺死于归途；归隐富春山，以渔樵终老如严子陵者，其高风亮节广为世人传颂。

综观全曲，作者通过比照的手法刻画了三种截然不同又素来被世人推崇的人生，并一一揭示了它们不同结局，然后以此为论据进行论证，说明人只有淡泊名利，才能过上安闲自在的生活。至此，作者的人生观已不言自明，曲子"乐闲"的主题也鲜明地体现出来。

凭阑人 江夜

◎张可久

江水澄澄江月明，江上何人挡玉筝①？隔江和泪听，满江长叹声。

【注释】

①挢（chōu）：拨动，弹拨。玉筝：对古筝的美称。筝是一种弹拨乐器。

【译文】

江水澄澈，江上的月儿那么空明，江边是谁在弹古筝？隔着江流着泪听，满江都是叹息声。

【赏析】

此曲写月夜听筝而产生的愁绪。

江水、明月，又加断续的古筝弦音，首句就将作者所处的环境交代清楚，勾勒出一幅凄清的江边月夜听筝图。

小曲写月夜江上筝声的凄楚动人。第一句写江景月色，营造出空明安静的氛围，第二句写听筝人最初的反应。三、四句写江上、江岸的听众为筝声所陶醉和感动。曲子未从正面写乐声，曲中既未出现弹筝之人，也未说所弹何曲、如何弹奏，而是从侧面写隔江听乐之人的反应，以少胜多，显得空灵蕴藉。曲子每句都嵌入一"江"字，巧妙、自然、浑然天成。

天净沙 江上

◎张可久

嘤嘤落雁平沙①，依依孤鹜残霞②，隔水疏林几家。小舟如画，渔歌唱入芦花。

【注释】

①嗈嗈（yōng）：雁叫声。平沙：水边平地。②依依：轻柔的样子，描述野鸭轻飞的样子。鹜（wù）：野鸭子。此句化用王勃《滕王阁序》"落霞与孤鹜齐飞"的名句。

【译文】

大雁嗈嗈地叫着，落在沙滩上，一只野鸭子在晚霞中轻柔地飞着。隔着水，稀疏的林子里住着几户人家。小船像画儿一样，渔夫在芦花丛中歌唱。

【赏析】

这是一首写景的小品。

嗈嗈的落雁和孤单的孤鹜形成了动与静的对比，前者热闹，后者萧瑟，前者让曲中景色活了起来，后者则赋予曲中景宁静悠远的美。作者只用寥寥数笔就表现出大自然的超凡魅力，让人不由羡慕起曲中的那几户人家，羡慕他们能生活在如此美好的环境中。"小舟如画"，曲中人都成了这美丽景色的一部分，他们生活惬意，不然渔夫又怎会一边划船一边歌唱？

作者并未出现在曲中的世界里，但人们仍可感受到他悠然愉悦的心情。此曲可谓"化景物为情思"的绝好范例，语言清新，意境高远。

秦楼月

◎张可久

寻芳屦①，出门便是西湖路。西湖路，傍花行到，旧题诗处。瑞芝峰下杨梅坞②，看松未了催归去。催归去，吴山云暗③，又商量雨。

【注释】

①屦（jù）：鞋。此代指行踪。②瑞芝峰：在杭州南山区凤篁岭、狮子峰之间。杨梅坞：靠近瑞芝峰，以宋时金姬栽杨梅盛美得名。③吴山：在杭州西湖东南。

【译文】

我到处寻觅鲜花，出门就是西湖。在西湖边上，沿着花丛，我走到了昔日题诗的地方。瑞芝峰下的杨梅坞，我看松树还没看够，就有人催我回去了。那人又在催我回去啊！当我踏上了回家的归程吴山上乌云昏暗昏暗的，眼看就要下起雨来了。

【赏析】

这是一首游记式写景之曲。

穿好赏花用的便鞋，打开宅门，门外正对的就是前往西湖的道路。作者傍花穿柳前往西湖，经过了几处往日题写下诗句的地方。行至瑞芝峰下的杨梅坞，作者驻足观松，但天公不作美，催他早早归去；吴山上空的云层阴暗下来，降雨正在酝酿之中。曲子以"西湖路""瑞芝峰""杨梅坞""吴山"这四个景点的变换为记游线索，形象鲜明而简洁。

此曲可以说是一篇短小精致的游记，记述的是作者顺着西湖岸前往杨梅坞一段的行程，语言朴实无华，风格简洁晓畅。其中"催归去，吴山云暗，又商量雨"写山雨欲来之态，非常写意，是为点睛之笔。

全曲词味甚浓，但些许俚俗味较浓的口语句子的应用仍能体现出散曲的特点，并为整首曲子增加了轻快的成分，更好地体现了作者外出游玩的愉悦心情。特别是作者恰到好处的两处（"西湖路""催归去"）顶针格的应用，使整首曲子显得流畅而无顿滞之感。

一枝花 湖上晚归 [套数]

◎张可久

[一枝花]长天落彩霞,远水涵秋镜。花如人面红,山似佛头青①。生色围屏②,翠冷松云径,嫣然眉黛横。但携将旖旎浓香③,何必赋横斜瘦影④。

[梁州]挽玉手留连锦英⑤,据胡床指点银瓶⑥。素娥不嫁伤孤零。想当年小小,问何处卿卿?东坡才调,西子娉婷,总相宜千古留名。吾二人此地私行,六一泉亭上诗成,三五夜花前月明⑦,十四弦指下风生。可憎⑧,有情,捧红牙合和伊州令。万籁寂,四山静。幽咽泉流水下声,鹤怨猿惊。

[尾]岩阿禅窟鸣金磬,波底龙宫漾水精。夜气清,酒力醒;宝篆销,玉漏鸣。笑归来仿佛二更,煞强似踏雪寻梅灞桥冷⑨。

【注释】

①佛头青:染料名。即"石青","绘画家用之,其色青翠不渝,俗呼为大青"(《本青·扁青》)。林逋作《西湖》:"春水净于僧眼碧,晚山深似佛头青。"②生色翠屏:谓景物像色彩鲜明的屏风。生色,设色。李贺《秦宫》诗:"内屋深屏生色画。"③旖旎:婀娜柔美。④横斜瘦影:指梅花。林逋《梅花》:"疏影横斜水清浅,暗香浮动月黄昏。"后人遂以"疏影""暗香"喻梅。⑤锦英:盛开似锦的花丛。⑥据:凭、靠。胡床:即交椅,或称交床。银瓶:银制的酒器。⑦三五夜:阴历十五

日的夜晚。⑧可憎：可爱，爱极之词。⑨煞强似：胜过。

【译文】

　　悠远的天空中，彩霞渐渐落下，远处的湖水像一面平洁的镜子。花儿和美人的脸面一般红晕，群山苍翠，像佛头青一样。这美景像色彩鲜明的屏风一样。苍松长在路边云雾缭绕，带着丝丝凉意。群山如柔美的横蹙着的黛眉。我带着美丽的女伴同行，她身上散发着清香，哪还要去寻赏梅花消瘦的容颜？

　　我挽着她纤纤玉手在花丛间流连，坐在交椅上，品尝着美酒。那月中嫦娥正独自一人，为寂寞而伤怀。我们想起当年的名妓苏小小，不知她如今在哪儿同心上人幽会？像苏东坡那样的才情，西施那般的美貌，总算是值得千古流芳的吧。我们俩在此悄悄同行，像欧阳修一样在泉水边的亭子中写了些诗，在十五的夜晚于花丛中赏月，取出胡筝弹奏，指下流出的乐声像风儿一样清美。太可爱了，太多情了，我捧起拍板，拍唱起《伊州令》。万籁俱寂，四周的群山也安静下来了，只有筝声如泉底呜咽的流水，连鹤也禁不住哀鸣，猿也感到心惊。

　　山岩间的佛寺传出阵阵磬音，湖面上波光粼粼，像水底的龙宫在把水晶打碎在湖面。夜晚空气清爽，酒力渐消，篆香快烧完了，漏壶"嗒嗒"作响。笑呵呵地归家时已经差不多三更天了。这一番夜游比踏雪寻梅强多了。

【赏析】

　　此为作者月夜携佳人同游西湖的记游之作。

　　[一枝花]写月夜西湖之景。长空彩霞，秋水如镜，花儿娇艳，青山秀美。近景远景相映成趣，多彩多姿。作者携美人游西湖，意兴盎然，笑叹有此情调，不必赋"横斜瘦影"。

　　[梁州]写湖上夜游之人。与佳人携手留连花丛，坐在胡床上举杯畅

饮。此情此景，月中嫦娥为之自伤孤单；这柔情蜜意，名妓苏小小也一生无缘。想那东坡的才情，西施的美丽成为千古佳话，而今夜的这一对才子佳人，访名胜，作诗文，花前月下，脉脉含情。安静的夜，她弹起幽咽的十四弦，感人肺腑，起鹤惊猿。

〔尾〕写游罢回归。山寺里传来磬声；星空倒映湖中，好像闪闪的水晶。吸一口清新的夜气，酒意渐退，这时候，篆香已经燃尽，漏声滴答，清晰可闻。与佳人谈笑着归来，时间约摸是二更时分，作者认为，这一趟外出游湖的惬意，远胜过孟浩然踏雪寻梅不怕冷。

《太和正音谱》评价张可久的曲"清而且丽，华而不艳"，本曲就绝好地呈现了他的这一特点。张可久性爱山水，其所有曲子中属写景之作成就最高。

此曲记述了张可久携美人游西湖的一段浪漫时光，与马致远的《夜行船·秋思》齐名，为元代散曲中的双璧，更是张可久的代表之作。本曲熔铸了诸多诗词名句，写景如绘，人景共出，情因景深，景因情新，华美精丽，音律和谐，无处不体现着画意诗情，引人入胜。曲子对仗工整、雅致，章法缜密。可见，虽然归隐山林、超然世外、清静自守是元代散曲的主题，但此曲中"但携将旖旎浓香，何必赋横斜瘦影"间接反映出士人们的真实心理。看来不风流是因为困厄，选择归隐大多出于无奈。

此曲语言典雅工丽，既体现了作者深厚的语言功力，又反映了后期元曲在语言风格上趋向于词的特点，难怪张可久被认为是后期元曲的代表人物。

塞鸿秋 湖上即事

◎张可久

断桥流水西林渡①，暗香疏影梅花路②。蹇驴破帽登山去，夕阳古寺题诗处。树头啼翠禽，水面飞白鹭。伤心和靖先生墓③。

【注释】

①西林：即西泠，在杭州西湖孤山下。②暗香疏影：宋林逋《山园小梅》："疏影横斜水清浅，暗香浮动月黄昏。"为梅花特征。③和靖先生：北宋林逋隐居西湖孤山，种梅畜鹤以自娱，卒谥和靖先生。其墓在孤山东麓。

【译文】

西泠渡口那座断桥下，流水潺潺。栽满梅花的小路上，清香飘拂，树影稀疏。我骑着头笨驴，戴一顶破帽，登上了小山，停留在夕阳下的古寺中，我题写过诗儿的地方。树梢上鸟儿欢叫着，水面上飞起了几只白鹭。站在林逋先生的墓前，我心里满是忧伤。

【赏析】

"即事"意谓眼前的事物，对于游览题材的作品来说，多是即景写作。张可久住杭州最久，其集中所简称的"湖"均指杭州西湖。他用各种曲牌写的"湖上即事""西湖即事"也真是不少，自然是受惠于西湖的"淡妆浓抹总相宜"。

首二句交代了"湖上即事"的范围，在本曲是偏重于白堤、西泠、孤山一带。"断桥流水""暗香疏影"，隐示出环境的清僻幽雅。三、四句叙述了自己的活动：着一头跛驴，破帽遮颜，独个儿登上孤山；直到太阳西下，还进入古寺逗留一番，看看日前自己题咏诗作的地方。宋元时游西湖除了骑马外还有跨驴的，如《宋史·韩世忠传》载韩世忠解职后，"时跨驴携酒，从一二奚童，纵游西湖"。这种情景，连同本曲所透露出的湖岸的清寂幽静，在今人是无法想象的了。宋人有"蹇驴破帽随金鞍"

的句子，"蹇驴破帽"同金鞍出游相比，固然失于寒酸，但也是一种疏狂自得的表现。作者显然以自适为第一追求，他盘桓于"夕阳古寺"，也明显带有避人喧嚣的意味。而西湖确实清幽极了："树头啼翠禽，水面飞白鹭"，连禽鸟也无虞受什么人为的干扰。这一切，均为末句张本："伤心和靖先生墓。"好端端的，为什么突然要为古人伤心呢？原来是世上再无像林逋这样的高士，也难以找到希踪前贤高风的知音了。这就使我们领悟到，作者这一番出游的心情并不好，也许他就是为了排遣孤独的愁闷才来到湖上的，可到头来也未能够驱去心头的沉重感。

这首小令通篇平叙，不露声色地沉着走笔，至篇末才异峰突起，露现出感情的波澜。当然，如果他一味地即景记录，那么即使西湖再美，也是会令读者乏味的。游览的兴味要么是物我两忘，彻底忽略眼前的存在，要么就是在品味江山的美景之后，突然迸生出几星伤感的火花，这真是人类奇怪的天性。

醉太平 湖上

◎张可久

洗荷花过雨，浴明月平湖。暮云楼观景模糊①，兰舟棹举。溯凉波似泛银河去，对清风不放金杯住，上雕鞍谁记玉人扶。听新声乐府。

【注释】

①景：通"影"。

【译文】

雨水清洗过荷花，明月的倒影在平静的湖面摇荡。在傍晚的云烟里，湖边的楼台看上去已经是一片模糊的景致，我们在小船上划起了船桨。逆迎着那散发着凉爽气息的粼粼波光，像是泛舟向银河驶去一样。面对如此清风，我不停地畅饮着杯中美酒，谁还记得我翻身上马的时候是哪位美人扶持着我啊？这时我正听着一曲人家新制的乐府歌词呢。

【赏析】

此曲可用一句话来概括：清风明月，兰舟听曲。而前半曲写明月，后半曲写清风，层次清楚，结构分明。

上半阕描写月下湖中泛舟时的景色。这时是夜晚，当明月升起，湖中如昼。放眼望去，湖中的荷花在月光下就像是被雨洗过一样。第一句说："洗荷花过雨。"一种说法认为此时为雨后。下一句进一步交待，这是因为月亮正照耀着湖面。"荷花"向来象征"出污泥而不染"的高洁情怀，此曲以之开篇，既点明夏季的时令，而作者的高洁之志也于此烛明。"暮"字点明此时刚进入夜晚，高耸入云的楼阁在月色下只朦胧一片。而就在这月色笼罩的美丽景色中，作者坐在雅致的兰舟上轻轻划动着船桨。则上阕的景物如此写来：月照下的荷花、湖水、暮云、楼阁、兰舟。最后出现的是人物，以一个动词"举"让人物出场。

下半阕写清风中听曲的乐趣，而一切又都处于月光的明照中。"凉波"使人初初感到清风吹起，溯波行驶的作者此时感觉就像在银河中一样。杜甫《小寒食舟中坐》云："春水船如天上坐，老年花似雾中看。"此诗写老年眼花看景如梦的情景，本曲化其意描写行船时的想象。"清风"一词使人想起"我欲乘风归去"的感慨。而这时忽然一阵清风吹来，耳边隐隐约约地传来音乐声，歌女的声音令人想起在岸边上船之前那位扶人上马的美丽姑娘来，于是作者在月色下静神凝听，在清风中辨认出乐府新制歌曲。此情此景，正同唐吕岩《题黄鹤楼石照》诗中所述："衷情欲诉谁能会，惟有清风明月知。"

全曲结构严谨，从意境上前后互相照应。如"暮云楼"对照古诗"西北有高楼,上与浮云齐","上有弦歌声,音响一何悲","不惜歌者苦,但伤知音稀",本曲后文中的听曲就与之取得了联系。一位美丽的歌女在若隐若现的高楼中弹唱,歌声随清风飞到湖面上,作者在月下独酌,闻之怀念着旧交,这也算得一个知音了。全曲意境略与王勃《相和歌辞·江南弄》相似:"瑶轩金谷上春时,玉童仙女无见期。紫露香烟渺难托,清风明月遥相思。遥相思,草徒绿,为听双飞凤凰曲。"全曲寓情于景,情景交融。写景之笔独到而用词奇丽,想象奇特,使散曲异彩纷呈,令人耳目一新。

醉太平 春情

◎张可久

乌云髻松,金凤钗横。伯劳飞燕自西东①,恼离愁万种。碧溶溶满溪绿水桃源洞②,淡濛濛半窗白月梨云梦,恨匆匆一帘红雨杏花风③。把青春断送。

【注释】

①"伯劳"句:古乐府《东飞伯劳歌》:"东飞伯劳西飞燕。"伯劳,鸟名。②桃源洞:仙洞。陶渊明《桃花源记》谓"山有小口,仿佛若有光";但元曲则多指刘阮入天台故事。今浙江天台亦有桃源洞,传为汉人刘晨、阮肇遇仙处。③红雨:桃花花瓣坠落如雨。

【译文】

髻子蓬蓬松松,像乌黑的云朵。金凤钗横插她的头上。伯劳鸟兀自向西飞去,燕子却飞往了东边,惹起了离人的无限哀愁。一溪绿水缓缓流淌,流向那桃源仙洞。我在梦里看见雪白的明月在半掩的窗外,照映着云彩般的梨花。帘外的风雨把的桃花杏花都弄得凋落了，这一切竟如此匆匆！春天的芳华就这样一下子没了。

【赏析】

　　一位美丽的女子在春天的时候感念远离的爱人，思绪万千，从春天的美好时光想起自身的不幸遭遇，哀怨难禁。

　　全曲以女子内心独白的方式描述。首句以惯常的手法描写思妇心绪全无的情状。曹植《洛神赋》中有"云髻峨峨，修眉联娟"之句描写绝世佳人的美态。从本曲女子的装扮可以想见女主人非同一般的美丽。白居易《长恨歌》中有"云髻半偏新睡觉，花冠不整下堂来"之句，描写思念之人因相思不思装扮、服饰凌乱不堪的悲惨情状。而本曲中的女子相思之深似有过之而无不及。"金凤钗横"，既是实写，又使人联想起陆游在《钗头凤》中所表达出的夫妻被迫分离的深重哀愁，如其下片以春尽的哀愁表达至深情愁："桃花落，闲池阁。山盟虽在，锦书难托。"而本曲下句随即表达这种主旨："伯劳飞燕自西东。"《玉台新咏·古词〈东飞伯劳歌〉》有这样的诗句："东飞伯劳西飞燕，黄姑织女时相见。"从其中提及"织女"可以知道，此句主要是对"织女"这种夫妻被迫分离的悲惨情况进行控诉。而此曲中的女子与丈夫的分离大概也有人为的因素在其中了，所以女子的愁可以上升至怨以至于恨。"恼"字表达了恨意。此恨"绵绵无绝期"，"万种"离愁齐上心头。

　　女子恨到极处，对离人并未作一丝猜疑，而是转而想象选择青灯古佛的生活。"绿水桃源洞"念及"刘阮入天台"的求仙故事和陶渊明的世外桃源，"白月梨云"使人联想起刘长卿《游休禅师双峰寺》中寻找禅师的诗句："寒潭映白月，秋雨上青苔。相送东郊外，羞看骢马回。"而女子的思绪自然也回到了现实。明高启《题》诗曰："晓院辘轳鸣露井，玉人梦断梨云冷。"本曲化其诗句把女子对现实感到极端无奈，希望逃离残酷的现实，追求自由美好生活的向往之情表达得真实贴切。而女子愁绪万端，心念由现实转向理想生活又回到现实的过程，则用一窗"梦"来揭示。

女子的青春就这样在孤独的等待中消逝，而她到此时恰好发现春色将尽，承接上文的"恼"字，最后用一个"恨"字表明伤春之情。于帘内观望室外之景，正是唐戴叔伦《苏溪亭》中"燕子不归春事晚，一汀烟雨杏花寒"的悲凉。

醉太平 无题

◎张可久

人皆嫌命窘，谁不见钱亲？水晶环入面糊盆，才沾黏便滚。文章糊了盛钱囤，门庭改做迷魂阵，清廉贬入睡馄饨①。葫芦提倒稳②。

【注释】

①睡馄饨：向无确解。元曲中除此处外，还有两见。从马致远《陈抟高卧》杂剧"穿着这紫罗袍似酒布袋，执着这白象笏似睡馄饨"的旁证来看，当为系于身间的褡裢，即明清小说所谓的"腰里硬"。从无名氏《梧叶儿·痴》小令"不知无常路，不识有限身，恰便似睡馄饨"来看，也不排除元人就字面引申作"躺倒的馄饨"解。此处从前意。②葫芦提：元人俗语，糊涂之意。

【译文】

人人都嫌恶命运潦倒。谁见了钱会不觉得亲切？就像水晶环跌进了糨糊盆，刚沾着一些，就迫不及待滚了起来。锦绣文章被用来封糊装钱的囤帘，家里的庭院，变成了一个迷魂阵。清廉的品格被人贬斥，全都打入了藏财的褡裢。倒是糊里糊涂过日子，还能安稳一些。

【赏析】

　　元散曲中的愤世、警世之作，白眼向人，不仅感情激切犀利，在语言上也往往表现出冷峻、峭严的倾向。

　　此曲前两句都是在说世风嫌贫爱富。一个意思分作两句与其说是强调，毋宁说是宣泄。三、四两句是对"见钱亲"的财迷心窍者贪婪攫财的形象描绘。这里的"水晶环"并不表示环质的清白纯净，而是取"环"之圆、取"水晶"之滑，满足"才沾黏便滚"的条件。"才"字、"便"字，说明了贪取的急不可耐，而"沾黏"与"滚"又生动地表现了对多多益善的贪婪。

　　"文章"等三句鼎足对，围绕社会的拜金主义，作了淋漓尽致的揭露与发挥。"文章"句是说文章本身不值钱，至多只能用来糊糊钱囤子，即只配作为金钱的仆妾。"门庭"句是说为了金钱可以不惜自败家声，甚而改门庭为妓院也在所不辞，一个"改"字，含有人心不古的感慨。而"清廉"句则针对官场而发，清廉本是为官的本分，可当今的官场索性将它塞到钱褡子里去了。这三句将物欲横流、寡廉鲜耻的社会腐败情状描绘得入木三分，是对起首两句断语的生动诠释。

　　"葫芦提倒稳"一语双关。"葫芦提"是元人指称糊涂的习语，而它在此处又似可解作提着酒葫芦。诗人挽澜无方，回天乏术，只能借酒图醉装呆，反倒觉得稳便。这是激愤的反语加重了全曲峻冷的韵味。

人月圆　中秋书事

◎张可久

　　西风吹得闲云去，飞出烂银盘①。桐阴淡淡，荷香冉冉，桂影团团。鸿都人远②,霓裳露冷③,鹤羽天宽④。文生何处,琼台夜永,谁驾青鸾⑤?

【注释】

①烂银盘:喻明月。卢仝《月蚀》:"烂银盘从海底出。"烂银,灿灿发亮的银。②"鸿都"句:出自《长恨歌》"临邛道士鸿都客,能以精诚致魂魄"典。鸿都,洛阳宫门名,汉灵帝曾在此延招术士。③"霓裳露冷"句:《逸史》载术士罗公远曾于中秋之夕带领唐玄宗游月宫,见数百名仙女穿着宽大的衣裙在宫前舞默记舞曲,依谱而成《霓裳羽衣曲》。霓裳,轻薄的舞衣。④"鹤羽"句:苏轼《后赤壁赋》述夜半有孤鹤横江东来,在苏轼梦中化作一羽衣翩跹的道士,此处暗用这一境界,鹤羽,指鹤。⑤"文生"三句:唐太和间书生文箫家贫,于中秋节遇仙女吴彩鸾而结为夫妇,以彩鸾抄写《唐韵》卖钱度日,后列仙班升天而去,见《历世真仙体道通鉴》。琼台,即瑶台,仙人居住之所。

【译文】

西风把闲云吹走了,天空中飞出一轮灿烂的银盘似的月亮。桐荫淡淡的,荷花散发出冉冉清香,桂树的影子在地上一团一团的。京都是那么遥远,清冷的露水沾湿了轻薄的舞衣,白鹤舞动着翅膀,天空变得更宽广了。那书生文箫现在在什么地方啊?瑶台的夜晚是那么的漫长,还有谁会骑着那青色的凤凰来给我传信呢?

【赏析】

起首两句说西风吹走了"闲云",玉宇一清,顿时现出一轮皓月。"飞出"二字,神清气爽,颇能让人心旷神怡。这两句用了烘云托月的写作手法,以背景烘托主景,使明月的形象更加迷人。

三、四、五句分别以桐、荷表来反映月色辉映下的不同效果。"淡淡""冉冉""团团"等叠词的运用,表现出月夜的朦胧意境。

下片运用了一系列典故。"鸿都"三句颇有凌虚欲仙的韵味,这三句从高处落笔,体现出作者举头望月的感受。末尾三句以"文生"自况,表达了欲在美景中寻觅知音美人的美好愿望。然而,"瑶台夜永,谁驾青鸾",尽管作者一直在憧憬,但美人终究未能出现。这一结尾也隐隐流露出作者的寂寞与惆怅之感。

这支曲子前面写景,后面暗合中秋的主题,浑然天成。前人赞誉张可久"笔落龙蛇走,才展风云秀",确实有一定道理。

一半儿 秋日宫词

◎张可久

花边娇月静妆楼,叶底沧波冷翠沟,池上好风闲御舟。可怜秋,一半儿芙蓉一半儿柳。

【译文】

娇滴滴的明月照着花儿,那姑娘的梳妆楼变得更加寂静了。在树叶的掩映之下,水面波光闪闪,把整个小溪都变得那么凄冷。池上吹过一阵阵清风,有一艘小船停在那里。可怜这秋天啊,只有那凋残了的荷花和柳条。

【赏析】

"宫词"之名,最早见于唐人崔国辅的一首《魏宫词》,其代表作家主要是唐代王建和五代花蕊夫人。大多数宫词作品,均对宫女充满同情,如白居易的《后宫词》《上阳白发人》等。后世的很多文人尽管得不到入宫的机会,却也能凭着自己的知闻和生活经验摹想出深宫的生活,往往也呈现出"本地风光"的韵味。张可久没有进过皇宫，他的这支《秋日宫词》，更属于"无师自通"的典范。

此曲题目"宫词"之上再加上"秋日"二字，本身就有强烈的感情色彩。前三句写宫中秋景，花边娇月，叶底苍波，池边好风，然而景中的妆楼是"静"的，翠沟是"冷"的，御舟是"闲"的，衬托出宫苑的冷落和宫人的寂寞。

四、五两句宕开一步，字面上是继续写景，实质上是议论和总结。"可怜"一词极富感情色彩，但"可怜"的对象没有顺人之想，不是人，而是轻轻一转"可怜秋"，"一半儿芙蓉一半儿柳"，借景喻人，含蓄委婉。"一半儿芙蓉一半儿柳"，使人很容易联想起白居易《长恨歌》的诗句："归来池苑皆依旧，太液芙蓉未央柳。芙蓉如面柳如眉，对此如何不泪垂。"曲中的芙蓉与柳，同样是暗喻宫中的女子。有了这一句，前三句中的"静妆楼""冷翠沟""闲御舟"都带上了宫中人事的意味，"秋日宫词"也成了秋日冷宫之词。"可怜秋"，作者所真正感叹可怜的，正是深宫对生命的摧残与肃杀。王文才认为"词中所咏池上妆楼，为金章宗李妃梳妆台，乃讽太液旧游而作，故有波冷舟闲，可怜秋柳之语"（《元曲纪事》）。

萨都剌《宫词》中写道："深夜宫车出建章，紫衣小队两三行。石阑干畔银灯过，照见芙蓉叶上霜。"杨瑀《山居新话》认为此曲不符合元宫的情景，"盖北地无芙蓉"。元大都宫中没有芙蓉，这叫人难以想象。但是这一细节也说明张可久作这首《秋日宫词》，是另有艺术意图的。

太常引 姑苏台赏雪①

◎张可久

断塘流水洗凝脂②，早起索吟诗③。何处觅西施？垂杨柳萧萧鬓丝。银匙藻井④，粉香梅圃，万瓦玉参差⑤。一曲乐天词⑥，富贵似吴王在时。

【注释】

①姑苏台：一名胥台，在江苏吴县西南姑胥山上，传春秋时吴王夫差曾与西施作乐于上。②断塘：指脂粉塘，为吴王宫人倾倒脂粉及洗濯处，在吴县西南灵岩山下。③索：应当。④匙：此作动词，舀上。藻井：此指壁有彩饰的井，与作为天花板形式之一的古建筑术语"藻井"不同。⑤参差：此指屋瓦高下不齐。秦观《春日》："霁光浮瓦碧参差。"⑥乐天词：白居易曾做苏州刺史，有《题灵岩寺》等诗。乐天，白居易字。

【译文】

脂粉塘的流水冲刷着脂粉般的积雪。我一早起来，正想吟一首小诗。上哪里去寻觅那西施般的美人呵？垂柳的枝条显得那么萧瑟，就好像我那白色的鬓丝。雪堆好像银色的勺子，舀着那彩饰井壁下的清水，梅园中的雪沾上了梅花的清香，无数的瓦片像美玉一般参差错落。这美景就像白居易的诗一样，就像吴王夫差富贵时的景象。

【赏析】

这首小令题为"姑苏台赏雪"，但起首却写距台有数峰之隔的"断塘"。断塘即脂粉塘，为西施当年沐浴之处。"洗凝脂"意含双关，作者看到断塘塘岸的积雪白如凝脂，自然而然地联想起西施当年在此洗浴的景象。至此，作者正式引出"觅西施"。但是西施早已远处，寻觅的结果当然是"不得"了。面对柳树上的积雪如"萧萧鬓丝"，作者又心生怅惘，领出姑苏台的登临。这种布局，可谓针线细密、接笋无痕，不但预先交代了姑苏台外围的雪景，又表明作者"赏雪"并不是单纯的游览，而是为了寄托怀古之情。

下片正面转入"姑苏台赏雪"，作者通过运用"银匙""粉香""玉参差"等词语,生动地描绘出了姑苏台的积雪景观。这里的"银""粉""玉",与末句的"富贵"呼应。"富贵似吴王在时",表面上是在称赞吴王,其实是含着贬义。意思是说吴王的富贵早就不存在了,如今台上的"富贵"气象,不过是如银如粉如玉的雪堆出的错觉罢了!

这首小令,作者在怀古意绪的驱动之下,很自然地想起了"吴王在时"的风流,然而,作者最初的目的是寻找西施的踪迹,到了曲子的末尾也没有提及。作者吟唱的"一曲乐天词",也已游离了登台的初衷。这一切都体现了作者的失落感。

红绣鞋 天台瀑布寺①

◎张可久

绝顶峰攒雪剑②,悬崖水挂冰帘。倚树哀猿弄云尖。血华啼杜宇③,阴洞吼飞廉④。比人心山未险。

【注释】

①天台:指天台山,在今浙江天台县北。瀑布寺:即方广寺,在天台山华顶山一带,旁有著名的石梁瀑布。②攒(cuán):聚集,此指集束、集拢。③血华:血花。杜宇:杜鹃鸟,相传杜鹃啼鸣,不到口中流血不止。④飞廉:传说中的风神,此指狂风。

【译文】

在那绝顶处,山峰像雪白的宝剑一般,聚集在天边。高崖上的瀑布,像一道冰做的帘幕一样悬挂在半空之中。猿猴倚靠着树枝,叫声哀怨,又不时地在云顶嬉戏打闹。血色的花丛中，杜鹃鸟一声声叫唤着。阴冷的山洞里，狂风在不停地吼叫。比起人的心肠来，山还是不算险恶的。

【赏析】

　　这首曲题为"天台瀑布寺"，从题目上看，这是一首写景之作，实为登寺之所见。从曲中"血华啼杜宇"一句可以看出，时节已是春天，可作者却找不到一丝暖意，他心里面只感到"险"。全曲以峭拔冷峻的笔势，然而结句"比人心山未险"，笔锋逆转，又跃上一阶，亦戛然而止。

　　"绝顶峰攒雪剑，悬崖水挂冰帘。"此曲一、二句对仗，"绝""攒""悬""挂"都是动词，每句的最后三个字又是前三字的再现与说明。这时虽已到了春天，但峰顶仍旧积雪皑皑，作者以"雪剑"喻之，十分形象贴切。一个"攒"字，既表现了积雪攒聚峰尖，又渲染出群峰齐耸的气势，用字传神。"冰帘"一词，形、色、势、意，俱在其中。"绝""攒""悬""挂"四字虽是动词，却也将"绝顶""悬崖"的静态的雄奇峻险表现得淋漓尽致。

　　"倚树哀猿弄云尖。"第三句从"倚""哀""弄"的意象中，产生了一种令人不安的悸动之感。这种感觉与前面的"奇险"结合起来，也就是"危"了。

　　"血华啼杜宇，阴洞吼飞廉。""血华"指山上鲜红的树花，但作者特意将其与啼鸣的杜鹃鸟安排在一起，就使得"杜鹃啼血"的意象占据了句境。同样，下句中的"阴洞"结合"吼飞廉"三字，令人不寒而栗。此两句表现出了强烈的音效，前句境"凄"，后句意"寒"，这又加深了"险"的程度。

　　总起来说，作者从多方位突出了"险"字的内涵：描写天台上剑锋、冰瀑、哀猿、啼鹃、阴洞的奇谲险怪，嵯峨峥嵘，步步紧逼，极奇极险。为此，作者一改流丽清雅的语言风格，在末句的结句中说"比人心山未险"，突作转折，不但扩大了意境，也深化主题，给这首曲子平添一股挽满一发、排山倒海的气势。

作者于末尾的一笔是乘势，更是挽题，所挽者正是题中的"寺"字。原来，天台是著名的天台宗发源地，天台宗祖师智岂页曾在天台山里讲经论法，即以反省观心为主。这一句既借画山之笔突显世情的险恶，更是以环境之"险"来赞颂"寺"的庄严崇高。作者下笔不苟、得心应手，于此可见一斑。

此曲联想奇妙，把写景和讽世巧妙而自然地结合起来，作品不单是写景，还具有更深刻的社会思想意义。这首曲子在张可久的散曲作品中别具一格，其结尾也是典型的散曲式直陈，警世名言。可见，张可久的散曲也是风格多样，而以清丽为主，既有［殿前欢］《次酸斋韵》的洒脱豪放，也有雄健瘦硬、丰富多彩。

卖花声 怀古

◎张可久

美人自刎乌江岸①，战火曾烧赤壁山②，将军空老玉门关③。伤心秦汉，生民涂炭④，读书人一声长叹。

【注释】

①"美人"句：秦末楚汉相争，项羽被刘邦军队赶到乌江（今安徽和县东北），同他所宠爱的美人虞姬先后自杀。②"战火"句：汉建安十三年（208），东吴孙权部将周瑜大破曹操军队于赤壁（在今湖北蒲圻县西北长江边）。③"将军"句：东汉名将班超奉命安边，在西域三十一年。晚年思家，上书请还，有"但愿生入玉门关"的话。玉门关，在今甘肃敦煌县西，为汉代的边关要塞。④涂炭：苦难深重，好像陷入泥泞、落入炭火中一般。

【译文】

那美丽的虞姬在乌江边上自刎,战火曾烧到了赤壁的山上,班超无奈地在玉门关老去。秦宫汉阙让人伤心啊,到处是生灵涂炭,读书人却只能长长地叹息一声。

【赏析】

这首小令一上来就用了三个典故:一是垓下之围中,虞姬与项羽悲歌诀别,自刎而死的故事;二是赤壁之战中,曹操被孙权、刘备以火攻大败的事;三是班超一生不得志,空老玉门关。作者通过引述这三个典故,发表了对历史的看法:项羽、曹操、班超是秦汉时的英雄人物,他们都曾立下千古功业,但这些"功业"是以"生民涂炭"为代价的,"伤心秦汉,生民涂炭"。作者十分同情百姓的遭遇,这点尤为可贵。

此曲的结尾更耐人回味,"读书人"泛指当时的知识分子,也可特指作者本人。最后的"叹"字意蕴丰富,一是叹国家遭难,二是叹百姓遭殃,三是叹读书人无可奈何。战争是一些人争名夺利的手段,不管获胜者是谁,百姓都会因战争饱受苦难。

这首小令虽化用典故,但主旨鲜明,语言清丽,格调悲凉,是元曲怀古之作中的佳品。

普天乐 湖上废圃

◎张可久

古苔苍,题痕旧。疏花照水,老叶沉沟。蜂黄点绣屏①,蝶粉沾罗袖。困倚东风垂杨瘦,翠眉攒似带春愁。寻村问酒,无人倚楼,有树维舟②。

【注释】

①蜂黄：蜜蜂分泌的黄色汁液。②维：系。

【译文】

古老的苔藓成了苍黑色，昔日题诗的痕迹也已陈旧模糊。稀疏的野花，倒映在水中，枯黄的树叶沉入了水沟里。蜜蜂分泌的黄色汁液点缀在彩绣的屏风上，蝴蝶粉屑沾满了罗布衣袖。在东风里，垂着长条的杨柳显得那么消瘦，我疲倦地倚靠着它，它那翠绿色的叶子攒聚着，像紧蹙的眉头，带着无限春愁。我寻找村庄，借问买酒的地方。没有人倚着高楼，树桩上系着只小舟。

【赏析】

此曲通过描写废园荒凉残败的气象，抒发了作者对事物盛衰无常的感慨。

这首小令题为"湖上废圃"，作者在"废"字上费尽了心思。起首两句，作者以断语来描绘景色：那地上苍黑色的苔藓，在地上铺了厚厚一层；而壁上的题诗，墨迹隐约可辨，这说明"废圃"历经了不少岁月。"苔"上着一"古"字，"题"上重在表现"痕"，一苍一旧，遂把荒凉残败的气象渲染出来。"古苔苍"反映自然，"题痕旧"关合人事，这一起笔，就为全曲定下了感情基调。

三、四两句用字传神，花谓之"疏花"，叶称作"老叶"，这就生动形象地烘托出"废"的意境。"照水""沉沟"虽是动词与名词的复合，到头来却仍归于静止。这又在荒败的景象上增添了几分沉寂。

下面的五、六两句对仗，作者特意用了"蜂黄"和"蝶粉"来穿针引线，自然而然地导出了"罗袖"和"绣屏"。"罗袖"一般代指女性的服饰，不过这里指的是绣屏上残存的仕女图像。"绣屏"是室内的布置，而蜂蝶竟纷纷登堂入室,"废圃"的残破不堪,就成为顺理成章的事情了。

七、八两句用了拟人化的移情手法,对垂杨进行了一番写照。如果说前面几句重在写景的话,这两句则侧重写情,"困""倚""攒""带"等字把作者当时的无限愁怨表现得淋漓尽致。这就是王国维在《人间词话》中所谓的"有我之境,以我观物,故物皆着我之色彩"。七、八两句亦为下面诗人的直接出场做好铺垫。

末尾的"寻村问酒"三句,作者正式出场,但"湖上"竟呈现出死寂一片,想问哪里有酒家却无人回应。这一结笔更加重了废圃的悲凉气氛。

这首小令意境凄清隽永,语言含蓄委婉,尽管作者并未揭示废圃变化衰残的成因,但作品感慨盛衰无常的主题,却在字里行间中表现了出来。

落梅风 天宝补遗①

◎张可久

姮娥面,天宝年,闹渔阳鼓声一片②。马嵬坡袜儿得了看钱③,太真妃死而无怨④。

【注释】

①天宝补遗:五代王仁裕有《天宝遗事》,后人对其内容加以补充或阐述,称天宝补遗。天宝,唐玄宗年号(742—756)。②"闹渔阳"句:语本白居易《长恨歌》:"渔阳鼙鼓动地来。"指安禄山在渔阳起兵叛乱。渔阳,唐郡名,今天津市蓟县一带。③"马嵬坡"句:据唐人李肇《国史补》载,杨贵妃于马嵬驿被赐自尽后,有老妪得到一双她的袜子,供人出钱玩看,得钱数万。④太真:杨贵妃本寿王妃,后奉玄宗命于宫中出家,道号太真。

【译文】

　　杨贵妃的面容生得跟嫦娥一样。天宝年间（君臣享乐），渔阳郡（却）响起一片战鼓。马嵬坡遗留下的袜儿，让人家得了些供人观摩收来的银钱，看来杨贵妃虽然死了，但也不会有什么怨恨了。

【赏析】

　　这是一首感怀杨贵妃旧事的曲作。天宝年间唐明皇与杨贵妃的爱情故事，成为文人士子创作的重要素材。张可久的这首《落梅风》，就是一篇别具一格的曲作。

　　这首小令以"姮娥面"开头，用来比喻杨贵妃的容貌如月中嫦娥那般美丽。起首三句，作者把杨贵妃的美艳、天宝的年号与渔阳鼙鼓并列在一起，暗示杨贵妃与安史之乱的发生有着莫大关系。"天宝年"是绝妙的过渡，它不但概括了杨贵妃在宫中得幸的大段历史，还下连后面的"闹渔阳鼓声一片"一句，这是专指天宝十四载、十五载，当时正是安史之乱刚刚发生的时候。"天宝年"本身表示时间的中性名词，但是从可爱的"姮娥面"一下子转到可怖的"闹渔阳"，这短短的三句起笔，顿生突兀峻刻、触目惊心的感觉。

　　以下作者并没有详细描述杨贵妃的事迹，而是直接引入马嵬坡贵妃身死的结局，又借着"杨妃袜"的传说，对杨贵妃进行冷嘲热讽。而此曲题目里的"天宝补遗"，其所"补"的无疑就是"死而无怨"四字了。杨妃袜"得了看钱"是安史之乱平定后的插曲，作者的这一笔虽然简短，却把当时的历史史实呈现到读者的面前。

　　唐玄宗因贪恋美色而招致国祸，安禄山也因杨贵妃的缘故而的得到玄宗宠信，这正是元人将安史之乱多诿罪于"太真妃"的缘故。这种观点虽然片面，但从本篇对杨贵妃的口诛笔伐中，不难见出元散曲小令借题发挥、尺幅兴波的艺术特色。

朝天子 闺中

◎张可久

与谁、画眉，猜破风流谜。铜驼巷里玉骢嘶，夜半归来醉。小意收拾，怪胆矜持，不知羞谁似你！自知、理亏，灯下和衣睡。

【译文】

与谁共画眉之情，总算猜破这风流谜。铜驼巷里骏马嘶叫着，骑马夜半归来的丈夫一副醉醺醺的样子。他殷勤小心地服侍，借酒劲纠缠个不停，而妻子放胆矜持：不知羞，谁似你！他自己也知道理亏，只好在灯下和衣躺下。

【赏析】

中国古人对妻子有三纲五常的要求，以举案齐眉为理想的夫妻关系。在夫妇的感情方面也只能含蓄，如汉代的张敞因为喜欢为妻子画眉而得不到朝廷重用。而本曲以夫妻关系为题材，在文人作品中确实别具一格。

首先描写妻子的心理，久候至半夜而忧喜参半的妻子，对丈夫行踪的猜测占据了整个脑海，因此丈夫一回家迎面一句"与谁画眉？"脱口而出，此问话必伴随一种猜破丈夫风流事的狡黠之态。试用另一句来代替："与谁瞎混？""瞎混"之词必与怒吼之态齐发，而"画眉"一词则把妻子猜疑未定、佯装生怒、语稍带怨恨的轻斥之态描绘得绘声绘色。而由其词之雅也可想见其人之纯雅。

接下来才描写事由。以"铜锣巷"点明事件发生的地点。俗语有"铜锣陌上集少年"之说，取汉代典故，"铜锣巷"一般指富家公子居住的街道。首句如果当作妻子的内心独白，则妻子完全相信丈夫有风流韵事，此则故事就纯粹是一出夫妻纠纷。如果将之处理为语言，则为倒叙手法。晚归的丈夫在轻斥中羞愧难当，连忙小心地服侍，并借着酒意纠缠妻子。妻子怕丈夫过于辛劳，放胆矜持，佯怒轻喝："不知羞谁似你！"于是劳累已极的丈夫借势假装理亏和衣睡下。

如果把第一句当作语言描写，那么此则故事还可以当作一种隔墙所闻的短剧。在半夜，疾驰而回的马蹄声与喧哗声吵醒了一条街道的邻居。听到有酒醉之人被人扶回，然后听到女主人一句轻喝，或者是先听到轻喝，才意识到有酒醉之人夜归。然后是夫妻间的小争斗声，最后听到妻子的一声"不知羞谁似你！"然后整条街又恢复了夜的宁静，于是所有的人猜测丈夫理亏和衣睡下了。最后一句"灯下"可以为读者画出一幅剪影。

将第一句当作一问一答，那么女主人的角色就要进行转换。女主人轻声短问："与谁？"因夜静突兀，省略问在生活中很常见，其他的猜测之态全可由动作表情补足。而男人答曰："画眉！"意指回家陪妻子去了。那么此女主人为其外室。而最后的一句也可以看作两句，男人纠缠女人，女人醋味极浓，骂道："不知羞！"男人回嘴道："谁似你！"意思是妻子与她完全不是一类人，也可当作对这个女子的一种轻蔑之情。不加标点更能体现其语句衔接之快。最后男人发现自己得罪了女人，感到理亏，于是和衣睡下。

张可久的散曲读来五味俱全，由此则散曲可见其艺术手段之高明。

人月圆　山中书事

◎张可久

兴亡千古繁华梦，诗眼倦天涯。孔林乔木，吴宫蔓草，楚庙寒鸦。

数间茅舍，藏书万卷，投老村家。山中何事？松花酿酒，春水煎茶。

【译文】

千古以来，兴亡更替就像繁华的春梦一样。诗人用疲倦的眼睛远望着天边。孔子家族墓地中长满乔木，吴国的宫殿如今荒草凄凄，楚庙中，乌鸦飞来飞去。

几间茅屋里，藏着万卷书，我回到了老村生活。山中有什么事？用松花酿酒，用春天的河水煮茶。

【赏析】

此曲是张可久晚年在杭州居住时所作，写作风格略有改变，以往他都是以淡雅秀丽的风格特征为主，而此曲一改常态，风格趋于豪放，语言也质朴浅显。以"怀古"之名，来表达自己已看透世事、心生厌倦，故而隐居山野，自得其乐的事实。

曲子可以分成两个部分，上半部分到"楚庙寒鸦"，下半部分从"数间茅舍"一直到曲子结束。这两部分互相映照，分别是从纵向的时间和横向的空间这两个角度来描摹历史，抒发情怀，告诉读者，历史兴衰不过如一场大梦，虚幻缥缈。"兴亡千古繁华梦，诗眼倦天涯"气势雄浑，在感叹历史的同时抒发了徒有凌云壮志，却无施展之机的遗憾。一个"倦"字写尽了心酸过后的疲惫和无可奈何。接下来的三个句子是一个鼎足对，"孔林""吴宫""楚庙"的繁华已尽，凄凉萧瑟，与首句呼应，是作者"诗眼"所观，字里行间都渗透着对世事易变的慨叹。

曲的下半部分转入到对自己当下生活的描述，也算是因"诗眼倦天涯"后的现实选择不管是"茅舍""村家""山中""松花""春水"这些恬淡生活的渲染词句，还是藏书万卷、饮酒作诗、读书品茶的惬意之为，都是可以"投老"之事。

全曲以时间为线索，写作者从"倦世"到"归隐"再到生出"松花酿酒，春水煮茶"的乐趣，情感上从愤慨转为平静。全曲情景交融，跌宕起伏间又涵蕴深沉。

落梅风　江上寄越中诸友

◎张可久

江村路，水墨图，不知名野花无数。离愁满怀难寄书，付残潮落红流去。

【译文】

江边小村外的小路，好似一幅水墨画，无数不知道名字的野花点缀其间。我满心离别之情，却不能与你互通书信，只能把这段忧愁，寄托给消落的潮水，和落花一起漂走。

【赏析】

这是一首写景抒情的曲子。

作者离家在外，坐在小舟上看两岸的景色。"水墨图"既突出了江上景色的淡雅疏旷，同时还很贴切地表现出江上气候的湿润。"不知名野花无数"则暗示作者对他所在的地方并不熟悉，他注意到沿岸的鲜花，却叫不出它们的名字。也许是这些不知名的野花让作者想到了自己异乡客的身份。接下来，作者突然将笔墨从江畔风光转到了离愁上。

"离愁满怀难寄书"，漂泊在外，作者有千言万语想说给远方的家人，却无奈无法将书信寄到家人手中。眼前的景色虽美，可惜却无亲朋好友一起分享，更不要说满腹的心事了。"付残潮落红流去"意味深长。落红和前面的野花呼应，花落入潮中，不知被潮水带到哪里。而这花就好像此时漂游江上的作者，作者被命运的水流推向陌生的远方，身不由己，怅惘之情溢于言表。曲末这句实是触景伤情，自伤自怜之语。恬淡的景色和离愁形成对比，更显出作者的飘零之苦。

普天乐 秋怀

◎张可久

为谁忙？莫非命。西风驿马，落月书灯。青天蜀道难，红叶吴江冷。两字功名频看镜，不饶人白发星星。钓鱼子陵①，思莼季鹰②，笑我飘零。

【注释】

①子陵：指东汉隐士严子陵。他与东汉光武帝刘秀是故交，刘秀登帝位后多次召他出仕辅政，他皆不受命，甘居山林，以耕钓为乐。②季鹰：指西晋的张翰（字季鹰）。他见秋风起而思吴中的莼羹、鲈鱼脍，于是弃官还乡。

【译文】

为谁忙碌呢？无非生计罢了。驿马在西风中奔驰，月儿落下，还在点灯念书。走蜀道比登天还难。到处是红叶，吴江显得那么凄冷。为了"功名"俩字，镜中的自己已长出星星点点的白发了。当年，严子陵在江边钓鱼，张翰因思念莼羹、鲈鱼而还乡。可笑的是我，一生都在飘零。

【赏析】

张可久一生怀才不遇、落魄伤怀，在时官时隐的生涯中遍游了江南的名胜古迹。其散曲多有自感身世、抒发时世感慨的作品。

  本曲以设问起头，将一切归于命运。此处既表达出作者的无奈，又有宿命论的消极意义。接下来，一生无所遇合、抱负无处施展的作者于秋日回顾了自己从前潜心苦读、四处求仕的辛劳岁月，感到无限惆怅。"西风驿马"，自然使人想起马致远《天净沙·秋思》中"断肠人在天涯"的曲故，游子跋涉的艰辛、旅途的孤寂无依、思念亲人的乡愁、功名的无成等等尽在不言中。而"青天蜀道难"极力渲染旅途的艰难，此处化自李白的《蜀道难》，诗曰："危乎高哉！蜀道之难，难于上青天。"此句与对句"红叶吴江冷"，一写高危的山势点明旅途中不可逾越的险阻，一写严寒的天气点明环境的恶劣。此处以自然环境造成的障碍为功名无成找出客观原因。而作者已经度过了青春时期，理想抱负都随流水远去，即使追求功名的心念尚还未老，但岁数不饶人，看着镜中星星点点的白发，他凄凉而无奈。

  继而想起对近在咫尺的功名视而不见的严子陵，想起为了舒心地吃上一口家乡菜便抛弃了簪笏的张翰，不由得自感惭愧，因为命运并没有逼迫他一定要在功名路上奔波劳碌。他因而发出了曲首的感叹："为了谁这样奔波劳碌一生？且莫责怪命运。"

  曲子语言清丽，感人肺腑。"青天蜀道难，红叶吴江冷"两句色彩对映鲜明，意象开阔，"难""冷"二字却透露出无限凄凉，一唱三叹，令人玩味不尽。句尾联系前贤高士，对比自身，对于超脱世俗生活的向往和入世之情的难以割舍相互纠缠，令人叹惋。

普天乐 花园改道院

◎任 昱

锦江滨，红尘外。王孙去后①，仙子归来。寒梅不改香，舞榭今何在②？富贵浮云流光快③，得清闲便是蓬莱。门迎野客，茶香石鼎，鹤守茅斋。

【注释】

①王孙：公子。②舞榭：供歌舞用的楼屋。宋辛弃疾《永遇乐·京口北固亭怀古》中有"舞榭歌台，风流总被雨打风吹去"一句。③流光：此处指光阴、岁月。

【译文】

这花园坐落在繁华的江边，却独立在红尘之外。公子王孙都走了之后，来了一群神仙。梅花没有改变它的芳香，那歌舞升平的台榭，如今到哪里去了？人世的富贵，犹如浮云一样，时光流转，是那么地快。所以啊，要是能得着清闲，你住的地方就是蓬莱仙岛了。那大门迎接着旅客，茶水的清香从石鼎中飘出。一只白鹤守候着这茅草搭就的斋房。

【赏析】

这锦江畔的道院原是富家的别墅花园，因为远离尘世，如今被改作了道院。富家子弟们不再到这里来游赏，高洁的隐者则因为此地环境静美移家来住。王孙去，舞榭不存。作者向往清闲自在的生活，虽无富贵之乐，却也了无衰败之苦。

傲寒的梅花不改清香，但再高大的舞榭也难免荒没无闻的结局。隐者体悟到富贵如浮云一样虚幻无定、转瞬即逝，仙家的逍遥不过是清闲自适。他在这里与村夫野老相交游，以石鼎烹茶，用鹤守茅斋。

此曲运用了许多的对比手法，风格清新，意蕴悠远，充满了哲理意味。

⊙作者简介⊙

任昱，生卒年不详，字则明，四明（今浙江省宁波市）人。与张可久、曹明善交好。曾一度流连青楼歌管，晚年发奋读书。善七言诗，工于曲作。曲子多以宴游、送别、怀古、男女恋情为题材，感情真挚、用语清丽、情质深婉。《太和正音谱》将其列于"词林英杰"一百五十人中。

金字经 秋宵宴坐

◎任　昱

秋夜凉如水，天河白似银，风露清清湿簟纹①。论，半生名利奔。窥吟鬓②，江清月近人。

【注释】

①簟（diàn）：竹席。②吟鬓：作者的鬓发。

【译文】

秋天的夜晚凉飕飕的，像水一般，天上的银河雪白雪白，像银子一样。露水清澈，弄湿了竹席。说一说，半辈子为名利奔波。看看自己的头发，江面清明，月亮离人那么地近。

【赏析】

此曲是作者于秋夜宴席上所作，紧扣秋夜清凉爽净的特点。

作者用"水"形容秋夜的凉,给人以舒爽之感,同时还写出了秋夜空气的清新。也正因如此,所以人才可以看到满天繁星有如白银。这样的夜晚让作者深深体会到自然的奇妙。他开始后悔自己将太多时间花费在功名上,没能好好地静下心来体会自然之美。"江清月近人"化自唐代诗人孟浩然的《宿建德江》,表现出作者沉浸自然的愉悦心情,当人开始亲近自然,自然景物便好像也拥有了人的情感,变得可亲起来。但这愉悦中又有着淡淡的哀愁,"窥吟鬓"多少蕴含着对时光一去不复返的怅惘。

曲子语言清雅,意蕴深长,让人回味无穷。

清江引 积雨

◎任 昱

春来那曾晴半日,人散芳菲地。苔生翡翠衣,花滴胭脂泪。偏嫌锦鸠枝上啼①。

【注释】

①锦鸠:一名鹁鸪。因其在将雨时鸣声特急,故古人有鸠鸣呼雨的说法。

【译文】

这个春天哪有过半天晴天?花草丛中,游人早已散去。地上的苔藓像是给地面穿上了一件翡翠色衣裳,花朵上滴下和着脂粉的眼泪一般的露水。最讨厌的是树枝上鹁鸪的叫声。

【赏析】

此为爱春、惜春之作。

"春来那曾晴半日",起首一句满含怨意。原来是好容易盼到了春天,却不料多日天公不作美。"人散芳菲地",春景虽美,无奈开春以来阴雨不停,已无人前去游赏。作者情有不甘,还是冒雨出户欣赏春色,他驻足雨中,仔细观察雨中春景。

以下三句记录所见雨景。苔藓的颜色让作者联想起鲜艳的翡翠,花瓣上的雨珠则让他联想到"胭脂泪",他不知不觉沉醉在这美丽的景致中。

就在这时曲中偏生风波,不断啼叫的斑鸠扰乱了他的心情。"偏嫌"写出了作者的懊恼之情。在古代,有"鸠报雨,鹊报晴"的说法。鸠的啼叫让作者猜想雨一时半会儿还不会停止,这对希望天气早些放晴的作者而言实在是扫兴的事情。

曲子柔婉绮丽,充满情趣,尤其是"苔生翡翠衣,花滴胭脂泪"一句,有颜色,有质感,发人联想,引人回味。

作者在写此曲时运用了大量婉丽辞藻,反映出作者对美好事物的喜爱。只是这之中多少有些苦中作乐的意味。作者有意让自己欣赏雨中美景,以宽慰惜春之心,但最终不免将这情绪带入写景状物中。

惆怅之情以绮丽之语来表达,便使得惆怅越来越柔婉悠长。

清江引 钱塘怀古

◎任 昱

吴山越山山下水,总是凄凉意。江流今古愁,山雨兴亡泪[①]。沙鸥笑人闲未得[②]。

【注释】

①兴亡:复词偏义,偏指"亡"。②闲未得:即不得闲。

【译文】

吴山、越山下的这片江水，总是满含着凄凉之意。江水流淌，古今往事，勾起了我的忧愁；山上的雨点像为兴亡交替而流的眼泪。那沙鸥嘲笑着我从来没有过闲心。

【赏析】

钱塘江以澎湃大潮著名于世，杭州则是曾经的南宋都城。作者于钱塘怀古，由滚滚江潮、濛濛山雨牵起兴亡悲叹，牵动故国情愁。作者面对满目清丽的山水，想到江山未改而朝代频迭，借古思今，不由觉得奔流的钱塘江水就像千载愁恨悠悠不绝，山中飘洒的雨丝如同是对兴亡无常的朝代抛洒的悲悯的泪滴，绵绵无期。末句"沙鸥笑人闲未得"笔锋一转，既是对自己在现实中为生计奔波，不能归隐的自嘲，也是自笑多情、多感，同时也是宽解之语。

水仙子 幽居[①]

◎任 昱

小堂不闭野云封，隔岸时闻涧水舂，比邻分得山田种[②]。宦情薄归兴浓，想从前错怨天公。食禄黄齑瓮[③]，忘忧绿酒钟，未必全穷[④]。

【注释】

①幽居：题目中的幽居有两重含义。一是指幽静的住所，二是指隐士的住所。②比邻：隔壁的邻居。③黄齑：干盐菜。指粗茶淡饭。④穷：不得志。

【译文】

小小的屋堂门没有关上,是云烟把它遮住了。对岸不时传来人们在涧水中舂米的声音。我从邻居那里要来了一片山林耕种。求官的兴致淡薄了,归隐的兴致浓了。想起以前的自己,错怪了老天爷。吃着些粗茶淡饭。喝着自酿的烧酒,忘记了忧愁,即便不得志这日子也不算是彻底困窘的。

【赏析】

曲子前两句介绍了作者的居住环境。"小堂不闭"说明作者所在的地方民风淳朴,即使大敞屋门也没有什么关系。"野云封"告诉读者这个地方远离闹市,在高高的山上。"隔岸时闻涧水舂"则反映了当地人的勤劳质朴。从起首二句可以看出作者十分喜爱这里的生活。他"比邻分得山田重",自力更生,自给自足,大有在这里长久居住的意思。

"宦情薄归兴浓",作者越是回想往事,便越觉隐居生活的美好。这种美好是建立在心灵层面的。人心在宦海,便不可避免背上名利的包袱,时间一长就患得患失。"怨天公"就是患得患失的表现之一。但放下了这颗入仕之心,就会安于平淡,易于满足,即使吃的是粗茶淡饭,也没有怨愤淤积心中,更何况还有酒可以帮助人消除忧虑。作者在曲末得出结论,选择归隐,未必就是不得意之时的无奈之举。

从"怨天公"到"未必全穷",此曲表面写隐居生活,实际却是作者对自己精神思想的一次剖析。他回顾了自己的心路历程,审视了自己心态的变化,实现了思想层面的一次提升。对归隐生活的肯定对应的是对淡泊名利的人生观的肯定。

阅金经 春

◎徐再思

紫燕寻旧垒①，翠鸳栖暖沙。一处处绿杨堪系马②。他，问前村沽酒家。秋千下，粉墙边红杏花③。

【注释】

①旧垒：旧巢。②"一处处"句：王维《少年行》："系马高楼垂杨边。"此用其意。③"问前村"三句：隐括杜牧《清明》诗："借问酒家何处有？牧童遥指杏花村"的诗意，且形象更为丰富。

【译文】

燕子在寻找着旧时的巢，翠绿色的鸳鸯停在暖暖的沙滩上。一棵棵杨树正好用来拴马。他正在打听前面村子里卖酒的人家在哪里。在那秋千架下，粉白的墙边，开放着粉红的杏花。

【赏析】

首句化北宋阮逸女《浣溪纱》的句子，此诗曰："新叶初发淡无痕，春山交映绿为魂。轻烟半笼小黄昏，燕子归来寻旧垒。风华尽处是离人，花随柳絮落纷纷。"此诗在春意盎然的描写中满含着对春尽离别的隐忧。本曲化"燕子归来寻旧垒"整句为首句，为全曲定下隐忧基调。首两句对仗工整，也形成对比。燕子南来北往，即使回到旧垒，只怕旧时所爱再也找不到旧垒；鸳鸯则以"栖"字描绘，与描写燕子之"寻"相比，一种静谧安详、满足怡然的情态呼之欲出。正如唐朝杜牧《鸳鸯》"两两戏沙汀，长疑画不成"，"凫鸥皆尔类，惟羡独含情"所描写的那样。此处以莺莺燕燕与鸳鸯的对比来比喻风尘女子与良家女子的差别。接下来出现一个少年游子，骑马者以长途跋涉为多，他为春景所陶醉，愿意停下脚步系马买醉。"堪"字将春天风光宜人、令人喜之不禁的情形表达出来。

曲后半进一步点明主题。整半片曲化杜牧《清明》诗的意境，而去其村景的质朴和恬淡色彩，代之以"秋千""粉墙"的脂粉气，与前文的鸳鸯前后照应。其化《清明》诗的意境，不免使人冥想其追怀忘人的意味。与前文的"寻"字对应，自然而然世人争相传诵的"人面桃花"故事于此显得颇为切题，崔护《题都城南庄》诗曰："去年今日此门中，人面桃花相映红。人面只今何处去，桃花依旧笑春风。"崔护的故事赞美了少年时代纯真而美好的爱情。本曲没有点明少年游子此回是寻觅旧时酒家，也并没有指明游子此番是寻人，而其旨意全用背景的方式作衬，首两句对偶在联想阐发的基础上才获得了比兴手法的推测结论。只有深析本曲才能使其隐含的多层意义在领悟中层层臻明。

全曲语言清丽，描写的风景如诗如画，描写春景，色彩鲜明多变，纯以工笔描绘，如用了"紫""翠""绿""粉""红"，五种色彩点缀画面，真是五彩缤纷。

⊙作者简介⊙

徐再思（约1280—1330），字德可，因酷爱甜食，所以自号甜斋，嘉兴（今属浙江省）人。与张可久同时。其散曲多以自然风景和闺阁之情为主题，语言清丽俊俏，风格细腻委婉，今存小令一百零三首。后人将其作品和贯云石的合为一集，后者自号酸斋，该集遂取名为《酸甜乐府》。

蟾宫曲 春情

◎徐再思

平生不会相思，才会相思，便害相思。身似浮云[①]，心如飞絮，气若游丝。空一缕余香在此②，盼千金游子何之③？证候来时④，正是何时？灯半昏时，月半明时。

【注释】

①身似浮云：形容身体虚弱，走路晕晕乎乎，摇摇晃晃，像飘浮的云一样。②余香：指情人留下的定情物。③盼千金游子何之：殷勤盼望的情侣到哪里去了。何之，往哪里去了。千金：喻珍贵。千金游子：远去的情人是富家子弟。④证候：即症候，疾病，此处指相思的痛苦。

【译文】

有生以来都不懂相思，刚懂了相思，便害了相思。身子像飘浮的云儿一样，心像纷飞的柳絮，气息微弱，像游丝一般。空剩下一缕余香留在这儿，我的心上人去了哪里？相思病要是来了，是在什么时候呢？是灯光半昏半明的时候，是月亮半明半暗的时候。

【赏析】

这是一首闺妇思夫之作。

曲子起首句连用三个"相思"，一下子就点明了整首曲子的主旨，旗帜鲜明地展示了作者写本首曲子的目的。同时，读者从这三个"相思"中，足可感受到少妇对丈夫的忠贞和感情的热烈，同时，此句又展现了少妇的纯真和多情。"才会相思，便害相思"，又透露出她与丈夫共同生活不久就天各一方，自己独守空房的可悲遭遇。仿佛我们听到了少妇在喃喃自语，这自语中却掺杂着无尽的哀怨，也掺合着少妇敢为情死的意念。首句寥寥几语便展现了极为丰富的内涵。

"身似浮云"三句，是漂亮的鼎足对。"身似浮云"表现了少妇坐卧不宁的心态；"心如飞絮"表现了少妇的魂不守舍；"气若游丝"表现了少妇因思念而恹恹欲病的形态。作者通过对少妇身、心、气的描写,将少妇"便害相思"的情态表现得淋漓尽致。短短几句,就足见女主人公的相思之苦、恋情之深。

尽管如此,丈夫远在千里,善良而多情的少妇只好以燃起炉香的方式为出游在外的丈夫祈祷祝福,把自己的心意寄托于冥冥苍穹。当最后一缕炉香的余烟飘入空中,少妇心中也不由得生气自己的疑惑:自己苦苦相思的丈夫到底身在何处呢?他能否如自己所盼的那样早回家门呢?到此,作者点出了少妇相思的根源。几句话,就将我们带入一个余香缥缈,思情摇摇、迷乱怅惘的意境。

最后,作者又着重点明了少妇害相思病最严重的时刻——"灯半昏时,月半明时"。将少妇孤灯伴长夜的寂寞推向极致。一连四个"时"字,将这相思绝好地展现出来,强化了主旨的表达。

沉醉东风 息斋画竹①

◎徐再思

葛陂里神龙蜕形②,丹山中彩凤栖庭③。风吹粉箨香④,雨洗苍苔冷,老仙翁笔底春生。明月阑干酒半醒⑤,对一片儿潇湘翠影⑥。

【注释】

①息斋:元画家李衎,号息斋道人。善绘竹,有《竹谱》。②葛陂里神龙蜕形:《神仙传》载,东汉费长房身跨青竹杖腾身入云,下地后弃杖于葛陂水中,竹杖即化为青龙。葛陂,湖名,在河南新蔡县境内。③"丹山"句:《山海经·南山经》:"丹穴之山有鸟焉,其状如鸡,五彩而文,名曰凤凰。"古人谓凤凰以竹实为食。④箨(tuò):竹的壳叶。⑤阑

干：纵横的样子。⑥潇湘翠影：谓竹。湘地以产斑竹著称，称湘妃竹，相传为湘夫人泪点洒竹而化。

【译文】

这竹像是葛陂中的神龙幻化出真身，丹山中的凤凰也飞来，栖息在庭院里。风儿吹过，仿佛夹带着笋壳的芳香，雨水清洗过的苍苔，泛着微微的冷意。你这老神仙，笔下生出了无限春意。当明亮的月光照在栏杆上，我酒后初醒，看着这画儿，就像是面对着一片活生生的潇湘竹林。

【赏析】

元代画家李衎，号息斋道人，善画竹石，有《竹谱》行世，此曲即品评其竹画。在当时李衎的画非常受人追捧。据记载，李衎师从李颇，其所画之竹，两百年来都没有人能超越。他曾经深入竹林，悉心揣摩竹子的情状。

曲首引用两个神话典故：传说东汉费长房跨青竹杖腾身入云，落地后弃杖于葛陂水中，竹杖即化为青龙；古人认为凤凰以竹为食，故此处称彩凤栖庭。此两句喻写画作之神奇。中间三句进一步描写画作风貌：一竿竿新竹带粉飘香，竹根边的青苔好像被雨淋过，显得分外滋润，真所谓"笔底春生"了。结以酒意半醒，观赏画中潇湘翠影，朦胧中尽显竹之神韵。

曲子前四句连用两组对仗，使曲子显得工整、严谨。中间三句正面描写画作真貌，清丽生动。最后两句写醉中赏画，朦胧而充满神韵。

沉醉东风 春情

◎徐再思

一自多才间阔①，几时盼得成合。今日个猛见他门前过。待唤着怕人瞧科②。我这里高唱当时水调歌③，要识得声音是我。

【注释】

①多才：对所爱的人的爱称。间阔：即久别。②瞧科：看见，发现。③水调歌：《碧鸡漫志》载：隋炀帝开凿汴河时，曾制《水调歌》。《水调》，是唐时大曲，其歌头称为《水调歌头》，此处的《水调歌》，当指《水调歌头》。

【译文】

自从和心爱的人儿久别，何时盼到跟他相聚过！今天猛然间看见他从门前走过，想叫他一声又怕被别人看见。我高声唱起离别时唱过的水调歌，他一定要听出来那是我的声音啊。

【赏析】

全曲用一个少女的口吻描写人物的内心独白，将女子的心理活动刻画得细腻微妙、入木三分，一个恋爱中急切情真的女子形象呼之欲出。

女子的内心自述隐含其恋爱经历的描述，她与恋人阔别多时，首句用"一自"，表明从分手之后那一刻起，她的思念就没有停止过，她的思想非常单纯而朴素，只是"盼得成合"。而这时少女猛然间看到阔别已久的恋人从门前走过，想要叫他，又怕被别人看见。她灵机一动，高声唱起从前两人都很喜欢的《水调歌头》，以唤起恋人的记忆，以让他循音而来，与自己再续前缘。少女的娇俏聪明之态仿佛显现在读者面前。

此曲曲尾戛然而止，似有未完之意。以此留给读者无穷的想象空间和余味。可以想象她的恋人听到她的歌声会有何反应，此后将发生什么样的故事，使读者也关心起这个女子的命运来。

曲子全用白描的手法，语言极具民歌特点。曲中无一句文人词藻，无一处评论及作者感情的流露，作者完全隐匿，用一种极冷静的处理手法描述，客观地展现事实。而这种客观描写将一个个性极强的少女形象展现在读者面前，使人对她的纯真多情和直率活泼产生喜爱之情，作者对她的褒扬之情也就不言而喻了。

蟾宫曲 送沙宰[①]

◎徐再思

宦游人过钱塘[②]，江水汤汤[③]，山色苍苍。马首西风，鸡声残月，雁影斜阳。男子志周流四方，循吏心恪守三章[④]。岐麦林桑[⑤]，渡虎驱蝗[⑥]。人颂甘棠[⑦]，春满琴堂[⑧]。

【注释】

①沙宰：姓沙的州县长官，名不详。②钱塘：今浙江杭州。在钱塘辖境内的浙江江段称钱塘江。③汤汤：浩浩荡荡。④三章：法律。从刘邦入关"约法三章"的成语衍出。⑤岐麦：汉代张堪为渔阳太守，民作歌谣曰："桑无附枝，麦穗两岐。张君为政，乐不可支。"岐，同"歧"。林桑：南朝梁时沈瑀为建德百姓每人种十五株桑树，人咸欢悦，顷之成林。⑥渡虎：东汉宋均任九江太守时，郡多虎患。宋均至江，除削赋税，群虎相与东游渡江。驱蝗：东汉卓茂任密县令，爱民如子，值天下大蝗，河南二十余县皆被害。又东汉的鲁恭、宋均，皆有类似的作为，后人遂以"驱蝗"喻县令的德政。⑦《甘棠》：篇名。相传因召伯循行南方，曾在甘棠树下休息，百姓感思其德而作。⑧琴堂：春秋时宓子贱任单常日弹琴，身不下堂而地方大治。后遂以琴堂指称县官的办公之处。

【译文】

　　我这在外做官的人路过了钱塘。江中的流水浩浩荡荡，山色苍茫。西风吹拂着马儿，鸡叫声里，天空中升起一片弯弯的月亮，夕阳里有一群大雁飞过。好男儿应该志在四方，当个好官，严守法律规章。你要鼓励农桑，驱除灾患，为人称颂，让你所管辖的地方大治。

【赏析】

　　这是一首馈赠之作，作者没有将笔墨放在惜别之情上，而是将自己带入到远行的情景之中，歌咏志向，鼓舞友人。"江水汤汤，山色苍苍"，化自范仲淹的《严先生祠堂记》，"汤汤"与"苍苍"既写出了友人所去之地的遥远，又让读者感受到二人相别时的苍凉心情。后面的"马首西风，鸡声残月，雁影斜阳"则含蓄地表明了二人心情苍凉的原因——友人的前路困难重重。

　　"男子志周流四方"，作者突然笔锋一转，一扫前面的沉郁，赋予了曲子积极豪迈的气息。他援引刘邦约法三章的典故，寄语友人要为民做事，做个善待百姓，勇于向社会黑暗挑战的好官。而在曲的末尾，他又援引召伯循行南方和宓子贱弹琴的典故，表示对友人的信心，让曲子的基调变得明朗昂扬。

　　全曲感情深沉，用典自然贴切，人称徐再思"以清丽工巧见长"，但这首曲子却反映了他清朗俊逸的一面。

水仙子 惠山泉[①]

◎徐再思

　　自天飞下九龙涎，走地流为一股泉，带风吹作千寻练[②]。

问山僧不记年，任松梢鹤避青烟。湿云亭上③，涵碧洞前，自采茶煎。

【注释】

①惠山泉：又称惠泉，在江苏省无锡市内惠山的白石坞下，水味醇美，被誉为"天下第二泉"。②千寻：形容极长。古以八尺为一寻。③湿云亭：及下句的"涵碧洞"，都是惠泉旁的景点。

【译文】

从天上飞下了巨龙吐出的涎液，落在地上，流淌成了一股清泉，被风儿吹成了一条千寻长的白练。问过山中的和尚，也不知道已历经多少年了，任凭松树梢头的白鹤躲避在苍翠的云烟里。径自在湿云亭边，涵碧洞前，兀自采来茶叶煮来品尝。

【赏析】

惠山泉位于江苏省无锡市，因其水质绝佳而称名于世。相传经唐代陆羽亲品其味，故一名陆子泉。宋苏轼有《惠山谒钱道人》诗曰"独携天上小团月，来试人间第二泉"。元代大书法家赵孟頫专为惠山泉书写了"天下第二泉"五个大字。此散曲为描写惠山泉的名曲。

作者欲称道惠山泉之水质，先描绘其流泉形态之美。首句从九龙峰的飞泉入手，化用李白《望庐山瀑布》中家喻户晓之句"飞流直下三千尺，疑是银河落九天"。唐代陆羽《惠山寺记》曾介绍过九龙峰的得名："山有九陇，若龙之偃卧然。"因此本曲首句曰："自天飞下九龙涎"，以泉水比喻为"龙涎"。而又化李白《将进酒》中"黄河之水天上来"的句子，谓之曰"自天飞下"，既使人想象其峰之高，又使人想象飞泉长泻之奇观。写泉水落入平地后在地面蜿蜒游行流淌之状，采用拟人手法，用"走地"二字写其悠然。而以挂于崖间的泉水比作一匹长长的随风摇动的白练，恰如唐徐凝《望庐山瀑布》"虚空落泉千仞直，雷奔入江不暂息。今古长如白练飞，一条界破青山色"一诗意境之灵逸生动。本曲起三句鼎足对采用夸张、比喻、拟人等手法交代了泉水的来龙去脉。在作者笔下，惠山泉源远流长，因山形奇丽多姿而形成种种态势的汩汩清泉，或如龙涎飞吐、雄奇壮观，或如平原走马、恣行无碍，或如悬空白练、飞动飘逸。

至此来访者已饱餐秀色，接下来是直奔主题了。先从山僧松鹤的"不记年"令人遐想仙寿。古言云："松鹤延年"，也令人默叹其闲云野鹤的闲适生活。最后三句点题：山僧"不记年"的原因是耽于煎茶呀。惠山泉以水质佳而闻名，作者慕名而来，山僧松鹤饮其水而延寿，则为泉佳之证。"自采茶煎"以一个"自"字来表达山僧们坦然自若、心无旁骛、宁静悠然之态。"山僧""松鹤""湿云亭""涵碧洞"这些景物于此形成一种世外仙境般的美丽奇景，使人对出于此境的惠山泉水产生一种喜爱之情。

水仙子 夜雨

◎徐再思

一声梧叶一声秋，一点芭蕉一点愁，三更归梦三更后。落灯花棋未收，叹新丰孤馆人留[①]。枕上十年事，江南二老忧，都到心头。

【注释】

①"叹新丰"句：唐代马周未做官时，客游长安，住在新丰旅店中，穷困潦倒，受尽店主人白眼。新丰，在今陕西临潼县东。馆，旅舍。

【译文】

梧桐叶每响一声就增添一分秋意，芭蕉叶上的雨点每落下一点便增添一点愁伤。我在三更时分梦见自己回到了家乡。灯芯的余烬落在地上，棋盘还没有收拾好。可叹我就像马周一样，寄居在孤寂的旅馆中。我在枕头上回想着十年来的往事。江南那两位老人还在为我独自在外而担忧，这一桩桩心事，都萦绕在我的心上。

【赏析】

首句以雨打梧桐破题，使人直思白居易《长恨歌》中的诗句："春风桃李花开日，秋雨梧桐叶落时。"此处以春华秋凉的对比来表达生离死别的长恨。而此曲的游子远游于异乡，夜卧孤馆，正如司马光《孤桐》诗所叹"初闻一叶落，知是九秋来"，萧瑟落寞的情怀随着一叶的降落刹时充满心头。梧桐向来与凤凰相关联，因为凤凰非梧桐不栖，爱梧桐者无不以之作为高洁、不同流合污以及忠贞的象征。如晏殊《撼庭秋》有诗句："别来音信千里，恨此情难寄。碧纱秋月，梧桐夜雨，几回无寐！"此处与《长恨歌》一样以"梧桐夜雨"独卧的悲凉来表达对爱情的忠贞之情。

紧接首句，接下来描写游子百无聊赖，听着雨滴随着高高的梧桐叶落下，敲打在芭蕉上，离愁难遣的情形。李煜《长相思》中有诗句："秋风多，雨如和，帘外芭蕉三两窠，夜长人奈何。"林逋《宿洞霄宫》曰"此夜芭蕉雨，何人枕上闻"，更是深悲长夜愁苦的绵长无限。因之作者到"三更"午夜梦回，再难入眠，愁肠百结。

然后笔触从窗外转入室内，化南宋赵师秀的《约客》诗"有约不来过夜半，闲敲棋子落灯花"之句进一步强调独处的孤单。下一句更以"新丰"一词来表达作者的羁旅客愁和备受冷落的遭遇。而作者由此境引发身世之慨叹，联想到自己宦游不得志的经历以及落魄无依的悲惨境况，感慨万千，发出"枕上十年事"的感叹。此句取意于杜牧《遣情》："十年一觉扬州梦,赢得青楼薄幸名。"作者十年也只得了个薄情郎的名声。而以"十年"之久的悲伤游子情怀回想起年迈双亲,亲情之深厚感人之至、催人泪下。本曲以此作结,令人心神摇荡。

全曲通过对秋色的描写,表达了作者在外思念家乡和对自己潦倒落寞的际遇倍感无奈的情怀。其间离愁别恨、失意落魄的感伤、亲情无报的无奈等等种种寂廖凄凉的伤感情绪交织。全曲语言朴实无华、自然清新,数词量词的巧妙连用体现了高超的语言表达技巧。全篇情景交融,言短意长而感情真挚动人。其中将人生的失意落魄与亲情相融,更是独出心裁。

骂玉郎过感皇恩采茶歌 述怀

◎顾德润

蛛丝满甑尘生釜①,浩然气尚吞吴②。并州每恨无亲故③。三匝乌④,千里驹,中原鹿⑤。走遍长途,反下乔木⑥。若立朝班,乘骢马,驾高车,常怀卞玉⑦,敢引辛裾⑧。羞归去,休进取,任揶揄。暗投珠⑨,叹无鱼⑩,十年窗下万言书。欲赋生来惊人语,必须苦下死工夫。

【注释】

①甑:瓦制的饭锅。釜:铁锅。②浩然气:正大刚然之气,为儒家所要求的气质之本。《孟子》:"我善养吾浩然之气。"③并州:河北、山西的中北部一带,其地民风豪健。④三匝乌:喻无所栖托。语本曹操《短歌行》:"月明星稀,乌鹊南飞。绕树三匝,无枝可依。"⑤中原鹿:《史记·淮阴侯列传》:"秦失其鹿,天下共逐之,于是高材疾足者先得焉。"指群雄并争时在中原大地上建功立业。⑥乔木:故国。《孟子·梁惠王

下》："所谓故国者，非止谓有乔木之谓也。"⑦卞玉：春秋楚人卞和于荆山下得一玉璞，两次上献都被视为欺诳，第三次才受承认而得价值连城的"和氏璧"。⑧辛裾：魏时侍中辛毗好直谏，魏文帝曹丕不纳，起身入内，辛毗"随而引其裾"，拉住不放，终使文帝改变了成命。裾，衣袖。⑨暗投珠：即"明珠暗投"，喻怀才不遇。⑩叹无鱼：战国时齐孟尝君门下有食客名冯谖，因不得赏识，弹铗（长剑）作歌道："长铗归来乎！食无鱼。"

【译文】

饭锅中长满蜘蛛网，铁锅中尘土堆积，我我依旧有着勾践吞并吴国那样的豪情。我常常怨恨自己在并州没有亲人旧交。我是绕树三匝却找不到栖息之处的乌鸦，是一匹千里马，是中原人人争得的鹿。我走遍遥远的路途，却又回到了故园。假如让我进朝为官，乘着宝马，坐在高高地车子上，我一定像卞和怀玉那样拥持着真才实干，也敢像辛毗那样拉着皇帝的袖子直谏。如今我却惭愧地回到了家中，不再想进取功名，任由旁人笑骂嘲讪。我像明珠被扔在黑暗处，像冯谖那样因无人赏识而长叹，十年寒窗苦读，写成的万言书也毫无用处。要想说得出有生以来真正惊人的话，一定要下死功夫啊。

【赏析】

顾德润曾任杭州路吏，一生沉郁下僚。友人朱晞颜称他是"漫仕犹隐"的"隐吏"，"谑浪笑傲睨世而不废啸歌者"（《顾君泽真赞》）。

本曲题名述怀，是作者抒发怀抱之作。结合作者的生平来看，本曲的立意在宣泄怀才不遇的悲愤感慨，继续追求功业的心情显而易见。

此作采用了带过曲的形式。由〔骂玉郎〕〔感皇恩〕〔采茶歌〕三曲合成，抚今追昔，浮想联翩。篇尾能够重新反思自身，又表明心志要更加努力，其积极的态度在元代散曲中并不多见。

作品前三句叙述自己窘困的现状，饭锅已生尘埃，结蛛网，生计之窘困可以想见。但即便如此依然没有削减作者追求功业的豪情，不因贫困而堕失壮志。他盼望着与志同道合的人一起开创未来。

四至六句即转写其时群英竞展才华，追求实现抱负的的外界形势。七、八句述出事与愿违、自己满怀热情出来闯荡却失意还乡的事实。九至十三句展开了自己一旦得官遂志、飞黄腾达的联翩浮想。接下去又以六句诉说求仕路上屡屡碰壁、屡遭白眼的感慨。曲子以梦想和现实做反复对比，其中的悲慨之情如潮水激荡，越来越澎湃汹涌。结尾"欲赋生来惊人语，必须苦下死工夫"的结语警然出奇，虽然是牢骚满篇，但最终还是着眼自身，这样的精神和情怀在元代知识分子中是难能可贵的。

在表现手法上，这首曲有两个特点较为明显。一是在遣词造句上引经据典，几乎是句句用典。如"尘生釜"，用《后汉书·范冉传》"釜中生尘范史云（范冉字史云）"语；"吞吴"用杜甫《八阵图》"江流石不转，遗恨失吞吴"；"并州"句用李白《少年行》"经过燕太子，结托并州儿"意；"暗投珠"，用《史记·邹阳传》"明月之珠，以暗投人于道路"等。由于是述说平生抱负的作品，所以用典虽多却越能体现出作者对于人生和事业认真积极的态度。这与元代读书人普遍的玩世不恭的消极人生态度，甚至是很多诗歌满篇牢骚却空无一物的情况大相径庭，体现出卓尔不群的格调，有助于曲意的凝练雅饬。

二是在意象上，近于"意识流"的联翩浮想，不断将遐想与现实作对比的手法体现出回环往复又不杂乱无章的动感，使曲情随激荡不断增强。〔骂玉郎过感皇恩采茶歌〕句密韵促，又恰恰迎合了作者在浮想联翩中"述怀"的需要，这就使曲子的音韵和曲词达到了相互浑融、相得益彰的效果。

作者虽然失意却并没有被击倒。窘困的现状并不能夺走他的志气，失败不能让他心灰意冷，就连旁人的羞辱嘲笑也不能让他放弃奋斗追求的决心。相反，他还把这些挫折当成进一步完善自身的动力。将自己的壮志难酬归结在自己的学问，所下的功夫还不到家上。从中可以看出作者非常善于自省，心态十分积极。在元代，由于读书人的地位低下，这种励志类型的咏怀并不多见。

全曲音韵铿锵，累如贯珠，在不断追述怀才不遇坎坷经历的过程中，其向上进取之情却始终贯穿其中，仿佛打着鼓点的自励曲。人称顾德润作曲如"雪中乔木"，由此可见。

⊙作者简介⊙

顾德润，生卒年不详，字君泽（一作均泽），号九山，松江（今属上海市）人。曾任杭州路吏，后迁平江（今江苏省苏州市）首领官。其人才学高超，却怀才不遇，满腔愤嫉。

曾自刊《诗隐》及《九山乐府》。散曲作品慷慨悲昂，《太和正音谱》评其曲"如雪中乔木"。《北宫词纪》《朝野新声太平乐府》中收录了他大量的散曲。现存于世的作品有，小令八首，套数二套。

醉高歌带摊破喜春来 旅中

◎顾德润

长江远映青山，回首难穷望眼。扁舟来往蒹葭岸①，烟锁云林又晚。篱边黄菊经霜暗，囊底青蚨逐日悭②。破情思晚砧鸣③，断愁肠檐马韵④，惊客梦晓钟寒。归去难，修一缄回两字报平安。

【注释】

①蒹葭：芦苇。②青蚨：金钱的别称。悭（qiān）：指稀少。③砧：捣衣的座石或垫板。④檐马：悬于檐下的铁瓦或风铃。

【译文】

绵长的江面倒映着远处的青山，我回头远望，看不到边。小船在长满芦苇的岸旁来来往往。烟雾笼罩着山林，又到了傍晚时分了。篱笆边黄色的菊花被霜打过之后变得多么黯淡，我口袋里的银两一天天越来越少。傍晚的捣衣声一阵阵响着，打断了我的思绪；屋檐下铁马的响声，使我忧伤得肝肠寸断；清晨的钟声那么凄冷，把我这客居的人儿从睡梦中惊醒。要回家是那样的艰难，我只能写一封信，回复家人几个字，报一报平安。

【赏析】

首句的"长江远"使人联想到屈原的名句："路漫漫其修远兮，吾将上下而求索。"那么本曲作者追求至山穷水尽的地步也就可想而知了。"回首难穷望眼"，使人联想起屈原《涉江》中的"船容与而不进兮，淹回水而疑滞"。而作者又如屈原一样，"路幽昧而险隘，岂余身之惮殃兮！"接下来以"蒹葭"的意境描写乘舟溯回往来求索之状。《诗经·蒹葭》："蒹葭苍苍，白露为霜。所谓伊人，在水一方。"本曲作者取诗经对爱情的执着追求之意表达自己对理想的狂热执着之情。"又晚"感慨离乡日久、岁月流逝如梭的无奈。"黄菊"一句暗扣作者老景将至、白发苍苍的事实。"青蚨逐日悭"，既是因求索至日暮途穷，又是因求索无得、雄图无以施展。接着作者用三句鼎足对肆意渲染客居旅馆的孤独忧伤情怀。"晚砧""檐马""晓钟"，以时间排序，从入晚开始，一直到早上，游子一夜无眠，耳边各种声音回荡。捣衣磨杵棒的声音多使人想起为离乡的游子寄添衣服，因此总带着劝游子归乡的意味。正如孟郊《闻砧》诗中所写，"月下谁家砧，一声肠一绝"，"杵声不为衣，欲令游子归"。宋许玠《汉宫春夜》中有如此诗句："渴龙滴水续铜壶，檐马呼风摇玉佩。……眉山两点亦何有，中锁万斛相思愁。"此处同本曲一样，以"檐马"的声响来刻画愁思不断的烦闷心情，而又如元曾瑞《醉花阴·元宵忆旧》套曲所述之凄厉悲凉："恨簪马玎当，怨塞鸿悽切。"而钟声有唤人警醒之意，如杜甫《游龙门奉先寺》："欲觉闻晨钟，令人发深省。"在晨钟声里作者的思乡之情达到不可抑制的地步。作者求索不得，转而思归。此处以"归去难"对照上文的"回首难",表达了与屈原《离骚》里"国无人莫我知兮,又何怀乎故都"相似的怨愤之情。末句写作者假言宽慰家人,表明作者追求之志不减,将继续前行。

黄蔷薇过庆元贞 御水流红叶

◎顾德润

步秋香径晚,怨翠阁衾寒①。笑把霜枫叶拣,写罢衷情兴懒。几年月冷倚阑干,半生花落盼天颜②,九重云锁隔巫山。休看作等闲,好去到人间。

【注释】

①衾:指被子。②盼天颜:希望得到上天眷顾。

【译文】

傍晚漫步在芳香的秋日小径里,我埋怨着房间里的被子一点也不暖和。笑着把经霜的枫叶捡起。把心中情感写在上面,兴致慵懒。这几年倚着阑干看那清冷的月儿,半生已过,鲜花凋落,多希望上天眷顾我。重重云雾笼罩着巫山。别把它看得太简单,还是回人世间好。

【赏析】

"笑把霜风叶拣,写罢衷情兴懒",此曲蕴含了一个典故:红叶题诗。传说,唐朝时,书生于佑在宫墙外散步时捡到一片提有诗句的红叶,诗如此写道:"流水何太急,深宫尽日闲。殷勤谢红叶,好去到人间。"一看即为宫女所作。一入宫门深四海,很多宫女终己一生都见不到皇帝一面,只能任大好年华在寂寥中逝去。

而宫女的这一境遇很容易引起那些不被赏识的文人的不平。元朝时期,知识分子的地位下降,以往朝代知识分子都把科举取士当作自己晋身的主要途径,但在元朝,一如姚燧所言"入仕惟三途:一由宿卫,一由儒,一由吏。由宿卫者……十之一;由儒者,十分之半;由吏者……十九有半焉"。"几年月冷倚阑干。"表面是写宫女的凄苦寂寥,实是抒发作者不得志的抑郁。宫女的心愿是"半生花落盼天颜",文人的心愿不外乎得到天子的赏识,用满腹学问报效国家。但"九重云锁隔巫山"却暗示了得天颜眷顾的渺茫。

可贵的是,作者并未因此消沉,"休看作等闲,好去到人间"说明作者仍对找到施展才能的空间抱有希望。

普天乐

◎王仲元

树杈桠①,藤缠挂。冲烟塞雁,接翅昏鸦。展江乡水墨图,列湖口潇湘画②。过浦穿溪沿江汊③,问孤航夜泊谁家?无聊倦客,伤心逆旅,恨满天涯。

【注释】

①杈桠:即"槎牙",树枝错杂的样子。②湖口:湖沿。潇湘画:北宋宋迪以湖湘一带的风景为底本,画有八幅山水,人称"潇湘八景"。③浦:宽阔的水面。

【译文】

在枝干错杂的树梢头,古藤缠绕着挂在上面。塞外的大雁冲入烟雾里,黄昏的乌鸦飞起来,翅膀挨着翅膀。这一切就像展开了一幅江边水乡的水墨画卷，又像陈列着描绘潇湘八景的图画。我经过宽阔的水面，穿过小溪，沿着江边前行，问人家这小船夜晚该停在哪儿。我这百无聊赖而又疲倦不堪的人，在旅舍中忧愁着，心中的愁恨充满在天边。

【赏析】

本曲作者王仲元，生平不详，但其所存散曲，具有元末时期的特征，属文采派。这首曲子是写游子羁旅漂泊的愁怀，与马致远的《天净沙·秋思》有异曲同工之妙。

开篇四句对于所见之景的描写：盘根错节的枯树枝，藤蔓缠绕其上；远处一缕青烟冲上云霄，仿佛把大雁都挡住了，一团黑压压的乌鸦胡乱飞行、躁动不安。作者仿佛在拿笔描绘一幅水墨潇湘画，"塞雁"也点出了时令是秋季，其色调是苍茫灰蒙、昏暝幽暗的。前六句状写了"枯树、藤蔓、塞雁、昏鸦"以及"江乡湖口、浦溪江汉"，运用了排比的修辞手法，使得句式上层层叠进，仿佛在逐次加码，步步近逼，给读者呈现一种画面的流动感和造成心理上的暗示。

"过浦穿溪沿江汉"的"过""穿""沿"都表现了作者旅途的漫长及艰难。接着作者又道出了"问孤航夜泊谁家？"的感慨，可见前文写景是为了抒情，也是为作者的此种心情埋伏笔、作铺垫。异乡游子有家不能回的孤苦，因这一声疑问表现出来，展现了作者的迷茫和无助。

结尾的三个四字句，在音节上使得收尾铿然有力，振动人心："无聊倦客，伤心逆旅，恨满天涯。"直抒胸臆，层层渲染自己对于旅途的怨恨情绪，这种情绪，也随着羁旅漂泊满布天涯。而那声疑问也成了全曲的中心句，"孤航"也是作者现状的一种体现了象征，是全曲的文眼。

> ○作者简介○
>
> 王仲元，生平不详，杭州人。生活于元代后期。与钟嗣成交厚，善绘画。著有杂剧《于公高门》《袁盎却座》《私下三关》等，多为历史传奇题材，颇具现实意义。今存小令二十一首，套数四首。《录鬼簿》评价其作品"历像演史全忠信"，"将贤愚善恶分，戏台上考试人伦"。

普天乐 春日多雪[①]

◎王仲元

无一日惠风和[②]，常四野彤云布[③]。那里肯妆金点翠，只待要迸玉筛珠。这其间湖景阴，恰便似江天暮[④]。冷清清孤山路[⑤]，六桥迷雪压模糊。瞥见游春杜甫[⑥]，只疑是寻梅浩然[⑦]，莫不是相访林逋[⑧]。

【注释】

①多雪：原作"多雨"，据曲文内容改。②惠风：春日的和风。③彤云：浓暗的阴云，多出现于雪前。④"江天暮"："江天暮雪"的简称，为"潇湘八景"之一，至元时已成为习语。⑤孤山：及下句的"六桥"，均在杭州西湖。⑥游春杜甫：杜甫有"三月三日天气新""黄四娘家花满蹊"一类诗句，元代即附会出"杜甫游春"故事，且编为杂剧。⑦寻梅浩然：元代流传"孟浩然踏雪寻梅"故事，亦形诸杂剧。孟浩然，唐代诗人。⑧林逋：指观赏梅花。林逋为北宋高士，隐居西湖孤山，植梅畜鹤，并以梅诗著名。

【译文】

没一天有和煦的清风，野外常常四处密布着乌云。老天爷哪里愿意妆点些金色绿色的景物？它老是下雪，像洒落白玉和珍珠一般。这段时间湖面上阴阴沉沉，就好像《江天暮雪》中的图景。孤山的山路上冷清清的，六桥被积雪覆盖，已经不太明显了。我看到像杜甫一样游春的行人，还怀疑他是来探赏梅花的孟浩然呢？要不就是来访的林处士吧？

【赏析】

　　本篇题目存疑。《全元散曲》中作"春日多雨"。《乐府群珠》明钞本，"雨"字清楚，下部漫漶模糊，无从判断。"多雨"为春日共性，"多雪"单为西湖春天的特色，而作者正因西湖春天的特色而咏。

　　上阕直接写景。首句由"惠风"起笔。"无一日"和风，可见春风之烈。苏轼有专门描写西湖风雨的名诗，如《六月二十七日望湖楼醉书》："黑云翻墨未遮山，白雨跳珠乱入船。卷地风来忽吹散，望湖楼下水如天。"由之大约可以想见此时"惠风"之状。而春风又是卷着"彤云"吹来，布满四野。历来西湖的春风以妆点春景出名，如贺知章的名句"不知细叶谁裁出？二月春风似剪刀"。而此时风云却带来雨珠，使湖光暗淡下来。作者用"江天暮"来描写当时的湖景。"潇湘八景"为元时最受人喜爱的八幅名画，其中一景即为《江天暮雪》画作中的图景。此处略去"雪"字，恰可准确描绘当时雪欲来未下之情景，也表明西湖正如美女无论是浓妆淡抹还是风行露宿均不改其美丽本质。唐代祖咏《终南望馀雪》诗曾云："林表明霁色，城中增暮寒。"下雪时天气寒冷，而一到天暮则更加寒冷，所以"江天暮"三字又准确地描绘出当时西湖寒冷阴沉的情形。

　　下阕描写游人的感受。"冷"字对应"江天暮"，承上启下，寒意袭人。取"孤山"之景，是游人所睹。"模糊"是因为游人视线受限，此时也是雪天一色了。正如韩愈《春雪》诗云："入镜鸾窥沼，行天马渡桥。"雪后，鸾窥沼则如入镜，马度桥则如行天。最后游人终于发现另一个观景者，曲子连用三组比拟来表达游人的惊喜。杜甫、孟浩然、林逋三组人物都是极具盛名的文人雅士，以之来称赞赏雪者，由之可感受到作者对春雪的喜爱之情。

粉蝶儿 集曲名题秋怨［套数］（节选）

◎王仲元

［石榴花］常记得《赏花时》节《看花回》，《上京马》《醉扶归》①。《归来》窗半《月儿低》②，真个《醉矣》③。《柳青娘》《虞美人》扶只④，困腾腾《上马娇》无力，《步步娇》弄影儿行迟。似《凤鸾》交配答《双鸳鸯》对⑤，人都道《端正好》夫妻⑥。

［斗鹌鹑］不误这《万年欢》娱⑦，翻做了《荆湘怨》忆。把一个《玉翼蝉》娟⑧，闪在《瑶台月》底。想曩日《逍遥乐》事迷，今日《呆古朵》自悔⑨。子落得《初问口》长吁⑩，《哭皇天》泪滴。

［普天乐］空闲了《愿成双》《鸳鸯》儿被⑪。《搅筝琶》断毁，《碧玉箫》尘迷。《四块玉》簪折，《一锭银》瓶坠。叹姻缘《节节高》天际，这淹证候越《随煞》愁的⑫。想《两相思》病体，把《红芍药》枉吃，有《圣药王》难医。

［尾］我每夜伴《穿窗月》影低，好《也罗》你可《快活三》不归⑬。空教人立苍苔《红绣鞋》儿湿，可怕不恋上别的《赚煞》你⑭！

【注释】

①上京：元代的上都，在今内蒙古。②《归来》：指《归来乐》，诸宫调曲牌名。③《醉矣》：指《醉也摩挲》，曲牌名。④扶只：扶着。⑤《凤

鸾》：指《凤鸾吟》，诸宫调曲牌名。配答：配搭。⑥端正：真正。⑦不误："不料"之意。⑧《玉翼婵》：曲牌正名为《玉翼蝉》。⑨呆古朵：呆呆的样子。⑩子：同"只"。⑪《鸳鸯》：指《双鸳鸯》或《鸳鸯煞》，均曲牌名。⑫淹证候：恶毛病。⑬《也罗》：指《也不罗》，曲牌名。也罗，语气助词，略同于"呀"。三不归：宋元方言，"总是不归"之意。⑭赚：使人觉得吃亏。

【译文】

我常常想起我们在赏花时节看完花回来，骑着上京的骏马，喝醉了互相搀扶着往回走。回来后月儿低低地照着窗儿，我俩真是醉了。美丽的姑娘扶着，我困恹恹的，上马的力气都没有，款款步行，影子轻轻晃着。我俩像凤鸾又像鸳鸯，成双成对，人人都说我们是一对好夫妻。

本想不耽误这长久的欢娱，却变成了劳燕分飞。你把我这美丽的姑娘，扔在月下受罪。想以前迷恋于欢乐之中，如今只能呆呆地独自懊悔。只落得人家刚问起就长长叹气，哭喊着苍天，流下眼泪。

闲置了鸳鸯绣被，毁坏了古筝琵琶，让玉箫布满尘灰，把玉簪折断，银瓶摔碎。可叹姻缘在天边高不可攀，我的相思病让我忧愁难耐。我看我这相思病啊，吃再多药也没用，就是药王也医不好。

我夜夜陪伴着穿窗而入的月光，你倒好，在外快活，总是不回来。空教我苍苔之上，红绣鞋都湿了。你就不怕我喜欢上了别人，让你吃大亏？

【赏析】

集曲牌名制曲，是散曲的巧体之一。巧体又名"排体"，以形式奇巧取胜。本曲取自一套八支曲，这八支曲以七十多种曲牌名融会贯通成篇，本曲为后四支。

这四支曲子以巧体的奇特形式记叙一位女子的爱情经历。全曲以女子内心独白的方式来进行描述，从夫妻恩爱生活的回忆到夫妻离别、独守空闱、愁苦难当以至于因愁闷患病，最后在凄苦的回忆中以女子悲愤的猜疑作结。从"看花回""醉扶归"的细腻描写中，可以猜想女子与丈夫本是相亲相爱的"端正好夫妻"，婚姻生活幸福，此为下文描写女子深感悲愤的心理状态作好铺垫。"不误"句描写离别之始，作者全用今昔对比来突出离别之苦。"不误""想曩日"句回想往日的欢娱，"翻做了""闪在""子落得"句描述分离时的悲惨情状。越感到往日生活的幸福，越感到分离时痛苦的深重，直到哭天喊地、泣血捶膺。第三节描写离人走后思妇独守空闱的生活情景。在长久的孤独等待中，愁苦发展到高潮。作者细致地列举了筝箫玉簪闲置的情景。筝箫等都是用来娱乐的器具，玉簪是用来妆扮的饰物，在独守空闱期间，思妇与一切欢乐绝缘。相思达到最深沉的地步就是一病不起，女子甚至到了有药难医的地步，可见对丈夫相爱之深。尾曲则是别出心裁的一笔。它由前时的悲愁进一步发展为"怨"，并进而对丈夫产生了猜疑，且假以心生报复之意来表达一种因爱极而生出的娇嗔。尾曲的表述使人物的形象极富于个性，表达也富于力度。

"集曲名"体式手法后来也用于诗词，如清吟梅山人《兰花梦奇传》：《锦衣香》处系裙腰，为惜芳春《步步娇》。人《醉花阴》双劝酒，《凤凰台上忆吹箫》。斜《傍妆台》《骂玉郎》，海棠月上《意难忘》。《红娘子》解双罗带，《沉醉东风》锦帐香。一时思君《十二时》，《念奴娇》亦惜奴痴。《销金帐》里《花心动》，《烛影摇红》夜漏迟。十二阑干《忆旧游》，《石榴花》放动新愁。自从郎去《朝天子》，《懒画眉峰》《上小楼》。

江儿水　笑靥儿

◎王仲元

一团儿可人衠是娇①，妆点如花貌。打叠脸上愁②，出落腮边俏③。千金这窝里消费了。

【注释】

①可人：合人心意。衡（zhēn）：总是。②打叠：收拾。③出落：显出。

【译文】

这一团小酒窝总是娇娇滴滴的，装点着你像花儿一样的美貌。它清理掉了你脸上的愁意，显露出了你俏丽的腮帮。那么多的钱都耗在你这小小的酒窝里了。

【赏析】

元代散曲在题材、表现手法上颇能创新，取得了突出的成就，使得散曲在题材上百无禁忌，所以连"笑靥儿"也就是脸上的酒窝也能入题。

南宋胡铨有"君恩许归此一醉，傍有梨颊生微涡"的诗句。朱熹讥讽道："十年浮海一身轻，归对梨涡却有情。世上无如人欲险，几人到此误平生。"一褒一贬两种态度是缘于当事和旁观的区别。而本曲以一种极活泼的语言和表达方式调侃式地对某种现象进行了揭露。其意旨趋于赞同朱熹。

全曲对细节描摹入微，少女巧笑娇媚之情态跃然纸上，而仿如画家用工笔细描，脸上横折沟壑以至于斑点也难逃其笔。对美女脸上娇笑的表情进行描写，古已有之。如《诗经·硕人》中有"巧笑倩兮！美目盼兮！"这种表情描写将美女顾盼巧笑的情态刻画得生动形象。传统诗词一般以动作情态的描写来间接描绘少女的表情，仿如速描。如李清照《点绛唇》中描写少女的情态："和羞走，倚门回首，却把青梅嗅。"以少女的娇羞情态来隐现其天真笑容。

此曲则是摒除动作、形态描写，将笔墨全情凝聚于"笑靥儿"的无穷魅力，而其背景则是"如花貌"。"笑靥儿"一起，整个脸上荡起笑容，不仅使整个脸蛋显得"一团儿可人",而且具有妆点作用,使脸上显出娇俏之态。宋朱熹《伊洛渊源录》卷三引《上蔡语录》:"明道终日坐,如泥塑人,然接人浑是一团和气。""一团和气",此处指态度和蔼可亲,然现多有不讲原则之贬义。以上表明"笑靥儿"第一个特点是可以使女人扮"娇"。下文强调"笑靥儿"第二个特点是可以使女人扮"俏"。"打叠""出落"二词,显示出笑靥所具有的特殊妆点功能,笑这种表情是最美丽的表情,它可以一扫脸上的愁容,使脸蛋增添"俏"之美态。然而"叠"字却将女子的"愁"态隐现,使人对女子的娇俏产生疑虑。因之最后一句为点睛之笔,化"销金窝"及"千金买笑"的习语,使之正好印证朱熹的"几人到此误平生"的讥讽。非常巧妙的是,全文用词遣句一如所描写之笑态的甜美,多采用谀言媚语,末句仿佛是不经心的打趣之言,却如蜜糖毒药,喻贬于扬。

后庭花 怀古

◎吕止庵

孤身万里游,寸心千古愁。霜落吴江冷[①],云高楚甸秋[②]。认归舟,风帆无数,斜阳独倚楼。

【注释】

①吴江:即吴淞江,起自太湖,东流入海。②楚甸:楚地,多指苏、扬一带。甸:外围之地。

【译文】

我独自一人,云游万里,一颗心怀着千古悠悠的哀愁。寒霜落下,吴江变得那样地冷。白云高高地飘着,这楚地处处弥漫着秋意。我寻找着载我回乡的船只,无数的船儿经过了也没有看见他。我只好在夕阳里孤独地倚着小楼。

【赏析】

曲子一开始,作者就用"孤"和"万里"的对比,凸显了个人在万千世界中的渺小。接下来的"寸心"又和"千古愁"形成强烈反差,用心的小来衬托出愁之多。作者只用了10个字就刻画出一个形单影只、心事重重的人物形象。

"霜落吴江冷,云高楚甸秋",此句表面上写景,实际却是在抒发孤寂忧愁的心境,一个"冷"字实是曲中人凄凉内心的写照。而曲中人为何如此惆怅?接下来"认归舟"中的"归"相当于告诉读者个中原因,原来曲中人正孤身一人漂泊异乡。"认"字表现了他渴望回乡的迫切心情,但"风帆无数"却暗示了归乡的遥遥无期,不由让人想起唐代词人温庭筠《望江南》中的"过尽千帆皆不是,斜晖脉脉水悠悠"。最后"斜阳独倚楼"与前面的"孤身万里游,寸心千古愁"相呼应,曲中人孤单寂寥的样子顿时浮现在读者眼中。

⊙作者简介⊙
吕止庵,生卒年、字号、生平均不详,从其留下的作品来看,是位浪迹天涯的游子,今存散曲小令三十三首,套数四首。《太和正音谱》评其曲"如晴霞结绮"。

后庭花(一)

◎吕止庵

风满紫貂裘,霜合白玉楼。锦帐羊羔酒①,山阴雪夜舟②。党家侯,一般乘兴,亏他王子猷③。

【注释】

①"锦帐"句：北宋忠武军节度使党进性粗豪，每逢雪天，多在销金帐内低斟浅酌，饮羊羔酒。②"山阴"句：晋王徽之居山阴（今浙江绍兴），大雪夜眠觉，忽忆戴逵，即乘夜驾船往剡溪就访。晨至戴家，以为"乘兴而来，兴尽而返"，不进门就原路返回了。③亏：不及。王子猷：王徽之，字子猷。

【译文】

风儿把紫貂皮衣鼓得满满的，寒霜铺满了白玉般的小楼。我想起党进在销金帐中畅饮着羊羔美酒，又想起王徽之在山阴雪夜乘舟去寻访戴逵。同样是乘兴作乐，党家这位大官爷，就是不如王徽之。

【赏析】

此曲意在比较真假名士与真假风流，采用了"尊题"之法。

首对偶句写冬景，暗含对两种冬令消遣娱乐方式的比较，一种是风中跋涉外游，另一种大约于白玉楼中足不出户。因之用另两句对仗来对比党进和王子猷。宋祝穆等《事文类聚》中有一段记载："陶穀得党家姬，冬日取雪水煎茶，谓姬曰：'党家识此风味否？'姬曰：'彼粗人，安有此？但能销金帐底，浅斟低唱，饮羊羔美酒耳。'"宋初陶谷的《清异录》中对党进有"彼粗人也"的批评。元人对党进一般持贬抑态度。元薛昂夫曾将党进和孟浩然进行对比，评判高下，其《蟾宫曲·雪》曰："一个饮羊羔红炉暖阁，一个冻骑驴野店溪桥。你自评跋：那个清高？那个粗豪？"此处推崇孟浩然的清高，以党进的粗豪作反面衬托。王子猷出身名门，性格不羁，颇具魏晋文人率性而为的作风。晚唐诗人杜牧《润州二首·其一》追缅其事有这样的诗句："大抵南朝皆旷达，可怜东晋最风流。"本曲以"山阴雪夜舟"回忆王子猷访戴安道的故事，《世说新语》

以其事称道王子猷不拘形迹、洒脱放浪的名士风度。本曲将此事与党进的"锦帐羊羔酒"相提并论,先用一句"一般乘兴",对两人都作了肯定,意谓两人均能尽兴。《晋书·王徽之传》载,王子猷访戴安道未见而返,"人问其故,徽之曰:'本乘兴而来,兴尽而返,何必见安道邪?'"王子猷"兴尽而返"的佳话千古流传,党进的"销金帐底,浅斟低唱"传为笑谈,作者却并不否认他们两人都能尽兴。两人只是在方式上有等差。一个"亏"字表达出对王徽之的推崇之情。以此可见当时对清高脱俗的崇尚。

后庭花(二)

◎吕止庵

碧湖环武林①,仙舟出涌金②。南国山河在,东风草木深。冷泉阴③,兴亡如梦,伤时折寸心。

【注释】

①武林:杭州灵隐、天竺诸山的总名,后亦为杭州的别称。②涌金:杭州西城门名。③冷泉:在杭州灵隐飞来峰下。阴:水的南面。

【译文】

碧绿的湖面环绕着杭州,游人的小船,驶出了涌金门外。南国的山河还在,东风吹过,花草树木又茂盛起来了。在冷泉的南边,我想起历史上的兴亡往事,就像一场梦一样。我感伤时事,心痛不已。

【赏析】

吕止庵描写西湖美景的散曲小令《后庭花》有四首,排列如下:

六桥烟柳鬖，两峰云树分。罗袜移芳径，华裙生暗尘。冷泉春，赏心乐事，水边多丽人。

碧湖环武林，仙舟出涌金。南国山河在，东风草木深。冷泉阴，兴亡如梦，伤时折寸心。

香飘桂子楼，凉生莲叶舟。落日鸳鸯浦，西风鹦鹉洲。冷泉秋，水西寻寺，题诗忆旧游。

江南春已通，陇头人未逢。水浅梅横月，山明雪映松。冷泉冬，烹茶无味，有人锦帐中。

从曲中所用"春""阴""秋""冬"四字可知小令是写西湖四时之景。本曲选夏景一首而以"阴"字代"夏"字。"阴"此处为方位词，水的阴面为南。而古人一般以东风、西风、南风、北风对应春、秋、夏、冬四季。四首诗中三首用季节本名，而唯此一首用方位词代替，必有可究之因。

展读本曲，首两句写西湖夏季的景色，真是处处碧色，画船游湖，美景当前，该是行乐之良辰。但作者的笔峰急转之下，化用杜甫《春望》名句"国破山河在，城春草木深"而发出感慨。在上一首写春景的散曲中，最后一句"水边多丽人"也是化用杜诗，其讽抑之意不言而喻。而此处以"南国"代以"国破"，意味深长。将"城春"改为"东风"是指明春风令草木生长茂盛，承接上首散曲接连讥讽。而用"冷泉阴"代替"冷泉夏"也就自然而然。作者利用汉字的多义性，将"阴冷"之意以之与当时的炎热季节形成一种醒目的反差，以此起到警醒的作用。而"兴亡如梦"更是进一步点明主旨，国破家亡的痛苦哀愁随着时间的流逝被人遗忘得一干二净，处处"暖风吹得游人醉"。此处以之贬斥醉生梦死者，而同时使人流连在苏轼《念奴娇·赤壁怀古》"人生如梦"这种为功业无成而勃发的无奈感伤中。最后一句直接化用唐钱起《逢侠者》的诗句："寸心言不尽，前路日将斜。"而作者心情更为悲凉，"寸心折"，回力无天，心绪全无。

全曲以景起兴，感事伤怀，在历史与现实的时空转换中大胆直指，笔力直刺封建统治阶级，感情沉郁悲壮。

后庭花 秋思

◎吕止庵

西风黄叶疏，一年音信无。要见除非梦，梦回总是虚。梦虽虚，犹兀自暂时相聚①，近新来和梦无。

【注释】

①尤兀自：还能够。

【译文】

西风吹起，树上的黄叶稀稀疏疏，一年了，他连个音信都没有。想见他除非是在梦里，但梦过之后，总是虚幻的。梦虽然是虚幻的，好歹还能短暂地相聚。然而最近这段日子，我却连梦也没有了。

【赏析】

曲子一开始作者就用西风、黄叶营造出萧瑟的气氛，"一年音信无"又点明了曲子的主题——闺中秋思，思念情人。"要见除非梦中见"，说明曲中人自知和情人相见遥遥无期，这不由让读者同情起其处境。偏偏作者还嫌不够，接下来的"梦回总是虚"承接"梦中见"，构成一层转折，让曲中人的悲伤愈发浓重。本来相见无期，靠梦聊以慰藉就已经很不堪了，结果梦还总是虚的，不能为人解忧。

但梦见了，终归要比梦不见好，"梦虽虚，犹兀自暂时相距"与前句构成曲子的第二层转折，进一步强调了曲中人的愁肠百结。而末句的"近新来和梦无"则又和"梦虽虚"构成第三层转折,将曲中人的悲伤推向高潮——曲中人连从梦中得到安慰都不可得。短短的一首小曲,竟转了三次,曲中人的悲伤也随着这三层转折而递进。

天净沙 为董针姑作

◎吕止庵

玉纤屈损春葱①,远山压损眉峰②。早是闲愁万种。忽听得卖花声送,绣针儿不待穿绒③。

【注释】

①玉纤:女子的手。春葱:喻女子手指。②远山:妇女的眉式。因望之淡如远山而名。③绒:指绣线。

【译文】

雪白的手指常常弯着,都弯坏了。远山一般淡美的眉毛总是皱着,都皱坏了。心中早已有无数的忧愁,忽然听见门外传来卖花人的声音,顿时打乱了心绪绣花针都忘了穿线了。

【赏析】

此曲描写思春女,与唐朱绛《春女怨》相仿,其诗为:"独坐纱窗刺绣迟,紫荆花下啭黄鹂。欲知无限伤春意,尽在停针不语时。"而此曲纯以人物动作情态刻画入诗。针姑是对针线女子的称呼,所以作者先从其飞针走线的动作入手,以"玉纤"和"春葱"的局部使人联想针姑容貌的美丽。"屈损"一词用来描写十指劳作时的整体形状,而其意暗含针姑的伤春心理。接下来观其表情,似有所思,眉毛不知为什么皱成了远山的形状,揭示其内心情感的起伏变化。

第三句承上启下。"闲愁万种"是对"屈损""压损"的小结,"早是"则为领起下文留出余地。"早"字使人想到针姑的闲愁并非一日之事,而是积聚已久。而她的闲愁是什么呢?然后诗人抓住了一个小小的镜头,让这位针线女子停住了手。引起这一变化的原因是听到了门外的卖花声,这如同春天报信的使者带来了春天到来的消息,因耳中听到的卖花声可以引起人对春日美丽图景的联想。宋刘辰翁《临江仙》有"湖边柳色渐啼莺,才听朝马动,一巷卖花声"之句,读来春意盎然。宋赵葵有"三月名园草色青,梦回犹听卖花声"之句,卖花声将春的景象深深印在人的头脑中。本曲用一个"忽"字将沉浸在愁思之中的董针姑生灵活现地展现在读者面前。她猛然意识到此时是春天的季节,不禁停止绣作。于是读者与作者在此时不由恍然大悟:其由来已久的闲愁原来是为萌动的爱情而生。此处以细节描写将一个深锁春闺的少女的心理刻画入微。在春天到来的季节,少女对人生产生了种种美好的遐想,而对爱情婚姻生活的美好向往使之思绪远扬,远处传来的卖花声在她心里激起了无数的涟漪,感春、怀春、惜春、思春种种意象与她对自己青春年华的感伤交融汇织,使之浑然忘我。

全句以一个忽停久驻的动作作结,仿如唐白居易《琵琶行》诗句"曲终收拨当心画,四弦一声如裂帛"式的戛然结尾,意味深长。

一半儿 春妆

◎查德卿

自将杨柳品题人,笑拈花枝比较春。输与海棠三四分。再偷匀①,一半儿胭脂一半儿粉。

【注释】

①偷匀：暗地里打扮。

【译文】

自己把自己比作杨柳，微笑着采一朵花来跟它比美。比海棠差三四分，于是又暗地里打扮一番，涂上一些胭脂，一些粉头。

【赏析】

此曲是查德卿《拟美人八咏》的八首曲子中的一首，这八首曲子都以"一半儿"为曲牌。根据该曲牌的要求，其末句必须嵌入两个"一半儿"。此曲描写了少女梳妆的情景。

曲的题目是"春妆"，常人写女子梳妆，多将笔触放在描绘女子梳妆的姿态和妆容的样子上。而作者却另辟蹊径，从女子梳妆时的心理写起，让少女与春争艳，十分新颖。另一方面，既然是与春争艳，必要用春的明媚来衬少女的明艳，但作者并没有将笔墨挪在春光上，只用了一个"海棠"表现春天，让读者自行想象春之景。

而接下来的"偷"字，用得更是巧妙，充分表现了少女的俏皮可爱。末句"胭脂"和"粉"又渲染出少女的娇艳。此曲曲风活泼，构思巧妙，将少女天真、爱美的心性刻画得活灵活现。

⊙作者简介⊙

查德卿，生平、籍贯均不详，约生活于元仁宗时期。《太和正音谱》将其列入"词林英杰"一百五十人之中。明代李开先对其评价颇高，在《闲居集》中认为元人散曲当首推张可久、乔吉，次推查德卿。

今存其小令二十二首，内容涉及吊古、抒怀、咏美人、叙离情等，风格典雅，清新自然。其作品有《南吕醉太平》《双调蟾宫曲》《仙吕寄生草》《寄生草》《仙吕一半儿·拟美人八咏》《中吕普天乐》等，被大量收录于《朝野新声太平乐府》中。

一半儿 春醉

◎查德卿

海棠红晕润初妍,杨柳纤腰舞自偏。笑倚玉奴娇欲眠。粉郎前①,一半儿支吾一半儿软。

【注释】

①粉郎:原指傅粉郎君。据说三国时期,魏国有个叫何晏的人,美仪容,面如傅粉,人称粉侯,又称粉郎。后人们以此称呼心仪的男子。

【译文】

脸儿像海棠花刚刚绽放那般红晕,显得那么美丽,她那像杨柳般的腰纤细肢,跳起舞来婀娜多姿。她笑着倚靠着美丽的婢女,娇滴滴的,像是要睡去。在俊美的情人面前,说话支支吾吾,软绵绵的。

【赏析】

曲子前两句一连运用了两个比喻。以海棠花粉红娇艳,来比喻佳人的醉脸,极言其粉红娇艳之状。又以杨柳来比喻醉酒佳人情不自禁地扭动着的纤腰,极言其纤细婀娜。曲子紧紧扣住"醉"展开描写,女子的形貌姿态无不突出"醉"的特点,"笑倚玉奴娇欲眠"说明她已经醉到连站都站不稳了,不自觉地靠在侍女身上想睡。就连对着心爱的人,她也没法打起精神,醉到连话也说不利索,身子也软得无法支撑了。"一半儿支吾一半儿软",极言其娇憨慵懒之态。此曲摹写美人醉态,风格柔婉流丽,下笔极为生动,读罢让人如见佳人海棠杨柳般的醉后风姿,如闻她燕语呢喃般的娇痴醉语。

此曲摹写美人醉态，风格柔婉流丽，下笔极为生动，读罢让人如见佳人海棠杨柳般的醉后风姿，如闻她燕语呢喃般的娇痴醉语。此曲摹写美人醉态，风格柔婉流丽，下笔极为生动，读罢让人如见佳人海棠。

寄生草 感叹

◎查德卿

姜太公贱卖了磻溪岸①，韩元帅命博得拜将坛②。羡傅说守定岩前版③，叹灵辄吃了桑间饭④，劝豫让吐出喉中炭⑤。如今凌烟阁一层一个鬼门关，长安道一步一个连云栈。

【注释】

①"姜太公"句：姜太公曾以垂钓为业，直到八十岁时遇到周文王，被文王赏识，尊为尚父。后其辅佐周武王成功灭商。②"韩元帅"句：汉高祖刘邦曾铸造将坛，封韩信为大将。但韩信最后却在刘邦的许可下为吕后所杀，死在了长乐宫。③"羡傅说"句：傅说在出任殷高宗国相前，曾在傅岩当奴隶，负责建造建筑。④"叹灵辄"句：灵辄为春秋时期人，本是贫民，晋国重臣赵盾见他饥饿难耐，便予其饭食。后赵盾被晋灵公所害，其舍身相救，不知所踪。⑤"劝豫让"句：豫让是春秋末期晋国智伯的门客。后智伯被赵襄子所杀，豫让为给其报仇，毁坏了自己的容貌，还吞下热碳变成哑巴。但最终谋刺赵襄子不成，自杀身死。

【译文】

姜太公不该轻易罢隐做官，韩信命中得到汉高祖筑坛斋戒为大将。羡慕傅说能坚定地守在岩前的筑版，叹息灵辄吃了翳桑之饭，劝说豫让吐出喉咙中的炭块。现在,仕途上是一层一个鬼门关,官场上是一步一个危险。

【赏析】

此曲为借古抒怀、讽时劝世之作。

作者引用姜太公、韩信、傅说、灵辄、豫让等五位功臣名相的典故,论述权力功名的危害。这五个人的命运、结局虽然不同,但在作者看来,他们都是为功名所累的可怜人,并无本质差别。五人的选择都不可取,五人的人生也都说不上理想。而从曲子的第一句可以看出,作者推崇的是安然淡泊,自由自我的隐者生活。"凌烟阁一层一个鬼门关,长安道一步一个连云栈",在曲子的末尾,作者聚力蓄势提出自己的观点——仕途险恶难行,功名高不可攀。

曲子虽然不长,却字字出自作者肺腑,引人深思,发人深省。

普天乐 别情

◎查德卿

鹧鸪词[①],鸳鸯帕[②]。青楼梦断,锦字书乏[③]。后会绝,前盟罢。淡月香风秋千下,倚阑干人比梨花。如今那里,依栖何处,流落谁家?

【注释】

①鹧鸪词:按照"鹧鸪天""瑞鹧鸪"词牌填写的词。②鸳鸯帕:绣有鸳鸯的罗帕。③锦字:前秦才女苏蕙作织锦回文诗寄给远方的丈夫。锦字书,指代抒写相思之情的书信。

【译文】

我给她写过鹧鸪词,她给我送过鸳鸯帕。青楼中的美梦醒了,她也没给我传一些音讯。重逢的希望断绝了,以前的海誓山盟都没用了。我想起以前,在淡淡的月色里,馨香的清风里,在秋千架下,你凭依阑干,美如梨花。如今你在哪里?住在哪里?流落在何处?

【赏析】

此为男子怀恋旧情之作。

《普天乐·别情》原题二首,这里选的是第二首。

"鹧鸪词""鸳鸯帕"皆为男女定情之物,本预示着一段美好的因缘。谁知第三句曲风突转。"青楼梦断,锦字书乏",男子所恋之人乃青楼女子,有人从中阻挠,破坏了二人的恋情。"后会绝,前盟罢"说明曲中人已然明了,自己和恋人缘分已尽。然而,即便如此,曲中人仍然无法将情思割断。"淡月香风秋千下",应该是曲中人与恋人曾经相会的地方,如今他只能恍恍惚惚地站在这里回忆往昔。"倚阑干人比梨花"即是他记忆中恋人的样子,她美好秀雅,令他难以忘怀。故地重游,惹起主人公无限的情思。最后连发三问:你如今在哪里?栖身在何处?流落到谁家?深深地表现了主人公对旧情人深切的关心和无限的牵挂。

柳营曲 江上

◎查德卿

烟艇闲①,雨蓑干,渔翁醉醒江上晚。啼鸟关关②,流水潺潺,乐似富春山③。数声柔橹江湾,一钩香饵波寒。回头贪兔魄④,失意放渔竿。看,流下蓼花滩。

【注释】

①烟艇闲：此句写烟水之中小船静静地停泊着。②关关：群鸟和鸣声。取自《诗经》："关关雎鸠，在河之洲。"③富春山：一名严陵山，汉严子陵曾隐居耕钓于此，上有子陵钓台。在今浙江桐庐县西。④兔魄：月亮。

【译文】

烟水之中小船静静地停泊着，被雨水打湿的蓑衣已经干了，渔翁从酒醉中醒来，江上天色已晚。鸟儿关关鸣叫，水儿潺潺流淌，我快乐得就像隐居在富春山里。江湾传来几声船桨声，在寒波里垂下一支钓竿。回过头看看月亮，不留神放开了鱼竿。一看，它已经漂到长满蓼花的水边了。

【赏析】

此曲描写隐士飘逸洒脱、悠然自得的生活。

烟霭中的小船自在悠闲，雨水打湿的蓑衣已然风干，渔翁从醉中醒来，江上天色渐晚。岸边传来鸟鸣声声，船下流水潺潺作响。曲子起首写了"烟艇""雨蓑""啼鸟""流水"等若干活泼而又富有诗意的事物，又加上渔翁醉眠江上这一行为，就将渔隐之乐表露无遗，好似严子陵在富春山之时。几声柔和的橹声来自江湾，寒波上闲垂一钩香饵，但由于回头贪看明月，不经意间失手掉落了渔竿，只能眼睁睁地看它漂下蓼花滩。

此曲写渔隐之乐，对偶自然，有声有色，情趣盎然；特别是最后关于渔翁失落钓竿的描写，诙谐生动，将渔翁纯真恬淡的天性表现得淋漓尽致，李调元《雨村曲话》评之为"皆他人不能道也"。

柳营曲 金陵故址

◎查德卿

临故国,认残碑。伤心六朝如逝水①。物换星移②,城是人非③,今古一枰棋④。南柯梦一觉初回,北邙坟三尺荒堆⑤。四围山护绕,几处树高低。谁?曾赋黍离离⑥。

【注释】

①六朝:指三国的吴、东晋,南朝的宋、齐、梁、陈。它们都建都在金陵(今南京)。②物换星移:言万物变化,星辰运行,光阴过得很快。王勃《滕王阁诗》:"物换星移几度秋。"③城是人非:言城郭犹是,人民已非,环境变化得快。《搜神记》:"丁令威化鹤归来时唱的歌道:'城郭如故人民非,何不学仙冢累累?'"④今古一枰棋:今古的成败,不过像一局棋罢了。枰,棋盘。⑤北邙(máng)坟:泛指墓地。因为东汉及魏的王侯公卿多葬于洛阳市北的邙山。⑥黍离离:《诗经·王风》有《黍离》篇。内云"彼黍离离,彼稷之穗。行迈靡靡,中心如醉",是东周的大夫看到故国的宗庙,尽为禾黍,徘徊感叹,而作是诗。

【译文】

我来到故国,找到了残缺的碑文,心里为繁华的六朝如流水般逝去而伤心。光阴飞逝,城池还在,人却变了。古今万事就好像一盘棋局。就像从南柯梦中醒来一样,我看到北邙山上三尺荒坟。四下里群山环绕,几棵树木高高低低。是谁,曾创作了《黍离》悲歌?

【赏析】

"金陵"是南京的古称,曾是六朝旧都,很多诗人以此来吊古伤今,感叹其金粉华饰,却也兴废无常。像唐宋的诗人名家,李白、王安石、李商隐、刘禹锡等,都留下了脍炙人口的诗句。故而再在此基础上对"金陵"题词做文章,就也不容易摆脱前人的影响,此曲中的"伤心六朝如逝水"似是借用王安石的"六朝旧事如流水","四围山护绕"则是化用刘禹锡的"山围故国周遭在,潮打空城寂寞回"。作者对时光易逝,物是人非的沧桑感慨"今古一枰棋",却是相当独到的,也尽显了作者冷眼观物、客观分析的立场,在他看来,朝代更替,就如同一番黑白争输赢的游戏,没有什么实在意义,不过是走过场。

"南柯梦一觉初回,北邙坟三尺荒堆",和李商隐的"三百年间同晓梦,钟山何处有龙盘"有异曲同工之妙。"四围山护绕,几处树高低"是作者对所见之景的描写,山峦叠嶂,高高低低的枯树败草,继而引发作者"谁?曾赋黍离离"的感慨,这实则是作者在看破世事后的冷嘲热讽。元代像作者类的文人墨客,由于社会因素被迫脱离了社会主流,甚至处于社会底层,当他们在现实中受到排挤,感到不满时,便对历史和人生的价值产生了怀疑,通常都会以消极的心态加以否定。

此曲描写与议论结合应用,层层推进,步步深入,感染力十足。

殿前欢 观音山眠松

◎查德卿

老苍龙,避乖高卧此山中①。岁寒心不肯为梁栋,翠蜿蜒俯仰相从②。秦皇旧日封③,靖节何年种④,丁固当时梦?半溪明月,一枕清风。

【注释】

①避乖：避难。②"翠蜿蜒"句：谓青藤缠绕在松树上，沿松树而俯仰。③"秦皇"句：典出《史记·秦始皇本纪》。据载："二十八年，（始皇）乃上泰山，立石封词祀。风雨暴至。休于树下，因封其树为五大夫。"④靖节：指陶渊明，陶渊明死后，其友人私下为其取谥号"靖节"。

【译文】

这松树如一条老龙，为了避难高高地卧在这山中。它虽有忍受冬寒的心灵，却不肯为梁为栋，青藤缠绕着它，沿松枝上下俯仰。它是昔日秦始皇曾封之为五大夫的那棵，还是陶渊明不知哪年栽下的那棵？抑或是丁固梦中的那棵？明月照耀溪水，清风吹过枕头。

【赏析】

观音山上有一株奇松，因为它枝干虬曲，形同卧态，所以世人称它为"眠松"。

眠松虽然具有松树凌霜耐寒的本性，但是它却没有长成像其他松树一样的栋梁之材，它独自高卧山中，只有缠绕在松身上的藤蔓俯仰相从。

作者为眠松执意世外，与清风明月做伴的潇洒脱俗而赞叹不已。

"岁寒心不肯为梁栋"一句可谓全曲的文眼。松树虽老了，但是作者将其比为"苍龙"，可见心里对它是欣赏的，并不因为松树长得不像栋梁之才而忽视其优秀的品质。之所以"不肯为栋梁"，是因为"岁寒"，以象征手法表达自己虽有才能，却因遭受迫害而避世隐逸的无奈与愠怒。"高卧"一词既是对"眠松"之高的赞美，也是对自己傲世不群性格的委婉表露。"明月、清风"等意象，传达出了作者隐逸生活的乐趣。

清江引① 秋居

◎查德卿

白雁乱飞秋似雪②,清露生凉夜。扫却石边云③,醉踏松根月,星斗满天人睡也。

【注释】

①清江引:双调曲牌名。②白雁:白色的雁。雁多为黑色,白色的雁较为稀少。元代谢宗可有《咏白雁》诗。"影乱飞鸥回远浦,阵迷宿露落平沙,声声唤起周郎恨,为带胡霜染鬓华。"③石边云:古人认为云从石头中生出,此指山中雾气。

【译文】

白色大雁杂乱地飞着,在这秋天里像雪片一样,清冷的露珠使秋夜生出阵阵凉意。扫开石边的云雾,醉意中踩着松下的月影,在满天星斗下,我睡下了。

【赏析】

白雁飞过天空,有如飞雪乱飘;清露生寒,使人神清气爽。曲子起首两句以"白雁""清露"两样深具秋之特征的事物,描写出秋夜的凉爽、优美。作者扫退石边的浮云,醉意蒙眬地踏过松下斑驳的月影;他仰望满天星斗,然后酣然睡去。后三句作者从自己写起,将自己夜饮归来醉眼蒙眬、席地而卧的形象刻画得出神入化,特别是将自己扫云踏月的醉态举止描摹得活灵活现,引人发笑。

曲名《秋居》，绘秋日山中无限清景，写山居生活的惬意怡人，文风疏淡简雅，意境萧散阔达，展现了作者洒脱旷达的品格，读罢让人抚卷称妙。

天净沙 离愁

◎李致远

敲风修竹珊珊①，润花小雨斑斑，有恨心情懒懒②。一声长叹，临鸾不画眉山③。

【注释】

①敲风修竹：高高的竹子在风中互相敲击。珊珊，象声词，形容玉、铃、雨、钟等发出的舒缓的声音，此处形容竹子相互碰击的声音。②恨：指离恨。③临鸾：临镜。鸾：指背面铸有鸾凤图案的镜子。

【译文】

长长的竹子在风中互相敲打着，小雨滋润着斑斑点点的花朵，我心怀忧伤，情绪十分懒散。我发出一声长长的叹息，对着镜子却不再描眉了。

【赏析】

此曲写闺中女子的离愁，为李致远三首《天净沙》小令中的一首，颇有特色。

曲子以一个工整婉丽的对仗领起，寥寥数笔便勾勒出一幅清雅婉约的风景画。作者很擅长用景色表现人物的内心。"竹珊珊"暗示曲中人正心烦意乱，"雨斑斑"则谕示曲中人情绪低落。此二句和"有恨心情懒懒"相互对照，一下子便调起读者的好奇心，想知道曲中人究竟为何事所扰。

"一声长叹",极显哀怨之态,直到曲末"临鸾不画眉山"人们才恍然大悟,原来曲中人是为离愁所苦。"临鸾"有"孤鸾悲镜"之意,都说"女为悦己者容",情人不在身边,梳妆打扮都失去了意义。

曲子围绕对镜梳妆的生活细节展开,通过景物描写,生动细腻地反映出女子孤独苦闷的内心世界,将"岂无膏沐,谁适为容"的情绪表现得恰到好处。

⊙作者简介⊙

李致远,生卒年、生平不详,字君深,至元间曾居江苏溧阳。今存小令二十六首,套数四首,《太和正音谱》将他列为曲坛名家,评其曲"如玉匣昆吾"。现代戏曲理论家孙楷第认为,李致远为溧阳(今属江苏省)人,名深,字致远。且与文学家仇远友谊深厚。

红绣鞋 晚秋

◎李致远

梦断陈王罗袜①,情伤学士琵琶②。又见西风换年华。数杯添泪酒,几点送秋花,行人天一涯。

【注释】

①陈王罗袜:曹植在《洛神赋》中自言相遇洛神,赋中有"凌波微步,罗袜生尘"的描写。曹植受封陈留王。②学士琵琶:白居易有《琵琶行》长诗,述浔阳江头与长安琵琶女子的萍水相逢。白居易曾官居翰林学士。

【译文】

陈王曹植和穿着罗袜的洛神相逢那样的艳遇像梦一样断了,白居易与琵琶女的情谊让我想起来就情绪忧伤。我又看见:在这西风里,时光又匆匆过去了。喝下几杯夹带着自己流下的眼泪的水酒，看着路边几朵似乎要送走秋天的花儿，我这远行的人儿啊，独自流浪在这遥远的天涯。

【赏析】

　　李致远的这首小令，开头使用典故，从两位古人的故事入手。首句"梦断陈王罗袜"举的是曹植的典故。据传，曹植作《洛神赋》，是为了表达对甄妃的思念之情。甄妃原是曹植的情人，后来被曹丕纳为妃子，但不久被郭后陷害致死。次句"情伤学士琵琶"说的是白居易的故事。白居易被贬江州的时候，在浔阳江畔结识了琵琶女，白居易听了琵琶女的身世，不禁黯然落泪。而到了元代，马致远曾写过一本《青衫泪》的杂剧，剧中说白居易与琵琶女早就相识，后来琵琶女被迫嫁给了茶商，二人在浔阳江头重聚，这才出现了白居易伤心的一幕。作者在此叙说古事，其意在于暗示自己与古人同病相怜，表达自己的失意之情。而作者借助前两句，很自然地推出"又见西风换年华"一句，这也从正面表现了作者的悲伤之意。正是因为这个，"酒"才会"添泪"，"花"才能"送秋"，作者虽在此描述客观事物，却无不透露出伤感之情。末句说明悲伤的缘由："行人天一涯。"从此天各一方，恐怕是很难再见面了。尽管这首小令用了两个典故，但语言流畅，平易自然，毫无生搬硬套之感。

折桂令 山居

◎李致远

　　枕琴书睡足柴门，时有清风，为扫红尘。林鸟呼名，山猿逐妇，野兽窥人。唤稚子涤壶洗樽，致邻僧贳酒论文①。全我天真，休问白鱼②，且醉白云。

【注释】

①贳酒：赊酒。②白鱼：周武王伐纣时，在黄河有白鱼跃入船舱，以为瑞兆。这里代指兴邦的国家大事。

【译文】

在柴门下，我枕着古琴和书本睡了个好觉。不时地，有清爽的风儿吹过，为我扫去身上的尘埃。树林里的鸟儿叫唤着我的名字，山野中的猴子追赶着进山的妇女，野兽窥视着路上的行人。我叫我的孩子洗干净酒壶，洗干净酒杯，请来附近的老和尚，赊来美酒一起一边喝酒，一边谈论着美妙的文章。我只管保全好我的天性，别问我什么兴邦的国家大事，我姑且在这白云之中大醉一番吧。

【赏析】

首句"枕琴书睡足柴门"，反映出隐居生活的淡泊宁静。"时有清风，为扫红尘"，此二句看似寻常，实则韵味深厚，足见作者旷达超脱的襟怀。"林鸟"等三句，写景刻画入微，直写山间禽鸟的悠闲，也从侧面表现出自己的自由自在。末尾的"白鱼"用了武王"白鱼入舟"典故，暗示国家复兴的瑞兆。但一个"休问"却又否定了"白鱼"的祥瑞之意，让人想起另一个和"白鱼"有关的典故，据《太平广记》所载，江夏渔民顾保宗，在一天晚上梦到一名白发老翁，入门坐下就哭起来，说是天下不久就会大乱。不久，顾保宗来到江岸，发现一条长一百多丈的白鱼，它正是老翁的化身。当时是东晋隆安五年（401），距晋朝灭亡不到二十年的时间。这首曲子里的"问白鱼"，便影射了元朝晚期山雨欲来的形势。

迎仙客 暮春

◎李致远

吹落红，楝花风①，深院垂杨轻雾中。小窗闲，停绣工，帘幕重重，不锁相思梦。

【注释】

①楝（liàn）：俗名"苦楝子"，一种乔木。

【译文】

风吹落苦楝子花，深深的庭院里，轻雾中有几棵杨柳。小窗开着，我停下刺绣活儿，窗外帘幕重重，锁不住相思梦。

【赏析】

这是一首写闺思之情的曲子，描写细腻，含蓄温婉，书写情思不徐不疾，优美雅致。

楝树每年三四月间开花，花呈红紫色，香气袭人。古人称应花期而来的风为"花信风"，相较其他春花，楝树开花较晚，"楝花风"几乎是春天最后的花信风。而"垂杨轻雾"则是在说杨花掩映下的杨柳。曲子前三句中出现的意象"落红""楝花风""垂杨轻雾"皆是暮春之景。暮春常给人以好景不长之感。

"小窗闲，停绣工"暗示读者曲中人是一名女子。而结合前面的"深院"不难猜到，这女子还是一位大家闺秀。"闲"多用来表现悠闲自适，然而由于作者花了不少笔墨描绘暮春之景，在此曲中它散发出淡淡的哀愁。人们仿佛看到女主人公神情忧郁地倚靠窗口，看着窗外景色发呆的样子。情因景生，美好而短暂的春天一如女子的青春年华，孤单单地在深闺中打发时光，很容易萌生"光阴虚度，辜负年华"的慨叹。不知曲中人是否为此神伤？作者没有说，给读者留下了宽广的想象空间。深宅大院中的闺秀多不会直截了当地诉说自己的心事，因此最后作者用委婉地笔法——"帘幕重重，不锁相思梦"——来表现曲中人对感情的向往、执着，其间分寸拿捏得恰到好处。

　　古时文人常借书写闺怨阐述自身的遭遇、情怀。作者李致远清高孤傲，一生不得志，曾有人写诗说他"平生意气隘九州，直欲涿足万里流。讵期功名坐蹭蹬，不意岁月成缪悠"。这和本曲中为春光流逝而怅惘的思妇很有共通之处。

普天乐 咏世

◎张鸣善

　　洛阳花①，梁园月②，好花须买，皓月须赊。花倚栏干看烂漫开，月曾把酒问团圆夜③。月有盈亏花有开谢，想人生最苦离别。花谢了三春近也④，月缺了中秋到也，人去了何日来也？

【注释】

　　①洛阳花：即洛阳的牡丹花。欧阳修《洛阳牡丹记》称洛阳牡丹天下第一。②梁园月：即梁园的月色。梁园，西汉梁孝王所建。孝王曾邀请司马相如、枚乘等辞赋家在园中看花赏月吟诗。③月曾把酒问团圆夜：化用苏轼《水调歌头》词逾："明月几时有，把酒问青天。"④三春：孟春、仲春、季春。

【译文】

这儿有跟洛阳一样的花儿，有跟梁园一样的月色，鲜花明月，就该买来受用。我倚靠着栏杆看花儿灿烂地开着，也曾在月圆时举酒问明月。月有圆缺花也有开有谢，我想人生最苦的事情就是离别了。花儿谢了到春天还会开，月缺了中秋夜还会圆，人走了哪天才会回来啊？

【赏析】

此曲名为"咏世"，实言"离愁"，表达了作者的人生态度和人生感慨。

花好不过洛阳，月明应数梁园。而好花须要买来观看才更觉美好，明月须要赊来观赏才愈觉明亮。曲子前四句围绕"花"和"月"，既蕴含着"行乐须及春"的处世哲理，有展示了作者对美好生活追求的愿望。

倚着栏杆看花儿烂漫开，几度持酒向明月祝团圆。五、六两句看花、问月使笔锋一转，产生美景难留的慨叹。但作者更进了一层，提出好花易谢还开，月虽缺能圆，花与月的开谢都有定时，而人间别离却后会难期。

此曲感慨深致，风格略显悲凉，但蕴含丰厚，富有哲理，不失意趣，是一篇欣赏和思想价值都很高的作品。

⊙作者简介⊙

张鸣善，生卒年不详，名择，号顽老子，是元代散曲家，平阳（今山西临汾）人，后居于扬州。曾任宣慰司令史、浙江提学等职，后称病辞官。至正二十六年（1366）为夏庭芝《青楼集》作序。其曲多为讥讽时政子作，语言幽默尖辣，构思新颖，被誉为"一代之作手"。曾作杂剧三种：《烟花鬼》《瑶琴怨》《草园阁》，均以失传，今存小令十三首，套数二篇。

其传世作品有小令十三首，套数二套，多以男女风情、山林归隐、仕途艰辛和游客思乡为题材。

普天乐 愁怀

◎张鸣善

雨儿飘，风儿飏①。风吹回好梦②，雨滴损柔肠。风萧萧梧叶中，雨点点芭蕉上。风雨相留添悲怆，雨和风卷起凄凉。风雨儿怎当③？雨风儿定当。风雨儿难当！

【注释】

①飏：即"扬"，吹动。②"风吹"句：意谓风声打断了好梦。③怎当：怎么禁受得住。当，抵挡。

【译文】

雨儿飘洒着，风儿吹着。风把人从好梦中吹醒，雨滴滴落下，让人肝肠寸断。梧桐叶上风儿萧萧，芭蕉树上雨声点点。风雨交加，增添了悲怆和凄凉。怎么才能忍受这风雨？这风雨一定要忍受啊！这风雨太难忍受了！

【赏析】

这是一首抒写被风雨激发起愁怀的曲子。风雨飘摇的夜晚，作者心生悲怆，愁苦难当，继而有感而发。

曲子以风雨起兴，每句不是写风就是写雨，这种反复咏唱，复沓回环的写作手法，在气氛的渲染和刻画人物的心境上，很有艺术特色；在音律和画面感上也具有很强的冲击力。这种写法在散曲中，是独树一帜的文体形式。

古代诗词长把"梧桐""芭蕉"等与秋天联系起来(如"月如钩,寂寞梧桐深院锁清秋""一声梧叶一声秋,一点芭蕉一点愁,三更归梦三更后"),风雨交织间,仿佛那风吹走了作者的好梦,那雨卷起了作者内心的凄凉愁苦。最后三句,一问一答一感慨,极力表现了作者不堪忍受秋风苦雨所带来的满怀愁情,自问自答,层层叠进,思绪起伏跌宕,一句比一句更有力,完美地起到了烘托作用的同时,相比于平铺直叙也更显震撼。

全曲音乐感极强,仿佛把读者也带入了风雨交加的情境中,这能很好地展现作者之"愁怀",读罢,余音绕梁间读者似乎也深有同感了。

水仙子 讥时

◎张鸣善

铺眉苦眼早三公①,裸袖揎拳享万钟②,胡言乱语成时用。大纲来都是烘③,说英雄谁是英雄?五眼鸡岐山鸣凤④,两头蛇南阳卧龙⑤,三脚猫渭水飞熊⑥。

【注释】

①铺眉苦(shǎn)眼:即舒眉展眼,此处是装模作样的意思。三公:大司马、大司徒与大司空,这里泛指高官。②裸(luǒ)袖揎(xuān)拳:捋起袖子露出胳膊,这里指善于吵闹之人。万钟:很高的俸禄。③大纲来:总而言之。烘:指胡闹。④五眼鸡:好斗的公鸡。岐(qí)山:在今陕西岐山县。鸣凤:凤凰。两头蛇:毒蛇。⑤南阳卧龙:即诸葛亮,这里泛指杰出的人才。⑥三脚猫:没有本事的人。渭水飞熊:即周代的太公吕尚,这里指德高望重的高官。

【译文】

装模作样却早早当上了大官，整天打打闹闹却享受着万钟的俸禄，胡说八道、成了当下最受用的伎俩。总地说，全是胡闹，都在说英雄，可谁才是英雄？好斗的公鸡被当作岐山鸣叫的的凤凰，两头蛇被当成了南阳的诸葛亮，三脚猫成了渭水边那应了文王飞熊梦的姜子牙。

【赏析】

此为刺时讥世之曲。

曲子首先对高官显爵的"三公"进行了绘声绘色的刻画：装腔作势的很早便位列三公，蛮横粗暴的享受着丰厚俸禄，胡言乱语的其时受到重用。紧接着一语点破世态：总而言之，都是胡闹与起哄。论英雄谁是真英雄？在作者看来，这混乱荒唐的年代，五眼鸡成了报吉祥的鸣凤，两头蛇冒充了雄才大略的南阳卧龙，三脚猫号称自己是兴邦济世的姜太公。极力对比，表现作者对"三公"等的深恶痛绝。全曲冷嘲热讽，语意深刻犀利，对元代上层社会的寄生性和虚伪性进行了露骨的揭露和无情的讥讽，可谓畅快淋漓。

脱布衫带过小梁州

◎张鸣善

草堂中夏日偏宜，正流金烁石天气。素馨花一枝玉质①，白莲藕双亨琼臂。门外红尘衮衮飞②，飞不到鱼鸟清溪。绿阴高柳听黄鹂。幽栖意，料俗客凡人知？

［幺］山林本是终焉计③，用之行舍之藏兮④。悼后世追前

辈。对五月五日,歌楚些吊湘累⑤。

【注释】

①素馨花:一种自西域移植我国南方的花,枝干似茉莉,夏日开白花。②衮衮:同"滚滚"。③计:安身终老的安排。④"用之"句:语本《论语·述而》:"子谓颜渊曰:用之则行,舍之则藏。"意谓所用,则施展平生所习之道;不为世用,则隐居潜藏以待时机。⑤楚些:楚辞。湘累:战国时屈原因悲念楚国前途而投湘水自杀,世称"湘累"。累,无罪的死者。

【译文】

草屋里夏天最好了,那可正是金石也要融化的天气。一枝白色的馨花像玉一样,白荷花结出藕实,柄儿像玉手般弯曲。门外的尘土滚滚飞扬,飞不到那鱼儿游玩鸟儿停留的清澈的溪边。我在高高的杨柳的绿荫下,听黄鹂鸣叫。这幽居的乐趣,庸俗的凡人哪里知道?

山林本来就是终老的归宿,为世所用则施展平生所习之道;不能为世所用,则隐居潜藏。我伤悼后人,追怀古人。在这五月初五端午节里,我唱一唱楚辞凭吊那无辜死去的三闾大夫。

【赏析】

张鸣善的曲子善用巧思,诙谐幽默,辞藻华美。此曲却一改风格,言语质朴实在,情真意切。

曲子前半部分,开篇先说夏天那"流金烁石"的天气,适合居住在宽敞的草屋里,"流金烁石"四个字很显眼,运用了夸张的修辞手法,极言夏日之热。但是随着作者的逐句描绘,这种酷热难当仿佛也慢慢地得到了淡化消解,如玉的"素馨花"、如臂的"白莲藕",赏心悦目,令人如饮甘泉，暑热顿消。

"门外红尘衮衮飞，飞不到鱼鸟清溪。"这句话的含义有两层：一是客观说明屋外闹市喧嚣、尘土飞扬却飞不进鱼池鸟林；二是指作者恬淡的内心，无论世俗如何滋扰也出淤泥而不染的境界情操。在作者这里，有的只是"归隐"生活的幽静：柳树枝下纳凉、聆听黄鹂鸟叫。可见首句的"草堂"实则是暗指作者隐居的生活环境，怀有"归隐"之心，一花即一世界、一草即一天堂。

下半部分，从铺陈转到了抒怀，因"用之以藏"，故"终焉计"，这其实是作者在自我开解，"归隐"就像一个梦想，虽然作者开始实行、也表达了这个梦想，可是能让自己的心始终那么坚持吗？是不能的，因为当作者面对残酷现实时，不能如同对待酷暑那样无动于衷。一个"悼"字、一个"追"字，就把作者内心的真实情感展露无遗了，继而发出"月五日，歌楚些吊湘累"的借古伤今之句。吟唱《楚辞》，纪念伟大的爱国主义诗人屈原，虽是应和时令的举动，却颇有借古人酒杯，浇胸中块垒的意味，也透露诗人未能忘情于用世的内心。

有希望，也有愁苦，两种思绪互相胶着，便是这一支平静又略带不甘、从容又稍显无奈的小曲表达出的情感。

塞鸿秋 浔阳即景①

◎周德清

长江万里白如练②，淮山数点青如淀③。江帆几片疾如箭④，山泉千尺飞如电。晚云都变露⑤，新月初学扇⑥。塞鸿一字来如线。

【注释】

①塞鸿秋：曲牌名。塞鸿，塞外飞来的大雁。即景：写眼前的景物。浔（xún）阳：江西省九江（今江西省九江市）的别称。②练：白绢，白色的绸子。③淮山：在安徽省境内，这里泛指淮水流域的远山。淀：同"靛（diàn）"，即靛青，一种青蓝色染料。④江帆：江面上的船。⑤晚云都变露：意思是说傍晚的彩霞，都变成了朵朵白云。露，这里是"白"的意思。⑥初学扇：意思是新月的形状像展开的扇子。

【译文】

万里长江白白的好像一条绸缎，淮河两岸的远山绿得像靛青一样。江上的几片船帆行驶飞快，像离弦的箭一样；山上的瀑布从千尺悬崖上飞奔而下，仿佛是一道闪电。傍晚的彩霞，都变成了朵朵白云。刚刚升起的月亮看上去就像刚刚展开的扇子一样。塞外的大雁排成"一"字飞来，就像天空中挂着一条线儿一样。

【赏析】

此曲为作者傍晚登浔阳城楼即兴之作。

"长江万里白如练"和"淮山数点青如淀"是作者远眺长江之所见。"万里白"和"数点青"形成对比，既写出了长江的磅礴气势，意向雄远，又描绘出色彩对映之美。接下来两句虽还是远眺，但移近了视界，对江帆、山泉的描绘充满动感。所谓醉翁之意不在酒，此二句中，作者写江帆是为突出江水奔腾之迅猛，写山泉则为表现山高且险峻。

五、六句写晚上云雾凝结成颗颗露珠，新月初升，玲珑可爱，好似含羞女子初展纨扇。末句异军突起，写远望到一行秋雁列队自北而南飞来。这一描写将前六句画面串联起来，苍凉渺远，增添了整个画面的内涵，引起人们无边的秋思，绵长悠远。

此曲下笔意境阔宏、极具气势，设色简洁鲜明，浓淡相宜。特别是结句对塞鸿的描写，灵动新奇，余韵悠然，引人遐想。

> ⊙作者简介⊙
> 周德清（1277—1365），字日湛，号挺斋，高安（今属江西省）人。精通音律，总结北方语音特点著《中原音韵》，为散曲家用韵之本。其曲用韵精严，意境清高，评价甚高。今存小令三十一首，套数三篇。

朝天子 秋夜客怀

◎周德清

月光，桂香，趁着风飘荡。砧声催动一天霜①，过雁声嘹亮。叫起离情，敲残愁况②，梦家山身异乡。夜凉，枕凉，不许离人强③。

【注释】

①砧声：捣衣之声；砧，捣衣石。②敲残愁况：把忧愁的心境敲得更加破碎。③强（jiàng）：倔强。

【译文】

月儿发出清光，桂树散发着清香，月光与桂香在风中飘荡。捣衣声里漫天都是霜。那飞过的大雁，声音格外响亮。雁声勾起了离情，砧声敲乱我的愁绪，我梦见了家园，人却在他乡。夜很凉，枕更凉，这情景让愁人没法倔强。

【赏析】

"秋夜客怀"，从曲名可以看到，这正是一篇写在秋天的夜晚，作者在他乡思念故乡的曲子。作者周德清是宋代词人周邦彦的后代，他终身未入仕，善于音律，长于乐府。

　　此为一首抒发离愁别绪的曲子。夜晚月光清冷，桂花香气四溢，随风而动。这是大环境的描写，作者分别从视觉、嗅觉上铺就了一层晦暗、冰冷的基调。这时不知道哪里妇女洗衣服的声音传入作者耳中，这又在听觉上勾起了游子的相思之情。画面开始有了动感，但此动感并不能带来欢乐之情，反而增添了作者内心对家乡人的思念。紧接着天空中大雁鸣叫而过，这对于作者简直就是"雪上加霜"，在古时候，鸿雁是传书信的，作者用此意象，是为了体现"归"乡的心情。

　　这种种的外物，都在一遍遍地勾起相思，浓化愁绪，"叫起""敲残"两动词的运用，仿佛让那无法言明离愁别绪物化成了实体，真真切切地跌宕在作者周遭。

　　曲子的结尾在侧面烘托了作者思乡的强烈程度，夜凉如水，辗转反侧不能入眠，思乡之情与一展宏图的愿望相互交叠，这是感性和理性的碰撞，一句"不许离人强"，写尽其味。

满庭芳　看岳王传[①]

◎周德清

　　披文握武[②]，建中兴庙宇[③]，载青史图书。功成却被权臣妒，正落奸谋[④]。闪杀人望旌节中原士夫[⑤]，误杀人弃丘陵南渡銮舆[⑥]。钱塘路[⑦]，愁风怨雨，长是洒西湖！

【注释】

①岳王：即岳飞，宋宁宗时追封为鄂王，故称岳王。②披文握武：指文武双全。③建中兴庙宇：岳飞为国竭智尽忠，挫败了金兵的侵略，使宋

朝得以中兴。④正落奸谋：落入奸臣贼子的阴谋。⑤闪杀人望旌节中原士夫：弄得中原人民只能遥望宋军撤退，而不能恢复统一。闪杀：抛闪。旌节：指旌旗仪仗。士夫：宋朝的官员。这句指岳飞破金打至朱仙镇被宋廷召回的事。⑥误杀人弃丘陵南渡銮舆：奸臣杀害了岳飞，致使大宋皇帝渡江南逃，大片国土沦于金人之手。丘陵：泛指国土。銮舆：天子车驾，代指皇帝，即宋高宗赵构。⑦钱塘：即今杭州，岳飞在此遇害，后迁葬西湖。

【译文】

岳飞能文能武，使宋朝得以中兴，他的声名永垂青史。他立下功勋，却遭到到权臣的怨恨，落入了奸臣贼子的阴谋。中原人民只能遥望宋军撤退，大宋皇帝只得丢弃江山渡江南逃。钱塘路上，那充满愁怨的风雨，弥漫在西湖上。

【赏析】

此曲前半写史：概括叙述英雄岳飞一生的功绩和遭受奸臣陷害的悲惨结局。主要依时间顺序叙述史实：首句叙述岳飞的非凡才略；第二句接着写岳飞的中兴功绩；第三句叙述岳飞壮烈的一生；第四、五句揭露主和派秦桧等陷害岳飞的罪行；第六、七句，进一步写岳飞的英雄业绩，追怀往事，且叙且评且议。后半着眼现实：岳飞"精忠报国"的英雄气概还在鼓舞教育着无数后代。作者用白描手法将时空拉回现实，寓情于景。人们对英雄岳飞的深切怀念之情和对投降派的谴责之情既强烈又持久，作者借西湖的愁风惨雨表达出人民的愿望。岳飞生活的年代距作者生活的年代很远了，但是岳飞"精忠报国"的英雄气概还在鼓舞教育着无数后代。作者周德清出生于1277年，而元朝初建于1271年。南宋末年抗元事迹中必有可歌可泣的英雄篇章，但作者却热情讴歌久远年代的英雄岳飞，愤怒谴责投降派赵构和秦桧，爱憎极为分明。对于前朝覆亡的不幸命运，作者能够清醒地还历史以本来面目。而在谴责腐败无能的南宋王朝的同时，从侧面抒发了对元廷统治者的强烈愤慨之情。

蟾宫曲 别友

◎周德清

倚蓬窗无语嗟呀①，七件儿全无②，做甚么人家？柴似灵芝，油如甘露，米若丹砂③。酱瓮儿恰才罄撒④，盐瓶儿又告消乏⑤。茶也无多，醋也无多。七件事尚且艰难，怎生教我折柳攀花⑥？

【注释】

①蓬窗：用篾席遮拦起来的窗户。嗟呀：叹息。②七件儿：即七件事，指日常生活中的七种必需品。武汉臣《玉壶春》一："早晨起来七件事，油、盐、柴、米、酱、醋、茶。"③"柴似灵芝"三句：言米珠薪桂，生活资料十分昂贵。灵芝：仙草，古人认为服之可以长寿。甘露：甜美的露水。古人认为天下太平，上天才降甘露。丹砂：即朱砂。古人认为服食它可以延年益寿。④罄撒：本意为散失，此与下句"消乏"同义。《雍熙乐府》无名氏《斗鹌鹑》套："待去呵，青蚨又梦撒；不去呵，寸心又牵挂。"青蚨即钱。⑤消乏：耗散完了。⑥折柳攀花：指眠花宿柳，旧日文人恶习。但卢前《元曲别裁集》作"折桂攀花"，则句意为追求科举功名，因古人谓中科举曰"攀桂"，中状元要戴宫花，饮御酒。如此立意更佳。

【译文】

倚靠着蓬窗说不出话，只好一声声叹气。日常必需品全都没有，还怎么过日子？柴禾贵得像灵芝一样，油像露水一样难得，米的价格也像丹砂一样。酱缸里的酱油刚刚用完，盐瓶中的盐又没了。茶也不多了，醋也不多了。光是凑齐这生活必需品就如此艰难，还怎么让我去攀折柳树跟花儿？

【赏析】

此曲为自诉生活窘迫、辛酸、悲苦之作。

首句"无语嗟呀"引出下文，既设有悬念，又极言生活辛酸无奈以致无法诉说。接下来诉说开门七件事——柴、米、油、盐、酱、醋、茶，都是生活必需，但如今是"七件儿全无"，难怪作者靠着破窗无语叹息。四、五、六句运用比喻，说柴米油盐就好像灵芝、甘露、丹砂一样稀罕珍贵，强烈表现了元代读书人社会地位的低下。对他们来说，最基本的生存条件尚且如此艰难，又何谈逍遥自在地寻花问柳、买笑青楼呢？生活基本条件窘迫之状不言自明，人生追求之失落与渺茫更不待说。

醉太平 警世

◎汪元亨

憎苍蝇竞血①，恶黑蚁争穴②。急流中勇退是豪杰③，不因循苟且。叹乌衣一旦非王谢④，怕青山两岸分吴越⑤，厌红尘万丈混龙蛇⑥。老先生去也。

【注释】

①苍蝇竞血：像苍蝇争舔血腥的东西一样。喻争权夺利为极可鄙的事。②黑蚁争穴：李公佐《南柯记》中的大槐安国与檀萝国争夺领土，也可鄙可恶。恶（wù）：厌恶。③急流勇退：比喻做官的人在顺利或得意时，抽身退隐，以避祸远害。④"叹乌衣"句：言繁华易歇，好景不常。乌衣：

指乌衣巷，六朝时王、谢豪族所居。刘禹锡有名诗《乌衣巷》。⑤"怕青山"句：吴、越是两个互为仇敌的国家。因以喻敌对的势力。⑥混龙蛇：喻好坏不分，贤愚莫辨。

【译文】

我讨厌苍蝇争舔那些血腥的东西，也讨厌蚂蚁争抢巢穴。在急流中懂得后退的才是豪杰，他们从不因循惯例或苟且偷生。可叹的是乌衣巷中顷刻间便没有了王、谢两家的身影，我担心那青山会分开吴越两地。厌倦了这鱼龙混杂的世界。我这老头走了！

【赏析】

此曲抒厌世之情，遁世之志，有警世之效。

作者前二句以比喻形式写自己憎恨腐败官场中人如苍蝇竞相吮血，如黑蚁争着钻窝。后二句发表观点，认为懂得急流勇退的才是豪杰，自己不愿随波逐流、因循苟且。紧接着写他叹息乌衣巷的豪族转瞬间便成云烟，生怕青山绿水两岸分成相争的吴和越，厌倦了滚滚红尘龙蛇混杂，贤愚不分，于是决定洁身远引，拂袖而去。

通观全曲，作者感情由"憎""恶"而知"退"，由"叹""怕"而生"厌"，这几个极富感情色彩的词语使作者避世离俗之意逐一增强，最后一个"去也"，终于达到了作者感情的顶峰，利落有力。

此曲气概睥睨一切，情意真挚，表现了作者对腐朽社会的憎恶，区别于故作豪语之曲子。

⊙作者简介⊙

汪元亨，生卒年不详，生活于元末明初，字协贞，号云林，别号临川佚老，饶州（今江西鄱阳）人。曾任浙江省掾，居常熟。《录鬼簿续编》称其有《归田录》百篇行世，今存小令正好百篇，皆以归隐为题材。此外存套数一曲，杂剧三种。

朝天子 归隐

◎汪元亨

长歌咏楚辞①,细赓和杜诗②,闲临写羲之字。乱云堆里结茅茨,无意居朝市。珠履三千③,金钗十二④,朝承恩暮赐死。采商山紫芝⑤,理桐江钓丝⑥,毕罢了功名事⑦。

【注释】

①楚辞:以屈原为代表的骚体文学。②细赓和杜诗:赓,根据别人诗词的用韵作诗。杜诗,杜甫的诗作。③珠履三千:该典故出自《史记·春申君列传》:"春申君有客三千余人,其上客皆蹑珠履。"④金钗十二:典出白居易的《答思黯(牛僧孺字)》"金钗十二行"。旨在形容歌伎之多。⑤商山紫芝:秦时有隐士居于商山上,以紫芝为食,须眉如白雪,人称"商山四皓"。⑥桐江钓丝:指东汉高士严光拒绝光武帝礼聘,在富春江,即桐江江畔垂钓自得。⑦毕罢:结束。

【译文】

我久久地唱着《楚辞》,依着杜甫诗歌的的韵脚写诗,又悠闲地临摹王羲之的书法。我在云雾堆积的地方盖几间茅屋,没有去城里居住的想法。看那些豪门大户养着无数门客和歌女,早上还被皇上恩宠,晚上就被赐死了。我像商山四皓那样采芝而食,像严光那样在江边打理钓丝,绝不再想求取功名之事。

【赏析】

　　此曲通篇都在用富贵凶险和隐居之乐作对比。起首的三个鼎足对分别以楚辞、杜甫的诗,王羲之的字为中心展开,写出了隐居生活的宁静清雅。作者读书习字,修身养性,一眼看去生活充实惬意。"长""细"表现了他对所读诗书的了解深刻,"闲"又写出了他平和的心态,说明他沉浸诗书已经有些时日了。

　　接下来的"结茅茨"和"居朝市"分别象征着归隐山林和追求富贵功名,这是两种截然不同的生活方式,虽然茅茨寒酸,朝市繁闹,作者还是义无返顾地取茅茨而弃朝市,这不由引起了读者的好奇,想知道他因为什么做出了这样的选择。

　　"珠履三千,金钗十二,朝承恩暮赐死"就是作者的答案。富贵荣华固然很好,但为了求得富贵荣华,免不了要攀附权力,而权力既可以让人生也可以让人死,由不得人自行做主。"朝承恩暮赐死"将世事的无常和险恶表露无遗。汪元亨先后作有二十首《朝天子·归隐》,每首都或多或少流露出对现实生活的不满。

　　桐江江畔钓鱼的严光,在商山上食紫芝的商山四皓是作者心目中的智者。"毕罢了功名事",说明作者的弃功名实是无奈之举。谁不希望平安与富贵兼得?但当平安与富贵不能兼顾时,也只好弃富贵取平安。

沉醉东风 归田

◎汪元亨

　　居山林清幽淡雅,远城市富贵奢华。酒杯倾鲸量宽,诗卷束牛腰大。灞陵桥探问梅花①。村路骑驴慢慢踏,稳便似高车驷马②。

【注释】

①灞陵桥：即灞桥。在长安以东的灞水上。②高车驷马：有着高高的车盖，并配备四匹马共拉的车驾，为达官贵人所专乘。

【译文】

我居住在山林里，这儿又清幽又淡雅，远离了城市的富贵和奢华。我大口大口地喝着美酒；写出的诗卷束在宽大的牛腰上。我在灞陵桥下，寻找着梅花。我在乡村小路上骑着毛驴慢慢前行，安稳得像坐在那有着高高的车盖，又配备着四匹马共拉的车驾上。

【赏析】

这是一首写隐居之乐的曲子。曲中意境悠游恬淡，语言直白平易又不失机趣，作者无欲无求，安然自在的心态尽展纸上。

在曲子开篇，作者就用一组对仗表明了心志，选择山林实际上就是选择了淡泊名利的生活方式。而痛快饮酒、纵情作诗以及灞桥寻梅都是这种生活的具体表现。相比聚积物质财富，作者显然更注重修养精神。"鲸量宽"原出自杜甫《饮中八仙歌》的"饮如长鲸吸百川"，作者借它来表现无牵无挂、洒脱自适的心情。"牛腰大"则出自李白《醉后赠王历阳》中的"诗束牛腰藏旧稿"。一想到归隐之后自己在文章上所得颇丰，作者就非常快慰。从这两句可以看出作者十分喜爱这种简单而充实的生活。

元人多误把"灞陵桥探问梅花"当作孟浩然所为（孟浩然的友人在诗作中提到孟浩然骑驴吟雪，后人由此演绎出"孟浩然踏雪寻梅"），作者也是如此，在此曲中他便以孟浩然自比。梅花傲雪凌霜，被古人视作高洁坚贞的象征，"探梅"即有追寻高士之意。这说明作者"居山林"不单因为想要过清静雅致的日子，更因为希望借这种方式完善自我人格。曲末两句是作者"修身养性"的成果，"村路骑驴"和"居山林"相对，"高车驷马"则对应着荣华富贵，只要人安于平淡、心情宁静，骑在毛驴上就像坐在高车中一样，安适满足。

雁儿落过得胜令

◎汪元亨

至如富便骄，未若贫而乐。假遭秦岭行①，何似苏门啸②。满瓮泛香醪③，欹枕听松涛。万里天涯客，一枝云外巢④。渔樵，坐上供吟笑。猿鹤，山中作故交。

【注释】

①秦岭行：唐韩愈因谏迎佛骨触怒宪宗，远贬潮州，途中作诗有"云横秦岭家何在，雪拥蓝关马不前"语。②苏门啸：西晋高士阮籍与隐士孙楚相遇于苏门山（在今河南辉县），互相长啸逍遥。③醪（láo）：有色的酒。④一枝句：《庄子·逍遥游》："鹪鹩巢于深林，不过一枝。"谓生活需求之少。

【译文】

比起富贵了便骄奢淫逸，还不如在贫困中安享欢乐。要是像韩愈那样被贬出秦岭，哪里比得上像阮籍和孙楚那样在苏门山相对长啸？我的酒瓮盛满泛着幽香的美酒，我靠着枕头听着松涛的声音。我这远在万里天边的旅客，像鹪鹩一样只需一根树枝筑巢。渔人和樵夫，坐在一起谈笑着。山中的猿猴与鹤鸟，成了我的好朋友。

【赏析】

汪元亨生于元末明初，他所写的散曲多抒发警世叹时的感慨，吟咏归田隐逸的生活。其散曲风格豪放，潇洒典雅，语言质朴，情味浓郁，在元末散曲作家中独树一帜。这首《雁儿落过得胜令》就十分典型地反映了汪元亨散曲的特点。

这支小令前四句说明归隐的缘由。作者在此用了两组对比：一组是"富便骄"与"贫而乐"，一组是"秦岭行"与"苏门啸"。孔子曾经说过："小人贫斯约，富斯骄。"（《礼记》）而《论语·学而》中，孔子又说："贫而无谄，未若贫而乐。"作者引用孔子的原话，说明安贫乐道符合圣人的"大道"，这正是作者归隐山林的思想动机。"秦岭行"取韩愈遭贬谪的典故，"苏门啸"取西晋阮籍与孙楚在苏门山隐居的故事，说明做官的凶险与隐居的逍遥，这是作者选择归隐的现实动机。开头四句皆为下文作铺垫。

接下来作者尽兴吟咏了隐居的快乐。"满瓮泛香醪"二句叙述隐居生活的顺适，"欹枕"二字体现出主人的闲适自在。"万里天涯客"二句说明隐居之后，自己便不再饱受漂泊流离之苦，终于有了安身之处。"渔樵，坐上供吟笑"四句说明隐居的时候并不寂寞，有渔樵往来，猿鹤做伴。作者通过这八句描写，把"贫而乐"这种简单而自由的生活表现出来。

醉太平 警世

◎汪元亨

辞龙楼凤阙①，纳象简乌靴②。栋梁材取次尽摧折，况竹头木屑。结知心朋友着疼热，遇忘怀诗酒追欢悦，见伤情光景放痴呆。老先生醉也。

【注释】

①龙楼凤阙：帝王宫殿。②纳象简乌靴：指辞官而去。象简：象牙制的笏板。乌靴：官靴。

【译文】

离开那皇宫高楼，交回那笏板官靴。那些栋梁之才一个个都被残害了，何况我们这些竹块木屑一般的普通人呢？结交些知心朋友，互相关怀；碰上高兴事就一起吟诗喝酒开心忘怀；遇见让人伤心的事情（也别去管）装成痴呆。我这老头醉了！

【赏析】

汪元亨《归田录》中收录的百篇散曲，全部都为归隐之作。他的［正宫·醉太平］《警世》一共有二十首，每首都以"老先生"作结尾，譬如本曲"老先生醉也"。

作者在起首二句便告诉读者自己已经辞掉官职，离开官场。"栋梁材取次尽摧折"乃愤懑之语，暗含了作者辞官的理由——统治者不知爱惜人才。"况竹头木屑"则是作者自嘲，此句颇为诙谐。这不单是因为曲贵通俗，更是因为不同风格的语言传递给读者的感觉不同。曲的前三句皆用书面语写就，暗示读者规矩甚多的官场让作者倍感拘束。曲的后半部分则主写归隐生活，通俗直白的语言更能表现作者自由自在，无拘无束的生活状态。

曲末的"老先生醉也"颇令人玩味。不知与这句对应的是描述归隐生活的三个鼎足对，还是"见伤情"这一句。若是前者那它表现出来的便是一种悠然自得的心情，若是后者则多少有"借酒消愁，逃避烦恼"之意。不过，结合前文，环境险恶得连"栋梁材"都无可奈何，白白落得"尽摧折"的下场，更何况"竹头木屑"。后者若选择消极避世，以酒解愁，也算是情理之中。

水仙子

◎倪瓒

吹箫声断更登楼，独自凭栏独自悉，斜阳绿惨红消瘦。长江天际流，百般娇千种温柔。金缕曲新声低按①，碧油车名园共游②，绛绡裙罗袜如钩。

【注释】

①《金缕曲》：词牌名。亦指以爱惜青春、及时行乐为表现内容的乐曲，源自杜牧《杜秋娘》："劝君莫惜金缕衣，劝君惜取少年时。"②碧油车：妇女所乘的一种有篷小车。

【译文】

那吹箫的声音停了下来，我登上高楼，独自一人倚靠着栏杆，独自一人忧伤难过。夕阳西下，绿草凄凄惨惨，红花也变得消瘦了。悠长的江水向天边流淌，我想起了她的百般娇媚，百种温柔。我们把新谱的《金缕曲》轻轻地吟唱着，坐着华美的带着车篷的小车，一起在那有名的美丽园林中游玩。她那时穿着绛红色的丝裙，罗缎做成的袜子，像天边的新月一样。

【赏析】

此曲为触景怀人、游子思闺之作。

曲子上半曲（前五句）写凭栏之所见所闻。所见是夕阳斜照、绿惨红瘦的暮春晚景；所闻是呜咽幽咽、哀哀欲绝的箫声。此段突出游子之愁怀，强调一个"独"字。继而，曲子下半曲（后三句）抒发于此凄凉情境中对旧日恋人的思念之情。回忆佳人的娇媚形貌，细数与之温存缠绵的难忘时光。此段突出昔日之欢，强调一个"共"字。曲子今昔对照，两相反衬，充满了浓浓的恋意愁情。

此曲曲风凄婉纤柔，曲语悲切含蓄，含不尽之意，让人为之兴叹。

⊙作者简介⊙

倪瓒（1301—1374），字元镇，自号风月主人，又号云林子，无锡（今属江苏省）人，元代著名画家。他学识渊博，精通音律，热衷收藏名画。元至正初年将家财散尽，外出远游，泛舟五湖。著《清閟阁集》。今存小令十二首。

人月圆

◎倪 瓒

伤心莫问前朝事，重上越王台①。鹧鸪啼处，东风草绿，残照花开。怅然孤啸，青山故国，乔木苍苔②。当时明月，依依素影，何处飞来？

【注释】

①越王台：在浙江绍兴城府山南麓。据《越绝书》载，台在勾践小城内。后渐不存。南宋嘉定年间以近民亭遗址重建，至今尚在。②"青山"二句：用南朝宋颜延之《还至梁城作》"故国多乔木"句意。

【译文】

别问我那些让人伤心的前朝往事。我再次登上了越王台。在那鹧鸪鸣叫的地方，东风吹拂，野草泛着绿色，夕阳西下，花儿竞相开放。我惆怅地独自长啸，在这青山间，故国仍在，满目是高高的树木，苍翠的苔痕。这像当年情景一样的明月，如今依依舞动着雪白的倩影。它是从什么地方飞来的呢？

【赏析】

　　这是一首怀古之作。游览胜地，登临故迹，一种物是人非、岁月流逝的感慨就会油然而生，激起人们对盛衰无常、昨是今非的无限慨叹。倪瓒的这首小令，悼古之思绵渺幽远，叹今之慨更加浓重。

　　起首一句"伤心莫问前朝事"，把作者的绝望和无奈之情表现得淋漓尽致。春秋末年，越王勾践曾在"越王台"操练兵马，终于打败吴国，报仇雪耻。"怅然孤啸"三句，慨叹江山虽在，却已人去台空的悲怆之思。其中，"啸"反映出感情的激越，而一个"孤"字，又有心事无人知会的意味。"青山故国，乔木苍苔"是登台之所见，它与之前的"东风草绿，残照花开"相比，更多了几许悲凉的色彩。青山、乔木历尽沧桑，只有那悬在空中的明月依然如故。于是，曲文的末三句从容引出："当时明月，依依素影，何处飞来？"这几句巧借唐诗的意境，让人联想起李白的诗《苏台怀古》说"只今惟有西江月，曾照吴王宫里人"。"何处飞来"乍看之下有些突兀，但结合前文便能理解作者写此句的用意："当时"的江山早已更换了主人，那么明月怎么又会飞来重临呢？

　　倪瓒生活在元朝晚期，尽管他没有亲历过元兵南下灭宋的历史，但他终身不仕元朝，这与南宋遗民的感情是相通的，所以这篇曲文才表现出对历史兴衰的无限感慨。

水仙子　相思

◎刘庭信

　　秋风飒飒撼苍梧①，秋雨潇潇响翠竹，秋云黯黯迷烟树。三般儿一样苦，苦的人魂魄全无。云结就心间愁闷，雨少似眼中泪珠，风做了口内长吁②。

【注释】

①苍梧：苍翠的梧桐树。②长吁：长长的叹息。

【译文】

秋天的风儿呼啦啦地摇动着苍翠的梧桐，秋天的雨儿噼里啪啦地敲响翠绿的竹叶，秋天的云朵昏昏暗暗的，遮蔽住了烟雾般的树林。这三件事儿都一样让人痛苦，苦得人魂都没有了。是那云朵织就了我心中的忧愁与烦闷。那飘飞的雨丝，还不及我眼睛里的泪水多呢。那风儿，是我长长吁出的一口气。

【赏析】

此曲借秋景寄相思之情。

曲子首三句描写秋风、秋雨、秋云。秋风飒飒，秋雨潇潇，秋云黯黯，分别与苍梧、翠竹、烟树缠绕，使景物无不带着凄苦色彩，难怪对此景色，曲中人会失魂落魄。起首三句还包含了三个叠词，绝好地表现出曲中人忧郁的心境。之后二句，作者又采用了顶针的手法，进一步强调曲中人的愁苦，让人不禁同情起他的处境。后三句分别以云、雨、风喻心间愁闷、眼中之泪、口内长吁之声。说云儿凝聚，似心间愁闷凝聚；雨水稀疏，似渐渐流干的泪珠；风声萧瑟，像吐出的长长叹息。是前面的景物无不充满了点点之情，曲虽尽而意韵悠远绵长。

此曲明白晓畅，情感凄切。其首三句与尾三句成反抱之势，中间两句采用顶真格，尽得音韵回环连珠之妙，将曲情表现得更为深入和真切，可谓构思精巧、韵味独特。

> ⊙作者简介⊙
>
> 刘庭信，生卒年不详，原名廷玉，排行第五，由于肤色黑，人称"黑刘五"，益都（今属山东省）人。《录鬼簿》称他"风流蕴藉，超出伦辈。风晨月夕，唯以填词为事"。其曲多以怨别相思为题材。今小令三十九首，套数七首。

折桂令 忆别

◎刘庭信

想人生最苦离别，唱到阳关①，休唱三叠。急煎煎抹泪柔眵，意迟迟揉腮撅耳②，呆答孩闭口藏舌。"情儿分儿你心里记者，病儿痛儿我身上添些。家儿活儿既是抛撒，书儿信儿是必休绝。花儿草儿打听的风声，车儿马儿我亲自来也！"

【注释】

①阳光：指唐代诗人王维的"渭城朝雨浥轻尘，客舍青青柳色新。劝君更尽一杯酒，西出阳关无故人。"该诗常用作送别。②撅耳：拗弄耳朵。撅（juē）：拗弄。

【译文】

我想人生中最让人痛苦的就是离别了。那人唱起了阳关曲。啊，你别唱了一遍又一遍啊。我急急忙忙地擦干眼泪，揉一揉眼睛，慢慢地摸摸腮帮，拗弄下耳朵，支支吾吾地回答那小孩儿的问话。"情谊和缘分，你在心里记着些；病患和疼痛，都添在我身上吧。家里的活儿你不用管，可是寄回家的书信可一定不要不写了。花草中风儿送来你的消息，我亲自乘车坐马来找你了。"

【赏析】

　　这是一首写离情的曲子,不仅成功地表现出曲中人和爱人难舍难分的情愫,还刻画出了女子的个性。起首的"想人生最苦离别"出自《西厢记·草桥惊梦》,为曲子奠定下凄恻缠绵的基调。再看"唱到阳关,休唱三叠"一句,阳关三叠又名《阳关曲》,是中国古代著名的送行之歌。此句紧密承接上句的"离别",反映了曲中人对离别的忧恐,她本已十分难过,不想听到离别之曲,免得愁上加愁。而接下来的三句则通过对曲中人动作的刻画,将她的离愁形象化。临别在即,她有千言万语要诉诸情人,却因痛苦而失魂落魄,手足无措。

　　引号中的几句实为曲中人的肺腑之言。只要情人不变心,她宁愿多受些苦。这几段话表现了曲中女子对情人的脉脉深情,正因为太在乎对方,所以生怕距离疏远了对方对自己的感情。从"家儿话儿既是抛撇,书儿信儿是必休绝"中可以看出曲中人的善解人意,而从"花儿草儿打听的风声,车儿马儿为亲自来也"又可看出她的直率泼辣。

　　曲子语言明爽,刻画人物惟妙惟肖,写情细腻入微又极富生活气息。

黄钟尾（摘调）

◎刘庭信

　　惊回好梦添凄楚,无奈秋声忒狠毒①。风声忧,雨声怒,角声哀,鼓声助。一声听,一声数,一声愁,一声苦。投至的风声宁②,雨声住,角声绝,鼓声足;又被这一声钟撞我一口长吁,则我这泪点儿更多如窗外雨。

【注释】

①忒：太。②投至的：等到了，及至。

【译文】

一场好梦被惊醒，增添了我心中的凄凉苦楚，无奈那秋天的风声却那么无情！风儿的声音那么忧郁，雨儿的声音那么狂怒，号角的声音那么哀伤，鼓儿的声音又把这气氛增添了几分。我一声一声地听着，数着，每一声都那么忧愁，那么凄苦。等到了风声平静下来，雨声停住，角声断绝，鼓声敲罢，又被这一声晨钟撞得我发出一声长叹，弄得我这眼泪比窗外的雨点还多！

【赏析】

这首曲子的中心内容是"秋声"。起首两句顺序颠倒，当是"无奈秋声忒狠毒，惊回好梦添凄楚"，诗人把秋声的灾难性后果置于前面，起到强调作用。下面几句作者把"秋声"的表现一一展现出来：风声、雨声、角声、鼓声。而作者又用"忧""怒""哀""助"，等字，对这几个"声"进行种种修饰，把它们的特征形象地表现出来。从第七句到第十句，作者用了四个并列的三字短句，"听""数""愁""苦"与前面的风、雨、角、鼓一一对应，象征着秋声的混杂交作。以下突作转折，作者用了"宁""住""绝""足"等字，描写施虐的四种秋声的消歇，从而传达出一种苦挨苦守、度日如年的境况。然而，这时天色已经明了，惊回的"好梦"也无法重温了，一夜未能成眠的主人公也只能吁气长叹了。"撞我一声长吁"里的"撞"字用得警绝，它以钟声的重浊来暗示心情的沉重，把自己内心的悲伤表现到了极致。

这首散曲以形式巧妙取胜。词牌选以"黄钟尾"，而全曲就细细致致地描绘秋天的声音，至曲尾直接安排一声钟声作结，即使是在极度的忧伤之中也透露出诙谐。从写作手法上看，最突出的是采用嵌字体的形式，除最后一句外，每一句都嵌一个"声"字。而全曲采用反复、拟人等各种手法，比如连用四个"一声"的词语反复凸显风声雨声在主人公内心激起的强烈反响，则主人公极度苦闷和凄惨的内心世界暴露无遗；曲中两次反复列举描写"风声""雨声""角声""鼓声"，一是正面刻画秋声的冷酷无情，一是为了反衬钟声更加增添了愁苦。

水仙子

◎刘庭信

虾须帘控紫铜钩①，凤髓茶闲碧玉瓯②，龙涎香冷泥金兽③。绕雕栏倚画楼，怕春归绿惨红愁。雾濛濛丁香枝上，云淡淡桃花洞口，雨丝丝梅子墙头。

【注释】

①虾须帘：带有流苏的精美帘子。②凤髓茶：指名贵的香茶。③泥金兽：以金粉饰面的兽形香炉。

【译文】

那带着流苏的帘子挂在紫铜做成的钩子上，名贵的香茶搁在碧玉做成的茶杯里，龙涎香在泥金的兽形香炉中渐渐冷却。我绕过栏杆，依靠着小楼。我害怕天归去，绿意消退，红花落了。丁香枝上烟雾迷濛，种满桃花的洞口闲云淡淡。挂满梅子的墙头上飘着丝丝细雨。

【赏析】

起首三句鼎足对，生动描写了贵族小姐的生活情状。这里，作者举出了六种事物：虾须帘、紫铜钩、凤髓茶、碧玉瓯、龙涎香、泥金兽。这六样东西典雅华贵，精雕细琢，"控""闲""冷"等字的运用，衬托出凄冷的意境，暗示了女主人公孤寂凄凉的心境。

下面两句"绕雕栏倚画楼，怕春归绿惨红愁"，继续表现女主人公的愁怨，"怕""惨""愁"三字则把她内心的烦闷表现得淋漓尽致。这种烦闷显然不在于"春归"的本身，而是借惜春叹春来暗喻爱情的烦闷。

最后三句对"绿惨红愁"进行具象化的描述。先来看"丁香枝上"，丁香花在古诗词中常用来比喻情思的愁结。例如，五代牛峤《感恩多》"自从南浦别，愁见丁香结"，李璟《浣溪沙》"丁香空结雨中愁"，这里的"丁香结"均指的这个意思。曲中在"丁香结"前冠以"雾蒙蒙"三字，更能表现出郁结难舒的愁怀。再来看"桃花洞口"，"桃花"常常用来喻指世外桃源，如陶渊明曾的《桃花源记》。至于"梅子墙头"，《诗经·召南》有《摽有梅》篇，以梅子的成熟喻指求偶的迫切性，所以"梅子"在文人作品中常用来指风情，如李清照《点绛唇》中少女"倚门回首，却把青梅嗅"。曲中在"梅子墙头"前面加上"雨丝丝"三字，表现出了一派凄风苦雨的惨况。

水仙子 相思

◎刘庭信

恨重叠重叠恨恨绵绵恨满晚妆楼，愁积聚积聚愁愁切切愁斟碧玉瓯，懒梳妆梳妆懒懒设设懒爇黄金兽[①]。泪珠弹弹珠泪泪汪汪汪不住流，病身躯身躯病病恹恹病在我心头。花见我我见花花应憔瘦，月对咱咱对月月更害羞。与天说说与天天也还愁。

【注释】

①懒懒设设：懒洋洋。爇（ruò）：点火，加热。黄金兽：兽形的铜制香炉。

【译文】

我的幽怨重重叠叠，绵绵不绝，萦绕在在傍晚的梳妆楼中。我的忧愁浓浓切切越积越多，斟满了我那碧玉的酒杯。我慵懒地梳妆打扮，慵懒地将炉香点燃。我流出泪水，两眼汪汪，泪水一刻也不停。我身体病怏怏的，这病儿在我的心中凝聚。那花儿看见了我，我也看见了花儿，花儿要变得憔悴了；我看着月亮，月亮也看着我，月亮比我还要羞赧。我把我的心事向天空倾诉，我向天空倾诉了，天空也生出了忧愁。

【赏析】

此曲为元曲反复体的代表作。全曲运用叠字、联绵字、反复、回文、顶真等多种修辞手法，字面流丽工细、严谨整齐，结构巧妙精致。首先以四重"恨"、四重"愁"、四重"懒"、四重"泪"、四重"病"层层递进，因果相推，精雕细琢其因离别生恨、思人怀愁、慵懒无赖、愁极而悲、相思成疾、悲愁难遣的情态，将思妇悱恻悲凄、如泣如诉的离情怨艾表达得淋漓尽致。然后用三个回文句作结，分别描述花、月、天等环衬的外物，如"花见我我见花花应憔瘦"，采用反复、拟人等手法，回环往复，深刻地揭示出女主人公深积长聚的痛苦与哀愁以及拂之不去、无法排遣的无奈情怀。

自由运用衬字起于元曲。本曲去掉衬字，按平仄则成如下诗句：

重叠恨满晚妆楼，积聚愁斟碧玉瓯，梳妆懒爇黄金兽。泪珠不住流，病恹恹在我心头。花应瘦，月更羞，天也还愁。

比之原曲可见，大量衬字的运用便于将深深的哀痛之情酣畅淋漓地表达，使之达于极致。

刘庭信的散曲颇具婉约柔媚风格。而元杨维桢评曰："纵于圆，恣情之过也。"明朱权《太和正音谱》评其词谓"如摩云老鹘"。然瑕不掩瑜。

朝天子 赴约

◎刘庭信

夜深深静悄，明朗朗月高，小书院无人到。书生今夜且休睡着，有句话低低道：半扇儿窗棂①，不须轻敲，我来时将花树儿摇。你可便记着，便休要忘了，影儿动咱来到。

【注释】

①窗棂（líng）：旧式房屋的窗格。

【译文】

夜深了，静悄悄的，月亮明朗朗的，高高地挂着，小小的书院中，没有人来。读书的人啊，今晚你先别睡着了，我有句话要轻轻地跟你说：窗户半开着，你也不用轻轻地敲，我来的时候会把那长满花儿的树儿摇。你一定要记住，可不要忘记了，树影一动我就来了。

【赏析】

此曲作者刘庭信善于运用街市乡邻之谈，在元代曲作家作曲风格日渐多样化中，变用新奇，擅长笑谈之语，多作"闺怨""闺情"为主的曲子。这首小令就显示了他的这种婉约柔媚的作曲特点。唐代元稹的《莺莺传》中，莺莺写给张生的小诗就是"待月西厢下，迎风户半开。拂墙花影动，疑是玉人来"。内容和这篇小曲大致相同。此曲语言平实易懂，将男女恋情写得炽热大胆。

此曲是写一个少女嘱托她的情郎夜晚相会：夜深人静，明月当空，小书院四下无人的时候，你一定不要睡着啊，又悄悄地对他说，你把半扇窗户打开，我来的时候不敲门，就只摇晃窗台上的花草，你不要忘记了，只要花影儿动了，便是我来了。

曲文纯用口语，生动活泼，对女主人公心理的刻画到位传神，充分地展现了市民文艺的特点。

山坡羊 书怀示友人

◎汤 式

羁怀萦挂，人情浇诈，相逢休说伤时话。路波喳①，事交杂。秋光何

【注释】

①波蹅：坎坷不平。

【译文】

思乡之情萦绕在我的心间。人情浅薄诡诈，相遇时别说那些感伤时事的话儿。路途坎坷，世事繁杂。在这秋天里，我该去哪儿消遣时日？昨天晚上，我梦见自己回了家中。田里已经不种瓜了；园子里的花儿也没人浇了。

【赏析】

曲写作者羁旅所感和思归之意。

作者把心里话写给朋友说:"满怀羁旅的愁绪,遍历了人情的刻薄奸诈,相逢的时候,我们可不要提及那些扫人兴致的话题。"首三句作者以直白的语言述说羁旅的孤独和人世的冷暖,"相逢休说伤时话"更反衬出作者的伤心难耐之意。世路坎坷不平,世事纷繁复杂,在这高爽的秋天里,不知道哪里的风景才值得我们将时间尽情挥洒。昨天,我在梦中回到了家乡,田里,没有种瓜,园里,没有灌花。只有回到自己的家乡,才可摆脱这些世事人情的纷扰。作者感情由此一转,不由得心生思乡之念。

全曲话语不多,不务雕琢,却深见作者经历的坎坷,羁旅的疲惫,归思的浓烈。

⊙作者简介⊙

汤式,生卒年不详,字舜民,号菊庄,元末象山(今浙江象山)人。初为本县吏,后流落江湖。明成祖朱棣为燕王时,待之甚优,晚年生活甚为得意。性滑稽,工散曲,著《笔花集》。存世小令一百七十首,套数六十八首。

天净沙 闲居杂兴

◎汤 式

近山近水人家,带烟带雨桑麻,当役当差县衙。一犁两耙,自耕自种生涯。

【译文】

我住在依山傍水的人家,桑田麻田里烟雨迷蒙。我想起我曾在其中当差役的县衙。如今,我扛着一张犁,拖着两把耙,自己耕种过日子啦。

【赏析】

此曲歌咏了田园生活的乐趣。

汤式曾在浙江象山担任县吏,由于厌倦官场生涯,时间不长,便辞官回家,过起了隐居生活。此曲大约写于他辞去官职,回到乡村闲居后不久所写。曲子的结构很有特点,通篇都是由同一格式的短句构成,既新颖简洁,又增强了曲子的节奏感,第四句既顺应格律只使用四个字,又改用数词与名词组合的结构,字数和句式上均使曲子的节奏有了变化,读起来既朗朗上口,又有跌宕感。

全曲除第四句外,每句在句式上均比较一致的特点,似乎削弱了曲子内容的的表达力,但从另一方面说,这也正是作者构思巧妙的一个体现。作者在对曲子节奏感的营造过程中,抛开了对形式上的过渡承接的考虑,而使用各句中形象之间的比较和联系,完成了另一种方式的过渡承接。"近山近水""带烟带雨"写出了居住环境的清幽美好,"桑麻"又突出了其所住地区的丰饶富庶。结合此曲的写作背景,"当役当差"应是作者对过往生活的回忆,"役"与"差"很容易让人联想起辛苦、劳累,其中不乏对曾经的衙役生活的不满,将此句放在描绘田园风光的语句后面,乍一看颇有些唐突,但仔细一品就会发现正是因为该句的出现,整个曲子在内容上才有了起伏变化。该句同时和前文、后文构成对比,对照着前文看,它的出现凸显了曲中风景的恬淡之美,对照着后文看,它又反衬出作者对"一犁一耙,自耕自种生涯"的心满意足,只一句话而兼顾前后,可谓意蕴深厚。

末句"自耕自种生涯",也是曲中涵义颇深的一个句子。全句为偏正结构,没有动作,也没有修饰,简洁自然,用形式上的明快,表现出了对田园生活的满足,从而也就不着一词,却有力地表达了对前文所说的"当役当差县衙"生活的厌倦。

曲子虽然短小,构思却很是巧妙。

小梁州 九日渡江（一）

◎汤 式

秋风江上棹孤舟①，烟水悠悠。伤心无句赋登楼，山容瘦，老树替人愁。樽前醉把茱萸嗅②，问相知几个白头？乐可酬，人非旧，黄花时候，难比旧风流。

【注释】

①棹：指船桨。②茱萸：又名"越椒""艾子"，一种常绿、有香气的植物。

【译文】

我在秋风吹拂的江面上划着孤零零的小船，烟雾缭绕的水面多么渺茫。我心中忧伤，登上高楼，想不出诗句。群山也消瘦了，老树也在替我发愁。我手持酒杯，醉意中闻着茱萸的香气，我的知己有几个能到白头？也还有欢乐的应酬，人却不是旧时的人了，菊花开时，已没有了往日的姿色。

【赏析】

《小梁州·九日渡江》共二首，采用连章体形式，为写景抒情之佳作。两首小令，第一首佳节思亲，感叹岁月如流、风流难再、逸志难酬。第二首抒写离情别绪，进一步以东晋隐士事迹托物言志。

此为第一首，全曲情景交融。先以秋景起笔，隐衬出一个泛江观景韶华已逝的游子形象。首字"秋"点明时令，定下景物色彩基调，其意暗合作者对人生的感慨和当下的心情。接下来用"棹"字在出其不意之间隐现出奋力架孤舟的游子形象。首句全是名词，似为静态景物描写，而"棹"字实活用为动词，这样人物就跃然纸上了。然后作者将眼界拓展，在读者面前展现一片浩瀚无际的烟海，并赋予这片茫茫江水一种情态，谓之"烟水悠悠"，正如作者茫茫然无所措的心情，更衬出作者离乡背井所感受到的孤独。

人以自身情感出发观感外物，往往赋予景物情感。作者的愁绪用树的愁态间接地抒发出来。正如"天若有情天亦老"，树都如此，人何以堪！前半阕诗句正是这样通过对孤舟、茫茫江水、瘦山、老树所作的静中蕴动的描写以及对划舟登楼的动态描写，情景交融，以景抒情，表达出离人游子在茫茫天地间无所依附、任岁月无情流逝而壮怀渐远竟至于无可述怀等等愁绪。此境正所谓王国维"昨夜西风凋碧树。独上高楼，望尽天涯路"的人生第一境界。

本曲下半阕以佳节思亲的离情点明"九日"的主题。离乡的游子除了"醉把茱萸嗅"以之怀人之外，也就只能酬唱自娱遣怀。而年华渐逝的作者更添一愁，头发已白，然"物是人非"，一成不变的是情，人却已不在了。因此曲中发出了"问相知几个白头"的感慨。唐代诗人杜甫《九日登梓州城》中有这样的诗句："伊昔黄花酒，如今白发翁。"就在赏花饮酒的酬唱中，年岁悄然而逝。菊花也与陶潜取得一定关联，而作者未能与他一样归隐，所以曲中如此表达："难比旧风流。"同时此句与前面的"人非旧"，前后照应，表达出年华易逝的感伤。这种情怀与宋刘过《唐多令》"故人今在否？旧江山浑是新愁。欲买桂花同载酒，终不似，少年游"所表达的情怀是一样的。此下半阕借景生情，托物言志。

小梁州 九日渡江（二）

◎汤 式

秋风江上棹孤航，烟水茫茫。白云西去雁南翔。推篷望，清思满沧浪①。

〔幺〕东篱载酒陶元亮②,等闲间过了重阳。自感伤,何情况。黄花惆怅,空作去年香。

【注释】

①沧浪:此指大块的水面。②"东篱"句:檀道鸾《续晋阳秋》载,陶渊明好酒而苦不能常得,尝于九月九日于宅边东篱下摘菊盈把,坐于菊丛之侧,适逢江州刺史王弘命人送酒至,陶渊明欢然就酌,酣饮而归。载酒,置酒。陶元亮,陶渊明字元亮。

【译文】

我在秋风吹拂的江面上划着孤零零的小船,烟雾缭绕的水面多么渺茫。白色的云彩向西边飘去,大雁向南飞走。我推开船窗向外张望,河浪里满是我的忧思。

我想起了在篱笆下举杯饮酒的陶渊明,一会儿工夫重阳节就过了。我独自忧伤着。我眼前事什么样的情景啊!菊花也惆怅不已,空自吞吐着像去年一样的芬香。

【赏析】

此曲为汤式《小梁州》第二首。两首词起两句仿《诗经》中叠咏体手法,只将字词稍加变换,反复咏叹,表达一种强烈的悲愁之感。此为连章体达到的一种效果。"雁南翔"句化用曹丕《燕歌行》"群燕辞归雁南翔"的句子,进一步刻画深秋景物,体现一种悲凉之感;又借这一种常见之景来表达游子落寞的情怀。推开窗,作者的心绪回到了久远的年代,眼前的江水仿佛变成了屈原足下的"沧浪"之水。"沧浪之水清兮,可以濯吾缨;沧浪之水浊兮,可以濯吾足",作者对诗人的向往敬仰之情由此可以想见,而作者高洁的逸志于此也烛然洞明。前半阕曲予情于景,借景生情,抒发了作者离乡思亲、惆怅忧伤、怀才不遇而年华渐逝的愁闷情怀,同时以古人的高尚情怀激励自己。

　　本曲下阕紧承第一首下阕的思想主题，照应题目"九日"二字，进一步表达对亲人的思念之情，以节日众人赏玩的菊花联系陶渊明东篱载酒的典故。陶潜之爱菊名传千古，尤以《饮酒》诗中的"采菊东篱下，悠然见南山"之句而见称。作者与陶潜同为吏官，怀才不遇，希望自己能像菊花一样凌霜不凋，这既暗合作者"菊庄"之号与作者爱菊喜高洁之志，也使人联想起陶潜所描写的理想世界桃花源，表达出作者追求理想生活和自由生活的美好愿望。

　　全曲文辞秀雅，情致悠远，既以至情感人肺腑，又借典故表达了作者高洁忠贞的高贵品质。无独有偶，元张可久《正宫·小梁州》连章体三首中有两首与汤式两首字句稍异，最后一首曰：秋风江上棹孤航，烟水茫茫。白云西去雁南翔，推篷望，情思满沧浪。［幺］东篱误约陶元亮，过了重阳。自感伤，何情况？黄花惆怅，空作去年香。

谒金门 长亭道中①

◎汤　式

　　起初，看书，只想学干禄②。误随流水到天隅，迷却长亭路。古灶苍烟③，荒村红树。问田文何处居④？老夫，满腹，都是登楼赋⑤。

【注释】

　　①长亭：古代于驿道上定点设置的简易建筑，供行人休息或送别。有"十里一长亭"之说。②学干禄：求取做官。语本《论语·为政》："子张学干禄。"③灶：兵灶，军队屯驻做饭处。④田文：战国时齐国靖郭君

田婴的公子,因承袭爵位。以好士著称,门客多达三千人。谥孟尝君。
⑤《登楼赋》:东汉末王粲依附刘表,十余年未得重用,因登当阳城楼作此赋,抒怀才不遇之感。

【译文】

刚开始的时候,我苦读诗书,只想着求取功名,却阴错阳差地随着流水漂泊在远方,找不到回乡的路了。那古老的兵灶中萦绕着苍茫的云烟,荒凉的村庄里满是火红的枫树。那求贤若渴的孟尝君现在住在哪儿呢?我现在满肚子装着的都是那《登楼赋》。

【赏析】

这首曲子的语言非常直白,"起初,看书"都是寻常口语,以这样的句子开头就好像将读者置在了知心好友的位置上。作者没有明言看的是什么书,但从他读书的目的"学干禄"来看,不难猜出他读的是圣贤书。只是提起此事,作者颇有悔意,认为这书"误"了自己。

而从"误随流水到天隅,迷却长亭路"看,这"误"有两层含义。一是说它让作者为功利之心趋势,背井离乡。二是说它空给了作者满腹才华,一腔抱负。作者奋斗半生,其努力却最终付诸东流,"长亭路"即功名之路,一想到自己在这条路上迷失了方向,作者就懊悔不已。

"古灶苍烟,荒村红树"是作者眼之所见,皆是荒凉之景,作者借它来说明自己的失落。"问田文何处居"反映了作者对怀才不遇的不平,他希望有一番作为,却无奈遇不见慧眼识才的人,他也不免怀疑这世上是否还有田文这般的豪杰。念及此处,作者不由拿东汉时的王粲自比。曲末的"满腹,登楼赋"实是满腹的失意、牢骚。

曲子的语言虽然直白,却因有真情实感贯穿其中而毫无干涩之感。再加上作者的遭遇很有代表性,这就让曲子没有流于一般的牢骚之作,而是成为整个元代知识分子群体的悲剧写照。

湘妃引 京口道中

◎汤式

露浸浸芳杏洗朱颜，云冉冉晴峦闪翠鬟，烟蒙蒙弱柳迷青眄①。天然图画间，恼离人情绪艰难。乞留屈律归鸿行断②，必彪不答蹇驴步懒，咿呖呜喇杜宇声干③。

【注释】

①青眄：同"青眼"，欣赏的眼光。②乞留屈律：同下两句中的"必彪不答""咿呖呜喇"，都是状动作特征的象声词。③干：声音嘶哑。

【译文】

杏花上满是露珠，像女子刚刚洗过的姣好的容颜一般。晴朗的远山中白云冉冉，就像青翠的发髻在闪烁一般。柔弱的柳枝梢头，烟雾蒙蒙，让人看都看不清。这浑然天成的美丽画卷，却触动了离别的人，让他满心都是忧伤。那乞留屈律从南方归来的大雁排成的队伍乱成一团，我骑着一头病驴，必彪不答地慵懒前行，杜鹃的叫声咿呖呜喇的，显得那么嘶哑。

【赏析】

起首三句鼎足对仗，"芳杏""晴峦""弱柳"三个意象构成一幅"天然图画"。而每个意象前面加上"露浸浸""云冉冉""烟蒙蒙"等叠词，更加增添了这幅春雨初霁图的柔和感与朦胧感。

四、五两句笔势突转，点出作者的"离人"身份。尽管春景旖旎柔美，但由于作者漂泊异乡，不只没有心情驻足欣赏，景色越美，作者的心情就越惆怅。后面的"归鸿行断""蹇驴步懒""杜宇声干",把作者的凄凉心境表现得淋漓尽致。"乞留屈律""必彪不答""咿呖呜喇"等象声词的应用,说明诗人心烦意乱和不忍卒听。以象声词表现感受、心情,是散曲不同于诗、词的一大显著特点。

湘妃引 赠别

◎汤 式

碧茸茸芳草展青毡,白点点残梅撒玉钿,黄绀绀弱柳拖金线。雨声干风力软,去匆匆无计留连。唱《阳关》一声声哀怨①,醉歧亭一杯杯缱绻②,上河梁一步步俄延③。

【注释】

①《阳关》:唐王维《送元二使安西》,有"劝君更尽一杯酒,西出阳关无故人"句,故又名《阳关曲》,为送别曲之代表。②醉歧亭:苏轼有《歧亭五首》叙与故人陈慥客中相逢,有"须臾我径醉""为君三日醉"等语。歧亭,在江西九江。③上河梁:汉李陵《与苏武诗》:"携手上河梁,游子暮何之?"河梁,桥梁。

【译文】

那碧茸茸的芳草展开一匹青色的地毯,点点雪白的残梅撒下白玉做成的发饰,鹅黄的柳条垂下一条条金色丝线。雨声渐渐没有了,风儿也柔软无力,他匆匆忙忙地离去了,我也没办法流连了。我唱起了《阳关》曲,每一声都满是哀怨。我在歧亭中醉倒,每一杯酒中都着有说不出的缠绵。我走上河梁,每走一步,都要拖延好一段时间。

【赏析】

　　起首三句描写"芳草""残梅""弱柳",这三种事物各自呈现出青、白、黄的色彩,而作者又在其上面分别加上"碧茸茸""白点点""黄绀绀"等叠词,不仅使人觉得更加亲切、逼真,还起到了渲染氛围的作用。下面的"雨声干风力软"一句,为初春的野郊增添了另一番风景。其中,"雨声干"指的不是雨已停歇,而是雨丝稀而雨点重,"干"字意为清晰、单调。这就与离人无语凝咽、珠泪缓流的悲伤情状吻合起来了。"风力软"指的是风柔弱而无力,这很容易叫人想起两人别离时那慵慵的情态。

　　"去匆匆无计留连"句突作一转,把离别时的一幕推上了前台。后面三句用了一组鼎足对:先是唱一曲哀怨的《阳关》,这是别离时双方互诉情愫;接着是二人在醉歧亭缱绻,这是通过醉酒来代替无尽的倾诉。最后是上河梁俄延,表现出双方离别在即时的依依难舍。这三句展示了送别的完整过程,"一声声""一杯杯""一步步"的叠词与前文相应,使全曲犹如一支袅袅的骊歌,动人肝肠。

蟾宫曲

◎汤 式

　　冷清清人在西厢,叫一声张郎,骂一声张郎。乱纷纷花落东墙,问一会红娘,絮一会红娘①。枕儿余衾儿剩,温一半绣床,闲一半绣床。月儿斜风儿细,开一扇纱窗,掩一扇纱窗。荡悠悠梦绕高唐②,萦一寸柔肠③,断一寸柔肠。

【注释】

①絮：缠着人琐琐碎碎地说话。②高唐：战国时楚国台观名，在云梦泽中。传说楚顷襄王曾在此与巫山神女交合，后人遂以"高唐"喻男女欢会之所。③萦：牵挂。

【译文】

我独自一人冷冷清清地坐在西厢，叫了一声张郎，又骂他一声。花儿凌乱地从东边墙头上落下，我问了红娘一会儿，又絮絮叨叨地跟他说了一会儿。枕头和被子都宽余出好一大片，我睡暖了半边绣床，闲置着另一半绣床。月儿斜斜地照着，风儿细细地吹着，我打开一扇窗户，另一扇窗户却掩着。我恍恍惚惚梦见自己来到高唐与你欢会。那梦中的情景在我的柔肠中萦绕着，让我的柔肠啊，一寸寸断裂开来！

【赏析】

这首小令中的女主人公，假借王实甫《西厢记》中崔莺莺的口吻，抒发对情人的一片相思之情。曲文里的女主人公虽以"莺莺"代称，但不似相府千金小姐那般矜持、庄重，也没有小家碧玉的羞涩、含蓄，而是大胆轻佻、泼辣直爽，活脱脱的是个情窦初开、感情深挚的女子形象。作品缠绵悱恻，情韵悠长，写景、言情、描摹人物形象，俱能入木三分。

从形式上看，本曲也别具特色。全曲以重叠的句式串联起来："叫一声""骂一声"，"问一会""絮一会"，"温一半""闲一半"，"开一扇""掩一扇"，"萦一寸""断一寸"。这几组动作既相互对应，又相互矛盾，从中可见"莺莺"当时魂牵梦萦、剪不断理还乱的复杂心情。另外，这种重句的巧用以及全篇在对仗上的匠心，造成了作品回环婉转、缠绵悱恻、语俊韵圆效果。